Soñar una bestia

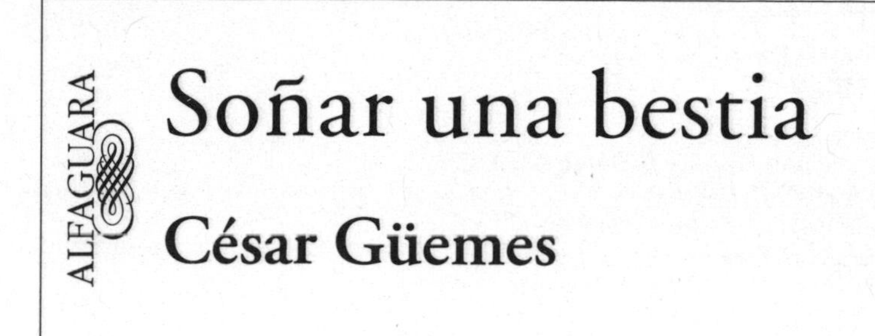

Soñar una bestia

César Güemes

SOÑAR UNA BESTIA
D. R. © César Güemes, 1996

ALFAGUARA

De esta edición:
D. R. © Santillana Ediciones Generales, S.A. de C.V., 2011
Av. Universidad 767, Col. del Valle
México, 03100, D.F. Teléfono 5420 7530
www.alfaguara.com.mx

Primera edición: enero de 2011

ISBN: 978-607-11-0907-1

D. R. © Cubierta: Everardo Monteagudo

Impreso en México

Va por Marisa Iglesias,
Rosa Esther Juárez,
Laura García Arroyo.

Desde luego, va por mi cofradía, que preside la generosa y querida Sandra Fernández Gaytán y a la que pertenecen mis amigos indispensables: Saúl Villa McDowell, Lorena Martínez Lastra, Rodolfo Hernández G., Alejandra Hernández M., Orlando Márquez, Patricia Lemus, Paul Chivardi, Natalia Amann, Pau Verdura, Dinorah Basáñez y Angelina García Bonilla.

Y con un reconocimiento a su profesionalismo y empatía para Fernanda Familiar.

Así como un ave en su jaula,
así como un bebedor entre el bullicio de la medianoche,
así he intentado ser libre, a mi manera

LEONARD COHEN

Prólogo para un atajo

Balderas sabía que una botella de vodka era el camino más corto entre una mujer a la que se ha amado mucho, pero que ya no está, y otra a la que se amará igual o incluso un poco más, y que ha de venir.

Sin embargo, tal vez por la cálida lluvia que lo distrajo antes de entrar al bar Cañaveral, quizá porque la garganta estaba pidiéndole otro tipo de bebida o porque se le acabaron los cigarros y tuvo que salir por unos de repuesto, Ángel Balderas decidió seguir un atajo: el Paraíso Blues, trago válido tanto para solitarios como para las ocasiones de reunión. Mezcla exacta para el acompañamiento, la canción, el reportaje, el poema, el dominó, el calor o el frío.

De manera que tomó asiento. Dejó sus periódicos y libros sobre la mesa de siempre y ya la Meche, dulce, joven pero no en exceso, sonriente y solícita estaba a su lado.

—Qué tal un Paraíso Blues... —dijo Balderas mientras saludaba de mano a la vital mesera.

Ni siquiera se vio Meche en la necesidad de hacer el pedido a voz en cuello, como lo acostumbraba desde las mesas vecinas para dirigirse al experimentado ingeniero químico que atendía la barra y preparaba los inventos. Después de darle a Ángel un ligerísimo beso en la mejilla a manera de bienvenida, volteó la mujer a la amplia zona dominio del cantinero y formuló una contraseña con los dedos.

De inmediato el hombre aludido se hizo de cuatro botellas diferentes y fue preparando la combinación de alquimia casera que tan buenos resultados le daba a ese cliente en particular: dos hielos, una onza de ron blanco, un poco de refresco de toronja, un toque de jarabe natural, el jugo de un limón y el resto del espacio de vino tinto. Un par de vueltas con el agitador y el vaso salió en manos de la Meche rumbo a la mesa de Balderas.

O sea que sintió el friecito que despedía el recipiente. Y de inmediato su paladar entró de lleno en materia. Un Paraíso Blues era, como su nombre lo prometía, la tranquilidad, a veces. Y ésta era una de ellas. Entonces no podemos señalar como responsable a la combinación de sabores, porque fue perfecta. En todo caso, bien pudo ser la falta de cigarros. Por eso Balderas hizo una pausa, salió del bar y se dirigió al puesto de costumbre para hacerse de un par de cajetillas. Y ahí fue, al lado de la tienda, en el kiosco de periódicos, donde vio por vez primera la noticia.

Ése fue el atajo. Los pasos que quizá no debió dar. O quién sabe, porque, después de todo, aunque él no lo sabía, los lances de esa índole pueden traer muchas cosas más que un par de balazos entre pecho y espalda. Con suerte y uno escapa de morir, como ya lo había hecho en algunas ocasiones. Con suerte y no. Pero eso era lo de menos, porque el camino estaba signado, no por el destino, sino por las ganas de recobrar un pasado que se creyó lejano y casi ajeno. Por ser de nuevo el Ángel Balderas que desde hacía tres años y un poco más estaba guardado en algún rincón de la memoria.

Volver a ser. Ésa era la frase clave. Pero no la pensó. Ni tuvo tiempo. El Paraíso Blues estaba enfriándose demasiado sobre su mesa en el Cañaveral. Compró el ejemplar que había llamado su atención. Y, sin leerlo, porque no quiso desde tan temprana hora calzar los zapatos de ese que fue pero que ya no era pero empezaba a ser otra vez, se metió al bar y fue directo a su mesa.

Ahí lo esperaba, para fortuna o no, el reencuentro consigo mismo.

Un cadáver exquisito

Salvo por el detalle gráfico, bastante visible, es cierto, y como si anunciara algo, el cuerpo no era distinto de otros muchos que iban a parar sin más señas a la fosa común. Aunque también era verdad que el texto en el cual se relataba el caso, sin un solo punto y aparte, ocupaba bastante espacio: las dos páginas centrales de la revista, con todo y selección de color. Eso sin tomar en cuenta la plana principal que se llevó de calle a por lo menos tres violaciones, dos incendios, catorce atracos a mano armada, ocho apuñalamientos y el robo a seis bancos.

De ninguna manera las fotos usadas para ilustrar la nota, por su parte, son las que emplearía alguien para hacerse publicidad. Definitivamente esas muestras del físico no eran forma de entrar a un campo deportivo. Ni tampoco eran tomas para regalarlas a la representante del club de admiradoras. No, señor.

El cadáver, y el que fuera dueño de ese cuerpo antes de convertirse en fiambre, había renunciado de golpe a las prerrogativas que la naturaleza ha puesto en sus creaciones. Poco restaba de saludable en él. Incluso la posición daba al traste con cualquier precepto estético. De que la gente se dedicaba a arruinar la apariencia de alguien, lo hacía en serio.

Era un muerto sin gracia, sin heroísmo en el gesto final. Pero un cuerpo que, además de lo dicho, poseía un don que a muchos otros semejantes les faltaba: el vuelo imaginario.

Abundan en la ciudad de México semanarios de supuesta nota roja que no hacen sino rascar en las entrañas de los seres caídos en hechos de violencia para, con ello, ir haciendo la venta que por lo común sobrepasa el nivel de regular. Su aparición, si bien periódica, no está del todo moderada por autoridad alguna. Son conocidos los casos de revistas de esta índole que fueron cerradas luego de operar al margen de la ley, y abiertas al día siguiente, con otro nombre, pero con igual contenido.

Por eso Balderas no quería hacer mucho aprecio de lo publicado en uno de estos ejemplares. Sabía que gran parte de la información era, en primera instancia, refrito de los diarios que se entretenían con esos asuntos, y, luego, que en la mayoría de las ocasiones lo impreso distaba mucho de la verdad.

Pero aquí había un hecho que, de ser cierto por lo menos en una de sus caras, era de llamar la atención quizá por lo poco usual de los términos.

Por eso leyó el cintillo de la nota: "Sádico crimen". O lo que es lo mismo, nada. Por lo menos cinco de los veintidós crímenes que en esta entrega consignaba la publicación eran calificados de sádicos, y no porque lo fueran más unos que otros, sino porque al redactor en jefe, sencillamente, se le había ocurrido autorizar la información tal y como él ahora la tenía en las manos. Luego la cabeza: "Un cadáver exquisito". Ahí estaba, ni hablar, el detalle del negocio. Pudiera ser que ahora las personas encargadas de poner los titulares sobre defunciones provocadas entraran de lleno en un ambiente que por costumbre no era el suyo: la ironía y el juego culterano de palabras. Pero había más, abajito del vistoso cabezal, que los alocados camaradas imprimieron nada menos que en un puntaje altísimo y en letras rosa fosforescente, podía leerse: "Clave dejada por chacales". Igual la cosa. Chacales eran, según la peculiar moral del semanario, todos aquellos que transgredieran la ley, fueran apresados y, aquí el dato, aparecieran consignados en sus páginas. Todos los demás, entonces, los que se escapaban de caer en esa pequeña inquisición, eran ciudadanos honorables. Así estaba el juego de la prensa que se decía a sí misma especializada en notas de contenido humano, como ésa.

Qué se le iba a hacer, antes era necesario enterarse todo lo que fuera posible del estado de cosas. Y por eso siguió leyendo, hasta que no le vio fin a la cantada nota.

"Macabro hallazgo el que hizo la señora Rosenda Alvirde en días pasados. Subarrendadora de la casa sita en Roble 116, colonia Lagos, Edomex, el sábado anterior se enfrentó con la muerte en bochornosas circunstancias. En la delegación correspondiente, luego de las declaraciones y diligencias legales de rigor, la casera Alvirde hizo el siguiente relato a este semanario: 'Mire, señor, como el joven Antonio (León Ledezma) no había venido como siempre muy puntual a pagar lo del mes, lo esperé dos días más. Le estoy hablando del 31 de mayo al 2 de junio pasado. Para esto, yo queriendo ser educada estuve tocando en el departamento que rentaba Antonio el mismo 31 y luego todo el día primero y el día 2 en tres ocasiones. También le llamé por teléfono a su trabajo, pero no por ver si lo habían corrido o algo, sino porque desde hace un año que lo conozco, que lo conocía, perdón, fue siempre un muchacho muy cumplido, muy responsable y de no malas costumbres. Fíjese que a veces cuando iba a dejarme el dinerito no le faltaba para su servidora que la cajita de chocolates, que unos pañuelos, y así. Pues llamé a su trabajo el viernes 2, le digo que no por mala fe, y me informaron muy amables que el ingeniero no se había presentado desde el jueves, pero que un familiar llamó para reportarlo enfermo. Yo el sábado, éste que acaba de pasar, me di una vuelta al edificio para recoger otras rentas, mi familia y yo de eso vivimos, desgraciadamente perdí a mi señor hace tiempo y nada más nos mantenemos con el dinero que nos queda de la renta de los inquilinos. Pues fui y toqué varias veces y nadie me abrió. Antes de tomar cualquier decisión me fui luego a cobrar las otras dos rentas que le digo. A mis otros clientes les solicité informes sobre el joven Antonio, y no supieron darme razón. Yo recordaba que Antonio tenía un perro muy fino que estaba en la azotehuela que le correspondía, por si algún vivo quisiera meterse mientras él estaba trabajando. Entonces los señores de otros departamentos que administro se ofrecieron para acompañarme. Yo llevaba mi duplicado de la llave del número 3, y quise entrar para ver si en algo podía cooperar a la situación del ingeniero Antonio, a ver si había dejado una nota a sus familiares de dónde ir a visitarlo y porque su perro, pobrecito, a lo mejor necesitaba de menos un poco de agua. Por eso me acompañaron los dos inquilinos, y de paso para que con testigos yo pudiera certificar que entré a la casa nada más a lo que le explico. Además, siempre me tuve confianza con el difunto para ese tipo de casos. Y entramos. Ay, mi señor, qué cosa más horrible. Todo estaba en su lugar, y se lo digo porque varias veces entré a la casa del joven Antonio y siempre me fijaba en la manera en que tenía puestas sus cosas, todo en orden y muy limpio. Y al entrar en la recámara, usted ya lo sabe, ahí estaba el pobre joven Antonio todo desnudo, bien hinchado, y pues con su cosa cortada, la sangre ya seca estaba manchando todo el suelo. Yo ya no pensé nada, pero para mí que se desangró el inocente. Luego me desmayé y vine a despertar hasta que los señores mis inquilinos me dieron a oler alcohol. Ojalá y encuentren a los culpables, señor, hay cosas que francamente no se hacen'. Hasta ahí el espeluznante relato. Nosotros también deseamos que el clamor de la señora Alvirde cobre conciencia en nuestras autoridades. A propósito, las primeras investigaciones de los agentes de la ley han arrojado los siguientes resultados: a la una de la tarde del sábado 3 del presente, en la dirección citada, fue encontrado el cadáver del ingeniero Antonio León Ledezma, de treinta años, muerto a causa de una herida de arma punzo-cortante que cercenó el pene e intervino el escroto y el testículo derecho, lo cual provocó primero un estado de shock en la víctima y posteriormente el desangramiento del sujeto. No se encontraron vestigios de violencia, pero el cadáver presentaba claros indicios de un avanzado grado de intoxicación alcohólica. No se tiene, hasta el momento de recabar estas informaciones, a ningún sospechoso. El hoy occiso carece de antecedentes penales y de problemas que puedan relacionarse con el hecho que le causó la muerte. Extraoficialmente este semanario recogió el dato de que no se detectaron huellas en el recinto que no fueran del desaparecido ingeniero. A un lado del cuerpo, solamente, como corolario al terrible crimen, se encontró una nota que hasta el momento es la única pista. El recado, el sello del o de los criminales, escrito con elegante caligrafía dice al texto: *Un Cadáver Exquisito*. Las comprobaciones de los expertos indican que la letra del horrible anónimo no concuerda con la del difunto. Tampoco tiene huella alguna, lo cual delata un 'trabajo' realizado por profesionales. Se presume que es un homicidio, y no un suicidio, porque el arma no se encontró por ninguna parte, además de que, según afirman médicos legistas que llevan el caso, el desaparecido León Ledezma había perdido el sentido con por lo menos media hora de anticipación, por obra de la congestión alcohólica, antes de que se ciñera sobre él la sombra de la fatalidad. El can del que habló en sus declaraciones la señora Alvirde tampoco apareció en la casa, ni se sabe que merodee por los alrededores. Al ser encontrados los restos del susodicho ingeniero, se sabe que aproximadamente setenta y dos horas antes se cometió el crimen. De lo cual han deducido las autoridades que la persona que llamó a su centro de trabajo para reportarlo enfermo, no era familiar suyo, y sí en cambio lo hizo para retrasar mañosamente el macabro hallazgo. La hipótesis de esta revista es que, aunque no se tengan todavía los datos necesarios para confirmarlo, se trata de un claro caso de un asesinato pasional. Sólo una venganza de ese tipo pudo haber dejado como posible advertencia, para futuro escarmiento, la extraña nota de la que tampoco el cuerpo policiaco ha podido extraer dato alguno. ¡La sociedad exige justicia!".

En las dos primeras fotografías que ilustraban la nota, Balderas habría de observar las tomas, sobreexpuestas, tremendistas, de un cuerpo tendido sobre una cama, boca arriba, con la pierna izquierda resbalada por el borde del mueble, un chorrero de algo que debió ser sangre y una púdica franja de color negro que ocultaba la entrepierna del tipo. Aunque, a estas alturas del partido, ya muy poco tenía que ocultar el desdichado ingeniero. Y en la tercera toma, sobre el pie de foto —"Fatídico bautizo"—, la fotografía de una servilleta con una ciertamente limpia caligrafía que le recordó algún dejo del muy antiguo estilo *palmer*, y la frase que hiciera popular uno de los movimientos vanguardistas europeos añísimos antes: *Un cadáver exquisito*. En un costado de la servilleta, el logotipo del sitio de donde probablemente fue tomada, el dibujo de un diminuto pingüino, seccionado a la mitad por una línea y acompañado del número 1.

Ante el subido número de asesinatos cometidos a diario en la ciudad, el enunciado no le pareció sino una idea juguetona contrastante con la brutalidad del suceso.

Pero algo no encajaba. Era muy posible que la policía no diera con ninguna pista basándose en ese único dato. A Balderas le pareció que si de manera remota algo encerraba el mensaje, el destinatario no era ningún elemento de las fuerzas armadas del país, ni nada por el estilo.

Eso sí, algo había tras la malla del asesinato.

Así que el cerebro de Balderas empezó a funcionar en cierto sentido por el casi olvidado instinto de meterse de inmediato en los casos que presentaran algún interés adicional a la sangre. Porque, si vamos por partes, empezaba a decirse, no era del diario que en la ciudad, e incluso en el país, aparecieran sicópatas o, mejor señalado según la taxonomía siquiátrica, sociópatas, que así como así se pusieran a matar señores, birlándoles de un tajo el instrumento. O, en todo caso, sí se daban este tipo de asesinatos, pero estaban claramente planeados y, sobre todo, eran hechos por encargo. Y en ellos se podía apreciar el sello de la casa, que no dejaba de ser bastante burdo. Ese elemento faltaba en esta historia. Cuando el rompecabezas estuviera completo, si es que algún día llegaba a estarlo y él tenía a bien enterarse, uno se daría cuenta de que la cosa no iba por ahí. Sino por otro rumbo, distinto, que no era ninguno de los que hasta el momento conocía.

Y, vamos, sólo eran suposiciones a la ligera. Pero aún se daba el lujo de reflexionar que en México no se cometían crímenes por el puro gusto, aquí no se mataba a alguien únicamente para que el espectáculo fuera de consumo personal y privado. Siempre se contaba al menos con un motivo, por pequeño y folclórico que fuera. Los corridos eran testigos de que la afirmación era cierta en el pasado del país. Y ahora, cuánta gente no se agarraba a machetazos por una simple mirada. Cuántos tipos no se balaceaban a diario nada más por un cerroncito al coche. Y cuántas personas más no andaban por las calles simplemente viendo a quién le sustraían lo que de valor tuviera, aunque a cambio fuera indispensable para ese objetivo darle jaque mate al cliente. Infinidad, era la palabra que respondía a sus inquietudes. Pero siempre con una razón.

Aunque algo también cierto es que se estaba dejando llevar otra vez por el vicio de meterse donde nadie lo llamaba, excepto la curiosidad por un caso que podía estar lleno de complicaciones. No estaría de más echarle una mirada a las actas que se hubieran levantado, aunque sus formas de acercarse a ellas fueran muy limitadas, a trasmano con el compañero que cubría la fuente. Y no era del todo mala idea echarle una llamada telefónica al Germán Guardia, el médico legista amigo suyo, apasionado total de los encuentros futbolísticos, que quizá aún tuviera los contactos para ponerlo al día en cuanto a este hecho en particular.

Pero no, no hizo nada de lo que se le estaba ocurriendo. Y para ello empleó bastante fuerza de voluntad. Y es correcto decir, en beneficio de la verdad, que no la suficiente. Así que por mero instinto decidió escribir una brevísima nota e incluirla, digamos mañana, o pasado mañana, en la sección de la cual era reportero.

Poco veneno, se dijo, no mata.

Pin uno

No es tu asunto. No sabes de esto. No tienes de tu lado más allá de muy pocos recuerdos fijos en la memoria. Y ni siquiera son fotografías de estudio aquellas en las que conservas enmarcados los hechos. No es trabajo de un profesional de la lente. Son instantáneas. Y es por ello que te cuesta mucho pero de verdad mucho trabajo ser quien requieres ser. Transformarte. No es lo tuyo este negocio. No eres ni siquiera un principiante. Te faltan no sólo las bases técnicas, sino el manejo de los espacios, de los silencios, de las apariciones. Estás, por si fuera poco, en la más completa soledad. Eres tú y nadie más. Y no habrá quien te auxilie en esta labor. No irás, desde luego, a confiarle ni siquiera a una persona el motivo de tu visita, ni el inexistente teléfono, ni la dirección en la cual localizarte. Has roto las amarras con todo. La hora señalada para que aparezcas en escena está ya próxima. Mucho. Y tanto que te has dedicado a pensar, justo, fíjate, cuando quizá no deberías de hacerlo, porque para matar hace falta el pulso sereno, en primera instancia, y luego, la reflexión.

Claro, hay de formas a formas. No buscas la estética, ni la efectividad de un profesional. No quisiste asegurarte de que la fuerza con que acometerás cada uno de los actos fuera la necesaria. No sabes cuál sea el verdadero tono de tu corazón en los momentos más comprometidos. No fuiste capaz de, digamos, y para usar una palabra que quiere ser amable, e incluso conocida para ti, entrenar. Estás fuera de forma. O no. No es fuera de forma el término. Sino que te encuentras, mira, como en un cuarto cerrado, sin luz, sin sonido, sin agua y con sólo un poco de aire. El suficiente para respirar. Y eso, agitadamente.

Quién sabe qué se sienta. O si no se sienta nada, como si todo fuese igual si caminaras a la sombra de una calzada con los bordes llenos de árboles. Quién sabe cuáles cosmos serán esos a los que llegues y en los que te sumerjas, como en una alberca, como en un mar privado.

¿Y si fallas? ¿Y si las cosas no resultan como las pensaste? ¿Y si ya ni caso tiene el tomarse tanto trabajo por esperar una respuesta que, quizá, no es que dé mi opinión sobre lo que no conozco, pero, quizá, nunca, nadie, jamás dé a tu interrogante? Cómo duele esa duda, más que todas las anteriores. Porque entonces se trataría de viajar, de hacer esto y lo de más allá, todo con el mismo fin, pero para nada. Todo el esfuerzo y todos los sentimientos acumulados, agolpándose en tus manos, se volverían inútiles. Y ya ni esa posibilidad de un encuentro como el que esperas estará cerca para restañar las antiguas heridas. Eso es el dolor. Pero no el que conociste en anteriores encuentros, aquellos del todo distintos a este que necesitas. Esto es el dolor de saberte derrotado desde un principio, desde mucho antes de que dieran comienzo las acciones. Es perder, por fuerza. Y aun si ganaras, igual perderías. Aunque, no es cosa de negarlo, sería una derrota que al menos te proporcionaría un poco de paz.

Si todo sale mal, no van a terminar los días del mundo. Nadie sabrá de tu obra. Quedarás anónimo. E igual de solo. Entonces habrá, posiblemente, que tomar otras decisiones. Ya desde ahora, aunque no tienes nada previsto, padeces la mordida de esa fiera invisible que te ronda. Es ubicua. Si no conoces todo el país y recuerdas mal la ciudad en la que tanto habitaste, pero que ha cambiado vertiginosamente de fisonomía, menos tienes idea de cómo situar de manera geográfica a esta angustia por el vacío que te inunda.

Curioso, ¿no? Un vacío que llena, que no deja estar en su sitio a ninguna otra cosa más. Porque han sido años de aguardar el momento exacto, los minutos indicados, la hora de la muerte está en tu mano, como en el reloj de una bomba de tiempo, está entre tus dedos. Los mueves. Los articulas. Tratas de percibirlos y de dominar lo mejor que sabes esas diez maneras del ataque. Lo demás está bien. Funcionan las piernas a la perfección. Acaso hayan perdido un poco de su antigua elasticidad, pero se conservan en muy buen estado, tomando en cuenta la edad, y sobre todo, tomando muy bien en cuenta tantas noches en las que hiciste uso de ellas para que te sostuvieran en las empresas de todos los días. Si no eres un velocista, sí eres un corredor. Toda la maquinaria de tu sangre circula sólo para ti y para que funciones, ahora, como debes hacerlo. Porque es tu deber. Tu consigna. Tu meta. Y la única, como esas metas que te fijabas de niño o de adolescente, cuando ibas al parque a practicar deportes diversos. Siempre más alto que los demás, siempre más fuerte, siempre más certero.

Entonces estabas acompañado. Y lo estuviste más aún en adelante. Sobre todo la compañía es el elemento que echas de menos. Hoy no tienes protección. Hoy, como diría uno de los pocos actores nacionales a quienes respetas, o eres quien dices ser en la escena, o te vas derechito al carajo. Pero ahí está, también, una parte fundamental del suceso, la falta de protección, de acompañamiento. Así debe de ser. Así tienes que enfrentarte a lo que venga. De esa soledad depende en mucho tu éxito.

Sabemos, sin embargo, que en tu favor cuenta un punto, como en aquellos encuentros, ¿te acuerdas?, cuando sólo precisamente un punto era la ventaja del vencedor en una muy larga justa. Y esto que tienes también te pertenece, como el frío, como las primeras gotas de lluvia que ahora caen sobre la ciudad de México.

Tú tienes esa sensación que cosquillea y arde y lacera. Y a partir de ahí vas a tomar camino.

Cuida mucho el filo de las armas. Ten presente el ángulo, la posición, el ruido y el ambiente. No puedes permitir que todo ruede sin dirección. Apunta bien. Considera las probabilidades a tu favor. No arriesgues más de lo debido. Y, sobre todo, mira muy concretamente lo que te digo, cuida de que la sangre que se vierta no sea la tuya. Ni una gota. Más adelante vas a necesitarla. Y si acaso entonces se derrama, que sea en el adecuado sitio en el que habrá de ser, y ante quien lo deseas. Entonces ya no importará el intercambio del fluido, pero hoy es de primera importancia evitarlo. Piensa que el camino es largo, y hay que escatimar los pertrechos.

Confía. Así, sin más: confía. Repite esa palabra cien veces por las mañanas, otras tantas por las tardes y otras más antes de dormir. Sigue el consejo que, se dice, da buen resultado en los boxeadores, esos seres hechos justamente para la pelea y su consecuencia casi inmediata, el dolor. Repite con cada uno de ellos: no hay dolor, no hay dolor, no hay dolor. Así pasará el tiempo, y los hechos irán cayendo uno a uno, hasta formar la red. No hay dolor, pase lo que pase, aunque estés casi en la lona, aunque veas que tu cuerpo cae, aunque percibas esa lejanísima idea concreta que amorata los músculos, entumece la garganta, paraliza la mirada y congela el movimiento natural de las piernas.

Para matar hay que tener fuerza de voluntad.

Y tú tienes y percibes eso que se parece mucho, al mismo tiempo, al odio y a la sed.

Una respuesta inesperada

Ah, chingá, se diría entre el asombro y la meditación Ángel Balderas, luego de una jornada repleta del calor húmedo propio de junio. Iba a decírselo como un rebote de la conciencia a medio camino entre dos Paraísos Blues atestados de hielo, y su aprendida curiosidad de reportero.

Estaba, por obra de esos designios irrevocables de la casualidad, señalado a pronunciarlo en parte con los labios, en parte con el foquito rojo de alerta que desde alguna lejana corriente cerebral se activaba para ensanchar sus pupilas frente a la sospecha de una buena nota.

Lo pronunciaría cerebro adentro, pues, luego de combatir con varias líquidas armas a esas gotas de plomo al rojo contra las que luchó a lo largo de las horas de sol. Acababa de salir del amistoso debate de una entrevista, de la búsqueda de algunos datos necesarios para un reportaje, y sobre todo del monstruo de casi infinitos autos, de centenares de gritos, de semáforos muertos, de las locuras y multitudinarias soledades que conforman el tránsito diario de la ciudad.

Ah, chingá, habría de espetarse garganta abajo, pero cargadito a la izquierda, rozando la víscera de las latencias periodísticas, después de que horas antes decidiera refrescar el sudoroso día con algunos bebestibles adecuados para tan apremiantes circunstancias.

Por eso cruzó la puerta del bar Cañaveral, sin pensar, claro, que entre otras muchas cosas había ya olvidado unas líneas sobre cierto crimen colorido que él mismo comentara, en su columna, días antes, y sin desear más que adentrarse en ese oasis que se veía impelido a visitar casi a diario, como cada tarde al dejar la redacción, como si la moneda del volado mental que jugara siempre a estas horas tuviera ambas caras idénticas. Era eso, el calor, la amistad, el barullo de ias fichas de dominó, de los albures cruzados que se metían en las conversaciones, de la información que circulaba entre los vasos. Era la presencia de algunos compañeros del diario que, las más de las veces, se reunían en ese bar tan próximo a su periódico para compartir los sucesos de la primera parte del día.

O sea que prendió un cigarro y empujó, tan sediento como anticipadamente alegre, la puerta de entrada hacia la frescura que prometía el interior.

—Ya llegó el que andaba ausente... —escuchó el grito en sordina que le indicaba la mesa exacta donde departían, bebiendo, varios de sus camaradas.

—Mire nomás en qué condiciones tan lamentables viene, mi distinguido émulo del nuevo periodismo —la voz rasposa del jefe de información.

—Uy, no, yo así no me presentaba ni a una partida de madre, menos a una de dominó —terció uno de los correctores.

—La suya, que ha sido mía —hubo de responder Balderas, ya paladeando una buena tarde, mientras estrechaba varias manos que se tendían amigables.

—¿Ya vieron cómo queda uno luego de andar toreando coches en el Eje Central? —preguntó uno de los reporteros al resto del grupo que disparaba miradas de bienvenida al recién llegado. Balderas iba quitándose el saco a la manera de quien se desprende a tirones la armadura, y subía las mangas de su camisa.

—Ya los veré, cabrones —vaticinó el acalorado periodista, buscando acomodo entre el racimo de amigos.

—Carajo, ya pensábamos que le había pasado algo malo, mi buen —solícito apostrofó uno de los cartonistas—, qué pinches horas son de hacer esperar a los compañeros.

—El tránsito de las seis de la tarde, mi estimado. Qué hace uno, ni modo de saltar los coches y correr desde Coyoacán hasta acá —Balderas, entre la disculpa y el no me ayudes, compadre.

—Aquí siéntese —dijo con caricaturesca amabilidad el jefe de información al acercar una silla—. Qué pues con su entrevista.

—Que tiene sed.

—A ver, Meche —otra vez el informador, dirigiéndose a la mesera que los atendía desde que se hicieron clientes del sitio: —Tráigale algo aquí al muchacho que se nos viene derritiendo.

—¿Lo de siempre? —preguntó entre cálidas y coquetas sonrisas la mujer, perfecta y carnosa la boca, colmada de tersa miel la mirada.

—Por el ser a quien más respete —dijo Ángel al sentarse y acercar su silla a la que venía siendo segunda mesa de redacción de su periódico. Aunque en realidad no era la segunda, sino la cuarta, porque para efectos de la contabilidad en el bar, ese apartado se ubicaba justo entre las mesas tres y cinco. Pero de muchas formas, tantas como visitantes tuviera, sí era la mesa que sustituía a la del diario, porque tarde a noche eran sus asiduos articulistas, reporteros, fotógrafos y cartonistas, quienes se reunían en ella para comentar por anticipado las notas que aparecerían a la mañana siguiente en sus páginas.

De esa manera, entre anécdotas, conversaciones, avisos de última hora, risas, discusiones múltiples y canciones de Julio Jaramillo que ese día eran el fondo musical elegido por los parroquianos, transcurrieron varios tragos para cada uno de ellos. Y todo hubiera seguido por el tenor de siempre de no ser porque, ya con la noche encima, entró al bar otro de los cotidianos, el encargado de la mensajería interna de la redacción, con varios documentos que fue entregando a sus destinatarios.

—Llegó el correo, pero no de gratis.

Un coro de silbidos y de abucheos llenó los oídos del mensajero, quien no por ello dejó de sentarse en una de las mesas vecinas para disfrutar de los mismos elíxires que el resto de los trabajadores del diario ahí reunidos llevaban ya en una profunda parte de su ser. Discreto, ganándose una propina o un trago extra, el hombre con la correspondencia del momento le hizo una seña a Balderas, quien luego de pasar por el baño para no despertar sospechas, fue a sentarse a su mesa.

—Qué, no me dirá que hay imprevistos o guardias por cubrir…

—No, lic, no, nada de eso. Es que le llegó un envío que para mí que es importante. Lo llevó al periódico desde en la mañana una señorita muy guapa, desconocida por estos lares. Decía que era urgente que se lo dieran a usted en propia mano. Yo por eso me ofrecí, digo, lic, no fuera siendo que a lo mejor sí es importante.

—Dijo que era muy importante.

—Sí, mi lic.

—Y lo llevó una mujer joven al periódico.

—En efecto, lic.

—Y dijo que era urgente.

—Como usted lo acaba de decir.

—Y eso fue en la mañana.

—Desde tempranito, sí, señor, como a las nueve.

—Y me lo viene a entregar casi doce horas después.

—Pero, lic…

—Y todavía querrá que le invite un trago.

—Si no es mucha molestia.

Ambos sonrieron. Después de todo aquello bien podía ser una historia para que el hombre con el correo saliera con los bolsillos más cargados de monedas que de costumbre. Nada grave. A un lado de su vaso el mensajero dejó un sobre de papel manila, tamaño carta, tan común y tan corriente como muchos de los que llegaban a diario a la redacción, aunque, eso sí, impecable y sin remitente. Por lo demás, la posibilidad de que fuera de verdad algo muy importante no parecía ser sino uno de los múltiples efectos especiales del encargado de la correspondencia para ganarse la confianza de los reporteros. Balderas agradeció el gesto pidiendo a Meche otra copa para el señor, quien se despidió, luego de haber terminado sus encargos y con los tragos de cortesía.

Y salió, envuelto en su propia risa.

Balderas revisó el sobre. Lo palpó. Evidentemente no contenía, al menos luego de esa breve inspección, nada que no pudiera o no quisiera recibir. Como nada iba a romperse, no parecía contener ninguna foto o algo similar, y como tampoco pareciera tener la urgencia de ser revisado inmediatamente, lo dobló para guardarlo con cierto cuidado.

Así que eran como la nueve de la noche cuando Ángel, todavía con alguna canción de Jaramillo revoloteándole en los oídos, salió del bar a hacer una llamada lejos del ruido del interior. No parecía ser nada de verdadera necesidad, o al menos nada que no pudiese aguardar un poco, porque cuando Balderas pisó el suelo recién bañado de la calle y empezó a caer un aguacero, el primero en forma de la temporada, fue a refugiarse en el puesto de periódicos cercano, olvidándose de la llamada. Estaba feliz, reconciliado consigo mismo, platicándose historias hacia adentro, con la mirada viva y un cigarro a punto de ser consumido. Al sacar el encendedor para dar fuego al cilindro de tabaco, Balderas se fijó en uno de los balacitos secundarios de uno de los escasos periódicos vespertinos que aún esperaban comprador: “Segunda víctima del

Abrelatas". Y abajo: "Triste fin de un billarista". Y una foto, que lo dejó a medias tenso, en la que aparecía un pobre tipo a cuyo cuerpo, según lo que alcanzaba a verse, le faltaba justamente esa parte noble por la que, no habiendo más en qué ocuparse, los varones de toda la tierra hacen pipí. Ángel Balderas prendió el cigarro para acompañar los sentimientos de curiosidad que se le despertaban con la noticia.

Ahí estaba de nuevo. Así que por supuesto compró el marchito ejemplar y tapándose la cabeza con una de las secciones intermedias cruzó los pasos que lo separaban de las puertas del bar. Poco antes de entrar, una gota furibunda segó la vida de su cigarro. A Balderas le gustaba particularmente la época de lluvias en relación a las otras tres en que se dividía el calendario anual.

—Esto es llover, señores —dijo, ya sentándose de nuevo ante la mesa con los compañeros de trabajo que, escudándose en el fenómeno atmosférico, no hacían nada por salir del Cañaveral.

—No le acabo de decir, mi estimado —uno de los fotógrafos que revisaba sus imágenes—, cuídese, la vida no retoña, cómo se anda mojando si está aquí adentro la cosa tan tranquila.

Y no le faltaba razón al compañero, qué tenía que andar haciendo él por esas calles lluviosas en exceso cuando dentro del bar los hechos transcurrían tan amablemente. De manera que decidió hacer una pausa en la charla de los otros periodistas, que iba ya por los andurriales del futbol nacional, y dedicarse a la lectura del breve texto que daba cuenta del segundo asesinato, cometido éste esa media mañana, por un sujeto o sujeta o banda de tipos al que habían bautizado con el nombre, por cierto no del todo malo, de El Abrelatas.

El caso, esta vez, seguía teniendo los ribetes de lo lúdico. Pero, como en la ocasión anterior, las investigaciones preliminares no daban para mucho. Y era de esperarse que nunca avanzaran en la solución del enigma que ahí se planteaba. El hoy occiso, como decía la nota para referirse al tipo, era soltero, mayor de edad, jugador asiduo de billar en la modalidad de carambola de tres bandas, y no tenía antecedentes judiciales. Fue encontrado todavía con una lucecita de vida y llevado a un hospital frontero a la colonia en que lo hallaron. Ahí, sin poder decir nada de nada, el hombre perdió la vida, luego de perder, en el ataque, el miembro que lo identificaba como militante del sexo masculino.

Podía ser un hecho aislado. O, quizá, alguien que le quiso cobrar al billarista cierta deuda de juego con esa broma que le costó la existencia y la sustracción de un apéndice usualmente muy estimado entre los varones. Podía ser, entonces, que algún tipo o tipos lo mataran. Y que precisamente el o los asesinos hayan leído, días antes, la nota que el mismo Balderas leyó respecto de un caso semejante cometido no hacía ni una semana y media. Y con eso quisieran despistar las posibles pesquisas que al respecto se realizaran. Pues sí, pero no. O al menos eran éstas las explicaciones en cierta medida racionales que Balderas quiso suponer cuando, ya hacia la mitad de la noticia, se topó con que esta vez, y con una caligrafía muy parecida a la que él había observado en el caso anterior, se encontró pegado con masking tape al cuerpo del asesinado un mensaje: "A mis caros fantasmas, la misma sed me une".

Ángel hizo todos los esfuerzos posibles por recordar en dónde pudiera ser que leyera antes esa frase. Sonaba a cosa lejana, pero de ser así, qué carambas podía tener en común con la nota anterior, en caso de que el criminal hubiera sido el mismo. Y qué querría decir, unida a la primera. Nada. O nada que él estuviera en vena para desentrañar. Cuáles son los fantasmas que pueden atormentar, en forma de recuerdos o hechos semejantes, a un jugador de billar que, según el periódico, era bastante bueno para eso de la carambola. ¿Sería, entonces, que el o los criminales estaban queriendo comunicar que esa muerte había sido de rebote o como una jugada que implicaba la presencia de tantos elementos como los que participan en una partida de billar? Ah, porque además, el desdichado mensaje estaba plasmado en una servilleta cuyo logotipo minúsculo era un pingüino, idéntico al de la primera vez, sólo que ahora el dibujo estaba seccionado con una línea por la mitad, y al lado un número 2, muy visible para cualquiera que se asomara a verlo. A lo mejor la servilleta pertenecía a algunos de los casi incontables bares del país, o, por qué no, del mundo. O sea, nada de nada. Por lo menos, el o los responsables del trabajo se habían tomado la molestia de dejar una pista que, desde luego, no era para él ni para ninguno de los supuestos agentes del orden que se abocaran a investigar los hechos, si es que algún día alguien se interesaba por ellos.

El asunto no era claro, ni tenía por qué serlo a los ojos profanos de Balderas que se sentía atraído, no más que cualquier otra persona, en el caso. Crímenes era lo que le sobraba a la urbe. Aunque éstos revestían la novedad de ser originales, al menos en dos de sus partes: la sección de un miembro del cuerpo que era como ningún otro, y las notas extrañas que iba dejando aquel que los cometiera. La posibilidad del suicidio estaba otra vez descartada. Quizá, llevado por esa mano que no alcanzaba a ver pero que desde luego influía en su comportamiento, escribiera para su columna algunas líneas como las que redactó cuando vino a enterarse del trabajito antecedente, y que sólo hasta este preciso momento rememoraba. O quién sabe. El negocio no daba para tanto. Y no era cosa de estar llamando la atención de los lectores, si es que tenía algunos, con sucesos que se alejaban en mucho de lo que era su terreno. Para eso existían en la nómina los compañeros de la sección policiaca.

Salvo por las matazones entre bandas rivales, los grandes crímenes ya no se daban en México, y, si acaso ocurría alguno por ahí de verdad resonante, era abonado en la cuenta de alguno o algunos cuya identidad no iba a ser revelada nunca. Lamentablemente para su curiosidad, que iba apenas tomando el rumbo del trote, en su diario los responsables del punto no habían dado señales de vida. Y tampoco se trataba de invadir secciones. Quizá ya no escribiera más. Quizá. Por eso dejó de pensar en el asunto de las víctimas del Abrelatas, que ya se iba rodeando de cierta aura de fama, al menos en el terreno de los diarios vespertinos, y siguió con la tarea que por el momento le interesaba más: la retadora en la charla con el resto de amigos periodistas que ahora se encontraba empantanada en asuntos de historia.

El tema era la División del Norte y las relaciones que guardaba Pancho Villa con el que fue uno de sus más aventajados colaboradores, el general Felipe Ángeles.

—No, no —decía desde las fichas que le habían correspondido en el dominó uno de los fotógrafos —, lo que pasó con Felipe Ángeles fue que se decepcionó de la manera de guerrear de Villa. Eso fue todo. Olvídense de que la causa fuera justa o no lo fuera.

—Pero, mira, fíjate —decía uno de los reporteros de internacionales—, pese a que Ángeles fuera un militar de carrera, siempre tuvo de su lado el humanismo que jamás abandonó. Por eso es que no quiso seguir la guerra civil al lado de la División del Norte.

—No me arruinen, compañeros —intervino Balderas, que no tenía fichas ni las requería para dar su opinión—, Felipe Ángeles fue el único en darse cuenta que la revolución sólo iba a hacer que el poder económico y político pasara de unas manos a otras, que estaban igual de sucias. Se decepcionó, sí, pero no de Villa sino de la lucha por el dominio en que se convirtió el movimiento. Por eso no quiso seguir con Villa, porque sabía que juntos iban a convertirse, llegado el caso, en lo mismo que combatían.

Los demás compañeros avanzaron en el juego mientras Balderas exponía sus tesis. Y, claro, le respondieron.

—Mira, Balderas, puede ser que tengas la razón, pero si quieres seguir opinando tienes que entrarle con tu dinero al negocio que como ves está jugoso.

Lo cual era del todo veraz, sobre la mesa del dominó había varios billetes. Así que Ángel Balderas esperó a la siguiente ronda para tomar parte en el juego y seguir la noche.

Entre ésas y otras pláticas se llegó la siempre temprana hora de cerrar el sitio. Y ante las quejas de los numerosos clientes que aún estaban en el Cañaveral, las luces del lugar comenzaron a apagarse.

—Si quieren la seguimos en mi casa —propuso uno de los reporteros, mientras pedían la cuenta.

—Como vamos —respondieron casi al unísono los seis periodistas que estaban en la mesa, Balderas entre ellos.

Se dividieron el pago según el volumen de las gargantas y fueron depositando su cuota para saldar el adeudo. Al sacar el dinero que le correspondía, Balderas se topó con el sobre aquel que le habían entregado, con un retraso de doce horas y al mismo tiempo con carácter de urgente. En lo que Meche iba y venía con los dineros, rasgó el sobre y puso ante su vista la única hoja que contenía.

La llamada vespertina que iba a efectuar cuando se encontró con el segundo hecho de violencia en que se vio involucrado el o la o los Abrelatas dejó de ser importante para Balderas. Y aunque no hubiera querido, las circunstancias actuales lo hicieron quedarse por un momento casi petrificado ante la mesa que ya abandonaban sus compañeros de labores. Y sólo pensó en comunicarse con Sánchez Carioca, de inmediato, antes de que la cosa tomara visos de seriedad. No importaban ya los muchos otros casos en los que se vio necesitado de hablarle al hoy su amigo y ya antiguo compañero de tragos, de noches de box y maestro en la universidad que Balderas tenía como parte de su pasado cercano.

—Ya, Ángel, ni que fuera un mensaje de tu mujer.

No, no era mensaje de la mujer que Balderas pudiera haber considerado al menos en parte y en sentido figurado suya, porque ella estaba, según todas las informaciones al respecto, muy lejos de escribirle. La hoja, escueta, proveniente de alguna impresora obediente a su vez de un procesador de palabras como había millones en el país, lo hipnotizó a la primera.

Una sola frase, que él debió de haber leído muy temprano, y desde luego mucho tiempo antes de que circularan los diarios vespertinos, le hacía guiños desde el papel: "A mis caros fantasmas, la misma sed me une".

Ah, chingá, se dijo, por fin, como despertando. Y decidió marcar el número de Sánchez Carioca.

Pin dos

¿Lo ves? Si se trataba sólo de un momento de clara decisión, de furia medida y calculada. Fuiste como un actor. O sea que no eres culpable de nada. Recuerda que te prometiste a ti mismo no jugar con la ética. Adiós a los pensamientos catastrofistas. Estás aquí y que el mundo se las arregle contigo como pueda. Y si puede.

¿Te das cuenta? Hasta un poco seguro te has vuelto. No es cosa de vanagloriarse. Nadie puede andar con un cartel en el pecho por las calles, diciendo: mírenme, acabo de asesinar a un hombre, y tan tranquilo. No, no es nada que se pueda contar. A nadie. No violes esa regla que te has marcado. Te digo, eres como un actor, sencillamente vienes y representas lo mejor que sabes tu papel. Claro, hay que improvisar un poco. Uno nunca sospecha cómo va a responder ese único espectador que tienes delante para ver tu desempeño. No te va a aplaudir, eso jamás, olvídalo. Porque para él este teatro es muy en serio, le va la vida en el escenario. Por eso tú, con toda la seriedad del caso, debes comportarte como si en realidad muchos ojos estuvieran pendientes de tus más leves gestos, de todos tus movimientos, tanto en conjunto como de manera individual. Desde luego no te pongas como el tipo aquel de la película a ensayar delante de un espejo las formas de sacar más rápido las armas, y no porque te parezca malo que alguien lo haga como parte de su formación, no, entiéndeme, sino porque puedes perder lo más importante: la serenidad. No dejes que tu imagen, tantas veces puesta bajo tantas luminarias, te traicione. Piensa que si bien eres un actor y estás desenvolviendo las características del personaje que te ha tocado representar, no eres más que un vehículo. Eres el vaso y no el contenido. Porque ése, el ser, lo actúas, lo refieres, lo platicas, de bulto, claro, pero no es más que discurso apuntado con anterioridad.

Hasta ahí vas bien. ¿Te llevó mucho tiempo cumplir con lo estipulado? ¿Te sentiste dentro del personal ritmo que imaginabas? ¿Hiciste todo con la parsimonia y la severidad del caso? La respuesta es sí. O casi. Por ahora, ese porcentaje tuyo que no llega al cien por ciento de efectividad, no es de cuidado. Estás aprendiendo. Tomas, como quien dice, los rudimentos del oficio. ¿A que no sabías cuál era la verdadera sensación táctil que produce el contacto del metal afilado con la carne viva? Claro que no, pero te metes en un mundo que no es del todo despreciable. Al fin y al cabo, hay miles de personas en el mundo que se dedican a lo mismo, amparadas por un título universitario.

¿Sentiste náusea? ¿Hubo vómito antes o poco después de que concluyeras con la labor? ¿Mareo? ¿Dolor neurálgico? Un poco, sí, a qué negarlo. Pero, mira, es natural. Nadie nace sabiendo. Lo importante es vencer la posible conmoción inmediata. El trabajo tiene que salir adelante. No hay que perder de vista el objetivo último, o por lo menos el intermedio. Lo demás es sólo tiempo, adecuación, costumbre. Déjate llevar y continúa como hasta hoy. En todo caso, toma algunas precauciones. Lleva pastillas de menta para los minutos más conflictivos. Si sobreviene en la boca algún deseo que contravenga lo presupuesto, mascas firmemente dos o tres dulces a la vez. Tienen que ser de una menta muy concentrada, para que venzan rápido y de forma eficaz la molestia.

¿Te das cuenta qué sencillo te ha resultado ofrecer la muerte en bandeja de plata?

Oye, aquí, entre amigos, dime, a qué sabe la sangre. Bueno, ya, ya sé que no era cosa de andar probando ese líquido espeso y brumoso que mancha todo cuanto toca, que tiñe. No, no es a eso a lo que me refería, sino al sabor que te deja en el gusto. No en la boca, porque eso es otra cosa. Me refiero a lo personal, a lo interior. ¿Tiene sabor? ¿Es cierto que después de realizar un buen trabajo, como estos dos que ya has efectuado, se siente en alguna parte indefinible del paladar algo así como el picor del vinagre? Quién fue el que dijo por ahí que el asesinar le producía abajo de la lengua la misma reacción que le despertaba el jugo de limón. ¿Así fue? ¿O se te acabó la saliva? ¿O, al contrario, no encontrabas en dónde escupir tanta agua que se te iba formando en la boca?

Lo que sabes hoy, después de lo que ya conocemos y has dado a la luz pública, es que actuaste con cierta frialdad. Tampoco te sientas un experto. No lo eres. Te falta mucho para acceder al principado. Pero sí puedes reconocer que ya provocaste cierto escollo por ahí, cierta reacción, ya saben de tu existencia. Y, aquí lo importante y que debería de causarte alegría, están conscientes de que no te tocaste el corazón para terminar con quienes lo has hecho y como lo has realizado. No faltará el que te califique, sin conocerte, de ser sin piedad. Déjalos. No saben lo que dicen. Al contrario, la tienes, y en qué medida. Pues si por eso te has metido en todo este embrollo. Por eso, y por el más sano sentimiento de solidaridad y de afecto sincero y de la más cristalina querencia. Esperemos que no te confundan, que no malinterpreten tus actos, que no te clasifiquen en el casillero más fácil. Ah, porque también de eso depende que el resultado primordial sea el esperado. No lo pierdas de vista. Así como un árbol mirado de muy cerca es capaz de obstruirnos la visión del bosque al que pertenece, así debes de trabajar tus labores para que no vaya una de ellas a obstaculizar la contemplación del conjunto. Aquí, cierto, la parte es el todo. Pero el todo es más importante que la parte. Son enunciados que se necesitan, pero se excluyen por lo menos en una de sus formas de expresión.

Debes también de contar en lo futuro con la seguridad que has demostrado tener. Te dije. Se trataba de invertir un poco a ojos cerrados, y luego ver la ganancia centuplicada. Y todo en favor de un poco de mano recia, de agallas. Así se hace. Y hoy lo sabes. Pero cuidado, la confianza no debe declinar en abulia, ni en malos manejos. Hablamos de seguridad, no de alarde. Eso déjalo para el resto del mundo y para las otras personas que se dedican a lo mismo a cambio de un sueldo. Queda bien sólo contigo.

Y déjame, o mejor, déjate saber con cierta precisión lo que sentiste. Que si te resultó difícil, bueno. Que si no, también bueno. Que si ya le estás encontrando el toque al negocio, mejor. De eso se trata. El plan, tu plan, apenas está en sus primeras fases. Cuando te acerques a la mitad, y cuando la rebases, verás. Paso a paso. No vas a vivir de esto. Es sólo una brecha lodosa que sigues para llegar al vergel.

Por lo pronto, ten calma. Tranquilo. Descansa. Todo fue más rápido de lo que suponías. Enhorabuena. Alégrate. Vas por donde debes. No te desvíes ni ofrezcas pelea antes de tiempo. Así es esto de la muerte, en un instante estás vivo y al que sigue ya no lo estás. Es una nada, una tenue línea imaginaria. No la maltrates, ni la tomes por la fuerza. Indúcela como hasta hoy.

Y piensa que en la ciudad de México la gente muere de las formas más inocentes del planeta. Esta verdad es nueva para ti, pero ya la tienes en las manos, está en tu poder. Y, además, ¿te fijaste?, aquellos dos que han muerto ni siquiera cuentan más que para las estadísticas o para el sensacionalismo. Y también conoces la razón: hay tanta, pero tanta gente en la urbe, que si uno desaparece sin dejar la fiesta pagada, su lugar se ocupa de inmediato por otros cuarenta o cincuenta candidatos. Gente, para lo que necesitas, es lo que sobra.

Descansa. Respira hondo. Limpia los pulmones de cualquier resquicio de aroma que no sea de tu completo agrado. Llénate de aire fresco. Escucha un poco de música.

Toma tu puesto con dignidad. Relájate.

Ya sabes matar, qué te preocupa.

Dos tipos de cuidado

—Periodista y amigo...

—Venerable y respetable maestro...

Justo cuando las sílabas que iba pronunciando Balderas cruzaban la frontera de la palabra *venerable*, antes de internarse en las de *maestro*, ya Carioca estaba diciendo, al tiempo que encendía el primer cigarrillo de la tarde:

—Venerable y respetable serán, en ese orden, las dos más viejas de su casa. Por lo demás ni me diga nada, estoy bien. Y por favor cuando hable conmigo no emplee esas horribles cacofonías que lastiman los oídos de un hombre de mi edad.

Acto seguido, luego de que Carioca se levantara de su asiento al soltar las frases, ambos se encontraron en un abrazo que revitalizaba de inmediato y sin más trámite la antigua amistad. Apenas sentándose, imperceptiblemente estaba ya al lado de los dos hombres la fruta madura de Meche, mesera del Cañaveral desde su primera juventud, sonriendo.

—Al fin se les ve juntos por ésta su casa. Qué se toma, maestro, ¿lo mismo de hace años?

—Lo mismo, Meche, pero con poco hielo. Y aquí a Balderas tráigale también una dosis de mi invención.

Partió la mujer a por los encargos etílicos.

—Usted dirá.

—Qué tanto sabe de dos asesinatos que se han cometido en los recientes quince días, ambos con la misma técnica.

—Con la misma técnica se han cometido cuarenta y seis asesinatos en esta ciudad nada más en lo que llevamos de la semana. No me pierda respeto y sea más específico.

—Dos varones, mayores de edad, diversas ocupaciones, ninguna relación entre sí. A los dos los mutilaron, uno se desangró en el sitio, el otro murió a consecuencia de un infarto, en un hospital donde le daban los primeros auxilios.

—Qué fue lo que les cortaron.

—Adivine y sople, si puede.

—Ya. Se llama pito. Llame a las cosas por su nombre.

Llegaron las bebidas, que de inmediato empezaron a bajar de nivel.

—Con todo respeto, porque se lo guardo aunque no parezca, pero mi querido Sánchez Carioca, dígame... —Balderas se acercó al centro de la mesa que los separaba. Carioca hizo lo propio para escuchar lo que, suponía, iba a ser una pregunta de toda discreción. Continuó Ángel: —Dígame por favor qué carajos es esto que estamos tomando.

La carcajada de Carioca fue instantánea.

—Qué niños los de hoy, en cuanto les cambian el aguarrás que toman por algo más destilado, pegan de gritos.

—Es en serio, Camilo...

—¿En serio qué? ¿Es en serio lo de los muertos ésos de los que me habla?

—Sí, pues, pero también es en serio esto del bebedizo.

—Qué, no le gusta...

—Más vale saber...

—Está fácil: una medida de vodka, una de ginebra, salsa picante, jugo de naranja y hielo al gusto.

—No sabe mal la cosa —dijo Balderas, contemplando el vaso en el que el líquido ambarino casi desaparecía.

—No hace falta que me lo diga, ya los primeros habitantes de la Rusia de este siglo lo conocían.

—Tendrá nombre…

—*Copacabana*. Así como lo oye. Y solamente lo pido yo. Y sólo sabe prepararlo el papanatas aquel que ve usted allá tan calladito tras de la barra. Yo le enseñé la idea de la proporción en esto de los cocteles fuertes. Ningún otro cantinero en las cercanías tiene su pulso.

Y Balderas lo sabía, no en balde precisamente ese cantinero era el que había llevado su concepción de Paraíso Blues al grado de lo sublime. Y también sabía Ángel que las cosas en relación con Sánchez Carioca no eran diferentes de cuando, hacía ya por lo menos tres años y varios meses, decidieron de común acuerdo separarse para esto de las investigaciones. Ambos continuaron su camino por donde mejor les pareció: Balderas dedicado al periodismo y Carioca a la asesoría en un despacho de abogados. Después de todo, ninguno de ellos había muerto en las aventuras que pasaron uno al lado del otro. Y eso, pese a que nunca en realidad fueron lo que se dice una pareja de investigadores. Siempre trabajaron por su cuenta, aunque siempre, también, como ahora, era Ángel Balderas el que recurría a su antiguo profesor universitario para que lo auxiliara un poco en los trabajos donde se iba metiendo. Carioca tenía por lo menos una ventaja sobre cualquier otro amigo suyo, amén de la lealtad a toda prueba: un revólver 38 especial, que sonaba como cañón cada vez que hacía fuego, pero que en manos de su dueño era una mascota perfectamente adiestrada, noble y obediente. De varios apuros habían salido los dos cuando el bicho aparecía en escena. A Balderas no le era difícil la tirada con arma de fuego, pero comparativamente su 45 vio poca acción fructífera en el lapso que los dos amigos se encontraron en apuros. Digamos que su pistola apenas e iba madurando en eso de quitar de en medio a la gente que está de más.

—Está bueno el Copacabana, ¿podemos pedir otros?

—Los que le alcance la sed, Balderas.

—Ya sabe que me molesta el negocio de la solemnidad, preferiría soltarle un buen albur, al cabo que ni me los entiende, pero en lugar de eso le agradezco de verdad que viniera a esta cita.

—No le contesto como se merece porque de albures yo sé por lo menos seis o siete veces más que usted. Pero ya le digo, por mí ni se preocupe. Siempre es un placer estar de nuevo en circulación.

Por lo menos dos verdades le había dejado ver Carioca: que su amistad, acompañada del revólver de marras, estaban tan listos para servir como siempre, y que en eso del albur más sabe el viejo por viejo. Carioca se veía entero, como si los años lo hubieran añejado estrictamente lo necesario. Cierto que no le temblaba el pulso, y Balderas tuvo buen cuidado de corroborarlo mientras el decano periodista encendía un cigarro. No hubiera intentado comprometerlo en caso contrario. Eran casi cuatro años de los cuales no sabía más allá de muy escasas noticias del hombre que tenía frente a sí. Aunque siempre que pudo preguntó lo indispensable para enterarse que gozaba de salud cabal. No aparentaba, por ningún costado, los sesenta años que iban cabalgando a sus espaldas. Al contrario, asumía la edad con cierta arrogancia. No había perdido el toque de dignidad en el vestir, ni la mirada fría y en gran medida analítica que lo acompañaba, y, sobre todo, estaba aún con él la sonrisa franca, de la que no podía saberse si era de burla o de propia seguridad. Era un señor altivo, en todo caso. Quizá hoy bebiera con menos algarabía, pero era igual de efusivo para brindar. Si acaso, le estaba entrando el síndrome de Santa Clos, el volverse una especie de abuelo de todos y todas quienes lo rodeaban, y que fueran menores en veinte o más años a su edad. Había algo de bondadoso en su trato, aunque seguro del todo inconsciente, porque el tipo era duro, y de cuidado, como siempre lo fue.

Por eso es que Balderas se decidió a narrarle la historia que empezaba a cocinarse justo enfrente de sus ojos. Y por eso es que le planteó, entre Copacabana y Copacabana, todas sus dudas al respecto. Le mostró la página en la que estaba escrita, con caracteres de impresora, una más de las frases enigmáticas, la segunda hasta el momento, que dejara el o la o los asesinos en el cuerpo de su más reciente víctima.

—Le recomiendo que no se preocupe, antes de que me cuente el resto de la historia. Matones como ése debe de haber por docenas en la colonia donde estamos ahora. Pero ellos andan en lo suyo. Mientras no le den señales de alarma mejor quédese en casa.

Lo que Carioca no sabía, y quizá de ahí su extraño y apacible comportamiento, era que la frase que Balderas le tendía impresa en una cuartilla resultaba ser precisamente la que apareció en el cadáver del billarista muerto. Al saberlo, Carioca no tuvo más remedio que sorprenderse y pedir una nueva ronda de bebidas.

—Mire, maestro, aquí está el recorte del periódico donde se da cuenta del recado que le dejaron al cuerpo, que es el mismo que tiene ahora en las manos.

—¿Y usted lo recibió antes de que ocurriera el crimen?

—No propiamente, porque lo tenía el encargado de la correspondencia interna de la redacción. Pero de que lo debí haber recibido, démoslo por hecho.

—Permítame ver ese recorte.

En realidad no era sólo un recorte, sino una plana completa, la primera, más aquélla otra, por cierto de espectáculos, donde se encontraba el pase, la conclusión de la nota. Mientras Carioca se abocaba a la lectura, Balderas aprovechó el momento para desaguar toda la nostalgia que le habían creado los tragos ingeridos. Se retiró al baño, con la certeza de que las cosas eran tan inquietantes como para que Carioca se interesase en el asunto. Si los sucesos continuaban por la vía que iban ya tomando, más valía no estar solo. Y más valía, además, que los compañeros de este viaje de regreso a su antigua personalidad fueran los de siempre, o sea los más certeros en su trabajo, empezando por Carioca, que destacó en su momento como criminólogo atípico, poseedor de la línea de investigación más firme y casi delincuencial que se conociera en el país en las más cercanas tres décadas.

Ni un par de minutos demoró Balderas en sus particulares arreglos. Y, sí, como lo había pensado, Carioca estaba del todo inmerso en la lectura de las hojas de periódico que le había proporcionado, pero la pregunta con que lo recibió al sentarse a la mesa no pudo serle más desconcertante para sus intereses del momento:

—Membrana de la penca del maguey, vertical, de siete letras.

Esta era una característica que, pese a que le pesara, no debió olvidar respecto de la personalidad de Carioca: su gusto, casi compulsivo, de resolver cuanto crucigrama estuviera a su alcance. No importaba el momento específico, ni la hora de la noche que fuese, ni el día feriado por el que atravesara, siempre que un enigma verbal lo atenazaba era capaz de despertar al más premiado geógrafo, lingüista, melómano o filósofo que fuera, con tal de arrancarle el secreto de la palabra, vertical u horizontal, que lo hubiera puesto en jaque. Y no era su culpa, porque no se había cometido ningún acto en contra de nadie, pero sí era él, Ángel Balderas, quien le había proporcionado aquellas páginas de diario vespertino en las que apareció el crucigrama con el que Carioca se enfrentaba. Y respecto del problema preciso que le presentó, Balderas dedujo que la palabra, si constaba de siete letras, y tenía que ver con el maguey, bien podía ser *tequila*. Pero, pensándolo mejor, apenas un segundo, y sobre todo porque su garganta tomó voz propia en la interrogante, dedujo que el tequila, esa bebida franca y rápida, no era producto del maguey, sino del agave. Así que no tuvo más remedio que reconocer su incapacidad botánica y meterse, como ya lo había hecho en anteriores ocasiones, casi siempre de madrugada, en los problemas resolutorios de Carioca.

—No tengo ni la más peregrina idea —dijo Balderas.

—Cómo no, empieza con M y termina con E.

—*Melambes*, el que se comió las plumas.

—Eso termina con S, y se llama *Melón*. No, Ángel, *mixiote*.

—Discúlpeme, como siempre, que no participe en sus juegos solitarios.

—Es un sano vicio —respondió Sánchez Carioca, al tiempo que preguntaba: —¿Ablación quirúrgica de la laringe?

—Cuántas letras.

—Trece, horizontal, termina en *mía*.

—Háblele a Guardia, él debe de saber.

—El maestro Miguelito hace años que ya no está con nosotros.

—No le digo Miguel Guardia, sino Germán Guardia, el médico.

—Para qué, ha de estar muy ocupado con sus muertos.

—No sea grosero, háblele.

—Para qué, Ángel, si esto no es más que deducción: si se trata de extirpar y cortar una laringe, por feo que suene, debe de llamarse laringosectomía o laringotomía, vamos viendo si cabe en las trece… —y se puso a contar los cuadritos correspondientes.

—Cómo ve que *laringotomía* sí entra en el espacio.

—Pura suerte.

—La manga de Santa Anna, habilidad de experto.

—Suerte de bebedor. Ya lo traía resuelto, nada más para impresionar al que se deje.

—Pero si es el periódico que me acaba de dar. Además de lento es usted ciego, mi lumbrera.

—A ver —dijo Balderas, ya picado por el reto: —Hombre, mujer, bestia o quimera, de nueve letras, que sustrae inesperadamente y sin permiso el miembro viril de sus víctimas.

—¿Horizontal o vertical?

—Como se acomode.

—*Abrelatas* —respondió de inmediato Sánchez Carioca.

Ángel Balderas, luego de corroborar rápidamente que la proposición era correcta, y no sin dar cuenta de su sorpresa porque el mejor de sus amigos diera tan rápido con la respuesta, planteó en seguida:

—De eso quería hablarle.

—No irá a decirme que usted...

—No me vea la cara de su verdugo, me refiero al caso que traemos entre manos.

—¿Traemos? ¿Los dos? ¿Así, de improviso?

—¿Se involucra o sigue jugando?

—Me involucro si me responde ésta: envoltura de los órganos sexuales de una planta.

—*Perigonio* —dijo Balderas.

Ahora tocó el turno de sorprenderse a Carioca. Pero disimuló bien el acierto inexplicable de su compañero de mesa.

—Pues fíjese que sí da, y no me rindo, pero dígame qué se trae con la cosa esa que le anda volando los pirrimplines a los que se dejan.

Balderas contó el resto de la historia. Y luego le recalcó a Sánchez Carioca la existencia de la hoja impresa en la que estaba la frase aquélla.

—No lo entiendo, de veras —le dijo Ángel, sin darle gran oportunidad a su desaliento, combatiéndolo con un nuevo trago de Copacabana—. Y luego está lo de las servilletas en las que dejan los recados. Ese pingüinito del carajo que no sé de dónde venga. No entiendo.

—Con trabajos, mi querido Ángel, y entiende usted que los pulmones sirven para respirar. Respecto de los pingüinos, déjeme decirle que no se dan en México, a ver si con eso lo ayudo.

—¿Recuerda usted de dónde viene la línea ésa?

—De un francés al que debería conocer, de apellido Valéry y de nombre Paul.

—No es juego, maestro, lo digo en serio.

—Y en serio le respondo. Debió usted de cursar literatura en mi aula.

—Soy posterior a la generación de Mascarones.

—Lo cual es una lástima, mi amigo.

—Le digo en serio.

—De verdad, Balderas, eso que me cita es un apartado de *La joven parca*, que nada menos se refiere a una de las tres personalidades que conforman eso que conocemos como muerte. ¿En serio le llegó esta nota antes de que ocurriera el crimen de ayer en la mañana? —preguntó Sánchez Carioca, levantando la mirada del periódico que tenía entre las manos.

—Así es, para eso le hablé, aunque no sé si tenga derecho después de todo lo que nos ha pasado por meternos donde nadie nos llama.

—Es un caso interesante —respondió al fin y de verdad muy en serio Carioca, doblando por la mitad el diario donde estaba impreso el crucigrama que solucionaba.

—Cómo supo, el que haya matado a los dos tipos, que a mí me empieza a interesar el caso.

—Cuáles son los antecedentes, además de su curiosidad.

—Los que le digo, sólo escribí una nota, de tres líneas, en donde señalaba lo aparentemente culterano de un crimen como el que se dio a conocer antes.

—El del "Cadáver exquisito".

—Ése.

—Con eso basta para empezar.

—Qué es lo que empieza.

—Un enredo de la madre en el que nos estamos metiendo.

Balderas no pudo menos que esbozar una sonrisa ante la solidaridad detectivesca de su amigo. Ya estaba, como en las mejores temporadas anteriores, hablando en plural.

—¿Y ya pensó en darle esta hoja a Guardia, mi querido Balderas?

—Ya no son horas, la hoja tiene más huellas que una virgen milagrosa.

—Eso quiere decir que sigue usted igual de burro.

—Eso quiere decir que le llamé para que juntos veamos qué pues con este negocio.

—Qué le parece si por lo pronto, en lo que pasa otra cosa que nos dé elementos, me le dejo caer al carterito ése que tienen ustedes en la redacción.

—Yo creo que está limpio.

—Es mejor estar seguros. ¿Ha seguido practicando sus lecciones de tiro?

—Hace más de tres años que no tengo nada que ver con armas.

—Malamente, mi estimado.

—¿Usted?

—Le recomiendo que no me busque, porque todavía soy capaz de pegarle tres puntadas en la frente antes de que se caiga con el primer impacto.

Eso, justamente, era lo que Balderas estaba esperando escuchar de Carioca. Además de su amistad, si era cierto lo que decía, junto a él estaba uno de los más arrojados y precisos tiradores de la ciudad. No le faltaba ningún elemento para meterse de lleno en la nueva situación que se le presentaba.

—Si usted quiere, le entramos.

—Claro que sí, mi querido Balderas, pero antes cuénteme qué le pasó a la mujercita ésa tan bella con la que andaba usted en muy buenas relaciones.

Cling.

La campana sonó en el cerebro de Balderas como es casi seguro que resuena en los oídos de los boxeadores que están a punto de perder la pelea y el badajo los salva. Sólo que aquí la cosa era al revés.

Carioca se dio cuenta que había tocado un punto desprotegido de Balderas. Y no quiso insistir. Es más, prestó atención a lo que en ese momento, y desde hacía un buen rato, salía de las ocultas bocinas del Cañaveral.

—Ése parece Olimpo Cárdenas…

—Es él —dijo Balderas, apenas recobrándose del jab al hígado que había aceptado, con la guardia baja.

—Si no es indiscreción, ¿lo ponen porque está usted aquí, mi joven amigo?

—Creo que sí —dijo Balderas, ya casi saliéndose de las cuerdas con el breve interrogatorio. ¿No bastaba estar a la caza de un alguien que mata varones y los mutila, y que además ya sabe que uno le toma interés? ¿No era suficiente con cumplir de manera holgada con el trabajo del periódico? ¿Qué más piezas hacían falta en esta suerte de rompecabezas en el que se metió con sólo leer la portada de una publicación de poca monta, una tarde de lluvia, mientras salía del bar por cigarros? ¿Con cuántos amigos podía contar para solucionar ésta y otras dudas?

—Cuento con usted, Carioca, me imagino.

—Sólo si me invita al box de este sábado, hay pelea por un campeonato mundial de unificación.

Ahí estaba la respuesta, o mejor, las dos respuestas que hacían falta: la primera, el otro gusto de Carioca, el del box, cada sábado, lloviera o tronara, televisado o en vivo, y luego, la de su refrendada amistad, ya se tratase de solidaridades o de balazos.

Pidieron un trago más, por supuesto.

Mórtimer Tavares: hace diez años

Penetrante es el aroma a lavanda que despiden los dos hombres que con pasos enérgicos cruzan la puerta de salida del campo paramilitar situado en la orilla superior derecha de la ciudad. Aún no amanece. Son seguidos casi inmediatamente por un tercer personaje. Las dos únicas diferencias entre este último y los dos anteriores no son el traje de flexible corte que a todos los viste, ni la forma simétrica y castrense de caminar que conforma al pequeño grupo en un ballet de velocidad y sincronía. No son los detalles a simple vista observables, sino otros, igual de nimios o minúsculos, pero para el caso significativos.

Son dos los puntos gracias a los cuales se crea un halo de distancia entre ellos, y esta distinción la hacen dos ausencias: la mirada y la corbata: porque el tercer tipo que sale a todo gas del recinto, rebasa a los dos que lo preceden y abre, con presteza ensayada cientos de veces, la portezuela trasera del auto del año, negro brillante, con placas de singular contraseña y los invita a pasar con el gesto. Este hombre, pues, lleva lentes completamente negros, enmarcados en armazón de acero, y su mirada no existe, sólo una luminosa tiniebla en la que se reflejan las figuras al pasar al interior del auto. Las corbatas de los dos hombres que toman posesión del asiento trasero no se mueven apenas nada, quedan como adheridas por la magia de algún sujetador no perceptible a la forma del torso. Maniquíes, se diría de ambos. Actores de película de alto presupuesto. Periodistas de país hiperdesarrollado. Pero es en este acercamiento donde podemos apreciar al detalle que cuando el tercer varón sube al coche, luego de rodearlo por la parte trasera de amplios pasos, no se ve ninguna corbata que cuelgue o vaya pegada a su pecho. Usa una camisa azul muy claro, de cuello redondo, cerrada hasta el último botón, de un planchado incontestable. Resalta el color de la prenda ante el negro total de las gafas y de la tela del traje.

Así parten, veloces, y se internan en la urbe. Llevan una ruta preestablecida. El que hace de conductor atiende sólo a su negocio. No hablan. Uno de los de atrás, el más alto, ofrece cigarros. Fuman los tres con estudiada tranquilidad. Atraviesan dos o tres colonias cuyas calles están trazadas con la perfecta escuadra de algún arquitecto que luego de realizar un trabajo semejante ya puede pasarse descansadamente el resto de su vida. El auto se acopla de manera natural a los planos corredores que hacen las veces de calles, avenidas, retornos, glorietas. Ronronea sin agitación alguna el motor de la cosa. Se desliza bajo la mano del conductor. El poco tránsito hace que el vehículo llegue a su destino en no más de veinticinco minutos desde que arrancara. Serán poco menos de las seis de la mañana.

La máquina se estaciona frente a una residencia de tres pisos, amplísima tanto como media manzana, dos antenas parabólicas presiden la construcción. Los tres hombres consultan sus relojes, y hacen algún ajuste de segundos entre los artefactos. A una señal echan a andar sus respectivos contadores de tiempo. Sonríen con la relajante expresión de quien está a punto de cumplir con un deber inaplazable y feliz. Trabajadores puntuales, no hacen perder un minuto de posible ganancia a sus directivos. Bajan serena pero firmemente del auto. Cierran las puertas a un mismo impulso. El que hizo de chofer lleva una pequeña maleta de piel, también negra, y revisa su contenido numerando en voz alta los objetos que observa dentro de ella. La cuenta alcanza las ocho cifras. Se detiene. Con una inclinación de cabeza indica a los señores que está del todo dispuesto. Se coloca un par de guantes de cirujano que ha extraído de una bolsa de su saco. De la otra bolsa saca un pequeño aparato semejante a un celular. Dirige el dispositivo a un ojo electrónico que no puede mirarlos, pegado a la altura de lo que sería la chapa de la puerta. Oprime uno de sus botones primero y luego desliza otro. El doméstico robot, portero automático, obedece al punto la orden: cuatro clics se escuchan casi al unísono y una puerta neumática se desliza en completo silencio. El acto de hechicería tecnológica se rasga un poco con el comentario en voz muy baja del hombre de los lentes oscuros:

—Hay que ver cómo viven estos hijos de puta.

Uno de los dos compañeros que lo escuchan le palmea con fuerte suavidad el hombro. El otro le guiña un ojo y se encoge de hombros, un poco ofreciendo benévolas disculpas en nombre de los hijos de puta a que hizo referencia el comentario. Acto seguido entran en la casa. Poseedores de un dominio aprendido sobre fotos del lugar, se guían rápidamente por los vericuetos del jardín. Miran a su alrededor, contemplan al paso parte por parte del sitio. No se escucha ningún ruido. La casa está casi en penumbras. Los vidrios no permiten el asomo de la mirada intrusa: el vapor interior los ha tapiado a la vista desde el jardín. Los tres hombres llegan a la fachada y la recorren todo lo raudos que se los permite la cautela con que trabajan. Suben, uno tras otro, la escalerilla de emergencia que se encuentra en uno de los costados. Descorren la puerta que da a uno de los discretos balcones. Toman posesión de él. Oprimiendo otro botón, el personaje de los lentes hace que se abra sin mayores problemas la puerta de acceso. Otra puerta los espera. Se repite la operación del silencioso artefacto. Y se ven dentro de una cálida habitación. Quizá sea Vivaldi o algún italiano del mismo periodo el que crea la atmósfera acústica en la recámara. Sobre la enorme cama un hombre duerme del todo ajeno a los hechos que se suceden en su cercanísimo derredor. El sujeto del control automático cierra una a una las puertas que antes abrió, dirigiendo a distancia el haz magnético del control.

Cuando se cierra la última, con el mínimo ruido, despierta medio sobresaltado el durmiente. Casi grita al ver que el cañón de la 45 que sostiene en su mano el de las gafas oscuras le apunta directo al medio de los ojos, a no más de veinte centímetros de distancia. Se le congela el grito en la garganta. Saca las manos de las sábanas e intenta hacer gestos de clemencia o confusa explicación. Está asustado, pero al ver que no llega a su rostro ni a ninguna otra parte de su cuerpo la descarga esperada, trata de pronunciar alguna palabra de negociación.

El hombre con la pistola lo conmina a callar, tranquilizándolo con un ademán. Los otros dos tipos observan la escena. Toman asiento en el taburete que está a su alcance. Lo ponen en un rincón para ser desde ahí espectadores. El de los lentes se acerca al aparato de sonido y teclea sin prisa, encuentra la sintonía de una estación de radio, sube el volumen a los decibeles apenas necesarios para que los cristales de las ventanas tiemblen con los acordes de la música y los comentarios del locutor.

El hombre acostado siente la inminencia de algo grave. Tartamudea un poco y por fin logra pronunciar.

—No los conozco... señores... pero por favor... de qué se trata... no usen la violencia...

Mira para otro lado el hombre de los lentes oscuros. Pero dice, inequívocamente dirigiéndose al que está acostado:

—Cállate, pendejo, no venimos a platicar.

Sus dos compañeros esbozan medias sonrisas al oír estas palabras. Se reacomodan en su asiento. Uno de ellos, con el simple gatillo de una mirada hace que el de las gafas polarizadas ponga manos a la obra.

—Párate —le ordena.

Pero, además de no hacerlo, el asustado varón quiere argüir algo en su defensa. Lo ataja su cuidador:

—En silencio.

En cuanto el hombre toca el suelo con los pies, el de la voz cantante lo sujeta por la espalda y amarra sus muñecas con una soga plástica sacada de la valija. Hace lo mismo con los tobillos. Pone varios tramos de cinta adhesiva en la boca del hombre. Los ojos de éste buscan el nada seguro amparo de los dos que están contemplando los movimientos de su camarada con verdadera concentración, casi calificando los pasos que da en el cumplimiento de la empresa. El desnudo es llevado hasta una silla recta. Ahí lo acomoda el de los lentes oscuros. Lo ata al asiento. En cuanto está fijo, las gafas voltean al taburete para recibir más indicaciones. Una inclinación de cabeza le basta para proseguir con el trámite. De la bolsa del pantalón saca una fotografía y la muestra al desnudo. Lo interroga, parco:

—¿Te acuerdas de la señora?

En su silla, el hombre se ve a punto del llanto al reconocer a la mujer de la foto. Una mujer como casi cualquiera otra de cuarenta años, clase media acomodada, sentada en el borde de una piscina, sonriendo feliz a la cámara. Le dice más:

—Ésta tú la tomaste. Estaban en Ixtapa. Hace dos meses. ¿Cierto?

Ante la evidencia, tiemblan las desnudeces del varón. Agita la cara presa de un ligero acceso nervioso. Llora. De un tirón le arranca las cintas de la boca. Se atropella al hablar pero consigue decir, luego de un par de minutos:

—Señores… quién iba a saberlo… la señora… yo… les juro a ustedes… tengo familia… no sería justo…

—Hasta ahí. Ya sabes por qué —vuelve a cortarlo en seco el de los lentes. Tapiza nuevamente la boca del hombre con cinta de repuesto. Saca un bote de aerosol, un aromatizante de ambiente.

—¿Te gusta el aroma a pino? —pregunta, serio. Rocía un poco en la habitación. Lo dirige hacia la cama y suelta un buen chorro de pino pulverizado hacia allí. Sigue hablando:

—¿Aquí la traías?

El desnudo ya no pone atención. Simplemente llora. Los movimientos del hombre de las gafas son precisos: de forma instantánea toma el escaso pelo de su víctima y da un fuerte tirón hacia atrás. Le tapa la nariz y así lo mantiene a lo largo de ciento veinte eternos segundos. Patalea el desnudo. Se pone rojo, rojísimo, se le botan los ojos de las órbitas. Su cuidador lo suelta de la nariz y mientras el hombre jala litros de aire con aroma a pino, le aplica en las fosas nasales una sensible dosis de aromatizante. El desnudo tiene violentas contracciones torácicas y bota con la presión las cintas adhesivas. Vomita un líquido acuoso. Respira nuevamente diez o quince veces seguidas antes de que nuevos pedazos de cinta le sean puestos en el orden de costumbre. El hombre saca de la valija un desarmador de mango muy ancho. Da juego a un contacto que tiene el aparato y la barra de metal gira con firmeza.

—¿Qué era lo que te decía cuando estaban juntos? ¿Cómo era su voz?

Le pregunta no con curiosidad, sino como siguiendo el texto de algún libretista. No espera respuesta ni la quiere. Se acerca al hombre y le recarga la cabeza en uno de sus costados. Toma el destornillador. Lo lleva a la máxima velocidad. Le penetra sin mayores trabajos uno de los oídos. Brama con mucha dificultad, bajo las cintas que cubren su boca, el hombre desnudo. La misma técnica le es aplicada en la otra oreja. Brota sangre de ambas cavidades. El de los lentes oscuros apaga la herramienta.

—¿Me oyes? —le dice, y apostrofa más fuerte pero con serenidad: —Pendejo.

De la valija saca un estuche y del estuche una navaja. Arranca de un tirón las cintas del torturado. Grita el hombre. Grita como viendo muchas veces la muerte frente a sus ojos. Grita como queriendo escucharse a sí mismo. Decirse que está vivo, que tiene oídos, nariz, garganta, que está vivo grita. Pero no se oye. No oye nada. Está sumido en un mundo silencioso y al mismo tiempo rodeado por tres hombres a los que nunca ha visto pero sabe que vienen a cobrarle una deuda que quizá nunca se percató de contraer. Trata de controlar los diversos dolores que lo agobian pero desfallece. Hay un pequeñísimo síntoma de alarma en el de los lentes. De la valija saca un frasco con sustancia transparente. Lo pone bajo la nariz del desnudo que despierta de inmediato y se concentra en leer las palabras en la boca de su captor, que le dice, aunque no pueda oírlo:

—Me molesta mucho que grites. Ya no vas a hablar.

Con habilidad de carterista hunde la mano en la boca del hombre, casi le provoca nuevo vómito, le saca la lengua que es un animal viscoso y preso en la mano que lo atenaza. Con la otra pulsa la navaja y de un solo corte la separa del resto del cuerpo. Es un órgano largo, desinflándose de sangre, el que arroja a la cama, con cuidado de no mancharse la ropa. Llena la caverna aullante que forman los dientes del hombre con un pedazo de sábana. Con otro le fabrica una mordaza. En seguida saca de su valija una jeringa y otro frasco. Toma exactamente dos centímetros cúbicos y la aplica en una de las saltadas venas del antebrazo izquierdo del desnudo. Cesan casi por encanto las contracciones de éste, deja de llorar, respira firme y con cierta regularidad, echa hacia atrás la cabeza, descansa parpadeando repetidamente.

Aunque no dura mucho el receso, apenas el tiempo suficiente como para asimilar una nueva cantidad de dolor.

Mientras tanto, los hombres que presencian la escena no se han movido de su sitio. Observan silentes y atentos. El de las gafas se sienta en la cama a contemplar con cierta distancia los efectos de su obra. Sólo por unos segundos. Labora de inmediato como hormiga buscando entre los artefactos de la valija. Saca un nuevo tubo de aerosol, color rosa mexicano, breve, a la vista más inofensivo que un caramelo. Lo agita y se acerca al desnudo. Rocía un poco alrededor de su cara. Las carcajadas de ahogo son instantáneas, se desternilla de risa interna el torturado, se va riendo de la muerte que lo ronda de muy cerca. Consigue, entre los espasmos de las risotadas que apenas se le salen en forma de grandes mugidos, tironear las manos y liberarse momentáneamente de la captura. Se acerca veloz el de los lentes oscuros, pero no logra impedir que el amordazado también se arranque de un desesperado tirón el trapo que le llena la cavidad de la boca. En la habitación, además de la música que llena el espacio, alcanzan a distinguirse con claridad las risas de un hombre que al proferirlas convierte estos sonidos en bocanadas de sangre a medio coagular.

El pecho, las piernas, las manos del hombre y parte del piso se tiñen al momento con el color rojo oscuro del líquido. No han transcurrido más allá de dos segundos y ya la escena cobra matices de carnicería. Los dos hombres, que continúan sin moverse, hacen ligeros gestos de desaprobación. Los entiende el de las gafas oscuras que ya mete un nuevo tapón en la boca del desnudo, le ata otra vez las manos en la parte trasera de la silla, esta vez con mayor firmeza que en la primera ocasión, y lo amordaza con renovado encono. Respira profundo y se toma un instante para continuar. Aplica otra rociada del gas y el desnudo vuelve a ahogarse con los vómitos que las contracciones estomacales le producen con desesperada hilaridad.

Voltea el encargado de las maniobras por alguna contraseña en los ojos de sus acompañantes. Uno de ellos consulta su reloj y luego de echar un vistazo al otro, le hace al de las gafas la señal de la V de la victoria. Entiende el de los lentes que le restan sólo dos minutos para finalizar con la tarea. Guarda con apresurado orden los instrumentos que ha empleado. Cambia sus guantes sucios por un par de repuesto. Revisa con cuidado la habitación. Acerca a la puerta de acceso el control automático. Saca con desenfado su 45 de la funda sobaquera. Y a la distancia de un metro ordena al desnudo, apuntándole a la cabeza, que abra las piernas. Lo hace una o dos veces sin apreciar ninguna respuesta por el hombre que está morado, a punto de ahogarse, riéndose a pleno pulmón de la canalla vida que le ha tocado en suerte.

—Ábrelas —le dice con la voz y con señales visibles.

Está decidido, contando mentalmente los segundos que lo separan de terminar en el tiempo que le fue indicado. Por fin el hombre deja pasar un poco de luz por la entrepierna, justo dos o tres centímetros, nada más. Por ahí, con una trayectoria horizontal, se cuela el balazo que ha salido disparado del arma. Rebota el hombre con todo y silla contra la pared a sus espaldas. Conserva inexplicablemente el equilibrio, recargado en el muro. Una nueva detonación lo alcanza en la cara interior del muslo izquierdo y ésta sí lo derriba. Choca la cabeza con uno de los muebles del lugar. La sangre, a borbotones con el impacto, sale presurosa por un resquicio de la mordaza. El hombre con la pistola da un pequeño rodeo para acercarse a la parte superior del cuerpo sin mojar sus zapatos en el viscoso tinte. Del hombre todavía salen algunas risas más, muy cansadas, como después de festejar durante mucho rato un graciosísimo chiste.

Frente a él, contemplando el resultado de sus agencias, el hombre lo mira concienzudamente. Acerca el cañón de la pistola a una de sus sienes. Y dispara sin más. El cuerpo rebota pegándose contra el mueble y luego contra la pared. No pasa de ahí. No se mueve el de las gafas, desde su sitio hace una nueva detonación que desaparece la cuarta parte restante de la cabeza del desnudo. Como sucede con las liebres o gallinas u otros animales a los que se priva de la existencia de un tajo, los músculos del hombre siguen respondiendo a lo largo de interminables segundos a los impulsos dictados por las sustancias químicas que contienen.

Y luego la inmovilidad absoluta. Y después el silencio, seguido de una inquieta actividad en torno del cuerpo.

Afuera ya, los hombres entran nuevamente en el auto. El conductor lo pone en marcha y la máquina comienza a desplazarse con suavidad por la colonia. Han transcurrido, si acaso, diez minutos desde que llegaran. Nuevos cigarros son encendidos. Habla uno de ellos, no para romper la tensión, porque ésta no se adivina en sus rostros ni en la manera en que el chofer conduce el coche.

—Estamos a tiempo. Déjanos en el esquash de Taxqueña, sales tomando la continuación de la avenida aquí a la derecha.

El hombre que maneja obedece serenamente la indicación. Momentos más tarde llegan a su destino, un club deportivo de grandes dimensiones. Descienden del vehículo. Se apresura el de las gafas oscuras para abrir la cajuela del auto.

—Déjalas —dice uno de sus compañeros—, yo las saco. Desde luego ya no quiero que seas chofer. No hace falta que sigas en esto.

Trata de comprender, adivinando en el semblante del que habla, las intenciones ocultas de sus palabras. Mientras tanto, al terminar su breve discurso, el hombre saca de la cajuela un par de estuches de raquetas y una bolsa de viaje. Habla el otro.

—Aquí déjanos. Ya no regreses por nosotros. Te reservamos un pequeño presente.

—Te lo ganaste —tercia el de las raquetas. Y saca de la bolsa de su camisa una mica con bordes magnéticos. La entrega al de las gafas oscuras con un gesto de benevolencia y agradecimiento, no exento de magnanimidad. Extiende la mano el subalterno para tomar el objeto. Le dice el hombre con una media sonrisa:

—Y buenos días, *caballero* Mórtimer Tavares.

Es enorme la sorpresa en la cara del que recibe la tarjeta plástica.

—Señor, de verdad que para mí esto representa un gran esfuerzo.

—Nada, nada —lo ataja, francamente amistoso el otro—. Desde ahora eres caballero. Pero tienes que hablar todavía con el jefe para ver qué zona te asigna.

—Pasaste bien la prueba. Quizá con excesiva lentitud. Hubo actitudes que no me gustaron mucho. Pueden traerte consecuencias.

—Toma en cuenta que a la mujer ésa ni siquiera la conocemos, ni teníamos por qué saber qué sí o qué no del mono aquél. Trata de no dar consejos. No pierdas instantes que luego te pueden valer la diferencia entre estar con tus amigos o quedarte frío en un basurero, y disculpa que sea tan franco.

El hombre de los lentes, Mórtimer Tavares, *caballero* desde el día de hoy hasta que la muerte lo separe de su mica y su arma, escucha agradecido, moviendo afirmativamente la cabeza a cada una de las palabras de sus compañeros. Dice seguro y casi sonriendo:

—Gracias, señor. Gracias. No sé cómo corresponder a su gesto. Pero quedo a sus órdenes de cualquier manera. No tendrá usted queja. No la tendrá.

—Preséntate hoy a mediodía con el indicado y llévale saludos de mi parte. Yo luego le hablo para comunicarle que todo salió sin novedad. Si quieres coméntale tú, pero sin detalles, ya ves que él es muy reservado con este tipo de asuntos.

—Adiós —dice el otro, levantando una mano.

Los dos hombres se alejan joviales, dispuestos a pasarse un buen par de horas correteando la salud tras una pelota de esquash. Dan la espalda a Tavares. Comienzan a caminar sin prisa.

—Gracias, señor —todavía musita el hombre, guardando en la bolsa interior de su saco la tarjeta que ha recibido.

Entra al auto. Se mira en el espejo retrovisor. Practica una sonrisa. Las palabras *gracias, señor*, se le mezclan con la imagen del cadáver que hace muy poco tiempo dejara en conflictiva posición dentro de una recámara con aroma a pino. Sacude la cabeza para disipar la visión del hombre desnudo y baja la ventanilla con intenciones de que el aire borre las frases que ha pronunciado y escuchado pronunciar.

Arranca el auto y sale de la zona sintiendo el viento que le pega en el rostro. Sonríe para sí mismo.

Transcurren, plácidas, las primeras horas de la mañana.

En sus marcas

1. Era necesario salir de la ciudad. Y no porque le temiera a algo tan ubicuo y al mismo tiempo tan impalpable como era un asesino o varios de ellos que hubieran cometido dos crímenes con cierta seriación. No. Era, simplemente, por el trabajo. Ahora que tampoco estaba de más dejar de vez en cuando al DF, sobre todo en los tiempos que corrían. Desde luego que a nadie le resultaba grato no poder conducir su automóvil dos días a la semana, en virtud de las medidas de contingencia que se adoptaron para evadir los efectos de la contaminación ambiental. Y el asunto, por otra parte, no era dejarse morir víctima de un enfisema pulmonar así de gratuito. La urbe estaba llena de peligros y ahora venía a sumarse éste más. Pero no se trataba de eso, sino de trabajo. Había que salir volando a Guadalajara, cumplir allá con una serie de entrevistas, seis por lo menos en cuatro días y medio. Mandar desde esa otra ciudad la columna, o sea buscar y encontrar el material de rigor. Y sobre todo realizar tres crónicas de los muy diversos hechos que se venían sucediendo en la región.

Si bien el vuelo de cuarenta y cinco minutos rumbo a Jalisco le planteaba el escape del monstruo en que se había convertido su lugar natal, en Guadalajara esperaba a Balderas un plan de labores que no le permitiría pensar más en los casos policiales en que había sido inmiscuido por la no del todo inocente vía del periodismo.

Pero no quiso abandonar este inicio de los golpes tan a la ligera. Por eso, tomando en cuenta la hora de la mañana, cuando más las ocho y media, decidió hacer una tempranera visita a Germán Guardia, sin previo aviso.

La enfermera que daba la bienvenida a los pacientes, la misma desde que Balderas tuviera noticia de la existencia de la pequeña clínica de Guardia, estaba tan dispuesta como siempre. Se acercó Balderas a la ventanilla de recepción.

—Buenos días, señorita. Necesito ver al doctor Guardia.

—¿Tiene cita? —le preguntó la mujer, amablemente, pero sin despegar los ojos de una hoja de anotaciones que tenía sobre su escritorio.

—No.

Ante la voz, que quizá le sonara al menos un poco conocida, y ante el giro que empleaba el hombre delante para solicitarle cita nada menos que con el director y dueño de la Clínica Guardia, la enfermera levantó la vista para cumplir con sus labores.

—Usted debe de ser…

—Balderas, Ángel Balderas.

—Claro, recuerdo que lo tuvimos aquí un tiempo para una pequeña intervención. De qué fue, señor Balderas.

—Si me acuerdo me duele, mejor no le buscamos. Usted cómo está.

—Bien, señor, y me alegra no verlo tan seguido por ésta su casa. ¿Está malito?

—No, pero necesito ver a su jefe.

—Déjeme ver si ya está en su consultorio —la mujer tomó el teléfono de la red interna y se comunicó con Guardia, que sí estaba, ya listo también para dar inicio a la diaria tarea de consulta y administración. Luego de una pausa y varias frases explicativas al teléfono, dijo la enfermera: —Que pase, pero que si viene a algo profesional más vale que haga una cita con antelación.

Qué citas con antelación iba a andar haciendo Balderas con el que fuera uno de sus mejores camaradas.

Además, ni siquiera había personas esperando. Era martes, la semana había iniciado ya. Entró por el vericueto de pasillos al consultorio de Germán Guardia, que ya lo esperaba con la puerta a medio abrir, la barba recortada minuciosamente, la sonrisa a punto, de blanco todo, impecable.

—Y ora tú, no me digas que te anda fallando algo de lo cual no quieres hablar con tu mujer… —el médico tendía amistoso la mano que fue a estrechar Balderas al tiempo que contraatacaba:

—No me falla, ni me sobra, ni me falta… Qué hay, Germán.

—Qué hay contigo, te pregunto. Pasa, qué pues, ¿vienes enfermo?

—Es la segunda vez que me preguntan lo mismo en menos de un minuto.

—Estamos aquí para combatir al dolor, ésta es una clínica y nosotros somos los encargados de mitigar el mal ajeno.

Ambos tomaron asiento en un sillón del consultorio.

—¿Desde cuándo no trabajas para las instituciones oficiales?

—Verás… ¿es una entrevista?

—Curiosidad de amigo.

—¿No estarás metido otra vez en broncas con destazadores y cosas de ésas?

—Más o menos.

—Ay, hermano, pero qué pues contigo. Luego tiene uno que andar soliviantando tu precaria sanidad.

—¿Cuándo dejaste de trabajar para una dependencia oficial?

—Ah, bueno, si es interrogatorio en forma deberé decirte que dejé la patología como hace unos cuatro años. Ése fue el último trabajito que les hice. Muy sucio, por cierto, todo el día tratando con cadáveres antologables. Nada que me interese como para regresar. ¿Vienes a proponerme trabajo?

—Vengo a consultarte.

—Adelante —dijo Guardia, adoptando una posición fingidamente médica.

—No como paciente… ¿Qué sabes de los dos asesinatos que se han cometido volándoles el pizarrín a sus víctimas?

Guardia no pudo evitar una sonrisilla. Se acomodó las cristalinas y muy delgadas gafas.

—Dejémonos de ambigüedades, hermano. No serás tú uno de ellos, me imagino.

—¿Sabes algo?

—Estoy casi del todo desconectado de mi antiguo trabajo, si lo recuerdas. Ahora, tanto como saber, lo que se dice saber, pues prácticamente nada.

—Pero estás al tanto.

—Veo la televisión, frecuento los periódicos, incluso el tuyo, leo revistas, voy al cine, platico con amigos…

—Puedes hacer un esfuerzo…

—¿De veras quieres saber quiénes y cómo?

—De veras —dijo Balderas, un poco cediendo terreno en la esgrima de diálogo que proponía siempre Guardia. Y le contó la historia aquélla del anónimo que le hicieron llegar, poco antes de que le cortaran de un tajo el instrumento viril al segundo de los asesinados.

—Ah, cabrón —respondió Guardia, metido al fin en el asunto—, o sea que la cosa se está poniendo fea.

—No me des ánimos.

—Oye, hermano, es que no me chingues, ¿o sea que el que anda coleccionando pingas te mandó un recadito anticipado?

—Sí, no hay vuelta de hoja. No es casualidad. No hay error. Así fue.

—¿Y estás seguro que tú lo recibiste desde antes de que se cometiera el crimen?

—Sí, Germán, como te digo.

—No eres cómplice por muy poco.

—Deja de ser legaloide…

—No puedo dejar de ser patólogo forense, hermano. Pero ya en serio, está cañón…

—¿Puedes investigarme algo?

—Lo que sea, hermano, lo que sea. Pero, a ver, ¿ya pensaste que a lo mejor alguien de la redacción del periódico vespertino ése donde se publicó la nota te quiso jugar una broma?

—No entiendo.

—Sí, mira, qué tal si se enteró de primera mano de la nota en el cadáver, que no deja de ser una bella frase, y te mandó de inmediato, con una hora de anticipación por lo menos, el texto aquél…

—No lo había pensado.

—No tenías por qué pensarlo, ya no estás en el ambiente. Cuánto tiempo tienes sin investigar algún caso.

—Digamos que unos tres años. Me retiré poco después de que tú te salieras de la burocracia médica.

—Lo cual fue bueno para ambos, ni hablar. Esa vida no era para ninguno de los dos.

—¿Quedamos, entonces, Germán?

—Quedamos, pero tengo que hacer una buena cantidad de llamadas antes de tenerte algo en firme… —la frase de Guardia no concluía.

—Pero…

—No hay pero. O, bueno, somos amigos: ¿hay algún dinero de por medio?

—No hay dinero de por medio, ni espero verlo más que en el sueldo del periódico.

—Para lo de medicina está tu servidor. Ahora, respecto de los honorarios es una lástima que nadie te pague por andar buscando asesinos vuelapitos.

—Gajes del oficio. Tienes tiempo si no pasa nada en estos días, yo regreso el sábado a media tarde para ir al box con Carioca.

—¿Adónde vas que más valgas, hermano?

—A Guadalajara.

—Cómo te matas trabajando —finalizó Guardia, de nuevo con una sonrisa.

Se despidieron en la puerta del consultorio. Todavía dijo Guardia:

—Considera la posibilidad que te digo.

—Eso lo verificará Carioca, yo me voy ahora mismo al aeropuerto.

—No, no digo lo de la broma, digo que a lo mejor tú eres el siguiente al que le recortan el presupuesto…

—Te lo mandaría de recuerdo para tus horas de ocio.

Guardia reía franco:

—De todos modos, si te hace falta, vienes para que te pongamos uno de refacción.

Salió Balderas de la clínica, sonriente también, aunque esta posibilidad última que le planteaba Germán Guardia, médico legista, naciente empresario, dueño de una próspera aunque aún pequeña clínica, le hacía cosquillas en un lugar del cual en estos momentos no quería acordarse.

2. El hombre, delgado como era, empleó su mejor talante y se dispuso a desmayarse si es que acaso las cosas se ponían más difíciles de lo que ya eran. Le temblaba la bolsa de papel que sostenía en una mano. Las latas de un par de refrescos, en la otra, amenazaban con salirse del cerco protector de los dedos. Por poco se orina en los pantalones, ahí, a media calle, a una cuadra del diario donde prestaba sus servicios como mensajero, al escuchar la pregunta que por segunda vez le formulaba el hombre de pelo blanco, con la palma apoyada en el revólver que asomaba por la funda a la manera cinematográfica del viejo oeste. Estaba diciéndole:

—A usted le estoy preguntando: ¿quién le pidió que viniera a dejarle a Balderas aquel sobrecito sin remitente que usted ya sabe?

Si no le castañeteaban los dientes era por obra de algún milagro. Atinó a decir:

—No, lic, yo, esté, pues yo ora sí que de qué o qué, digo pero sin que se ofenda, lic…

No era muy claro el mensaje. Sánchez Carioca tuvo que insistir un poco, haciendo presión con un simple gesto: desenfundar a medias el revólver, que no tenía pensado usar más que para lo estrictamente necesario.

—Mire, como se llame, no soy licenciado de nada, ni le importa cómo o por qué. Nada más que me va contestando de una vez o me obliga a emplear métodos más severos.

—Pero, mi lic, ora sí que digo, señor, pero es que yo cómo le explico, pues de qué, al periódico llegan un chorro de sobres, si no con todo gusto…

—El que le entregó a Ángel Balderas en la cantina, la otra noche, el que a lo mejor le dio a usted una mujer muy temprano, a lo mejor no.

—Esté, pues no sé si me acuerde, digo, lic, es que no sé si…

—Usted trabaja aquí en el periódico, ¿cierto?

—Cierto, lic.

—Dígame como quiera pero vaya respondiendo: ¿es el mensajero?

—Sí, lic, desde las ocho de la mañana hasta las diez de la noche, pero esté…

Carioca empezaba a perder la paciencia ante el hombre que ya no sabía dónde acomodar los nerviosos pies enfundados en tenis color verde. Se cambiaba de una mano a otra la bolsa de papel y los refrescos. Quería salir corriendo pero a todas luces dudaba de que sus piernas fueran más veloces de lo que prometía ser la mano firme del hombre que lo asediaba con una pregunta tras otra. Por eso pensó que era mejor quedarse y no poner en peligro su integridad, y de paso salvar los encargos que le habían hecho. Era un profesional de la mensajería.

—Sólo quiero saber una cosa, o me la dice o no me hago responsable de que siga vivo: ¿quién y cómo le dio el sobre aquél con destino para Ángel Balderas, ese que usted le llevó una noche al Cañaveral?

Carioca sacó otro centímetro el revólver. Y eso bastó.

—Mire, lic, fue una señorita muy guapa que vino un día muy temprano, pero yo ni lo abrí ni nada, se lo di como me lo entregó la mujer ésa…

—Cómo era la mujer.

—Estaba muy buena y muy alta, digo, con todo respeto, lic…

—A qué horas le dio el sobre.

—Ya no me acuerdo bien, lic, pero debió de ser como poco antes de las nueve de la mañana, porque yo apenas venía de traer los primeros encargos…

—Qué le dijo la mujer.

—Nada, nomás que ahí dejaba un sobre para el señor Balderas, y yo me ofrecí a entregárselo porque de eso me encargo, lic, para eso me pagan…

—Por qué se lo dio hasta ese día en la noche.

—Mire, lic, la verdad es que yo a veces busco el momento más propicio para entregar mi correspondencia, usted sabe, cuando el cliente está más en disposición de cooperar con algo… ¿Me puedo ir, lic?

Carioca se sintió excesivo en rudeza con el tipo. A las claras no mataba ni una mosca ni sabía nada que no le hubiera dicho a Balderas con anterioridad. Pero no era malo sacudirse el polvo y ensayar algunos trucos con este conejillo de Indias que se le presentaba. Si todo estaba más o menos en orden, era mejor que no se pasara la mañana con un desperdicio de información. Así que quiso desconcertarlo, antes de dejarlo ir en paz o que se orinara en los pantalones.

—De qué color eran los ojos de la mujer.

—Uy, lic, ahí sí que me va a perdonar, pero es que ni me fijé en los ojos, pero sí le digo que tenía todo muy bien acomodadito…

La bolsa de papel del mensajero estaba a punto de desfondarse.

—Qué lleva ahí —dijo Carioca, ya casi para guardar definitivamente el arma.

—Tortas, lic, son de las secretarias…

—A ver.

—Son tortas, lic, le juro, no se le vaya a salir un tiro…

El hombre mostró tanto como le era posible la mercancía. Carioca tomó uno de los especímenes, el que le pareció más abultado, para observarlo con cierto detenimiento.

—De qué es.

—De pierna, lic, todas las mañanas salgo por tres…

—Ya se puede ir.

—Pero, lic, digo…

—Adiós —dijo Carioca, dando por terminada la charla.

El mensajero no esperó más. Salió a todo galope por la acera, tratando de llegar lo más pronto posible a la entrada del diario, que aún estaba por lo menos a cien metros.

Carioca revisó todavía un poco más la torta de pierna que había confiscado como cuerpo del delito. Tenía bastante buena cara. Hacía años que no probaba una de pierna. Echó a caminar. El día se empieza con más ánimo si se acompaña con un buen bocado, sí, señor. Le dio la primera mordida.

3. Había sido dura la faena, pero a fin de cuentas cuatro días y un poco más le bastaron para agotarse y cumplir tras del teclado.

Consiguió todo lo que esperaba. Incluso trabó conversación durante el vuelo de regreso con una joven jalisciense de viva e interesante charla.

Estaba satisfecho, pero le creaba cierta inquietud el hecho de que no lograra mediante sus escasos contactos con la prensa deportiva los boletos prometidos para ir al box con Carioca. El maestro tendría que conformarse con asistir a la pelea desde el Cañaveral. Así se lo hizo saber desde el aeropuerto y quedaron de verse en el bar.

De manera que la expresión de Carioca revelaba un poco de desánimo, de callada decepción. El lugar estaba a medio llenar, faltaban casi un par de horas para la pelea estrella, los parroquianos aficionados al pugilismo iniciarían su arribo más tarde. Los sábados, por cierto, muy poca gente del periódico se acercaba por el sitio.

—Cómo está —dijo Balderas, al tiempo que le ofrecía a Carioca una botella del mejor tequila del planeta.

—Aquí, en primera fila, como me prometió.

—Le aseguro que hice todo lo posible, pero ninguno de mis compañeros me consiguió entradas, se agotaron desde hace años.

Carioca tomó entre las manos la botella. Medio se le iluminó el rostro.

—No crea que con esto me siento satisfecho.

—Yo sé que no, Camilo, pero qué le hacemos.

—Pensé que me invitaría, no que íbamos a ir gratis los dos.

—Yo pago los tragos de esta noche. Y la cena. Y lo llevo a su casa.

—Eso es lo menos que puede hacer un amigo, no se crea que es cortesía.

Como casi siempre, las risas de ambos cortaron de tajo las diferencias.

—¿Nos tomamos el tequila? —propuso Balderas.

—No le digo, quedó de invitar los tragos.

—Era una suposición.

—En todo caso, era una muy mala suposición. Nada, hoy quiero beber esa cosa que me ha platicado.

—Paraíso Blues.

—Eso. Aunque suene tan feo.

—Es una canción que interpreta la señora Fitzgerald.

—Sí, sé lo que es. No crea que estoy tan sordo como parece.

Balderas le solicitó a Meche los tragos necesarios. La mujer los surtió tan velozmente como era de esperarse de una buena samaritana el sábado por la noche.

—Cómo le fue en Guadalajara.

—Todo salió bien, ¿no ha visto las entrevistas que mandé para el periódico?

—Está mal que se lo diga, porque fue mi alumno, pero sí, las he visto. Son buenas. No me ha decepcionado del todo.

—Y usted, qué, cómo le va con sus abogados.

—Son una punta de inútiles, pero pagan bien y son limpios en el trabajo.

—¿Investigó algo del sobre aquél?

—Sí, no hay de qué preocuparse: se lo mandó el o la o los asesinos. Eso no tiene vuelta de hoja.

—Y no hay de qué preocuparse.

—No, el mensajero está libre de pecado.

—Cómo, ¿habló así nada más con él?

—Sí, tiene cara de roedor.

—¿Y ya?

—Qué quiere que le diga. Hablamos, lo convencí de que me dijera lo poco que sabía y ya.

—¿Y él le dijo todo, sin más?

—Bueno, no sin más, le confisqué una torta de pierna que llevaba no sé para quién.

—Entonces ni me preocupo ni nada —dijo Balderas, reclamando entre veras y bromas la posición poco segura en que el hecho los dejaba—. Total, el asesino sabe quiénes somos nosotros y que andamos tras sus huesos.

—Andamos sí, pero en todo caso el Abrelatas sólo sabe quién es usted y dónde trabaja. De mí no sabe ni madres.

—Le agradezco, Camilo.

Nuevas risas. Las peleas preliminares transmitidas por televisión, mientras tanto, apenas y daban algo qué comentar. Si acaso un buen par de volados de izquierda que algún poco conocido boxeador le metía entre ceja y ceja a su contrincante. Ningún momento lúcido, ningún nocaut. Se trataba de abarcar en el ring el mayor tiempo reglamentario, consumir todos los rounds programados, para que la empresa cobrara más en tanto se transmitían más comerciales entre un asalto y otro. Carioca se aburría esperando la pelea de unificación por uno de los tantos campeonatos de una de las tantas divisiones. Esa pelea sí que le era importante. Preguntó, un poco por matar el rato entre trago y trago.

—Cuándo me cuenta la historia de la joven aquélla con la que compartía la sal.

—Ya empezamos.

—Digo, si quiere…

—Hay poco que decir: un día obtuvo una beca para salir del país como estudiante.

—Qué se fue a estudiar.

—Actuación.

—¿Y?

—Consiguió la beca, nunca supe bien cómo porque de actriz tenía lo que usted tiene de bailarín de ballet.

—O lo que usted tiene de mesero, que no es poco.

Balderas asumió la respuesta a su broma.

—¿Y qué, pues? ¿Cincuenta y cincuenta?

—No sé, no lo he contabilizado. A lo mejor me quedé nada más con un veinte por ciento.

—Adónde se fue la joven.

—A la madre patria.

—Puta madre —cerró Carioca, dando por terminado ese renglón. Él mismo hizo una señal a Meche para que resurtiera las bebidas. La velada prometía ser por lo menos de charla. Y, si todo iba bien, verían una pelea de box decente, lo cual era extraño tomando en cuenta los arreglos y marrullerías que campeaban en el deporte nacional, sobre todo en éste.

Luego de una larga pausa en la que ambos consumieron el cigarro en turno, Carioca aventuró, sin dejar de ver la pantalla de televisión, como si no le importase demasiado lo que proponía:

—¿Se acuerda de Alejandra?

—¿El vals?

—No, Balderas, de Alejandra, la mujercita aquélla que usted regenteaba.

Ángel Balderas casi arroja sobre la mesa el trago de Paraíso Blues que tenía en la boca. En parte era la risa que la afirmación le provocaba, en parte cierta molestia por la sorpresa de escuchar un nombre que no dejaba de traerle una serie de recuerdos.

—No administraba a ninguna mujercilla, qué ocurrencias.

—Sí —insistió Carioca, como hablando del hilo negro—, la que se hacía llamar Alejandría.

—Sé de quién me habla. Alejandría Verano Duende.

—Qué pinche nombrecito.

—Era una belleza, ¿la recuerda?

—Usted que se la andaba tirando la debe recordar mejor que yo.

—Fue una hermosa temporada.

—Por qué se dejaron.

—No es fácil compaginar la vida de una mujer que vive de sus encantos y la de un servidor que se dedica a teclear frente a una pantalla. Nunca coincidíamos en los horarios. Cuando llegué con urgencia a buscarla, estaba ocupada, cuando ella pasaba por mí, a lo mejor ni estaba en el país. No son profesiones compatibles. Al menos no de tiempo completo.

—Luego de lo suyo se volvió realmente una profesional —Carioca, con más de media sonrisa iluminándole el rostro.

—¿La ha visto?

—¿Ya ve cómo sí se interesa? Lo padrote no se le quita.

—Sin bromas, Camilo, dónde andará Alejandría.

—Uy, mi estimado, como a miles de kilómetros de aquí, y eso si todavía existe la condenada ciudad.

—Digo la mujer, Alejandría Verano.

—Qué pinche nombrecito…

—No empecemos, ¿usted sabe algo?

Carioca no respondió verbalmente, pero sí le guiñó un ojo. Sacó su cuadernillo de notas y durante los siguientes dos minutos estuvo escribiendo con su mejor caligrafía un recado que suscribió con su nombre. Al reverso de la pequeña hoja también hizo una anotación.

—Tenga.

Balderas leyó el recado. No era más que un apretón de manos a distancia para una tal Sibila Sillé, en el que Carioca le enviaba saludos y le recomendaba a Balderas como un muy amigo suyo. Atrás de la nota Balderas leyó una dirección.

—Esta señora Sillé sí que tiene un pinche nombrecito…

—No se burle, a lo mejor ella lo saca de penas. Además, no se llama así, desde luego, pero así la hemos conocido a lo largo de un cuarto de siglo.

—Qué tiene que ver con Alejandría.

—Ése es el punto, mi distinguido. Luego del tiempo en que ustedes se vieron, cuando usted dejó la investigación, ella anduvo rondando por algunos bares que yo conocía. Y finalmente una noche la recomendé en la dirección que le apunto.

—¿Es una casa de citas?

—No sea grosero. Digamos que es un lugar para el solaz.

—Claro, me imagino.

—Vaya, si quiere, y pida hablar con la señora Sibila. Muéstrele el recado. Y pídale, muy discretamente, charlar a solas con Alejandría, que no se ha cambiado el nombre artístico. Estoy seguro que a los dos les dará mucho gusto volver a encontrarse. ¿O terminaron mal?

—No, nada mal. Simplemente fuimos dejándonos de ver por los diversos horarios y por su trabajo. Cambiamos de amigos. Ya nunca me la encontré en reuniones.

—Es que usted empezó a juntarse con intelectuaJillos y ella con empresarios. Bisnes son bisnes. Cuando vaya al lugar ése se va a encontrar con algunos tipos que seguramente reconocerá.

—¿Tan caro es?

—Sí, señor, pero no se preocupe. Sibila me debe por lo menos dos, de aquel tiempo cuando trabajé en ese periódico del cual no vale la pena acordarse. Prácticamente si no hubiera sido por mí y por los abogados a los que ahora asesoro, ya estaría con un par de cadenas perpetuas.

—Es dura la señora.

—Le gusta evadir impuestos, jugar fuerte y llevar bien su negocio.

Balderas guardó el valioso papel en su cartera. Pidieron más tragos. Se acercaba ya la hora de la pelea estelar. Vino Meche con los nuevos vasos más dos platos de botanas de la casa, y los depositó sobre su mesa.

—Señor Balderas, tiene llamada telefónica allá en la barra.

—Voy, Meche, ¿es del periódico?

—Yo creo que no.

Ángel Balderas dio un trago a su nueva bebida y se dirigió al apartado del bar donde se encontraba el teléfono. Estuvo al habla varios minutos, anotando en una servilleta los datos que el del otro lado de la línea le pasaban. Regresó a la mesa.

—Qué —le preguntó Carioca—, no irá a decirme que ya se va porque le mandaron una orden urgente.

—No, era Guardia, logró investigar algo de los cadáveres.

—¿Y? —Carioca dejaba la ironía para mostrarse atento a las palabras de Balderas, que consultaba los datos acabados de recoger.

—Hasta donde la policía sabe, los muertos no tenían ninguna deuda con la ley, ni se les conocía más vicio que algunos tragos de vez en cuando. En la autopsia los dos aparecieron casi congestionados por el alcohol. No mostraban señales de violencia alguna. No fueron golpeados, ni torturados. O sea que les volaron el pito mientras estaban casi inconscientes. Todavía no se sabe nada del posible asesino.

—Para decir eso —lo interrumpió Carioca— no se necesita ser investigador.

—No, para eso no, pero sí para saber, como me dijo Guardia, que los miembros mutilados sí se encontraron en el lugar de los hechos en ambas ocasiones. Eso no lo ha manejado la prensa.

—Sensacionalismo.

—Claro, es más explotable que el asesino se lleve los pitos de recuerdo y no que los deje por ahí a merced de cualquier perro sin paladar culinario. Luego, el que lo hizo no tiene conocimientos médicos o los oculta muy bien. Así que por lo pronto tampoco es un cirujano sicótico.

—Lo cual tampoco se ha desmentido en la prensa.

—Tampoco. Y lo más importante de que se enteró Guardia: los muertos no tenían nada que ver con elementos de ninguna de las varias policías que existen ahora en el país. No fue una venganza, sino el inicio de un trabajo.

—Entonces hay algo todavía más siniestro de lo que pensábamos.

—Sí, Camilo. Ya va a empezar su pelea.

Efectivamente, en la pantalla estaban ya en sus respectivas esquinas los púgiles del encuentro estrella que prometía ser de verdad un buen certamen. Un par de minutos más tarde dieron comienzo las acciones en el ring.

Carioca encendía un cigarro con la colilla del otro. Bebía con un poco más de prisa que de costumbre. Y ambos hablaban sólo en los escasos sesenta segundos de descanso entre round y round, mientras pasaban los comerciales. El local estaba lleno, ahora sí.

Luego de seis asaltos el boxeador por el que apostaba Carioca se encontraba sorpresivamente en malas condiciones. La ceja izquierda, merced a un resbalón del atleta, fue a dar contra la cuerda superior del ring y se floreó, con lo cual el rostro del hombre, entero por lo demás, se cubrió espectacularmente de sangre. Hubo una pausa en el combate para que el médico subiera a observar la ceja del peleador y decidiera la viabilidad de que continuara el encuentro.

—Son chingaderas, no la pueden parar —decía Carioca, apurando el contenido de su vaso—, es de unificación, además no hubo golpe de por medio, fue un accidente…

Balderas lo observaba respetuoso. En la pantalla, el médico hablaba con el representante de la comisión de box, iba a ver el ojo del pugilista, consultaba con los jueces. La pelea estaba suspendida al menos por ese lapso.

La voz del locutor narraba innecesariamente lo que todos estaban viendo en la televisión, y al notar que la cosa iba para largo, por lo menos uno o dos minutos más, la charla del comentarista se desvió un poco para decir lo siguiente:

"Así es, amigos aficionados, mientras el médico revisa la ceja del campeón y habla con el entrenador, tenemos unos segundos para comentarle a usted que nos acaban de informar que el caso del Abrelatas, ese asesino de señores que ha venido dando dolores de cabeza a las autoridades de la ciudad, ha cobrado una víctima más. En esta ocasión… Ahí se baja ya el médico del encordado y parece que… Sí, la pelea va a continuar, señoras y señores, los dos guerreros se van a sus respectivas esquinas y en un momento más sonará la campana para el séptimo round de este duelo... Ahí bajan ya los *seconds* y dan las últimas instrucciones a sus pupilos... Les decía que el conocido Abrelatas ha cometido uno más de sus crímenes y esta vez la nota que siempre deja dice: *No es preciso saber mucho de magia para revivir a los muertos...* Pero ya suena la campana y saltan de sus esquinas los combatientes, ambos en perfectas condiciones pese a que han tenido seis rounds de fuerte intercambio...".

Balderas había dejado de mirar el televisor. Trataba de que sus ojos se encontraran con los de Carioca, que, en cambio, no dejaba que se le escapase ni un solo detalle de la reanudada pelea. En el minuto de descanso volteó a verlo, por fin.

Ninguno de los dos se atrevía a iniciar el diálogo que forzosamente debería ser menor a cincuenta segundos, antes de que iniciara el octavo round de los quince a que estaba pactada la pelea.

—¿Lo recuerda? —preguntó Balderas, a medias inquieto.

—¿Sabe lo que es una Beretta?

—No entiendo.

—Una Beretta, una pistola de marca Beretta.

—No, no sé. ¿Recuerda de dónde viene ese poema?

—Le parecerá excesiva mi respuesta, pero sí, lo sé, yo mismo lo traduje junto con varios más del autor.

Balderas estaba a punto de pedir la cuenta y salir muy rápido del local, sin más rumbo que la redacción de su diario, en busca de noticias frescas. Se terminaba el minuto de gracia que mediaba entre un round y otro. Tenía que ser rápido.

—De quién es el texto, ¿es una canción?

—Tres cosas, Balderas, como amigo: primero manténgase quieto, luego le digo de quién es la frase y lo que pienso, y por último me responde seriamente si sabe o no qué carajos es una Beretta.

Ángel Balderas se serenó tanto como pudo. Ya empezaba en la televisión el asalto correspondiente, el octavo. Así que Carioca dejó de mirarlo para concentrarse en las imágenes. Y así, de lado, le dijo pausadamente:

—Pertenece a un poema que se llama *Revivir a los muertos*, y fue escrito por Robert Graves.

—Lo conozco, claro que lo conozco, lo he leído —dijo Balderas. Carioca no hizo caso de la interrupción que escuchara a medias. Siguió metido en la pelea y diciendo:

—En realidad la frase sigue y no termina con punto, sino con dos puntos. Y luego continúa con algo así como "Sopla sobre la brasa de un cadáver y encenderás la llama de su vida". Y por ahí se va hasta que termina.

—Me voy —dio Balderas, casi levantándose.

—A ningún lado, Ángel, antes tiene que pagar la cuenta y responderme a lo que le pregunté.

Tomó asiento Ángel Balderas ante un impasible Carioca. Le contestó:

—No sé lo que es una Beretta más allá de que es una pistola moderna.

El asalto, para estas alturas, había terminado. De manera que Carioca volteó otra vez, confiriéndole su valiosa atención.

—Mire, usted no va a ningún lado porque se lo pido yo, que soy su amigo, y como la pelea se está poniendo buena le ofrezco dos cosas: una, que nos tomemos aquí mismo al menos un caballito de este elíxir que me trajo usted desde Guadalajara. Y dos, que mandemos a chingar a su madre, por esta noche, al Abrelatas ése. A qué va a su periódico, ¿a platicar con los infelices a los que les tocó la guardia? ¿A leer un cablecillo sin importancia? Mejor no se preocupe tanto y hágame caso. Además, en esta ocasión parece que el asesino o los asesinos ya se olvidaron de su existencia. Salud.

Había empezado el round siguiente. Balderas se volvió a acomodar en su asiento. Parecía que el hombre tenía razón, además de que no iba a abandonar su sitio en el Cañaveral y perderse el encuentro tan esperado por ir a la caza de un culterano cercenador de pijas. Así que de verdad sereno, era cierto que ahora nada lo relacionaba con el caso más que su curiosidad, empezó a destapar la botella de tequila. Un almendrado que era la crema de las bebidas en Occidente. Le pidió a Meche un par de vasos apropiados y le consultó respecto del descorche.

—No te preocupes, Ángel, tú tómate lo que quieras —le dijo la mesera, también atenta a la pelea de box. Balderas se dio cuenta que era la segunda vez que oía esa frase en menos de dos minutos.

Bien podían tener razón. Puso tequila en los dos vasos, dos caballitos para ser precisos, y tendió uno a Carioca que nuevamente descansaba de la tensión televisiva y miraba a Balderas. Camilo Sánchez, a cambio, le ofreció un nuevo papelito con un nombre y un teléfono.

—Si no sabe lo que es una Beretta, llame a este amigo, de mi parte. Él no me debe grandes favores, pero somos como hermanos.

Balderas entró nuevamente en el ritmo natural del sábado por la noche. Respiró profundo y se dispuso a consumir la bebida que mediaba entre ambos.

—Que chingue a su madre el Abrelatas —propuso Carioca, festivo, relajado.

—Que la chingue —respondió Balderas, chocando el pequeño vaso con el de su compañero.

Pin tres

Te dio asco. Pero debes entender que casi todos los actos de la naturaleza conllevan algún elemento que visto fuera de su contexto causa cierta náusea. La controlaste bien. Y eso te gusta. Además, es pasajera. Eso sí, has desarrollado alguna extraña repulsión por la variante del alcohol que empleas cada vez. La ventaja es que todavía quedan en la carta de los bares y las cantinas una serie muy grande de nuevos licores, y eso sin contar con las combinaciones, los cocteles, las mezclas. Ése no será un problema. Olvídalo. Quizá con el paso del tiempo dejes de asociar el sabor de ciertos preparados con el rostro de los sujetos.

Eres poseedor de los cuerpos que tomas. Claro, sin necesidad de efectuar con ellos nada más que lo normado por las convenciones que tú mismo estableciste. Nada más. No hace falta otra cosa. Sigue el camino tal y como te lo trazaste. No tomes las brechas que se te plantean. No les hagas caso.

Hoy eres el dueño, como en las dos anteriores ocasiones. El feliz y único dueño de las muertes que vas dejando a tu paso. Ése el camino, la senda, la brecha. Como si desbrozaras monte, como si siguieras una pista que no existe más que para ti y para tus fines. No es un camino de gloria, porque apenas y se va haciendo público. Y tampoco lo es porque no era ése el objetivo primordial. Ni lo será nunca. No lo olvides.

Los cuerpos que dejas, en el estado en que los dejas, son una suerte de actas de dominio. Te las escrituras tú mismo. Son como contratos en donde sales beneficiado a todas luces. Tienes la ventaja, que en otras condiciones sería un agravante. Y tienes el poder. Eres como uno de aquellos viejos caciques que recuerda la historia. Amo y señor, no de terreno, no de hacienda, no de incontables mujeres. Sino de esas vidas que ahora se te acumulan en la cuenta. No dejes que te pesen. Al contrario, súmalas al haber, cuélgalas en algún lugar de la memoria a la manera de pequeñas medallas invisibles. Sólo tú las puedes ver en el pecho de la guerrera. Sólo tú las entiendes. Sólo a ti te causan honor.

Debes respetarte cada vez más a ti mismo. Eres tu propio general y al mismo tiempo tu único soldado. A ti mismo te mandas y obedeces las órdenes propias. Eres tu propio jefe. Subalterno y capataz de ti mismo. Saborea esa independencia. Eres tú y la ciudad y esto que tienes pensado como cierre del espectáculo.

Manejas las cartas a tu antojo. No se vale aburrirse, ni hacer trampa porque podrías caer en ella. Quién, sino tú mismo, sería el perdedor en caso de que algo saliera de forma inconveniente. Por eso, baraja con cuidado, reparte equitativamente y siempre para ganar. Tienes la doble visión: conoces en la partida los naipes por la cara donde tienen inscrito el valor y los conoces por el revés. Como si jugaras contra ti mismo con naipes transparentes. Todo el secreto reside en que calcules con prudencia, en que no te equivoques. Y no puedes hacerlo. A menos que algo o alguien venga a interponerse en tus claros designios.

Hoy cuentas además con el deber de protegerte la espalda. No está muy bien eso de arriesgar. Pero hazlo, si lo deseas y no puedes evitarlo. Ah, pero eso sí, sólo un poco. No tienes por qué descubrir los ases que guardas ante los ojos de los jugadores vecinos. De nadie. Son para el final. Aprende a tener paciencia.

¿Recuerdas las diversas astucias que desplegabas en el otro juego? ¿Tienes en mente las muchas formas que supiste emplear para distraer al enemigo y atacar en el momento preciso? Igual necesitas hacerlo ahora. En ello te va el sabor augusto de cumplir con lo que durante todos estos años te prometiste.

Eres como un cocinero experto, por eso tomas en cuenta el tiempo de cocción de cada uno de los elementos para conformar el plato. Cuentas y pesas delicadamente cada una de las legumbres que conformarán la ensalada. Sacas del horno la pieza en el momento exacto. Y mezclas los ingredientes. Esperas a que sazone el resultado. Y lo ofrecerás como una pequeña obra maestra ante los comensales que tengan la capacidad para disfrutarlo. Así de paciente y conocedor debes sentirte.

Te sabes maduro. Nadie te pidió ser un experto. Pero la continua repetición del acto te va dando la gracia, el toque, el estilo. Eso es. El estilo. Que sea inconfundible, que nadie te piense otro. Nadie. Ni tú mismo. Eres y punto. En eso estribará buena parte del éxito, en la individualidad de los actos que vas cometiendo. Ahora, tampoco se trata de anquilosarse, ni de estancarse. Puedes realizar el trabajo con alguna dosis de sabor, porque nadie se comería, para seguir con el símil, un platillo sin sal o sin condimentos o sin especias. Date ese lujo. Sólo ése. Ahí reside la clave. Pero no más. No exageres el poder que tienes sobre los súbditos que vas colonizando.

Los cuerpos, recuerda, serán tuyos mientras sólo tú conozcas su secreto último. Y siempre y cuando nadie se apropie de tus realizaciones. Fírmalas como hasta ahora. No descuides el detalle. ¿Te sentirías satisfecho si vieras una gran película sin saber quién es su director? Qué trago tan amargo el no poder hablar de un libro que te haya impactado sólo porque no tenía pastas ni forma de saber el nombre de su autor, ¿cierto? Sé el autor siempre, aunque no el artista, porque te apartarías de la línea recta que has seguido tan limpiamente. No dejes a nadie sin saber que fuiste tú, y no otro, el que al último pincelazo del cuadro, el que al cierre de la página final, el que al dar el último golpe de cincel, siempre estampa su rúbrica.

Y si algún día, por error, por olvido, por la premura a que te lleven las posibles complicaciones de una realización, no imprimes tu huella, deja una señal, lo suficientemente clara como para que se entienda que eres tú, que fuiste tú, que pasaste por ese rumbo y ahí, en tu obra, está, aunque no esté, la marca de tu paso.

Aunque hayas sentido cierta reacción contraria a tus deseos de asepsia, combátelos pensando que los cuerpos no pertenecen sino a títeres, a muñecos con cuyos hilos vas tejiendo la red que requieres. Sólo así se escapa de ciertas jugarretas del subconsciente. Son títeres. O muñecos de guiñol, esos que hacen lo que tu mano dentro de ellos dicta. No le temas al poder de la decisión sobre la potestad ajena. Siéntete esto en lo que te has venido convirtiendo, tienes que ser tú mismo. Repasa tu rostro en los aparadores, cuando finges mirar cualquier cosa, y compara tu expresión con la del resto de personas que te rodean. Mírate distinto. Adivina o sugiere los rasgos distintivos. Sábete único en esta guerra. De ti depende, sólo de ti, el triunfo del batallón en que has vuelto tu físico y tu intelecto. Ten al mismo tiempo la soberbia para conocerte el realizador, y la humildad para imponerte reprimendas si no cumples con lo que a ti mismo te pides.

Ahora tienes que aprender a gozar el don de mando. Los cuerpos te obedecen. Caen a tu orden. Se convulsionan con un solo movimiento de tu mano. Dejan de vivir porque tú así lo deseas y en el momento en que lo decides. *Hasta aquí* es la frase que cruza por tu cerebro, y hasta ahí llega aquél a quien has elegido. Eso es poder.

Y presencia.

Mira a tu alrededor. No llevas más de muy poco en tu lugar natal, al que has regresado, y ya no es posible soslayarte. Tu marca es inmejorable. Sigue así. La victoria no tardará mucho en venir a tus manos.

Y observa tu entorno. Estás en muchos lugares ya. Te vas volviendo ubicuo. Serás una leyenda contemporánea.

Abre bien los ojos y date cuenta: la ciudad se va llenando de ti.

Justo lo que esperabas.

¿Sabes lo que es una Beretta?

1. Tenía que admitirlo. Si se iba a meter de verdad, en serio, a fondo con el caso, era indispensable que lo aceptara con todas sus consecuencias. Así que tomó una determinación: regresar al manejo de las armas. Y no es que estuviera desencanchado o que le faltaran deseos, al contrario, le agradaba la posibilidad de la autodefensa, que desde hacía ya un buen número de años una enorme cantidad de ciudadanos asumieron en vista de las circunstancias por las cuales había que pasar a diario en las calles. Por eso enfiló el auto hacia la dirección que se anotara en la memoria.

Qué demonios estaba haciendo en la ciudad de México un asesino de los que en otro país, Estados Unidos por ejemplo, llamaban *en serie*. Qué tipo de enfermedad, en caso de que la hubiera, aquejaba al tipo o a la tipa o a los tipos que se metían en problemas con tal de cortarles el animalito a los varones que acertaban a pasar frente a él o ella o ellos. Para qué era todo esto. Adónde quería llegar. ¿A causar una sicosis colectiva? Imposible. Al contrario. ¿A incidir en los medios de comunicación para despertar rumores en favor o en contra de ciertas campañas que afectaran al "sector salud"? Tampoco era muy creíble, porque si bien era cierto que el Abrelatas, fuese quien fuese, se había hecho ya de cierto renombre, no era sino uno más de los casos que a diario la prensa dedicada a esta especie de asuntos ofrecía en bandeja de plata para los lectores interesados.

Aunque tampoco dejaba de tener su dosis de verdad aquello de que cuando escucharon el alias *Abrelatas* por la televisión, en la pasada noche de copas y de box en compañía de Sánchez Carioca, algunos parroquianos reconocieron de qué se trataba el asunto. Incluso alguien, esa misma velada, contó un chiste que a propósito se había generado.

Entonces, la cosa no era para tanto. Mientras manejaba quiso hacer un recuento de los recados que hasta ese momento dejara en poder del público el responsable de los hechos. Pero no había mucho en común en el trío de notas. Salvo lo del pingüinito que, como ya se había enterado, no era pista para nadie. Por lo demás, los autores a que se estaba haciendo referencia no guardaban similitudes de estilo, ni necesariamente de época, ni se parecían formalmente en su idioma natural. Ya Carioca le había proporcionado copia de las versiones originales de los dos poemas usados por el Abrelatas. Y nada. Ni el mismo Camilo Sánchez, especialista en ese tipo de asuntos librescos, le pudo encontrar el hilo conductor. En todo caso lo mejor era esperar un poco más. Ni hablar. Quizá dentro de poco el sujeto que buscaban cometiera un error o dejara ver la punta del hilo que los condujera a desvelar el misterio.

Es más, el propio Balderas se planteaba ahora que en una de ésas y el autor de las trapacerías era poseedor de un libro que reuniera, antologados, a una serie de poetas y poemas con referencias necrológicas. Y volúmenes como ése podían existir por lo menos unos cincuenta o cien o mil en el continente americano, si no es que más. La búsqueda por ese lado tampoco los iba a conducir a puerto seguro.

Lo que estaba ya en firme y en puerta era el manejo diario de un arma. Y desde luego Balderas se arrepentía de haber vendido su 45 a un precio bajísimo con tal de no volver a verse involucrado nuevamente en tiroteos o cosa parecida. Se portó entonces como un verdadero bisoño. A quién se le ocurría pensar que ya metidos en gastos, entre el humito de las balas y las corretizas a medianoche, uno puede salirse así nada más. Yo hasta aquí llego, compañeros de mi vida y ahí los dejo. No. Claro que no. Pero clarísimo que no. Ese fenómeno era imposible. El mundo subterráneo, que por cierto cada vez lo era menos y se adueñaba de porciones muy amplias de terrenos públicos y conocidos, era como tu tipo sanguíneo: con él naces, y no te lo cambia nadie.

Y algo muy parecido le llegó a suceder con el em pleo de su querida, siempre añorada, automática calibre 45. Nunca lo dejó a media calle. Jamás lo abandonó, y menos en los momentos en que su presencia y buen funcionamiento se le volvía indispensable. Era una extensión de su cuerpo. No un miembro más, sino como un eco o un reflejo de sí mismo. Por ahí tenía guardado un estudio-reportaje que ya en su tiempo iba a publicar respecto de cómo en los más recientes años, con la multiplicidad y sofisticación de las armas, cada persona elegía una de ellas siempre de acuerdo a ciertas normas sociales y psicológicas. Si el estilo era el hombre, también el arma lo era, sólo que de una forma digamos más claramente visible.

2. Por ahí daba vueltas el razonamiento de Ángel Balderas cuando llegó finalmente a la zona repleta de árboles que en el centro albergaba a varias construcciones, algunas de ellas a todas luces residencias monumentales. Cerca de una de éstas estacionó el auto y todavía poco antes de tocar el timbre de la casa en la que debía hacerlo, se dijo para sí mismo que no sabía del todo lo que era una Beretta.

Accionó el timbre, pues, y una mirilla se abrió allá como a los cinco minutos. Le hablaron desde un interfono. La voz se escuchaba muy nítida pese al recurso electrónico.

—Diga…

Ángel Balderas repitió la clave que se aprendió de memoria junto con la dirección del sitio:

—A. Ch. Personal. A. B.

—Momento…

Luego de otros cinco minutos en los que se sintió molestamente observado y calificado a través de una cámara que advirtió en la esquina de la fachada, nuevamente la vocecilla:

—Me repite la indicación…

—A. Ch. Personal. A. B.

—¿Está seguro?

—Muy seguro —dijo Balderas, extrañado ante el protocolo.

Una de las puertas corredizas se abrió un poco justo al otro extremo de donde él estaba. Por ahí asomó un hombre de rasgos orientales, vestido de negro: pantalón, ligera camiseta y botas de miliciano. Estaba sonriéndole, cierto que de forma un tanto fría, pero al fin no tenía que vérselas con una voz que además de salir de un aparato invisible, dudaba de sus afirmaciones. El hombre no salió a su encuentro, ni pisó un solo centímetro del césped que rodeaba la casa. Pero se dirigió a Balderas con un tono de indudable invitación para que se acercara:

—Ángel Balderas, por favor…

—Sí, ¿quiere que repita la clave?

—No es necesario. ¿Viene solo?

—Desde hace tres o cuatro kilómetros que no veo un coche ni atrás ni adelante del mío.

—Excelente. Pase.

Balderas entró empujado no por la confianza, porque ésta no se le presentaba aún, sino por las recomendaciones infinitas que le había hecho Sánchez Carioca al respecto: "Usted, tranquilo". "Usted busque a quien le digo". "Usted siga las indicaciones que le den". "Usted no se preocupe que va a estar en manos del mejor armero que conozco en este país y en otros cuatro alrededor".

Así que entró.

Era muy amplia la estancia o el distribuidor al que lo invitara a pasar el oriental de negro. De esa muy iluminada área no se podía llegar a ningún sitio si no era mediante puertas que estaban celosa aunque tranquilamente vigiladas por personal de seguridad con el que, sólo por la forma de andar ataviados y por los instrumentos que portaban, era mejor no alzar demasiado la voz. Eso no era de su gusto. Una cosa es que quisiera ponerse al día en cuanto a estrategias de tiro se refiriese, y otra que entrara a un búnker como en el que se encontraba. Pero al menos Carioca había cumplido su palabra, no lo iba a mandar a cualquiera de las escuelas de tiro que pululaban en las afueras de la ciudad.

—Aquiles Chavarría —le dijo el hombre, tendiéndole la mano.

Pese a que Balderas le sacaba en estatura unos veinte centímetros, la presión del saludo del oriental, ya identificado como Aquiles Chavarría, precisamente el amigo de Carioca, era de consideración.

—¿Es usted mexicano? —aventuró Balderas, queriendo abrir la charla.

—De Yucatán. ¿Cómo está don Camilo?

A la respuesta, una pregunta, buena técnica para no dejarse entrevistar, y vaya si eso lo sabía Balderas.

—Bien, bien. Me dijo que hablaría con usted sobre lo que necesito.

Por fin volvió a sonreír el peninsular oriental Chavarría:

—Amigos no le faltan. Sánchez Carioca viene a ser como mi hermano mayor. ¿Quiere que comencemos de inmediato?

Igual el asunto. No era mucho lo que podría sacar por ese camino de las preguntas y respuestas. Así que se dejó guiar por una de las puertas que en realidad, al menos por la que ambos se introdujeron, daba a un jardín interior y a otras series de cuatro puertas, igualmente vigiladas.

—Es fuerte la seguridad…

—Imagínese… ¿Viene preparado para los primeros trabajos de adiestramiento?

—Sí, supongo que Camilo le habrá contado…

—Todo lo que necesito saber para que comencemos de inmediato. Pase, por favor.

Otra de las puertas se abrió ante la presencia de Aquiles Chavarría y Ángel Balderas. Y la impresión del nuevo espacio fue del todo distinta a la que le motivaran las anteriores antesalas. Este lugar, una especie de cuarto muy grande y rectangular, más bien tenía cara de laboratorio. Y lo era, en cierta forma, como Balderas se iba a dar cuenta en seguida.

—Voy a dedicarle dos horas diariamente durante una semana —inició con su información el entrenador—, contando con el día de hoy. Si don Camilo no le habló de las reglas básicas de la academia, se las recuerdo, si tiene preguntas no se quede con ellas ni se las lleve a su casa y menos a su trabajo: mientras nos veamos aquí, y dudo que nos encontremos fuera alguna vez, todos los cuestionamientos que tenga serán dentro del orden de cómo o por qué un arma funciona de tal o cual manera. Quizá al entrar o salir de aquí, que desde este momento será su sitio de adiestramiento, se encuentre con personas que llegue a reconocer. Le pido que no les dirija la palabra. Ellos harán lo mismo con usted. Ésta es una academia de élite. No es un juego, ni un deporte. Lo atenderé con toda la atingencia que merece y en consideración a mi amistad personal con don Camilo. Entre usted y yo basta con que nos llamemos por nuestro nombre de pila. Olvídese de formulismos. No soy su maestro. Estoy aquí para que aprenda lo que necesita. Si requiere de un auxilio especial en cuanto a nuestra materia, tendrá que solicitármelo con anticipación. Como éste es mi trabajo y usted entra a la academia sin pasar por la lista de espera, le ruego que liquide a la brevedad el monto del entrenamiento que recibirá. Desde luego me permito señalarle que he tomado muy en cuenta su caso. Sé quién es usted. Y a su vez quizá usted, por don Camilo, sepa quién soy yo. Sólo le suplico de la manera más atenta que en cuanto pasen los días del adiestramiento, usted olvidará que pasó por aquí.

—De acuerdo —dijo Balderas, un tanto sorprendido por el aparato que rodeaba al asunto que, finalmente, sí era lo que aparentaba ser: una alta escuela de tiro, y no precisamente nada que se relacionara con el deporte ni con la competencia.

Debieron transcurrir diez o quince minutos en lo que Aquiles Chavarría aplicó a Balderas una serie de pruebas de esfuerzo que iban desde la capacidad que tenía en ambas manos para sostener y presionar aparatos de medición, hasta la manera de caminar, la forma de voltear a uno y otro lados, la distancia que abarcaba con uno y otro brazos, y la capacidad visual.

Acto seguido, iluminó el resto del rectángulo que se reveló todavía más amplio de lo que Balderas había alcanzado a percibir. Al fondo se apreciaban siluetas que representaban figuras humanas en diversas posiciones, además de una pantalla muy grande dispuesta para quién sabe qué parte del adiestramiento a que sería sometido. Ahora sí se sentía satisfecho. Respecto a la discreción que pensaba tener para el asunto, era lo de menos, ya bastantes cosas en su vida habían ocurrido de las maneras más intensas y ahora, a voluntad, podría olvidarlas y ni un detector de mentiras hubiera podido dar con ellas.

Ésta iba a ser una más de ésas, y en buena hora.

Aquiles Chavarría sacó de un cajón un par de armas idénticas, salvo por el color y, Balderas lo sabría más adelante, por el peso. Eran hermosos los ejemplares.

—Tuve una 45 hace tiempo. Creo que aprendí a manejarla más o menos bien.

—Éstas no son 45, mire, la de la izquierda, la negra, es una Beretta 92. Y ésta de la derecha, que es la que usted usará, así se lo recomiendo de acuerdo con la prueba de esfuerzo de hace un momento, es una Beretta 92-A. Está hecha con base en una aleación de aluminio y su peso es menor que el de la negra. No hace falta que las compare, la fábrica produce todas las 92-A en este color plateado mate que puede observar.

—Le decía que tuve una 45. Me acostumbré a ella. Quiero saber cómo voy a adecuarme al cambio.

—¿Manejó durante mucho tiempo su 45?

—Algunos años.

—Por su edad me imagino que serían entre cinco y siete, ¿es así?

—Más o menos.

—Déjeme decirle dos cosas, igual de importantes: la primera es que trate de no levantar una barrera sicológica respecto al cambio de arma. La segunda, luego de los primeros cien tiros con este tipo de pistola, se va a olvidar casi completamente de su 45. No es ofensa.

—Qué ventajas tiene.

—Muchísimas, a menos que se invente algo mejor. De hecho hay una especie de cañones de mano que podrían detener a un elefante con uno solo de sus impactos, pero ambos sabemos que no es su caso. No son elefantes los que usted querrá detener con un disparo de Beretta.

—No, no son elefantes.

—Le agradezco la respuesta, pero también le pido que no me cuente nada más allá. Con eso basta. Mire, la Beretta en cualesquiera de las dos variantes que le muestro, es una de las armas automáticas más agradables a la vista y confiables que hay en el mundo. Desde hace algunos años el ejército de los Estados Unidos ha sustituido la viejísima 45 modelo 1911-A, después de hacer un montón de pruebas con pistolas que no vienen al caso.

Se brincaron a la Beretta, ésta, la del modelo 92. Así se le conoce. Para que se dé una idea, es la que usa Mel Gibson en aquella reliquia fílmica de *Arma mortal*. Es grande y un tanto pesada si no se tiene práctica con ella. Pero existe este otro modelo, el 92-A, tan buena como la otra y de las mismas dimensiones.

Balderas pulsó la maravilla de maquinaria que le ofrecía Aquiles. Era cierto, el arma resultaba grande, había que adecuarse a ella porque el mango, la cacha, era considerablemente más voluminosa que la de su ya nostálgica 45. Chavarría se dio cuenta de la primera incomodidad a la que se enfrentaba su cliente.

—La empuñadura es así de ancha porque lleva quince tiros en el cargador, al tresbolillo. Al sistema se le llama *quince más uno*. El procedimiento sería: meter el cargador, cortar cartucho, desamartillar el arma, sacar el cargador, agregarle una bala más y meter el cargador. Entonces, usted tiene quince balas en el cargador y una en la recámara. Eso le da la enorme ventaja de que, como la Beretta es de doble acción, igual que un revólver, la saca, bota el seguro y al apretar el gatillo el percutor se levanta solo, dispara la primera bala y de ahí en adelante se sigue con su sistema automático. El arma expulsa el casquillo y por este movimiento, que es hacia atrás, al regresar hacia su posición original, recoge un nuevo proyectil y lo mete a la recámara. Eso se repite quince veces más, sin fallar.

—Es una ventaja, ciertamente —convino Balderas, convenciéndose por la vía de los hechos de que la tal Beretta 92-A era una compañera ideal, al menos hasta donde iba comprendiendo—. Y qué me dice de la seguridad.

Por toda respuesta, Aquiles Chavarría en un movimiento que no alcanzó a percibir en todo su arte Balderas, llenó de proyectiles un cargador con el sistema de *quince más uno*, y sin más arrojó con fuerza el arma hacia el interior del cuarto rectangular. La pistola chocó contra una de las paredes y rebotó con el piso un par de veces antes de quedarse quieta. Pero de su acerado cañón no salió ya no digamos un disparo, sino ni siquiera un mínimo crujido. Nada. El silencio. Chavarría de tres saltos estuvo a recoger el arma y regresó al lado de Balderas.

—¿Lo ve? Un niño podría llevarla en la mochila a la escuela y jugar futbol con ella. No se dispararía jamás. Al menos no por error. Tiene tres seguros, tres formas de que no se dispare a menos que usted lo desee. Para empezar contamos con este seguro de media carrera —explicaba Chavarría poniendo manos a la obra—: cuando corre hacia atrás el percutor, el martillo, lo hace sólo hasta el primer clic, así que puede oprimir el gatillo con cierta presión y no se dispara. Aparte tiene estos dos seguros de aleta. Es una pistola para ambidiestros. La puede disparar igual un zurdo que un derecho. O puede ser que, ya en combate, si llegan a herirlo en la mano que usa habitualmente para disparar, todavía cuente con la posibilidad de hacerlo con la otra y si es que aún no le ha quitado ese seguro. Observe, también el sistema para "eyectar" o botar el cargador vacío está a los dos lados del arma. Lo puede oprimir con el pulgar de la mano derecha o con el pulgar de la mano izquierda. Ése es un adelanto muy significativo. Los revólveres, en cambio, son para gente que dispara con la derecha, salvo algunos modelos especiales hechos específicamente para zurdos. Pero casi todas las automáticas, desde hace algunas décadas, ya vienen considerando a los zurdos para que puedan hacer los movimientos necesarios con la mano que les favorezca o con cualquiera de las dos, llegado el caso.

—Si me decidiera por usar una pistola como éstas, de qué forma me recomienda portarla.

Aquiles Chavarría esbozó la primera sonrisa desde que había empezado con la explicación de las razones para emplear una Beretta en lugar de otra arma. Dijo:

—No se la estoy vendiendo…

—No, claro —Balderas también sonrió, pese a que se veía a sí mismo sorprendido por la cantidad de datos que ignoraba respecto de un arma como aquélla.

—Mire, hay una manera de llevarla, que es la que le recomendaría si es que así conviene a sus intereses de seguridad: con cartucho cortado, desamartillada y con seguro. Si por accidente oprime el gatillo, no pasa nada. Y si la lleva sin seguro, tampoco pasa nada a menos que jale el gatillo de verdad muy fuerte, recuerde que es una pistola de doble acción. El asunto de la seguridad con un arma como ésta es muy simple. Es cuestión de saber llevarla y no tiene por qué pasar nada. Y también lo de retirar a tiempo el seguro, es sólo entrenamiento. Se le vuelve una segunda naturaleza el botar el seguro y jalar el gatillo, si es que es eso lo que desea hacer.

3. A lo largo de los días de entrenamiento, Balderas fue haciendo a Chavarría las preguntas que consideraba pertinentes para el uso de la Beretta.

—¿Hay forma de que pueda portarla sin problemas en la ciudad? Me refiero a si es posible mantenerla alejada de la vista de quienes estén cerca.

—Es un arma militar. Está diseñada para llevarla a la vista. Un militar no oculta el arma, la lleva en funda externa y los cargadores igual, en un arnés de combate. En el caso de un civil que pretenda portar un arma de éstas tiene que ser alto, más o menos de su estatura. Alguien que sepa buscar un arma oculta, en caso contrario, la va a descubrir.

—¿Por qué es necesario que tenga siempre a mano balas de alta velocidad? ¿Qué tal si en una de ésas no dispongo de este tipo de parque?

—Naturalmente es mejor que lo tenga. Mediante el intercambio de gas se bota la vaina vacía y se mete un nuevo proyectil en la recámara, por eso son necesarias las balas de alta velocidad. Es una bala digamos normal, del mismo tamaño, del mismo calibre, pero la carga es diferente. Tiene una pólvora de mayor potencia. Sale más rápido y el retroceso es más fuerte, como ya habrá notado. Estamos hablando de una bala que rompe la barrera del sonido dentro del cañón del arma. Las de baja velocidad no rompen la barrera del sonido, pero ésas son para tiro de precisión en competencias.

—Qué sigue —preguntó Balderas, por ahí del cuarto día.

—La rapidez en el manejo del arma y la precisión, que en este tipo de negocios es distinta a la que conocemos. El tiro de combate no es de concurso. Se hace a media distancia, en condiciones imprevistas. Y para eso vamos a pasar a todo lo que sigue.

Era mucho todo lo que seguía. Pero Ángel Balderas se había convertido en buen alumno del oriental peninsular.

4. Cierto que Balderas, en los siete días que duró su adiestramiento, hubo de encontrarse con algunas personalidades conocidas, todas de diversos ámbitos de la vida mexicana. Nada dijo y nada le dijeron. De cualquier forma, era Ángel Balderas quien los reconocía, y no ellos a él, que no pasaba de ser la firma en uno de tantos diarios de la capital del país.

Y en estas circunstancias esa suerte de anonimato le gustaba, vaya que sí.

Durante la última jornada, poco antes de despedirse, terminada la clase final, Chavarría se le acercó con un estuche en las manos.

—Ábralo, Balderas, no explota.

Lo hizo. La caja contenía una Beretta 92-A, como la que había estado usando, sólo que nueva, en su empaque original, con todo y varios accesorios para la limpieza y conservación del arma, incluido un compacto cilindro silenciador.

—Como se ha de imaginar, Aquiles, no tengo forma de pagar algo así.

—Nadie se la está cobrando. Es un obsequio de Camilo Sánchez Carioca. Aquí le debíamos un par de trabajos, y él quiso que se los pagáramos haciéndole a usted esta entrega.

—Desde luego todo esto es ilegal, Aquiles...

El hombre no respondió, aunque parecía meditar una respuesta que se solucionó en una sonrisa y en mostrar las palmas de las manos como diciendo: aquí estoy y aquí estamos y qué le vamos a hacer.

Una semana no es ni mucho ni poco tiempo para conocer a alguien, pero en este caso era bastante y los dos lo sabían. Fue Balderas quien dio la conclusión a su propia pregunta:

—En este país queda poco de legal. La amistad, si acaso.

Y se estrecharon firmemente las manos en señal de despedida.

Mórtimer Tavares: hace siete años

1. A como dé lugar necesita subir a la superficie, pero el peso que trae atado a los tobillos no lo deja patalear. El esfuerzo que hace con los brazos, como tocando a sirenas invisibles, es insuficiente para vencer la resistencia del agua. Pesa cada vez más su entorno. Es igual a nadar dentro de un enorme tanque de arena o de cemento que se va fraguando poco a poco, pero siempre más rápido que su remota posibilidad de respirar. Se hunde sin remedio. Va en caída libre dentro de un líquido espeso que lo atenaza. Es su garganta la que paga las consecuencias. Se le entumen los músculos que forman la cavidad de la lengua. La tráquea pierde sensibilidad. No puede pasar saliva ni, curiosamente, el agua que lo envuelve. Llora pero no puede llorar, se le extravían las lágrimas dentro del mundo esponjoso que a él se lo va bebiendo. La sed y el ahogo son igualmente insoportables, de muerte casi.

A punto de sentir que va a perder el conocimiento, Mórtimer Tavares se despierta como sudoroso pero sin una gota de la sustancia salina en el cuerpo, ni en la cara, ni en la boca. Está ahogándose bajo un mar de cobertores. Los arroja muy lejos mientras hace lo posible por darle un respiro a sus pulmones, pero la garganta no está de humor para que por ahí pase materia alguna. Ni el aire. Se siente reventar por dentro. Corre a medio vestir, como se acostó, rumbo a la cocina. Pone confusamente agua en un vaso de aluminio y lo coloca al fuego. Mientras tanto va hacia las ventanas y las abre de par en par. No guarda ninguna de las precauciones que lo caracterizan al hacerlo.

Jala con fuerza todo el aire enrarecido que le brinda la ciudad de México a las tres de la tarde. El sol, poderoso, invade su departamento.

Regresa a la cocina y toma un embudo de plástico, se lo mete a la boca, aguanta el vómito y jala aire a través del utensilio. El agua hierve en el traste. Apenas apaga la flama y ya introduce en el líquido caliente un trapo, lo empapa, lo exprime con dificultad. Se lo aplica alrededor del cuello. El dolor de la quemadura no lo obliga a suspender la operación. La repite dos o tres veces. Poco a poco sus músculos van destensándose. Toma bocanadas de aire, litros, se bebe la atmósfera a través de su laringe recién vuelta a inaugurar. Toma asiento durante unos minutos. Deja caer el cuerpo sin fuerza sobre un sillón. Se levanta y va hacia el buró junto a la cama, saca varios frascos de tabletas, selecciona uno y en el agua caliente que dejó disuelve cuatro de ellas. Ingiere la pócima. Se para nuevamente en la ventana para constatar que efectivamente el aire entra y sale generosamente de sus pulmones.

Ahí se queda, sobre los codos, no menos de media hora. Se dirige luego al baño y aplica una pomada en el cuello lastimado por el excesivo calor. Ha recuperado parte de la estabilidad. Consulta su reloj, se viste aprisa. Pone dos cargadores extra en el bolso interno de su saco. Ajusta el cincho de la funda de su pistola en el hombro y antebrazo izquierdos. Guarda su cartera en una de las bolsas posteriores del pantalón. Revisa con cuidado, frente al espejo, la dilatación que hay en cada una de sus pupilas. Al vuelo pasa nuevamente por el buró y recoge el frasco de tabletas. Mira el contenido. No hay más que tres animalitos blancos y redondos que botan contra las paredes del cristal cuando agita el recipiente. Lanza algunas maldiciones para sus adentros. Se calza las gafas oscuras, toma las llaves del auto y sale a grandes pasos del departamento. Baja de dos en dos los veinticuatro escalones que lo separan de la calle. Entra en su auto, da marcha, sale pitando rumbo a la avenida más próxima. En el asfalto quedan marcadas las huellas de las cuatro llantas del auto que va ya disparado rumbo a su destino.

2. Seis o siete mujeres ataviadas con batas de laboratorio trabajan diligentes entre tubos de ensayo, pipetas, medidores electrónicos, máquinas revolvedoras y decantadoras de líquidos y polvos. Cuatro hombres en pants, pero con una pistola al cinto cada uno de ellos, vigilan no los varios procesos químicos que ahí se efectúan, sino la cercanía de cualquier ruido que no sea parte del ambiente auditivo cotidiano. No hay dentro del lugar más allá de lo estrictamente indispensable. De hecho es sólo un hombre, sin arma alguna, en mangas de camisa pero pulcro, como acabado de salir de la regadera, el que da algunas indicaciones y eventualmente cruza dos o tres palabras con otro hombre, éste sí con la vestimenta de un médico, que lleva una tabla con hojas de múltiples notas.

—Mañana hay que entregar por lo menos quince mil dosis de la que debemos tener al veinte por ciento.

El hombre de blanco asiente. Mira sus papeles. Saca una calculadora y hace veloces operaciones. Anota cifras y vuelve a la maquinita. Realiza nuevas cuentas. Mueve la cabeza con tono de cierta angustia, como dando noticia para sí mismo de algo que no puede suceder. Se dirige al tipo en mangas de camisa:

—No, señor Benjamín…

—No qué.

—No creo que tengamos lista para mañana esa cantidad.

—En eso quedamos. Para eso estás aquí. Yo no me despego un minuto de los procesos. Las mujeres trabajan. Tú trabajas. Los muchachos cuidan. Yo les pago. En dónde está la falla.

—Este proceso con ese porcentaje lleva su tiempo. Es casi el doble del otro.

Benjamín dobla una vuelta más las mangas de su camisa. Camina un poco para sacudirse el nerviosismo. Se le acerca uno de los hombres armados, lo interroga con mirada solícita. Benjamín niega con la cabeza y el hombre regresa a su puesto. También deshace sus pasos Benjamín y se dirige otra vez al químico que lo espera con las hojas de resultados en la mano. Estalla, levantando la voz a niveles ya audibles y monologa:

—A estos ojetes les hace cada vez menos efecto la chingadera. Y nos conviene, carajo. De ahí vamos a salir de pobres, de ahí. Entre más pura la sustancia es mejor para nosotros. Menos riesgo. Por qué, por qué carajos no la tenemos, por qué...

Detiene sus pasos frente al químico, que no le sostiene la mirada. Metido en sus notas se atreve a musitar en bajísima voz:

—Señor Benjamín, con todo respeto, yo se lo dije cuando estábamos a tiempo, tres días para este proceso es muy poco. Nos hace falta el aparato que le pedí.

—Eso ya lo sé, y lo que tú debes de saber es que cuando se necesita entregar una carga, se necesita y ya. Cuando tengamos aquí a los repartidores no les vamos a salir con la mamada de que nos faltó un aparato. Perdemos clientes, y ustedes también pierden, no crean que nada más yo me quedo sin ese dinero. De ahí sale su sueldo, para eso les pago.

Musita otra vez en el más puro secreto el hombre de bata blanca:

—Señor Benjamín, hay maneras. Si usted me autoriza yo podría acelerar las cosas... Claro, no estaríamos hablando ya de un veinte por ciento de pureza... Hay métodos... Si usted quisiera ser más flexible con eso... Nadie se daría cuenta sino hasta dentro de por lo menos una semana. Y ya para entonces, considero, con todo respeto, señor, que el producto estará del todo consumido, quién sabe con cuántas rebajas más.

—¿Y?

—Si usted, digo, me autoriza, no sólo vamos a tener la cantidad que me pide, sino incluso un porcentaje para subsanar posibles pérdidas. Nunca falta, usted ya sabe.

—¿Seguro que nadie se da cuenta?

—Completamente, señor. No existen aparatos que midan la descomposición de esta sustancia anticipadamente. Y no implica mayor riesgo en el consumidor del que ya lleva implícito el producto aunque esté incluso a un treinta por ciento.

Da varias vueltas Benjamín. Asiente con la cabeza. Las mujeres, los hombres armados, el químico, todos respiran con cierto alivio. Suena un teléfono. Contesta uno de los armados.

—Es Tavares.

—Dile que pase, pero sin pistola.

Dos de ellos van a la puerta. Mientras uno abre, el otro está con el arma desenfundada, listo para disparar en cualquier momento. Entra Tavares. Agitado, pálido, tembloroso. Habla sin respetar la regla de la media voz. Benjamín lo encara como protegiendo las retortas por donde circulan líquidos, tratando de formar con la extensión de su amplio cuerpo una barrera que impida siquiera mirar el laboratorio al visitante. Hablan mientras uno de los hombres armados se para justo a espaldas de Mórtimer. No le inquieta la nueva sombra que lleva en los hombros cuando dice:

—No me importa a quién le mermes la mercancía, hazlo como amigo, necesito por lo menos tres frascos.

—Imposible.

—Te lo estoy pidiendo como un favor. No es la primera que me debes.

—Te lo estoy diciendo como amigos: no puedo hacerte ningún favor. No tengo nada de mercancía. Me está cargando el carajo porque no termino a tiempo con el pedido de la semana. Qué quieres que yo haga. Ve con uno de los distribuidores.

Tavares sube la voz al tiempo que el temblor le aumenta en las manos:

—Cabrón, no es juego, qué no me ves. La que venden allá afuera no es lo que necesito. Y no tengo dinero ni tiempo para conseguirlo. Te estoy pidiendo un pinche favor.

También Benjamín rompe con el tabú de las voces y grita casi.

—Hijo de la chingada y yo qué culpa tengo de que te hayas clavado tanto con la chingadera. Ándale, güey, vete a decomisar cargamentos de pasta a ver si te dejan tocar algo de la que viene casi pura…

—No me grites, pendejo, si quiero se te acaba el negocito. Y me clavo con lo que se me da la gana. Para eso estás tú, qué no.

—Sáquenlo —dice Benjamín a la tercia de hombres armados que ya se encaminan por Tavares.

—No me toquen, pendejos, no me toquen.

Se dirige a la puerta, recoge de las manos de uno de los hombres su arma descargada.

—Te van a sobrar balas, ojete, para qué quieres las ajenas —dice Tavares antes de cruzar cada vez más tembloroso el umbral de la puerta.

—A chingar a su madre —le alcanza a gritar Benjamín.

Tavares sube a su auto y arranca nuevamente.

3. No necesita mover la mano para tocar en la puerta que tiene delante. Con sólo apoyarla el temblor que lo agobia hace las veces de retintín en la madera. Abre al momento una mujer de edad.

—Señor Tavares —dice, un poco sorprendida—, cómo está, qué milagro que visita su casa…

—Señora... —dice Tavares buscando en su cerebro alguna explicación.

—Fíjese que no está Benjamín, pero usted ya sabe que cuando quiera puede darse una vuelta por aquí.

—Señora, no busco a su hijo, necesito que me permita tomar un poco de agua caliente.

—¿Está usted enfermo? Ah qué señor Tavares, pásele, en un momento le entibio un vaso.

—La quiero bien caliente —corta el hombre la frase de la anciana. Casi la empuja para entrar.

Desconcertada, la mujer se dirige hacia la cocina a preparar el encargo. Tavares saca tembloroso el envase con las tabletas. Se acerca a la puerta por la que ha desaparecido la señora.

—Tenga, póngale estas pastillas.

—Es un remedio, ¿verdad?

—Póngalas.

—¿No le habrá pasado algo a Benjamín, señor Tavares? Dígame que no, por favor...

No responde el hombre. Toma la taza que se le ofrece y hace circular el líquido entre ésta y un vaso. Está muy caliente todavía cuando lo ingiere, pero lo apura casi de un solo trago. Respira profundo. Contiene un acceso de vómito. La mujer lo mira con ansia. Tavares comienza a recuperar el pulso normal. Muy poco a poco va dejando de temblar. Se relaja. Dice:

—Hágame un favor, seño.

—Usted dirá.

La mujer se estruja las manos.

—Dese vuelta.

—Ay, señor Tavares, yo le suplico que mejor hable con mi hijo, si es que de veras no le ha pasado nada. Señor Tavares...

La mujer obedece dando vuelta con menudos pasos. Queda de espalda a Tavares, que saca su arma y le coloca uno de los cargadores de repuesto. Sopesa al animal metálico. Tiene el pulso apenas lo suficientemente firme para sostener la pistola y apuntar de muy cerca a la nuca de la anciana.

—Señor Tavares, yo le suplico, si necesita dinero vea abajo de la carpeta de la televisión. Señor Tavares…

El señor Tavares hace un solo disparo. El estruendo cimbra la pequeña casa. No repara en mirar al cuerpo de la anciana que cae y va a dar abajo del fregadero. Se encamina hacia la televisión y encuentra una reducida oquedad practicada en la parte trasera del aparato. Saca de ahí, sin dificultad, un considerable atado de billetes.

Ya en la calle, por tercera vez en lo que va de la tarde, hace andar violentamente el automóvil.

4. El lugar está repleto de señoras, niños, hombres adultos. Todos ellos en perpetuo movimiento: entran, salen, hablan, se quejan, caminan, preguntan, escuchan. Tavares se dirige a la joven que hace de recepcionista tras un escritorio y con ella habla.

—Necesito ver al jefe del departamento clínico.

—Buenas tardes.

—Le digo que necesito ver al jefe del departamento clínico.

—Y yo le digo que buenas tardes, el doctor no está.

—Acabo de ver su coche allá afuera.

—No está. Lo siento. Si quiere algo pase a la oficina en los horarios regulares.

Tavares no escucha ya. Saca del bolsillo su mica de identificación. La azota suavemente contra el escritorio.

—Necesito ver al doctor.

La joven mira la tarjeta plástica y descuelga en silencio, maquinalmente, uno de los teléfonos que tiene a la mano.

—Doctor… Sí, yo sé, pero es que aquí está un señor que quiere verlo… Sí, le dije, doctor, pero él insistió... Yo le digo, doctor, pero es que trae una credencial... Tavares, doctor... Sí, Tavares... Cómo no, doctor.

Cuelga despacio el auricular. Le indica a Tavares que puede pasar. Entra, con un nuevo principio de temblor en las manos. En la oficina, amplia, blanca, luminosa, lo recibe un hombre de madura fortaleza, sano y enérgico a primera vista, vestido de blanco, con bata.

—Adelante, Tavares, adelante, qué sorpresa.

Se para el médico de su silla y saluda al recién llegado. Ambos se abrazan.

—Qué pues contigo, hace ya tanto tiempo que no nos visitas.

—Estoy enfermo, Antonio.

Se alarma el hombre de la bata. Grita en voz baja:

—Qué paso, ¿te hirieron?

—No, una dosis de no sé qué madres... Me hizo daño. No puedo respirar. Ya me tomé quién sabe cuántos calmantes. Apenas y llego.

—Bueno, mi querido Tavares, pero eso tiene arreglo, para qué diablos si no para eso son los amigos. A ver, déjame ver si todavía tenemos por acá unas ampoyetitas que te pueden servir.

Se levanta y busca en una gaveta de cristal que tiene al lado. Tavares lo observa y dice:

—Creo que no es esa medicina lo que necesito, mi doctor.

—Ah, caray, no me dirás que quieres que te suministre algo más fuerte...

—Tengo horas muriéndome de esta pinche reacción. Me tienes que ayudar.

—Pero Tavares, si me hubieras avisado, yo con todo gusto veo qué frasquitos distraigo, pero así de improviso...

—Debes de tener alguna reserva, este hospital es muy grande. Por favor.

—Bueno, lo que pasa es que tenemos algunas sustancias pero son para personas con dolores muy intensos, y se dan sólo por prescripción, son frascos contados... Tú has de saber que eso que me pides es difícil de hacer.

Ante el silencio absoluto y la mirada inquisitorial de Tavares, el médico continúa:

—Pero es que eso no es legal, tú entiendes de esto más que yo.

Tavares saca de su bolsillo el atado de billetes y lo coloca en el escritorio. Dice:

—Por los trámites legales no te apures, yo te arreglo lo que necesites. ¿Te acuerdas de las dos menores de edad que se murieron por los abortos insalubres?

—Hombre, pero Tavares, quién se acuerda de cosas tristes...

—Me siento muy mal. Dame las dosis que te pago y hablamos.

—Si después de esto todo va a quedar olvidado...

—Vamos a decir que sí. Ándale con los frascos.

El médico cuenta velozmente el dinero que hay sobre su mesa de trabajo. Sonríe.

—Ah qué mi Tavares, pero si no andas pidiendo limosna, ¿verdad?

Pasa una pluma magnética por la ranura para el caso que está en la orilla de un pequeño refrigerador. Toma de ahí un paquete con varios envases de vidrio y se lo extiende a Mórtimer.

—Mira, si no te miento, esto que te doy es lo último que nos queda. Con decirte que yo mismo ya no tengo ni para darme un gusto de vez en cuando.

Sin escucharlo, Tavares separa un frasco del empaque y lo abre siguiendo un rápido pero minucioso proceso. El médico se acerca a él y le ciñe en el antebrazo derecho una banda elástica. Toma el envase de las manos temblorosas del hombre y, con una hipodérmica, extrae parte de su contenido.

—Aprieta un poco la mano.

Como si estuviera delante de una operación delicadísima, el médico hace deslizar parte de la aguja en la vena que se le ofrece. Deja que el líquido pase naturalmente del cuerpo de la jeringa al brazo del paciente. Con la misma mano maestra le retira el ligamento del brazo. Tavares experimenta una ligera sacudida. Respira profundo. Deja de temblar. Se pasa la lengua por los labios resecos, los humedece. Habla con una voz que palabra a palabra va serenándose:

—Pues en ésas quedamos, Antonio, ya sabes que mi memoria no te olvida pero no se acordará de aquellito de las niñas.

—Hombre, Tavares, te suplico que ni siquiera menciones el penoso caso, tú sabes que mientras en algo te pueda servir...

—¿Y tú qué, no te das una ayudada?

—De vez en cuando, pero sólo en la casa, ¿verdad?, tú sabes que aquí en cualquier momento puede llegar un supervisor... Además, de veras que casi no tenemos ni con qué alegrarnos un ratito la vida. Ya están muy controladas las sustancias. Con decirte que me han dado ganas de comprar en algún lugarcito un poco de algo, ¿verdad?, porque tampoco se trata de que dejemos a todos los pacientes gritando noches y noches, también a ellos les tiene que tocar un poquito.

Tavares guarda en una bolsa de su saco el paquete que no ha perdido de vista.

—Con esto voy a tener como para tres meses.

—Incluso más, te recomiendo que hagas una mezcla con agua destilada. De hecho aun para alguien acostumbrado, así directo es medio violento. Pero no me vas a decir que tienes problemas con estos chismes, ¿verdad?

—Más o menos, no se consigue fácil la madre ésta.

—¿Ves? Si te digo que dondequiera está complicado. Ya para que ni nosotros tengamos es que está muy complicado.

Tavares se pone de pie. Se despide del médico en la misma forma en que lo saludó.

—Bueno, mi hermano, pues todo queda en el olvido.

—Ándale, Tavares. Si se te ofrece algo ya sabes, nada más que avísame porque luego no tenemos nada, ni para consumo interno. Y si tienes por ahí algo en lo que pueda echarte la mano, no dudes en llamarme.

El médico se queda en su recinto, cuenta el dinero, sonríe con ganas mientras lo guarda en la cartera.

Tavares ha salido de la oficina. Mira de reojo a la recepcionista, le dedica un gesto de agradecimiento. En la calle, antes de abordar su automóvil, hace escala en un teléfono público.

—Buenas tardes, Conchita, habla Tavares... Bien, bien, ¿usted? Ah, mire qué señora Del Toro, ni si quiera me invitó... Claro, de todos modos felicidades, aunque tarde... ¿No andará por ahí el jefe? Si me hace favor... Buenas tardes, señor... Sí, todo en orden, señor... Para reportarme y comunicarle que podemos realizar un operativo para desmantelar un laboratorio clandestino... Claro que sí, señor, con gusto... Voy para allá y me hago cargo, sí señor... Todo saldrá bien... Hasta pronto, señor, para servirle.

Sube a su auto. Lo arranca. Antes de echarlo a andar se mira en el retrovisor. El dispositivo le devuelve la imagen de su rostro y de los lentes de espejo que al reflejarse forman un juego interminable de imágenes. Sonríe. Inicia un reposado manejo por las calles de la ciudad mientras transcurren las últimas horas de la tarde.

Alejandría Verano Duende

Si es cierto que en México nunca hubo propiamente detectives, a él este regreso a la profesión se le estaba convirtiendo en algo así como en encargado de relaciones públicas. Las propias y las de sus amigos más cercanos.

Ahora, por ejemplo, estaba de nuevo ante otra puerta, en una parte de la ciudad distinta a donde acababa de realizar su adiestramiento al vapor en el uso de un arma que ciertamente resultaba muy superior a la 45 que usó en muy anteriores trabajos. No habían pasado más allá de dos o tres días y ya estaba con la Beretta casi ajustada al cuerpo. Las capacidades que demostró tener para el tiro, el discreto y satisfecho asombro que le dejó mostrar Aquiles Chavarría ante sus rápidos progresos, y la necesidad de tener siempre una segunda oportunidad como es la que brindaba de forma permanente la automática al costado, se sumaban en estos momentos a la manera en que se iba adaptando esa fierecilla domada dentro de su funda. Pese a que su construcción había sido hecha de aleaciones de metal, la Beretta no se comportaba con Balderas como el animal de sangre fría que era, sino como una cálida y silenciosa acompañante. Luego de esas jornadas de entrenamiento y de costumbre para portar el arma, ya casi la sentía suya.

Pero algo le avisaba que aún era indispensable hermanarse con la máquina. Una cosa es que estuviese a todas horas casi protegido por lo que pudiera ocurrirle, y otra que anduviera acostumbrándose a la pistola nada más como se acostumbraba la gente a cargar el paraguas en época de lluvias. Un arma representaba la exigencia de acción. O, al menos, la promesa de que tarde o temprano la habría. Pero no quiso pensar más en ello. Otra parte de su cuerpo, que no era precisamente el dedo índice de la mano derecha, le reclamaba atención. Era eso, y la necesidad de una presencia femenina. Después de la partida de su compañera de existencias, o de la que él creyó que iba a serlo durante un largo tramo de la vida, no recordaba haber hecho nada por acercarse una nueva pareja. Los detectives, se dijo, cambiando el rumbo de sus pensamientos, también deben tener su corazoncito.

Así que se decidió a llamar a esta otra puerta de una casa de la que igualmente, como en la anterior que le tocó visitar durante una semana, no parecía entrar ni salir nadie. Eso sí, las luces interiores estaban encendidas. Cerró el saco lo mejor que pudo para que la evidencia de que estaba armado no fuera a constituir un obstáculo en el trato con la gente que habitara en aquel recinto.

Abrieron la puerta de la casona o residencia remodelada estilo años cincuenta, y por ella asomó sonriente una joven uniformada como recamarera de hotel de cinco estrellas. Balderas pensaba que ese tipo de sutilezas, uniformar al personal de servicio, habían dejado de usarse en el país desde mucho tiempo atrás. Pero estaba muy equivocado. Desde su vestuario impecable y hasta simpático, la joven mujer esperó con una sonrisa a que él iniciara la conversación. Tuvo que hacerlo.

—Tengo cita con la señora Sillé.

—¿Su nombre?

—Ángel Balderas, periodista.

Un levísimo alzar de cejas de la mujer le indicó que eso de presentarse como periodista encendía en ella un sistema de programación interior. Y también de curiosidad. Aun así, lo invitó a pasar muy cortésmente.

Nada. Era una casa como la que se suponía que fuese: amplísimo recibidor, amplísima estancia unos metros más allá, y algunos cuadros que alcanzó a reconocer de un vistazo como de pintores y dibujantes a los que él mismo entrevistara en un tiempo no lejano para el periódico. Ahí, mirando los cuadros lo dejó la joven y se esfumó por uno de los corredores interiores. Balderas no pudo seguir deleitándose con la sensación que le producía ver ahí reunidos a tantos artistas plásticos contemporáneos. Las firmas de los que observó pertenecían a pintores cercanos, mayormente mexicanos y vivos. Todos muy vivos.

—Señor Balderas...

De un corredor había salido, mientras él estaba observando las pinturas y dibujos, una mujer a la que él esperaba ver casi en las últimas. Pensó, y con esa idea se presentaba al encuentro, que iba a saludar a una mujer de por lo menos setenta años. Cuidada, claro, incluso embalsamada de tanto maquillaje. Pero no, era una señora, cierto, muy guapa y con el airecillo de elegancia que le da a ciertas personas el saberse poseedoras de un pequeño palacio como aquél en donde ambos se encontraban. Era guapa la mujer. Y no sobrepasaba, en un primer vistazo, los cincuenta años de edad. Además, los llevaba bien repartidos a lo largo de su figura esbelta en unas partes, prominente en otras. Se acercó a Balderas antes de que él pudiera hacer otro tanto.

—Tome asiento, por favor —le dijo, indicándole alguno de los varios sillones de la enorme y bien iluminada sala.

Los dos fueron a sentarse y al instante, e incluso más rápido que en el Cañaveral, un mesero con todas las de la ley, también con su respectivo uniforme, se les acercó solícito y sonriente. Resulta que en esa casa todos se dedicaban, por el momento, a sonreír, como si la vida fuera nada más eso. El mismo Balderas se descubrió ofreciéndole su mejor sonrisa a la señora Sillé, antes a la joven que abriera la puerta, y ahora al mesero quien esperaba muy paciente a que a él y a la anfitriona se les ocurriese algún coctel exótico o algún vino de cosecha imposible de encontrar, para salir de inmediato por el encargo. Con un ademán generoso la señora de la casa cedió a Balderas el primer turno para elegir trago. No podía pedir un Paraíso Blues. Por eso, en lo que se decidía por alguna otra combinación o destilado, a su vez cedió los trastos a la dama que tenía delante. Lo que escuchó de labios de ella no dejó de sorprenderle, cómo, ni de agradarle, tampoco. Cómo.

—Para mí lo de siempre, pero doble —le dijo al mesero mientras volteaba a ver a Balderas y sin perder la sonrisa continuó con el pedido—, y para el señor ¿está bien un Paraíso Blues?

—Claro, sí, por favor —acertó a decir el renovado detective.

Qué sabía esta señora, con todo y que viviera donde vivía, de lo que era un preparado como el que le estaba ofreciendo. Qué tanto le habría dicho ya sobre él su estimado amigo Sánchez Carioca.

—No se apure —abrió la plática muy en íntima confianza la mujer, en cuanto el mesero salió, como estaba previsto, a traer a la voz de ya las bebidas—, tenemos personal que sabrá preparárselo tan bien como en cualquier otro sitio. Cómo está, qué dice el periódico, recientemente he leído una serie de entrevistas que hizo con varios pintores. Fueron muchas. Casi se los acaba…

Y sonreía, feliz de quién sabe qué, estableciendo un lazo de comunicación que hacía sentir a Balderas que de verdad la señora leyó las varias charlas que mantuvo con el amplio parnaso de pintores, escultores y fotógrafos nacionales. Y no sólo eso, sino como si lo conociera desde tiempo antes. Es más, como si lo apreciara bastante más de un poco y estuviera ahí para hacerlo sentir en su casa. Y no habían pasado ni diez minutos desde que entró a este microcosmos para él desconocido. Sánchez Carioca debió advertirle que la dirección para buscar a Alejandría no era un burdel, ni una casa de citas por elegantes y disimuladas que las hubiese en la ciudad. Esto parecía casi una velada entre antiguos amigos.

Llegó el mesero.

—Salud… —la señora llevaba la iniciativa.

Así que sencillamente correspondió al brindis con la primera palabra que pronunciaba a solas ante la mujer. Qué cosa. No había dicho nada y ya estaba a punto de dejarse convencer por esa maravillosa actuación de gran anfitriona que se le ofrecía.

—Salud —respondió, pues, y dio un trago de experto al Paraíso Blues apócrifo. Era un milagro. En las ciencias de la Tierra esto sólo podía clasificarse como hecho inexplicable, atribuido a un ente superior, como por ejemplo a un extraordinario cantinero: la bebida guardaba de manera espléndida la proporción y el gusto que el mejor Paraíso Blues que le llegaran a servir en su querido Cañaveral.

—¿Está bien así? ¿Le falta algo? ¿Le sobra algo?

—No, señora Sillé, la mezcla es exacta —tuvo que reconocer Ángel Balderas ante el prodigio etílico.

—Cómo está Camilo… Supe que ahora se dedica a dar asesoría en un despacho de abogados…

—Sí, señora, en eso emplea sus ratos libres.

—Y usted, qué hace cuando descansa.

—Cualquier cosa, leer, tomar un trago, estar con amigos.

—Aquí no le puedo ofrecer más que dos cosas de las que menciona: buena lectura y la bebida que guste. Como ve, casi estamos solos. Pero a cambio de los amigos que quizá no encuentre, o del ambiente que yo sé que les agrada a hombres como usted, podemos proporcionarle otro tipo de compañía.

—Claro, señora Sillé, le agradezco la atención.

—Es un gusto servirle —dijo la dama, que era precisamente eso, una dama—. Algo me sugirió Sánchez Carioca respecto de una persona que podemos ayudarle a frecuentar.

—Sí, según don Camilo deberá estar por aquí Alejandría Verano Duende.

Una sonrisa, más amplia que todas las prodigadas en el tiempo que llevaban ahí, iluminó el rostro de la mujer. Dio un trago a su bebida como para acentuar el tono de misterio juguetón que rodeaba el asunto. Balderas no encontraba así de improviso la manera de decirle: "Mire, señora, yo sé que esto es una casa de citas y vengo buscando a una antigua compañera de juegos que se llama nada menos que Alejandría. Y usted sabe tan claramente como yo cuáles son los servicios que la querida Alejandría desempeña en éste o en otro lugar parecido". Por eso dijo, en cambio:

—Es una mujer muy estimada por mí.

—No lo dudo. Además es una buena persona: culta, joven, amable, hermosa.

Se la estaba vendiendo. Aunque fuera muy por lo bajito pero le estaba vendiendo una imagen. Y debería reconocer que no estaba lejos de la verdad. La doña no exageraba en las virtudes de Alejandría, hasta donde él recordaba. Es más, seguro que durante estos casi tres años que no mantuvieron contacto la joven habría devorado otra buena cantidad de novelas, poemarios y libros de ensayo que le daban más juego aún para los momentos de reposo.

—Sí, ella, precisamente ella —dijo Balderas como si la tuviera enfrente o como si la viera aparecer por una de las escaleras de la casa.

—En un momento más estará lista. Creo que hace un rato estaba saliendo de darse un regaderazo.

Balderas no quería dar más datos a la señora Sillé. Y tampoco lograba encontrar algún tema que fuera del todo distinto al que quizá era evidente que lo había llevado hasta ese lugar. Parece pues que la señora entendió, claro que entendió, cómo estaban las cosas. Así que sin más se lanzó con un monólogo breve y sustancioso para el nuevo cliente del sitio.

—¿Tiene alguna preferencia en cuanto a la inclinación o ubicación social de sus acompañantes? Porque aquí estamos para servirle en lo que necesite. Si dentro de nuestras posibilidades no está la mujer que busca, igual la podemos buscar para usted. Vamos a decir que nos gusta hacer hombres felices. Y eso sí, señor Balderas, todo dentro de los márgenes que nos marca la costumbre. No necesito decirle que aquí no hay personas menores de edad... Todo es entre damas y caballeros.

—La verdad es que sólo quiero saludar a Alejandría y estar un rato con ella.

—Ni se diga. Si usted lo requiere yo no tengo inconveniente en que disponga usted de nuestra casa todo el tiempo que guste. La carta de nuestro pequeño restaurante puede ayudarle en caso necesario. En cuanto al bar, ya ve usted, podemos preparar casi cualquier bebida personalizada, como la que usted acostumbra.

Y por ahí hubiera seguido la señora Sillé, haciendo un recuento de las bondades de su negocio, si no es porque muy delicadamente se acercó a ellos nada menos que la mujer aquélla de hace tres años. Eso también le sorprendió a Balderas. Cuando conoció a Alejandría, incluso antes de que se agregara los apellidos Verano Duende, vestía de cierta forma acorde con los ingresos de su profesión. No siempre había clientes que pagasen bien por sus capacidades físicas en el tálamo. De forma que entre el alquiler del departamento, la comida y los servicios, se le iba casi todo su dinero a la buena de Alejandría. Lo que restaba para el vestuario la hacía aparecer siempre, noche a noche, ataviada a la manera de una colegiala como las que aparecen en las *high school* de algunas series norteamericanas: cierta buena dosis de frescura en los colores de la ropa, cierto desenfado en la forma de llevar el pelo suelto a la altura de los hombros, y algunos libros bajo el brazo.

A la mujer, eso le había reportado una buena cantidad de divisas, aunque no las necesarias como para cambiar de apariencia a cada rato. Por si fuera poco, las noches o los días que pasaba con Balderas no le beneficiaban prácticamente nada en cuanto a lo monetario. Para él los servicios eran gratuitos. O mejor, eran por amistad. Y nada más. Nunca se involucraron en el terreno sentimental.

Así que se puso de pie para saludar a esa Alejandría que se presentaba en la sala, a esas horas de la noche, como si apenas fuera a salir derechito y con alguna prisa rumbo a sus clases en una preparatoria norteamericana. Estaba igual de fresca. Y cómo si no, si era menor que Ángel Balderas en tres o cuatro años, y él estaba disfrutando apenas el estreno de sus treinta.

—Alejandría, qué rápido bajaste, mira, tenemos a un amigo tuyo con nosotros —dijo la señora Sillé, mientras se levantaba también, dejando su copa sobre la mesa.

Era como regresar al pasado. Era, cómo no lo pensó antes, recuperarse y volver a ser el mismo de hace po cos años. Ahí estaba uno de los motivos secretos que lo llevaron a aceptar de inmediato la búsqueda y el actual encuentro con aquella mujer. Claro. Él sí podría recuperar los pasos perdidos. Él tendría que ir de la profesión de periodista al oficio de investigador, o detective, como se llamó en algún tiempo el trabajo, regresar al periodismo, como ya lo había hecho, e ir de vuelta a la investigación detectivesca. Y para eso necesitaba recuperar por lo menos algunas de sus antiguas costumbres. Como ésta que tenía llenándole los ojos con un aire de familia que terminó por desarmarlo.

Sibila Sillé, la maga que a través de sus trucos ayudaba a realizar el encuentro con su pasado cercano, se percató del efecto que Alejandría despertara en Balderas.

—Los dejo, señor Ángel. Como usted comprenderá, hay otros asuntos que reclaman mi presencia. Le reitero la invitación de permanecer en ésta su casa todo el tiempo que considere prudente. Me tiene a su disposición. Les deseo una buena noche.

Y se fue, como había llegado, como si de verdad fuera a atender cosas de las que uno se imagina que atienden las señoras que habitan las grandes residencias, que quién sabe qué cosas serán pero seguro que algo tendrán de encanto o de interés.

Alejandría dejó los libros bajo el brazo en uno de los sillones y le ofreció a Balderas un apretado y efusivo abrazo de amigos. Eso sí que no era preparado. Eso sí ocurría en la realidad y no en el mundo casi de ensueño que le brindaba la señora Sillé.

—Cómo estás, grandísimo cabroncito…

—Bien —dijo Balderas mientras Alejandría lo cubría cariñosamente de pequeños besos en el rostro—, o más o menos. Quién iba a pensar que te encontraría en un lugar como éste. Y además trabajando con una señora como aquélla.

—Es una ejecutiva —le respondió muy seria Alejandría, cerca del oído—, ni te imaginas.

—Digamos que es una dama.

—Mejor, una dama con dinero, amigos poderosos, amigos artistas de toda laya, viajes, en fin, y además es una actriz de primera. Seguro que te convenció de que estabas como en tu casa.

—Pues sí.

Las risas de Alejandría confirmaban por lo menos un par de cosas: que le divertía encontrar a gusto en su lugar de trabajo a un Ángel Balderas con el que había compartido algunos años de andanzas, y que ella continuaba siendo la misma. Aquel decorado no operaba en su persona cambios significativos.

—Estás igualita.

—Mi trabajo me cuesta: comida balanceada, gimnasia todas las tardes, clases de pintura…

—Con quién tienes clase.

—Mira, te vas a ir de espaldas —le dijo, tomándolo jovialmente de la mano, lo llevó a la sala donde estaban colgados los cuadros y le señaló uno de ellos: —Con el autor de esta maravilla.

—No puede ser... Oye, pero a poco el maestro se atreve a tomar viagra...

—No, hombre, cómo crees, claro que me da mi revolcadita pero es como un juego. ¿A poco no es buena la escuela que tengo?

—Bastante buena, el señor se retiró de sus clases desde hace mucho tiempo. Lo acabo de entrevistar. Bueno, hace unos dos meses.

—Lo leí. No te creas, Sibila es una dama de veras interesante. Está suscrita como a siete periódicos, cuatro revistas y le llegan cargamentos de libros que ni te imaginas.

—Entonces tú sí sabías dónde encontrarme. En cualquier ejemplar del periódico viene el teléfono.

—Pero no te iba a llamar nada más porque sí, mi querube. Después que te juntaste con aquellita preferí no intervenir. Pero como me imagino, si me buscaste no fue porque anden muy bien tus cosas con ella. Y como ya sé que en eso no me voy a meter, mejor ven, para que conozcas mi recámara, está arriba.

Ya lo llevaba otra vez de la mano, luego de recoger sus libros que la caracterizaban y la habían representado desde que él la conoció, cuando de verdad era una estudiante recién desempacada de la *high school* adonde se fue a estudiar hasta que se cansó del sistema y regresó al país.

—¿Vives aquí? —preguntó Balderas, ahora sí un poco sorprendido.

—Cómo crees, si prefieres al rato mejor nos vamos a mi departamento.

—No será el mismo de siempre, porque he pasado enfrente y ya nunca te vi ni por casualidad.

—Qué va, esto me dio para comprarme uno bastante bien ubicado.

—Ganas bien... —seguía preguntando Balderas, necesitaba enterarse a toda prisa de qué había pasado con esa mujer por la que tanto cariño sentía y a la que había dejado de ver de una manera poco digna de los buenos amigos.

—Gano lo que quiero, o casi, a veces gano más.

Subieron por fin las escaleras y luego de dar vuelta en uno de los corredores Alejandría abrió con su llave una de las varias puertas que había en el área. Con un brazo extendido lo invitó a pasar.

Era sorprendente. Una biblioteca con cama. Y un aparato de sonido que ya hubiera querido él comprarse desde hacía varios ayeres. Y una colección de música como para quedarse metido en el lugar tres o cuatro semanas sin necesidad de salir por más. Un pequeño refrigerador. Una televisión con pantalla amplia y plana. Un apartado dentro del librero con treinta o cuarenta títulos de cintas imperdibles. Nada de pornografía. Cine de veras, para ver y hacer buena compañía a los ratos de descanso en que la cama dejaba de moverse. Balderas recorrió todo esto con mirada golosa.

—De lujo, ¿no? —le dijo, satisfecha de la ambientación que la amplia recámara ofrecía al visitante.

—Pero esto no parece un cuarto así como que para atender clientes.

—Sí, y algún día, si quieres, puedes ver los demás. Todos son diferentes. Éste me lo hicieron como yo quise, pero tuve que ganármelo con el sudor de todo el cuerpo, como has de suponer. ¿Qué tomas?

—Allá abajo me prepararon una cosa que yo inventé y que según pensaba nadie más en el mundo podría preparar sino yo mismo y el cantinero del Cañaveral.

—Uy, el Cañaveral —rememoró añorante Alejandría—, hace no sé cuánto que no me paro por esos rumbos. ¿Sigue atendiendo la Meche?

—Como siempre.

—Ya sé qué tomas: Paraíso Blues.

—¿Tú también, Alejandría?

—Si estás de festejo te acabas una botella de vodka casi solito. Si andas solucionando algo te gusta el Paraíso Blues, ¿no?

—Sí, pues.

—Te preparo uno. Mejor dos de una vez. Y yo me sirvo un amareto chiquitín. Tampoco creas que quiero llenarme de calorías.

Ambos se sentaron en la firme cama que presidía el cuarto.

—Qué haces aquí, cómo llegaste, por qué sigues vistiéndote como colegiala.

—Empiezo por lo último: me visto como colegiala porque hay algunos clientes que vienen directamente pidiendo casi a gritos una como yo. Les encanta que sepa de poemas y novelas y películas, y ahora de pintura. Luego, llegué por una recomendación a que no sabes de quién: de Camilo Sánchez Carioca, tu amigo de siempre. Me imagino que se siguen frecuentando, ¿no? Y por último, no te creas que es fácil trabajar en este lugar. Qué va. Te hacen pruebas, así como lo oyes. Pruebas. Pero no de las que te estarán pasando por la mente, no, sino cosas más bien que podrían aplicárselas a una ejecutiva de cuenta o a una gerente de banco. ¿Viste los cuadros que están allá abajo? Bueno, pues todos esos pintores vienen de vez en cuando. Y te sorprendería saber la cantidad de escritores, cantantes, músicos y sobre todo periodistas que nos visitan. ¿Satisfecho?

—¿Es un lugar seguro?

—Como el que más. Y hay puro personal de lujo. Puras mujeres de primera. Y no nada más porque estén bien o sean buenas para la cama, sino porque más o menos cada una domina la personalidad que le pide el cliente.

—No entiendo.

—Si tú hubieras querido, y se lo pides a Sibila, te podría conseguir aquí mismo una mujer que es como las enfermeras al estilo de las novelas de Hemingway o algunas que te lo hacen en idiomas como italiano, francés o japonés, o que se parecen mucho pero muchísimo a actrices de diferentes épocas. La señora Sillé es como una directora de cine, tiene a su disposición un chorro de efectos especiales. Aquí puedes satisfacer casi cualquier fantasía. Mira, es como si pudieras viajar a un burdel en la parte de la república o casi de cualquier lugar del planeta que quieras.

—Estás exagerando…

—A lo mejor un poco. Oye, y a propósito, sospecho que vienes a algo como lo que estoy pensando. Por eso de las enfermedades ni te apures. Todas nos hacemos un control mensual completito. Pero igual tendríamos que usar un preservativo, digo, para que te sientas más tranquilo.

—Vine porque necesitaba verte.

—Se te fue la paloma…

—Creo que sí.

Alejandría guardó silencio y se dispuso a preparar algo para una ligera botana. Regresó con ella a la cama.

—Somos amigos, Ángel, cuéntame si quieres. O si lo que necesitas es que nos demos cariñito, nos lo damos y prometo no preguntarte nada.

—Ya te iré contando, si se ofrece.

—¿Quieres platicar o prefieres darte un baño o quieres que te desvista? Tú dime…

—Me sorprende un poco todo el aparato éste de la casa y las mujeres por pedido de las que me cuentas y no sé bien cómo empezar.

—Hacemos una cosa: si no te sientes en confianza aquí, podemos ir a otro lado. Te invito a cenar a mi departamento. Y si no te regañan, te quedas, como siempre.

—¿Seguimos igual que siempre?

—Igual, Ángel, te debo más de lo que piensas. Pero no lo hago por eso. Casi empezamos juntos, ¿no? Tú en el periodismo y en eso de las investigaciones, y yo en esto de los placeres privados. Total, aunque me costó trabajo, entendí que ya no nos íbamos a ver cuando ustedes, o sea tú y ella, se fueron a vivir juntos.

—Mejor no hablamos de las ausentes.

—Boca cerrada, entonces. Pero seguimos como al principio.

—Tú también tendrás tus cosas que hacer, eso de las clases, tus lecturas…

—Pues sí, querube, pero mañana es sábado y no hay clases en ningún lado. Bueno, en la gimnasia sí, pero es hasta en la tarde. ¿Tienes ánimo de hacer el amor?

—Algo.

—Me imagino… No, no me imagino nada. Vámonos ya, si quieres.

—Una cosa nada más.

—Lo que tú digas, pero que no sea una noticia triste.

—No, no es noticia, es pregunta: por qué la señora Sillé conoce tanto a Sánchez Carioca.

—Está fácil pero es "top secret".

—Soy todo oídos.

—Hace como año y medio hubo un problema con un cliente, nada de cuidado, creo que no quedó a gusto o algo así un día que andaba muy pasado, pero el cabrón como entonces estaba dentro de una oficina de no sé qué, vino a cerrar el negocio con una bola de tipos más. Nada de armas, no te creas, si la cosa no era violenta, pero sí era algo medio legal. Sánchez Carioca ya era cliente de aquí para cuando eso pasó, y a él lo atendía nada menos que doña Sibila, imagínate. Él puso en juego todas las puertas de que disponía para que las cosas se arreglaran. Con decirte que habló con algunos funcionarios que vienen aquí de vez en cuando. Así, de decirles "oiga, señor mío, usted y yo somos clientes del lugar éste y nos lo quieren cerrar, vamos dándole una mano a la señora Sillé y que se calme el asunto". Y te estoy hablando de sujetos pesados, de los que antes trataba Camilo. Y también asesoró a la señora con el bufete ése para el que trabaja. Y total que entre todos consiguieron que el negocio siguiera como lo ves. Incluso mejor. La fama que se nos hizo provocó que vinieran más clientes y de mejor categoría. Un día, cuando estaba todo esto cerrado, vino Sánchez Carioca y le dice a la señora: "Sibila, todo está en orden, puede usted abrir cuando guste. Ya no hay demandas en su contra, ni antecedentes de ninguna especie". Y ya. Pero todo esto te lo cuento porque en parte me lo dijo él y en parte me lo ha contado Sibila. Luego de que reabrieron el negocio fue cuando él me recomendó y como mi trabajo ha sido decoroso todas estamos contentas.

—Un poco me sorprendía la forma en que me trató la señora Sillé, pero con esa historia...

—No, ella es así siempre. A todos los clientes los trata igual. Ése es el secreto del éxito. Por eso viene tanta gente.

—Yo no vi a nadie.

—Es que hay varias entradas a la casa.

—O sea que toda la manzana viene siendo de ustedes.

—Todo esto que ves y alguna otra propiedad que tiene Sibila por acá y por allá. A veces brindamos servicio en grupo, a "ejecutivos" y esas cosas. ¿De veras te gusta que te hable de esto?

—En parte. Es tu vida y como no nos hemos visto desde hace tiempo quería estar al tanto. Te ves bien.

—Y a ti, cómo te ha ido —preguntó Alejandría realmente interesada, dispuesta a escuchar, desabotonando el saco de Balderas, la Beretta asomó por ahí como si quisiera participar en la conversación.

—Bien, no me quejo.

—Oye, andas armado...

—Sí, pero no hay nada en puerta, ni te fijes.

—Pensé que te dedicabas nada más al periodismo. ¿Regresaste a lo de las investigaciones?

—En eso ando.

—Me encanta. Si quieres que te ayude en algo, me dices.

—Ese algo es más bien medio serio.

—Entonces si no quieres decirme no te preocupes. Es igual. Eso no afecta nuestra relación.

—Me gustaría que mejor nos fuéramos a tu departamento. O al mío, como prefieras.

—Mejor al mío, para que lo conozcas, no está lejos. ¿Traes coche? Porque si no, yo tengo.

—Sí traigo, te sigo cuando salgamos.

—Bueno. Y allá, si tienes ganas, dime, de veras, con toda confianza.

—Por lo pronto tengo que pagar algo aquí, supongo.

—A mí no, cómo crees, al que tendrías que pagarle es al cobrador de Sibila, pero por eso no tienes nada qué temer. El lugarcito éste sí es caro, para qué te miento, pero como vienes con el antecedente de Sánchez Carioca la cosa será sin costo.

—¿No me van a cobrar por estar aquí, contigo, ni por los tragos?

—No, nada, ni aunque te quedaras toda la noche y pidieras algo del restaurante. Eso que te dijo Sibila de que dispusieras de todo el tiempo que necesitaras era cierto. Prácticamente esta casa está funcionando gracias a todos los arreglos de Camilo, aquí lo reciben como rey, si vieras. Y hasta eso que él no abusa: viene, platica con la señora, se toma sus tragos, a veces suben a su recámara y ya. Tú eres el primero que manda con recomendación. Y se me hace que el último. Ya ves que a él no le gusta andar aprovechándose de los favores que hace.

—No, tienes razón, él también es un amigo de ley. ¿Nos vamos?

—Cuando gustes.

Salieron. Llovía intensamente. Era ya noche cerrada y con el tránsito lentísimo, para bajarse del auto y llorar en las esquinas. Para fortuna de ambos, el nuevo departamento de Alejandría estaba relativamente cerca de la casa donde prestaba sus servicios.

Llegaron. Se tomaron un par de tragos. Se dieron una ducha caliente y larga. Hicieron el amor. Rememoraron muchos de los episodios del pasado compartido. Volvieron a hacer el amor. Se quedaron dormidos uno en brazos de la otra. Despertaron en la madrugada. Vieron una película que los mantuvo botados de la risa a lo largo de dos horas. Amanecería dentro de poco.

—Tengo hambre —dijo Alejandría.

—Yo también.

—Te preparo de lo que tengo, el refri está bien surtido, nada más que me tienes que esperar tantito. El microondas hace maravillas en diez minutos.

—Mejor vamos afuera. Tampoco es cosa de que te molestes.

—Son casi las cinco de la mañana... Y no es molestia, de veras. Pero como gustes, parece que ya dejó de llover.

—Mala suerte.

—Te sigue encantando la lluvia, ¿verdad?

—Digamos que la asocio con los sucesos agradables, como habernos encontrado ayer, por ejemplo. Y todas estas horas aquí.

—Gracias. Pienso igual. ¿De veras no quieres que prepare algo? Hay cosas que se pueden hacer en un dos por tres.

—No, no quiero abusar. Me doy cuenta que entre nosotros todo está como antes. Y te lo agradezco también. Pero tengo ganas de invitarte algo.

—Vamos adonde digas. Nada más me pongo algo visible y un buen suéter, a mí me gustan los días fríos pero no tanto como a ti.

Salieron al poco rato. Hicieron un recorrido por los mercados de la ciudad en donde vendían las especialidades que reconfortaban a los madrugadores. Pero quizá por el tiempo de lluvias y por la hora, unos no estaban abiertos aún, otros apenas se preparaban para atender a la clientela que llegaría abundantemente como cada sábado. A ninguno de los dos les gustaba la comida de los restaurantes de plástico que abren las veinticuatro horas. Así que Balderas encaminó el auto otra vez hacia el rumbo del departamento de Alejandría. Ya de camino, muy cerca, vieron abierto un sitio que se veía apetecible. Era un bar, pero prometía comida del tipo de la que estaban deseosos.

—Qué tal sirven ahí —sondeó Balderas.

—Entre bien y regular. Casi nunca como por aquí, pero he entrado. No es del todo un mal sitio. Y del ambiente, la verdad es que quién sabe, yo siempre salgo directo para el periférico, nunca circulo por los alrededores. ¿Quieres que probemos?

—Puede ser.

Entraron. Ciertamente la comida era buena. Y el lugar estaba lleno. Como si hubiera abierto desde muy temprano. O como si no hubiera cerrado en toda la noche. Ahí los encontró la mañana, nublada, muy fría. Al salir del sitio Balderas se encaminó a su automóvil, para llevar a Alejandría al departamento. Pero ella se rehusó amablemente.

—Mira, mi casa está a dos calles. Y para que nos regresemos en el coche vas a tener que dar una vuelta del tamaño del mundo. Están arreglando parte de las calles ésas por donde hace rato tuvimos que rodear. Y ya no son horas de que te avientes un sentido contrario de tres cuadras.

—Te acompaño caminando.

—No te recomiendo que dejes el coche aquí solo. Desde adentro del restaurante éste lo podíamos ver. Pero como está muy lleno de gente, y como todo mundo se dio cuenta que ya nos vamos y llegamos en ese cochecito, no vaya a ser que le hagan algo.

—Me gustaría encaminarte al menos. ¿O vas a otro lado?

—A dormir nada más, Angelito. Pero me voy sola. Mira, si tomas por esta otra calle sales derecho a la avenida y ya de ahí fácil te trasladas adonde necesites. ¿Sigues viviendo donde siempre?

—No, también me he cambiado.

—Me imagino, cuando te fuiste a vivir con la innombrable, ¿no?

—Eso. ¿Entonces?

—Entonces usted se me sube a su coche que por cierto está muy bien cuidadito. Y yo me voy a mi departamento que me espera con los brazos abiertos.

—Nos veremos pronto…

—Tienes mis teléfonos y el de la casa de la señora Sillé. Y como ahora ya sé parte de la historia y me siento con el derecho de llamarte cuando quiera, seguro que nos vemos, querube. Es más, si quieres el fin de semana que viene o cuando tengas tiempo podemos darnos una escapada… Según, lo que tú pienses. Si yo quiero júralo que te llamo. Y a lo mejor comemos en la semana. Ya no te voy a perder la pista.

Se dieron un ligero beso y un abrazo muy largo y cálido. Ella echó a caminar en dirección a su departamento. Y Balderas la siguió con la mirada hasta que la vio doblar la esquina. Desde allá volteó la mujer y todavía le envió un último cariño con la mano. Balderas subió a su auto.

Arrancó y efectivamente en un dos por tres estaba ya en vía de salir de la colonia para dirigirse a su casa. Nuevamente comenzaba la lluvia, una llovizna ligera, menuda, finita.

Encendió un cigarro, el primero de ese sábado. Abrió un poco la ventanilla para que entraran algunas de las refrescantes gotas. Era una buena manera de empezar el día. Como antes.

Ángel Balderas estaba de regreso. Y lo estaría aún más, dentro de muy poco tiempo.

Mórtimer Tavares: hace cinco años y un día

Faltan escasamente cinco o seis minutos para que dé inicio el encuentro. En ambos vestidores los ánimos van subiendo de presión ante los embates de los diversos métodos empleados por los jugadores y técnicos para tal fin. En la reducida butaquería el público toma su sitio con regular apresuramiento. Suena una larga sirena para dar la primera llamada a los participantes del juego. Están ya prendidas todas las luces que llenan de reflejos el centro de la cancha. El resto de ellas se van apagando de manera paulatina. Se encienden los cuatro enormes dispositivos con televisores de alta definición situados cada uno en las cuatro esquinas del rectángulo, a unos metros apenas de los extremos de cada canasta.

Tres calles más allá del amplio centro comercial ya en penumbra, viene el hombre en su auto a no menos de ciento treinta kilómetros por hora. Pasa raudo al costado de los dos semáforos que intentan detener su camino. Frena y con el impulso que aún tiene su vehículo, penetra dando un salto al estacionamiento a medias lleno. Es automático su movimiento para estacionarse y descender a toda carrera de la máquina. Ya se encamina a zancadas a la puerta que custodian varios hombres a la vista altamente armados, cuando lo frena, de golpe, una idea. Regresa al trote a su carro, saca de él unas gafas negras y se las calza. Nueva carrera hacia la entrada. Nadie lo detiene, ni lo registra, los cuidadores del sitio bajan sus armas, apuntando al suelo, mientras él pasa. Uno de ellos, sonrisa y cigarro en la boca, lo saluda:

—Córrale, señor Tavares, ya mero empieza.

—Qué pasó, Raúl, qué tal, compañeros... Sí, carajo, ya se me andaba haciendo tarde.

—Van treinta billetes contra sus preferidos, míster Tavares —apostilla otro de los hombres, tomando confianza.

—El doble, cabrón, el doble y te la juego —responde Mórtimer, que se da un minuto para negociar el trato.

—Entre todos nos la jugamos de a lo mismo y órale —tercia uno más de los escoltas.

—Qué se me hace que los voy a desplumar a los cuatro —la risa de Tavares es de alegría.

—Vamos viendo, vamos viendo...

Mórtimer Tavares saca un fajo de billetes de muy alta denominación. Lo muestra veloz a sus camaradas.

—Órale, cabrones, los vamos a dejar quince puntos abajo.

—Órale, míster.

—Viendo su dinero en la mano —dice Tavares ya con ánimo de entrar al recinto.

Los cuatro hombres sacan de inmediato sus carteras y reúnen de manera instantánea una cantidad semejante a la que Tavares les acaba de mostrar. Sonríe Mórtimer.

—Hecho.

—Como vas.

Y Mórtimer desaparece, tras la puerta, escaleras abajo, saltando de dos en dos los peldaños.

Al cruzar el acceso al sótano del centro comercial dos hombres lo detienen con un gesto. Tavares muestra su identificación. Los silenciosos vigías le ceden el paso. Corre Mórtimer para entrar de lleno al ambiente festivo que flota en la cancha de juego y sus alrededores. Al centro de la pista veinte mujeres, diez por bando, hacen coreografías en apoyo de sus respectivos equipos. Una de las edecanes, al lado de los asientos, se le acerca solícita:

—Buenas noches, señor Tavares, pensábamos que ya no venía.

—Sí, pues, ¿ya llegaron los señores?

—Se me hace que lo están esperando por ahí por su asiento... Qué se toma.

—Un brandy doble, con mucho hielo.

—En seguida se lo llevo.

Tavares sale disparado rumbo a su lugar. Se escucha la segunda llamada para los jugadores. Las porristas continúan con sus bailes. En el vestidor del equipo Pilot la quinteta titular está a punto de terminar su fase de calentamiento: uno de los médicos que ahí se encuentran toma y registra la presión arterial de los basquetbolistas, otro les verifica con minuciosidad el ritmo cardiaco, y una enfermera, al extremo de la fila que se forma, aplica una liga al antebrazo izquierdo de cada uno de los contendientes y luego les administra una rápida inyección. Los jugadores tienen que sentarse para ir metabolizando el empuje de la sustancia en las venas. Habla el entrenador a sus jugadores, se le escucha serio junto a un pizarrón con apuntes de estrategia:

—No quiero broncas, señores. La dosis que les brindamos es la suficiente como para pasar los primeros treinta minutos de juego sin novedad. En el descanso, los que lo requieran tendrán una nueva carga pero no será por la vía intravenosa, sino en tabletas sublinguales. Les repito las tres indicaciones principales: cuiden a Rojo y apoyen en todo lo posible a Casas Olmedo; no se dejen llevar por la euforia, pórtense como profesionales y tomen en cuenta que el equipo a vencer estará funcionando con las mismas condiciones físicas que nosotros; y último punto: no olviden reportar con cualquiera de los médicos las anomalías que puedan sufrir con el esfuerzo: todos sabemos que hacia el medio tiempo es probable que hagamos cambios en el cuadro titular, así que no se molesten ni quieran ser héroes cuando abandonen la cancha por orden de los médicos. ¿Está claro?

El equipo asiente en su totalidad. El jugador con el número 34 y el apellido Casas a la espalda es el último en recibir la inyección. En cuanto estabiliza su aliento levanta la mano:

—Entrenador, en qué momento vamos a jugar con el doble equipo para Rojo... Si siempre lo estamos cuidando no vamos a tener apoyo suficiente en los tableros. Todos los jugadores de Bullet son buenos, ellos también andan con puros titulares...

—Escuchen bien lo que pregunta Alonso Casas, señores, y oigan la respuesta: el doble equipo sólo se lo vamos a aplicar a Rojo en los primeros dos cuartos de juego para tratar de que la ventaja en puntos nos sea favorable antes de irnos al descanso. En caso, y fíjense bien, sólo en caso de que Rojo se salga del doble equipo, se le asignará uno de los defensas para marcación personal, el resto lo cuidará en su zona.

Salen los jugadores del vestidor y se encaminan a la cancha. El entrenador es el último en abandonar el recinto. Hace un aparte con el número 34 para decirle en baja voz:

—Alonso, por favor, trata de ser técnico como siempre, pero toma en cuenta que seguramente los del Bullet también te van a mandar un doble equipo a ti. Trata de no cansarte mientras conseguimos aunque sea una leve ventaja. Canastea a media distancia, no te metas a recoger balones, no te acerques demasiado a su tablero y sobre todo no marques personal, en ningún momento, a Rojo. Déjalo que juegue. Esperemos que él mantenga su distancia contigo. Trata de que no influya en esto la amistad que hay entre ustedes. El trabajo es el trabajo y nos estamos jugando no sólo el campeonato sino una buena cantidad en primas. Las apuestas están parejas. No me hagas quedar mal con los dueños.

—Así será, señor.

Ambos salen a la cancha donde ya está el resto del equipo haciendo tiros al aro.

Mórtimer, en su asiento, con un vaso en cada mano, charla con un hombre de impecable traje negro que está en un lugar contiguo.

—Qué pasó, Tavares, ¿dejas lo fuerte y le metes al trago?

—Así es, señor, más vale. Qué se toma.

—Aquí tengo, mira, traigo mi propio veneno, y no porque el de aquí sea malo, pero como tú dices, más vale —el hombre da un trago al ánfora de aluminio que ha sacado. Continúa la plática, involucrando en ella a uno más de los hombres de junto:

—Oiga, licenciado, ¿entonces en qué quedó aquí con el amigo Tavares?

—Ah, pues casi nada: nos estamos jugando todo el embarque de este mes en el partido.

—No me diga, Tavares, si más o menos en eso habíamos quedado nosotros con nuestro negocito. ¿Qué no?

Mórtimer, un tanto nervioso, bebe de un solo impulso el contenido de su vaso antes de contestar, mirando alternativamente a uno y otro hombres que lo observan:

—Bueno, señor, usted comprenderá que el equipo... Y usted también, licenciado, no va a pensar que le estoy jugando chueco, ¿verdad? Lo que pasa es que uno también tiene sus deudas y la economía está pues como que en un receso, ¿verdad?

Los dos hombres lo miran muy detenidamente. Callados. Se observan entre sí y sueltan una estruendosa carcajada. Hablan entre bromas y veras:

—Ah, qué niño este, haciendo apuestas dobles, ¿eh? Y qué no te das cuenta que si pierdes te quedas no nada más sin ninguno de los dos embarques sino con dos amigos de menos...

—Pero, señor, no son apuestas dobles, o sí son, pero es entre caballeros...

—Pues sí, Tavares, pero también los caballeros saben aparecer tirados por ahí en algún canal con tres tiros en los güevos... Si no me pagas con lo que le saques a mi mercancía con qué me vas a saldar lo que me debes. Ya te retrasaste doce días con lo del embarque anterior.

—Licenciado, por favor, si no es la primera vez que hacemos estos tratos. Ni tampoco con usted, señor, desde cuándo somos amigos en la cancha y fuera de ella...

—Carajo, Tavaritos, pero es que aquí el licenciado tiene razón. Si pierde tu equipo te quedas sin embarques. O sea que tus deudas se multiplican y tus propios clientes se quedan sin suministro. Yo no imprimo dólares, si pierdes conmigo y con el licenciado con qué vas a pagar el embarque anterior y con qué cara te presentas a los proveedores para pedirles crédito. Se me hace que te estás jugando mucho más que dos embarques de polvo, Tavares. No te quieras pasar de listo, ¿eh?

—No, señor, no, licenciado, a los dos voy a pagarles lo que les debo en cuanto cobre lo del juego. Ustedes saben que aquí tengo puestas mis últimas esperanzas. Ya estoy viejo para andar sacándome la lotería. Yo no les quedo mal y ustedes me siguen pasando el suministro como siempre, ¿estamos?

—Pues sólo si ganas tú y tu famoso Pilot, porque si no hablaríamos en otros términos...

Tavares voltea a ver al otro hombre:

—Usted qué dice, señor, ya ve que el licenciado está de acuerdo...

—Vamos a ver qué pasa en el juego, vamos a disfrutarlo. Si pierde tu equipo te doy cuarenta y ocho horas para que me pagues, me consigas transporte para el embarque porque yo no voy a estar escondiendo toda esa mercancía en mi bodega más tiempo, y luego hablamos de negocios. Mientras, no te apures. Te doy mi palabra que si pierdes, saliendo de aquí nadie de mi gente te la va a buscar en dos días, ¿de acuerdo?

Tavares da el último trago a su segundo vaso y afirma en silencio. Se acomoda en su sitio y clava la vista en la cancha de juego. Con una seña indica a una de las edecanes que le surta más bebida.

En ese momento suena la tercera llamada y del vestidor del Bullet sale el equipo completo. Los jugadores saltan a la cancha y de inmediato inician sus tiros a la canasta. Los médicos se acomodan al lado de sus aparatos en una de las bancas, lo mismo hace el entrenador correspondiente. Salen las bailarinas del piso de duela y continúan sus evoluciones al margen de la cancha. Se encienden los monitores de televisión y la música baja gradualmente hasta desaparecer. Diversos planos de la pista de juego son mostrados en las pantallas. Se escucha una voz que inunda el recinto, no se ve a la persona que la profiere, una mujer, pero es como si el sonido saliera de los monitores.

—Señoras y señores, buenas noches. Una vez más les damos la bienvenida a ésta su casa. Ésta es una ocasión especial. Estamos aquí para celebrar el segundo campeonato de basquetbol modificado profesional. Para su tranquilidad les hacemos saber que contamos con ocho salidas de emergencia que se abrirán automáticamente en caso de un poco probable percance. Nuestro equipo armado tiene instrucciones de tomar parte en la evacuación si ésta se presenta. En la azotea del centro comercial que se encuentra arriba de nosotros están ya dispuestos los cuatro helicópteros de siempre para ayudarlos a alejarse del área si así lo desean. Se les recuerda que hay un cuerpo de siete médicos con todo lo necesario para atender alguna eventualidad del público por grave que sea. Las apuestas se estarán contabilizando paso por paso en el departamento de cómputo cuyas ventanillas están en el lugar de costumbre. Los pagos se harán en un plazo no mayor de seis horas luego de finalizar el encuentro. Al término del mismo les tenemos preparada una recepción con todo lo necesario para que ustedes y sus equipos cierren de forma agradable la temporada. Bienvenidos todos. Comenzamos.

Es general el aplauso de la concurrencia. Se apagan las luces de ambiente y sólo la cancha permanece iluminada. Durante la presentación de los equipos aparece en los monitores el jugador que se indica. Salen a cuadro alternados de un bando y de otro. Es igual la algarabía que se desata ante la imagen de cada elemento que surge en la pantalla. Los asientos, cien en total, están ocupados. En las tres ventanillas de cómputo de apuestas los cajeros reciben dinero y extienden recibos a cambio. En un monitor arriba de cada una de las cajas se ve el monto de los momios: las apuestas son casi parejas para ambos equipos. Mientras Bullet está pagando 3.5 dólares por uno, la variante de Pilot oscila entre los 3.6 y los 3.4 a cambio de un billete verde. Tavares inicia el consumo de su segundo trago de la noche cuando suena el silbato y los dos jugadores más altos de ambas escuadras quedan suspendidos en el brinco por ganar la bola inicial. La voz, esta vez de un hombre, sale de los monitores y se coloca encima del murmullo general:

—Éstas son, amigos, las dos quintetas que han demostrado ser las mejores de nuestra asociación. El salto inicial es ganado por el equipo de los pilots que ya se descuelga con base en pases largos vía Molina, el mejor corebac que haya tenido la asociación en los dos años de su historia... Pero ahí la defensa de los bullets que no permite mayor avance ante el tablero... La defensa de los bullets ha permitido sólo un promedio de sesenta y cuatro puntos en cada encuentro, por cien que ha anotado a la ofensiva... Y aquí tenemos los dos primeros puntos en favor de los bullets, que están pagando en este momento a 3.9 por uno... En los monitores la repetición... No se hace esperar la reacción de los pilots organizados, quienes tienen entre sus filas a uno de los canasteros más productivos de la temporada: veintiséis puntos, quince asistencias y ocho rebotes por partido, el número 34, Casas Olmedo, que anota la primera canasta de la noche... Les recordamos que al medio tiempo tendremos un cuadro completo de estadísticas con el fin de que realicen con toda seguridad sus apuestas secundarias... Y este que vemos ahora es el resultado del exacto rendimiento atlético de la pandilla de los bullets que ensarta un doble pepino más a la cuenta de su peculio... Le recordamos al público asistente que pueden jugar apuestas cruzadas al marcador de cada uno de los cuartos, al de la primera mitad y al puntaje final de cada uno de los jugadores... Y aprecien la calidad de esa combinación ofensiva que hace anotar otros dos puntos en favor de los bullets, ha sido Rojo, ahora en las pantallas, el de la travesura... Se espera un duelo formidable entre los dos canasteros de ambos equipos, y para refrendarlo ésta es la colada, un verdadero boquete, el que abre Casas Olmedo en la doble defensiva de los bullets... Se les avisa que las apuestas en favor de ambos jugadores sólo podrán hacerse en los primeros treinta minutos de juego y los marcadores en favor de uno y otro permanecerán tal y como se queden hasta ese momento, sin importar la cantidad de ayuda que les pueda ser administrada posteriormente...

En la cancha las evoluciones de ambos equipos son balanceadas en su inicio. Tanto Rojo como Casas Olmedo son, pese al cuidado que ponen ambos equipos a la defensa, letales en el momento de soltar sus tiros. Los movimientos se desarrollan limpiamente pese a la fuerza y enorme velocidad con que se juega. Hacia el término del primer cuarto y consecuente cambio de canasta el marcador se inclina en favor de Pilot con un margen de tres canastas: Bullet 32 puntos por 38 de Pilot.

Tavares, perfectamente sobrio, ha dejado atrás la marca de los tres vasos y va ya por el sorbo que da inicio a otro nuevo.

—Nomás no se me vaya a hacer el borracho y luego no se acuerde de lo que quedamos, ¿eh?

—No, licenciado, si esta madre ni me hace.

—Ah, pues muy sencillo, en el medio tiempo vaya a solicitar a la enfermería una ración de algo más consistente...

—Eso haré, licenciado, depende de cómo se pongan las cosas en la cancha.

En el rectángulo de duela las cosas favorecen al equipo preferido de Tavares, el Pilot, por un margen de nueve puntos merced a una anotación del equipo y al consiguiente faul que fue convertido en tiro de penalización en un punto más. Tavares voltea a ver, casi sonriendo, a uno de sus acompañantes:

—Cómo ve, señor, si le digo que traían con qué responder estos del Pilot.

—Sí, hombre, si lo estoy viendo, pero tranquilo que al cabo no llegamos ni a la mitad de la historia.

Mórtimer se decide por el optimismo e ingiere todo el contenido de su vaso, que cambia por uno de repuesto.

En la cancha el marcador está ahora, al minuto veinticuatro de tiempo corrido: Bullet 46, Pilot 53. Las bancas de ambos equipos están tranquilas. Si acaso, un poco la de Bullet se resiente mientras transcurren las canastas que no permiten restar la ventaja que Pilot lleva hasta el momento. Es en una entrada que Casas Olmedo, el número 34 del equipo Pilot, realiza en contra de la canasta opuesta cuando se congela la acción. Casas Olmedo había tomado la bola, según se apreciará luego en las repeticiones, que soltó por error un contrario. Los jugadores de ambos equipos estaban concentrados en la canasta de Pilot. El jugador número 34 toma la bola como viene e inicia el bote y la carrera hacia el extremo contrario. El jugador de Bullet que perdió el control del esférico hace por él pero resbala en el intento. Otro de sus compañeros salta encima de su cuerpo y se coloca, en la carrera, tras de Casas Olmedo. El número 34 de Pilot ha tomado ya el suficiente impulso y se despega del suelo en un potente salto que lo acerca a cada microsegundo más a la canasta contraria. El jugador de Bullet que viene tras él se toma un paso más antes de brincar. Los dos van volando. En la repetición de los monitores se apreciará claramente cómo el jugador de Bullet alcanza en el aire a Casas Olmedo y coloca una mano sobre el balón que éste ya lanzaba hacia la canasta. En seguida se verá cómo el jugador número 34 de Pilot, entre la sorpresa por un atacante que no vio acercarse y el intento por controlar el balón que ya se le escapa, no calcula adecuadamente la distancia que hay entre el piso y la altura de su salto, y al caer se dobla aparatosamente el tobillo derecho, lastimadura que lo hace rodar por la cancha. El balón, en sus rebotes, ha ido a dar a una de las bancas.

La acción sucede en uno o dos segundos y pese a que aún no se dimensiona la magnitud del problema del canastero mayor del equipo Pilot, el público se levanta de sus asientos. Pilot pide un tiempo fuera y entra veloz el equipo de médicos para atender a Casas Olmedo. Ante la evidencia de una lesión, pese a que el jugador número 34 no muestra ningún malestar, de inmediato le aplican una sustancia en aerosol y traen un aparato de rayos X portátil. Luego de un par de minutos en que el silencio reina, uno de los médicos pide un micrófono para informar:

—Señores, hemos llegado a la conclusión de que no existe impedimento para que el jugador número 34 del equipo de Pilot siga dentro del encuentro. Sin embargo, recomendamos que descanse un mínimo de diez minutos para que se restablezca la función del tobillo y se proceda a lo necesario para evitar una posterior inflamación.

Hay aplausos y algunas expresiones de cierto desaliento entre el público.

Mórtimer se revuelve inquieto en su asiento.

Casas Olmedo es remplazado por un jugador de la banca. Continúa el encuentro.

Al lado de Tavares, los dos hombres que han estado charlando con él se miran entre sí. Nada dicen. Mórtimer no voltea a verlos, sino que trata de concentrarse en la cancha. Nuevamente se escucha la voz del narrador y las pantallas vuelven a reproducir las escenas del juego.

—Ha entrado a la cancha no un ala ofensiva, como su compañero Casas Olmedo, sino uno de los mejores defensas que haya pisado esta duela, el número 10, que según vamos viendo tiene el encargo de nulificar en lo posible el ataque de Rojo que precisamente en estos momentos está haciendo estragos en la canasta de Pilot. La cuenta es ya de 53 por 48. La quinteta de Pilot es fuerte, como puede observarse, quizá la mengua que ha sufrido momentáneamente con la baja de Casas en realidad no les represente una gran desventaja en el resto del encuentro. Les notificamos a nuestros clientes que en este momento las apuestas están como sigue: Bullet está pagando un total de cinco dólares por uno, mientras que Pilot se mantiene en 3.9 de forma estable. Faltan escasos tres minutos para que nos vayamos al descanso. Y es nuevamente Rojo el que hace una de sus coladas para anotar otros dos puntos en favor de su camiseta. Se acorta la ventaja que hasta hace un momento tenía el equipo Pilot. Estamos hablando de 53 por 50. Parece que el juego se va a poner parejo hacia la segunda mitad. Les recordamos que a partir del minuto treinta y uno de tiempo corrido ya no hay control estricto sobre las sustancias que les sean administradas a los jugadores... Cuando queda todavía un minuto y medio en el reloj oficial es Guevara, otro de los jugadores estrella de Bullet, el que convierte en tres puntos un tiro hecho fuera del área de los dos tantos. Y el marcador está por fin empatado, señores... Ahí la descolgada de Pilot que termina con la oportuna intervención de la defensiva de Bullet, que ya viene por la venganza... El tiro de Rojo es exacto y hay un faul en el terreno de juego. Será nuevamente la ventaja para Bullet cuando

Rojo anota limpiamente el tiro de penalización. Y mientras el marcador nos indica 56 para Bullet y 53 para Pilot, los momios de las apuestas están al doble para el equipo que lleva la delantera: ocho dólares, por cuatro que está pagando Pilot. Y hay un tiempo fuera, el último de esta primera mitad, que es pedido por la quinteta de los pilots.

Mórtimer ha apurado el contenido de todos los vasos a su disposición. No ha dicho palabra. Tampoco han hablado con él ni entre sí los hombres que tiene al lado. Tavares hace una señal a la edecán más próxima, que de inmediato le lleva un par de nuevas bebidas. En la cancha ha transcurrido el minuto de gracia y luego de recibir una serie de instrucciones en la banca ambas escuadras se dirigen a cumplir con sus respectivos encargos.

—Es avasalladora la forma en que el equipo de Bullet está aprovechando las diversas fallas de los pilots. En la primera jugada luego del tiempo fuera Guevara hace mancuerna con Rojo y anota dos puntos más a su cuenta... Señores, queda sólo menos de un minuto para que se cierren las apuestas hasta la primera mitad del encuentro. Todo lo que se haga después no podrá ser contabilizado. Habrá un tiempo extra, a lo largo del descanso, para añadir bonos a su equipo preferido. En el momento en que suene el silbato para iniciar la parte complementaria los momios quedarán como hasta este instante. Y aquí otra entrada de Guevara que culmina con dos puntos en favor de Bullet. La ventaja para este equipo es ya de siete puntos. Estamos a sólo unos segundos de irnos al descanso cuando vemos la reacción de Pilot que, parece ser, pese a las indicaciones de su entrenador, está cayendo momentáneamente en la desesperación y en el juego desorganizado. Esperemos que para beneficio de todos, Casas Olmedo vuelva a la cancha en cuanto regresemos del descanso... No fructifica la combinación de Pilot, cometen faul ofensivo y hay un punto más que cobra Rojo en favor de sus colegas. Estamos 61 a 53. Y cuando parece que habrá una cierta estabilidad en el marcador para que los equipos vayan a sus respectivos vestidores, es Guevara el que nuevamente hace gala de su especialidad con un certero disparo fuera del área sombreada en azul para que se le acumulen tres puntos más a su equipo. Otra vez el balón en manos de los pilots cuando suena la chicharra para dar por concluidos estos primeros treinta minutos de acción. Nos vamos a diez minutos de reposo en la cancha... Se les recuerda a nuestros amables visitantes que a partir de este momento cuentan con sólo nueve minutos para cerrar sus apuestas. El tablero les irá indicando la manera en que se muevan los momios en favor de ambos equipos. Por lo pronto seguimos con el doble de los dólares pagados por Bullet en caso de que gane. Les mantendremos informados a lo largo del descanso sobre el estado de salud de Casas Olmedo y sobre los posibles cambios que se operen en las alineaciones... Mientras tanto, para su deleite, están a su disposición nuestras instalaciones y nuestros monitores que ya reproducen las partes más sobresalientes del encuentro. Regresamos en un momento más para continuar con las acciones de esta final.

En cuanto el locutor termina su discurso y las luces del recinto se encienden, Tavares sale disparado rumbo a los vestidores. De hecho llega a ellos mucho antes de que todos los jugadores de Pilot estén ahí reunidos. Pasa y se sienta en una de las bancas. Escucha las indicaciones del entrenador. Los jugadores están un tanto desconcertados con el puntaje que les ha tocado en suerte luego de los primeros treinta minutos de acciones. Escuchan al hombre con atención:

—Por ahí no vamos bien, señores, no es por ahí. Una cosa es que podamos contar con los servicios de un buen jugador profesional como Casas Olmedo y otra que nos abandonemos si él llega a sufrir una lesión como la de esta noche. Es probable que en pocos minutos salga Casas de la enfermería, pero por lo pronto nosotros debemos organizar una nueva forma de ataque. Vamos a pensar que Olmedo no regresa a la cancha. Así que en ese caso haremos lo siguiente…

El entrenador toma uno de los gises que tiene a mano junto a la enorme pizarra. Pero ya Tavares no observa este movimiento: ha salido veloz con otro rumbo. Camina presuroso por los pasillos y desemboca en una puerta cuidada por tres hombres armados. Acompasa su respiración antes de decir:

—Qué hay, compañeros, vengo a darme una vuelta a ver cómo sigue nuestro amigo Casas Olmedo.

Los tres hombres cruzan miradas. Uno de ellos se dirige a Tavares:

—Y qué o para qué.

Tavares está a punto de echar mano de su credencial pero en ese momento sale de la enfermería el médico del recinto.

—Doctor Zamudio, hombre, qué gran gusto verlo.

—Cómo estás, Mórtimer, me dijeron que ya te andabas retirando de los polvos.

—Así es, doctor, así es.

—Siempre es mejor tomarse las cosas con calma.

—Sí, doctor, más vale. Fíjese que venía para ver a Olmedo. Me imagino que se puede, ¿verdad?

—Claro que sí. Está un poco mejor. Si quieres pasa. Pero acuérdate que el tiempo de descanso es corto. Yo voy a dejar unas cosas aquí a los vestidores y en un momento más estoy contigo. Pásale.

El médico hace una seña y los guardianes permiten el acceso de Tavares a la enfermería. En una cama está Casas Olmedo, sólo una mujer lo acompaña, tomando intermitentemente sus signos vitales.

—Qué pasó, Alonso, cómo vas con tu tobillo.

—Más o menos, Tavares. Qué milagro que te interesas por la salud de los jugadores.

—Ya ves, uno también tiene su lado bueno.

—No vas a decirme que andas otra vez metido en ese negocio de las apuestas…

El silencio de Tavares ante el cuestionamiento de Casas Olmedo es lo suficientemente claro como para que el número 34 del equipo Pilot se ponga en guardia. Pronuncia de manera muy lenta y clara las sílabas que le dirige al hombre a su lado:

—Ni madres, cabrón, ni pienses que puedes venir a meter mano para tus negocios.

—Hombre, Casas, ni que no nos conociéramos desde hace tiempo…

—Una cosa sería la amistad, que nunca la hemos tenido, Tavares. Los dos sabemos que ni te la debo ni me la debes. Tú ves que en el juego pasan cosas que uno no puede evitar. Pero de esto a las apuestas hay unos kilómetros de diferencia.

—Ninguna. Si me vieras por dentro te darías cuenta de que estoy más lesionado que tú.

Mórtimer ha sacado su pistola y la deposita junto a la cama de Casas Olmedo. El jugador se sobresalta:

—No me vengas con mamadas porque aquí estamos todos y no sales ni con tu juguetito.

—Pero si no estoy haciendo nada, te digo que necesito de una pequeña ayudada. No me está gustando eso de que te lesiones en un momento como éste…

—Y yo qué tengo que ver con tus pendejas apuestas. Juega limpio como los demás. Qué no me ves, me lastimé un tobillo.

—Mira, para qué hacemos el cuento largo. Yo necesito que tu equipo gane. Y sabes que a ti también te conviene. Porque de aquí no te vas a ir de entrenador al extranjero, ¿o sí?

—Cosas del destino. Mejor vete. Aquí no estamos jugando deudas ni babosadas. No sabes toda la gente que está allá arriba esperando un resultado derecho.

—Si vieras que estoy mejor enterado que tú…

—Espérate que me recupere y si quieres vemos de quién es la corona.

—No, si no hace falta.

La enfermera que está dentro del cuarto se ha replegado a un rincón y desde ahí observa el diálogo. A ella se dirige Tavares:

—Por favor, déjenos solos un momento.

Sale la mujer en silencio y Tavares se acerca al tobillo lastimado de Casas. Apoya la cacha de la pistola sobre el vendaje que le han colocado al jugador.

—Ten mucho cuidado con lo que dices, pendejo, y con lo que haces. Este partido lo tienen que ganar ustedes a fuerza. Si no, te atienes a las consecuencias. Y no te voy a dar nada a cambio. O ganas o ganas. Me vale madre si estás lesionado o no. Necesito que ganes.

Casas Olmedo calcula que la botella más próxima está fuera de su alcance. No hay nada cerca con lo que pueda repeler el ataque. Tampoco se trata de gritar, y eso también lo sabe.

—Si me tocas sacas boleto, Tavares, yo no me ando con mamadas.

—Yo tampoco.

Y Mórtimer presiona fuertemente con su pistola el tobillo de Casas. El dolor hace que el basquetbolista se incorpore a medias. Con un ligero cachazo en el pecho lo recibe Tavares.

—Si no puedes jugar entonces me vas a tener que hacer otro favor: sales a la cancha, aunque sea dos minutos, te haces pendejo un rato antes de pedir tu cambio, y ya cuando estés para salir le vas a cometer un faul a Rojo. Eso es todo lo que te pido. Y ya sabes a qué tipo de faul me refiero. Necesito que Rojo esté fuera de la cancha por lo menos los últimos quince minutos de juego. Es todo lo que vas a hacer. Si no salen las cosas como te digo mejor te vas cambiando de ciudad. De mí no te vas a librar fácil. ¿Está claro?

Casas Olmedo permanece en silencio, asimilando la presión de la pistola de Tavares sobre su tobillo.

—Si no lo haces, adiós. ¿Me oíste? Adiós.

Intensa es la mirada de Mórtimer Tavares sobre los ojos de Casas Olmedo. El jugador está completamente callado. Retira la vista del hombre como si la dejara caer al suelo. No responde.

—No hay vuelta de hoja, Casas. Te voy a estar viendo en la cancha.

Tavares da un leve golpe, como un saludo, al tobillo del jugador. Y sale de la enfermería justo cuando el doctor ha regresado.

—¿Ya listo, Tavares?

—Todo bien, doc.

—Me alegra que hayas dejado los vicios caros, Mórtimer, de veras que me alegro.

—Yo también, doctor. Con permiso.

Sale Tavares y el médico inicia una charla técnica con Casas Olmedo.

Varios minutos más tarde los jugadores vuelven a la cancha y se disponen a continuar con el encuentro. Casas Olmedo, con el número 34 a la espalda, está otra vez dentro de la alineación. Uno de los hombres, al lado derecho de Mórtimer Tavares, da inicio nuevamente al diálogo:

—Y cómo le hizo para convencerlo tan pronto de que regresara a jugar, Tavares.

—Hombre, licenciado, si yo nada más fui a ver a una guapa mujer con la que ando negociando. Digo, caray, no se pude mover uno de su asiento porque luego empiezan las suspicacias.

Los tres sonríen.

—Para que veas que te creo, Tavaritos, te acepto una copa de lo que estás tomando.

—No será que se le acabó su anforita, ¿verdad, licenciado?

—No, mira, si lo hago por pura amistad. Después de todo yo no pierdo nada si gana tu equipo. Usted tampoco, ¿verdad mi estimado?

El hombre aludido sonríe de buena gana.

—No, señor, yo tampoco. El único que se la está rifando es aquí don Mórtimer.

Los tres guardan silencio porque en la cancha se da el silbatazo que recomienza el encuentro. Otra vez la voz del locutor:

—Y ya tenemos a los jugadores listos para la fase final de esta competencia. Para información del público, como pueden ver, ya está otra vez alineando con Pilot el jugador número 34, Alonso Casas Olmedo, que se aprecia bastante recuperado de su lesión. No fueron necesarios más que los diez minutos del receso para que el golpe recibido en el tobillo menguara... Las apuestas están cerradas, como lo habíamos notificado hace un momento. Bullet pagará a 15 dólares por uno y Pilot se planta en 9 unidades... Ahí la primera intervención de Casas Olmedo: entra a mediana velocidad al círculo de fuego pero no intenta el disparo, saca la bola hacia uno de sus compañeros que de inmediato aprovecha la cercanía con la canasta para convertir en su favor dos puntos más, con lo que llegamos a la cifra de 64 para Bullet por 55 para Pilot. No se deja esperar la reacción del equipo que lleva la delantera y es justo Guevara quien despega otra vez el marcador de su equipo. Son los primeros dos puntos que se anotan en la cuenta de Bullet luego del descanso de la mitad inicial. Se ve difícil, pero nada está escrito sobre la duela, señores. Y tan es así que allá viene, parece que ya del todo recuperado, el jugador número 34 del equipo Pilot, Casas Olmedo, se dispara hacia el aire para hacer una de sus clásicas entradas espaciales, lanza desde esa posición que no le es del todo cómoda y logra encestar dos puntos para su camiseta, con lo cual las cosas se ponen 66 a 57. Parece que hay cierto dolor en el rostro de Casas pero el juego continúa. Allá vemos la descolgada de Rojo que tira hacia el aro contrario y falla, ante lo cual toma el rebote uno de los jugadores defensivos de Pilot y lanza inmediatamente para Casas Olmedo que aún no regresaba a su cancha. Éste se eleva y tenemos ahí otro enceste del estrella de Pilot que va reduciendo la ventaja... Un momento, un momento, señores que nos acompañan, Casas Olmedo al bajar del salto parece que no se puede incorporar de inmediato...

Y así es. El jugador número 34 del equipo Pilot está de espaldas a la duela, sin levantarse. Su entrenador ha pedido tiempo libre. Antes de que las asistencias lleguen a donde está él, se le acerca de inmediato Rojo, que venía a recuperar el balón. Es el canastero de Bullet quien al interrogar al contrincante sobre su estado, se inclina para comprobarlo directamente examinando el tobillo de Casas. El barullo es absoluto. No se escuchan las palabras de ninguno de los jugadores en la cancha. Llegan ya las asistencias médicas y Rojo se sitúa a prudente distancia para seguir observando. Lo llaman a su banca. Y va a retirarse hacia ella cuando los dos paramédicos que atienden a Casas Olmedo lo levantan por los hombros. Regresa de inmediato Rojo y se ofrece para ayudar al lesionado, que acepta el apoyo. Los tres hombres conducen al número 34 de Pilot a la enfermería. El juego se encuentra suspendido. En los monitores se repite la escena en que Casas Olmedo encesta y cae. Es clara la forma en que al tocar el suelo con la pierna lesionada, ésta se dobla inerte y no permite más que el jugador se ponga de pie.

En la butaquería, los dos hombres atrás de Tavares miran hacia el cielo falso del recinto, como buscando inexistentes constelaciones. No dicen una palabra. Tavares tampoco lo hace.

Se escucha por el sonido local:

—Se les informa a las personas que nos hacen el favor de acompañarnos que el jugador número 34 del equipo Pilot ha sufrido fractura de la tibia de la pierna izquierda, motivo por el cual no regresará al terreno de juego. Se les invita a regresar a sus asientos para que las acciones continúen de manera normal. A lo largo del encuentro les mantendremos informados del estado de salud del jugador lesionado.

Crece por unos segundos el rumor del público y de inmediato el partido se reanuda.

La historia de lo que sucedió más tarde no fue sino el resultado natural de la pérdida de un jugador como Casas Olmedo y el consecuente decaimiento moral entre sus coequiperos. El marcador último favoreció a Bullet por un total de 101 puntos, mientras que Pilot, a la defensiva, sólo logró llegar a 82.

En cuanto suena el silbatazo final Tavares ha abandonado su asiento. Mira sin desearlo a los dos hombres con los que había dialogado en parte del encuentro. Éstos le devuelven la mirada más una ligera sonrisa. Ambos levantan un poco las manos como si mostraran que no traen armas ni nada con lo cual dañar a Tavares. Pero éste no sonríe, ni asiente. Toma de un par de tragos el último vaso a su disposición y sale del sitio a toda prisa. Afuera tratan de detenerlo un momento los hombres de custodia e incluso parecen querer jugarle una broma postrera al de los lentes oscuros, además de cobrar la suma de la apuesta ganada. Pasa Mórtimer Tavares entre ellos como si no existieran. Se miran entre sí los escoltas, tratando de adivinar el siguiente paso. Pero el hombre de las gafas negras no les da tiempo de pensar nada. Ya ha subido a su auto, lo enciende y sale a toda velocidad por la avenida más próxima. Es ya la madrugada. Está vacía la ciudad. Un ligero viento es lo único que deja de recuerdo el rápido auto de Tavares al retirarse del lugar.

¿Tú también, Ángel?

Alguien lo había metido al caso. Alguien que estaba jugando con él, o peor aún, alguien que lo estaba usando para seguir con su personalísima diversión. Y esto ya no le gustaba. Una cosa era permanecer un poco fuera del ambiente, o haber perdido algunas de las características de investigador que tantos malos ratos le había costado adquirir y que estaba en camino de recuperar, y otra que sencillamente lo tomaran por un títere, una marioneta.

Quizá era el momento de retirarse, de abandonar las pesquisas. Total, ya nadie se metía con él. Ya no había forma de continuar con la investigación. No era cosa de andarse colando en cuanto asesinato con visos de inteligencia se cometiera en la ciudad. Empresa de locos. No, de locos no, pero sí de inmortales y de ubicuos.

Y Ángel Balderas estaba consciente de que él no poseía el don de la ubicuidad. Aunque quién sabe si estaba perdiendo el juicio. En este último punto prefería no meterse. La mejor manera de sentir que no era un muñeco de ventrílocuo, al que alguien le dictaba el parlamento y los gestos en escena, era retirar sus cartas. Claro que este hecho, digamos provocar la caída del propio rey en el lado del tablero que uno domina, no era su estilo. Pero ya habían sucedido cosas. Y así era su deber llamarlas: cosas. A él qué o por qué o por quién.

El encuentro con Alejandría es cierto que lo serenó, por una parte, y por otra también es verdad que lo hizo sentirse como en el pasado cercano, cuando los grandes o medianos o ridículos casos en los que se vio envuelto eran cosa de todos los días. Los solucionó en su momento. Auxilió a las personas que se lo solicitaron en nombre de la amistad. Para ejemplo, ahí estaba el agradecimiento que cada vez que les era posible le mostraban aquéllos a quienes había prestado con éxito sus servicios: un actor excelente que encontró su verdadera vocación en ser payaso y un ladrón de primera línea que finalmente, o al menos hasta ahora, había aunado sus habilidades de escapista e ilusionista en general como muy buen mago. Ésos sí que fueron casos de interés.

Otra vez volvía a tenerlo todo. O casi todo: amigos, trabajo de cierta calidad, un arma y una Alejandría recuperada. Qué más. Estaba, sí, cómo dejarlo de lado, la ausencia de la recontrarrecordada. Pero ni hablar. Eso no tenía vuelta de hoja. La soledad es de quien se abandona a ella. Nadie está solo por gusto. A lo mejor podía dedicar parte de su tiempo a buscarse una nueva compañera de aventuras. Quién sabe. El meterse de cabeza en un caso que no era suyo, por el cual ni siquiera le pagaban, por el que nadie iba a darle ni un apretón de manos en el entendido de que lo resolviera, no valía la pena.

Mejor tomarse un trago. Mejor bajarse del auto, disfrutar un poco de la lluvia cálida que ponía punto final a la tarde e inauguraba una nueva noche, y entrar de una buena vez al bar. Ya debería esperarlo ahí Sánchez Carioca.

Entró al Cañaveral en busca de algún antídoto para los ligeros conflictos existenciales que se le estaban creando.

—A ver a qué horas —le dijo de inmediato Camilo Sánchez, apurando su bebida, saludándolo con ese reclamo de amigos—. Ahora sí que tenemos problemas, mi estimado.

—Como de qué, no vengo de humor para meterme en problemas —respondió Balderas, mientras hacía un ademán para saludar a los compañeros del diario que se encontraban en diversas mesas del sitio, sentándose a la de Carioca.

—Qué, no me diga que se le hizo bolas el engrudo a la hora de la hora.

—No entiendo.

Balderas se veía con muy pocas ganas de entrar en discusiones metafísicas. O iba al grano Carioca o tendría que cambiar de mesa. Así de pertinaz era el tedio que estaba empezando a embargarlo. Pidió un Copacabana, para corroborar la amistad y el gusto de Carioca, para darle una oportunidad a la existencia. Meche entendió de inmediato que el horno no estaba para bollos. Fue por el pedido, lo trajo rápidamente y lo depositó silenciosa frente a Balderas.

—Le digo que usted no entiende nada. Si va a estar de malas mejor nos vamos.

—No, Camilo, disculpe, es que las cosas no andan bien.

—Por eso, cómo le fue con Alejandría.

—De lo mejor. Fue un acierto haberme dado su teléfono. Me di cuenta que me arregló el numerito con la dueña de la casa. Respecto de la Beretta, le agradezco la atención, pero quedo en deuda con usted. Es un arma muy cara.

—Y muy valiosa, lo sé. Pero de eso prefiero no hablar. A nuestro amigo Chavarría no le cuesta nada conseguirlas. Ahora, respecto del otro asunto, no hice más que cumplir con mi deber de periodista: informar. Pero no se preocupe, sólo le di a Sibila los datos necesarios para que le pudieran preparar una de esas cosas que usted toma.

—No me diga que se lo aprendió de memoria.

—No, me dio la receta aquel inútil de la barra, que por esta única vez sirvió de algo.

Balderas había consumido de dos tragos la mitad de su vaso.

—Se ve que quiere darse valor…

—Quiero salir de una depresión de la chingada en la que me estoy metiendo.

Carioca encendió un cigarro. Algo sabía el viejo de las cosas por las que puede pasar un hombre con la mitad de años que él.

—Se siente solo —afirmó Carioca de manera muy firme, definiendo de un golpe las cosas.

—Por ahí va la cosa.

—Pero le fue bien con Alejandría...

—De lo mejor, le digo, incluso pasamos la noche en su departamento.

—¿La ha vuelto a ver desde entonces?

—No, ni le he llamado, quedamos de salir una de estas semanas.

—Me imagino que la relación se habrá reanudado sin contratiempos.

—Sí, es usted un excelente celestino.

—Veo que no viene de humor y para eso no queda más remedio que pedir otra ronda de Copacabanas. Ya verá.

Al instante eran resurtidos los tragos. Bebieron en silencio.

Por fin se decidió Balderas a iniciar otra vez la plática:

—Qué piensa, Camilo.

—Que le cayó de peso el abandono de aquella indigna de la que mejor no hablar.

—Yo tampoco le encuentro otra explicación. El trabajo, como puede ver en el periódico, si es que lo lee, está en buena marcha. O digamos que no es cosa para publicar en letras de oro, pero sí es de calidad. Diario hay alguien a quien entrevistar, casi diario puede salir una buena crónica, mantengo en orden la columna...

—Pero no sólo de pan vive el hombre. Pensé que con lo de Alejandría le iba a hacer un bien.

—Y lo hizo. Le agradezco. Es una mujer muy querida por mí. ¿Sabía que hace años, en la misma semana en que tomé el primer caso de investigación, ella inició con su carrera?

—Digamos que ella se convirtió en dama de compañía y usted en detective casi al mismo tiempo…

—Eso.

—Bonitas vidas paralelas… De qué se queja, entonces.

—Quizá tenga razón. No hay nada de lo que pueda quejarme. Me trata bien la vida. Pero creo que ya no voy a seguir con esto del Abrelatas.

Carioca casi escupió el trago que en ese momento estaba tomando.

—No, Balderas. Y menos ahora, le digo que tenemos problemas.

—¿Hubo algo en estos días? ¿Usted estuvo investigando?

—Estuve haciendo preguntas por aquí y por allá. Me encargo de la obra negra. Parezco su empleado. Pero de que usted deja esto ni hablar. No. No se puede.

—Por qué, nada nos involucra. Nadie se mete con nosotros.

—Tiene usted que tomar este camino. Ahí está el gane. Mire, por lo pronto necesito que me ayude con esto: "Lugar geométrico de los puntos de un plano cuya suma de distancias a otros dos fijos, llamados focos, es constante".

—No mame.

—¿Conoce la respuesta?

—Si quiere le preguntamos a Meche.

—Bueno.

La llamaron para formularle la pregunta que resolvería al menos parte del crucigrama en el que se encontraba enfrascado Carioca. Estaba seria la Meche. Muy seria. Ella, la que simplemente les acercaba los tragos para que la vida fuera mejor, siempre mejor y de colores. Muy seria, pues, escuchó el cuestionamiento.

—De cuántas letras dice, don Camilo… —habló por fin la mujer, sin sonreír, en su papel de profesional del trago y nada más.

—Seis —dijo Balderas—, vertical.

—Elipse —respondió Meche. Y se fue.

Sánchez Carioca no tuvo siquiera que corroborar que efectivamente la definición que les acababa de dar la querida Meche era correcta y cabía en el espacio para ello señalada. No pudo hacerlo, con la risa que le despertó la digna actitud de reclamo que les hacía la mujer. También reía Balderas. Las cosas se estaban componiendo.

—Tendremos que dejarle una buena propina, como siempre, o invitarla a cenar cuando cierren el sitio —propuso Carioca.

—Mejor la invitamos otro día. Tiene razón la Meche. A lo mejor con un cariñito se compone.

—¿Ya está de mejor ánimo?

—Digamos.

—Empiezo entonces. La noticia es única pero nos puede ser de utilidad: el tercer cadáver no tiene relación ahora, ni la tuvo en vida con ninguno de los que lo antecedieron.

—Cómo, ¿no lo mató el Abrelatas?

—Eso sí, me refiero a que no hay ninguna constante en cuanto a lugares de costumbre, trabajo, mujeres o algo que nos haga pensar que con esas muertes se está cobrando una venganza. No están matando a gente que tenga filiación con ningún grupo especial, ni siquiera son del mismo tipo de sangre.

—Entonces…

—Entonces, mi estimado Balderas, eso nos indica que la cosa va por otro lado. Sí hay un esquema, pero no tiene nada que ver con las víctimas.

—Está peor la cosa. El siguiente puede ser usted.

—O usted, por qué no.

Ambos volvieron a las risas. Pidieron más tragos.

—En serio, Camilo, la cosa es más compleja de lo que pensamos, entonces, porque si no elige a sus víctimas...

—Sí las elige, cuidado, y las emborracha, por lo menos ésa sí es una constante.

—Pero no lo es en un país de bebedores como el nuestro. A cualquiera se le antoja tomarse unos tragos o de plano correrse una parranda. Lo que iba a decirle es que si las víctimas no tienen nada más en común que eso, beber, estamos perdidos, cualquiera puede ser el siguiente. En lo que sí tiene razón es en que debe de haber un esquema que nosotros, ciegos como estamos, no podemos ver.

—O a lo mejor *no debemos* ver.

—Entonces por qué me mandó al periódico el aviso de que iba a matar a un segundo tipo.

—Y por qué ya no se le apareció ni se puso en contacto con usted luego de esto.

—Ya no he escrito nada al respecto. Quizá piense que es mejor no moverle por ahí, o que en el periódico ya nadie se interesa por él.

—Puede ser un ególatra que lo único que quiere es que sus trabajitos aparezcan con foto, comentario y editorial en cuanto periódico o revista circule por el país.

—Lo cual es mucho pedir, mi estimado. Desde que mató al tercero no ha habido en la prensa, ni en la televisión ni por el radio nada que lo mencione.

—Ésa es la clave —dijo Carioca con los ojos brillantes, consumiendo lo que restaba de su vaso—. Ya perdió interés para vender. Ya no le vende un buen crimen ni a su mamacita, que en gloria esté.

—A la suya, que a lo mejor ni en gloria está.

—Mire, Balderas: el tipo o la tipa o el conjunto de malandros que están haciendo esto no quieren llamar la atención a lo burro. Por eso a usted sí le respondieron.

—Por eso nos metimos al caso. Pero ahora ya se ha roto el hilo de la comunicación. Ya cómo le seguimos.

—Seguro que encontraremos el camino. No se desespere, ni mucho menos piense que es cosa de abandonarlo. Usted no puede porque se vio involucrado de una manera bastante sui géneris en el segundo de los asesinatos. Y porque si no se dedica a esto que es su profesión, aunque quisiera disimularla con eso de que es periodista, se va a hundir en el más profundo pozo de mierda del cual se tenga noticia.

Los dos, los dos iban a meterse a ese pozo, Balderas por aquello de la soledad, y Carioca, aquí el hallazgo que encontraba Ángel en ese preciso momento, porque necesitaba a todo tren empezar una vida nueva a los sesenta años. Y quién iba a imaginarse que un triste caso policial, con varios cadáveres casi ridículos de por medio, con uno o varios locos alrededor, eran capaces de desatar todo este tipo de acciones, reflexiones e ideas afines en dos amigos que, frente a frente, bebían la agradable mezcla de un coctel llamado Copacabana.

Nadie lo diría, o casi nadie. Esa era la verdad de la que ninguno de los dos, en esos momentos de bohemia, estaba al tanto.

Balderas, luego de la breve borrachez que adquirieron, fue a dejar a Carioca. Esperó a que abriera la puerta de su casa para arrancar nuevamente y seguir camino a la propia.

Conducía despacio, sin prisa. El tránsito era más que fluido. Cuando faltaban escasas tres o cuatro calles para que diera vuelta y enfilara derecho sobre la avenida en la que se encontraba su departamento, Ángel percibió que una camioneta iba tras de él, con la marcha igual de aminorada. Los tragos, la charla y el tema lo habían hecho precavido y arrojado al mismo tiempo, así que en lugar de seguir por la ruta trazada hizo un corte en una callejuela de poca circulación. Y frenó.

La camioneta dio vuelta también, casi deteniéndose. Balderas corroboró que la Beretta estuviese lista en su lugar para lo que se necesitase. El vehículo sospechoso reanudó la marcha a mayor velocidad y, justo cuando pasaba frente al coche de Balderas, de la puerta trasera cayó, como empujada por alguien, una mujer.

A las claras que no era un cadáver, porque se movía. La camioneta, por su parte, desapareció sin ofrecer mayores explicaciones. Balderas sabía que esto de andar aventando mujeres en la vía pública no era nada razonable. Por eso se bajó del auto para ver, al menos, de qué se trataba el asunto. Quiso ser buen samaritano por una vez, aunque, desconfiado como estaba, dejó abierta la puerta de su auto para salir pitando en cuanto sucediera algo todavía más extraño.

Se acercó a la mujer, que ya se reponía del golpazo contra el pavimento.

—¿Le pasa algo? —preguntó Ángel, arrepintiéndose de inmediato por lo absurdo de su planteamiento, y corrigió: —¿Puedo ayudarla, quiere que llame a un médico?

Por toda respuesta, la mujer se puso en pie como movida por un secreto resorte, por una muy oculta vivacidad que no dejó ver sino hasta entonces. Debería de andar por los cincuenta años, al menos. Y en una de las manos portaba un largo y afilado puñal con el que de inmediato se abalanzó contra Balderas.

Logró esquivarla gracias a que el estado de la señora parecía muy subido de tono. Algo traía en las venas esta mujer que la sacaba del mundo.

Ante la falla, no cejó en su empeño, se le fue a Balderas tirando tajos que iban realmente en serio. Ángel quiso hacerla entrar en razón mientras trataba de esquivar los nuevos intentos por rebanarlo:

—No, señora, no es conmigo la cosa. Yo no sé ni quién es usted. Señora…

No pudo argumentar más, la mujer le rasgó de un buen movimiento toda la parte derecha del saco. Unos milímetros más y algo que ya no era ropa sino carne se hubiera ido con el corte. Y ya venía uno más, y otro, y otro. La mujer fue acorralando a Balderas hasta que lo tuvo con la espalda pegada a la pared.

Era inútil intentar cualquier cosa para escapar de esa furia desatada. Al menos, la puerta abierta del coche de Balderas quedaba dentro de la línea de ataque de la señora.

La mujer cobró vuelo, uno o dos pasos, el suficiente como para tirarse a matar. Ángel se sentía tonto ante los hechos: ¿qué hacía esta pobre mujer, evidentemente bajo el influjo de alguna poderosa sustancia, intentando preparar con él un plato de ceviche?

También era imposible seguir razonando. Sin que se diera cuenta del todo, Balderas empuñó su Beretta, ya sin seguro, y la apuntó hacia donde la mujer venía directo a él.

Pero no se detuvo, ni por ésas. Al contrario, se arrojó contra su presa dispuesta a atravesarlo con el arma.

Ángel Balderas, como bien aprendido lo tenía, hizo fuego cuatro veces casi simultáneamente. Y agrupó de buena forma las balas.

Luego el silencio de la calle y de la noche.

Todavía se acercó, muy intranquilo, a ver el rostro de la mujer, a contemplar la posibilidad de que estuviera con vida, y también, después lo pensaría, a corroborar que hubiera muerto en el intento de acabar con él.

A toda prisa guardó el arma y ahora sí se dirigió a su casa. Entró con precauciones, revisando con la pistola desenfundada cada uno de los rincones del departamento.

Nada. Una lucecilla en el teléfono, comunicándole que tenía mensajes en espera, era lo único que se movía.

Hizo una última ronda por las ventanas y la puerta antes de tenderse en la cama, vestido, con la Beretta al alcance de la mano. Y así estuvo durante un buen rato.

Ya más sereno, se sirvió un trago antes de hacer una llamada telefónica que necesitaba. Era imprescindible que Carioca supiera de esto. Tomó el aparato y antes de marcar quiso saber quién había estado llamando en su ausencia. Los recados eran los de siempre: gente del periódico con asuntos propios del trabajo.

Pero había uno, al final, que no era de los de rutina. Se escuchaba el ruido exterior en la grabación. Quien había llamado, lo hizo desde una caseta telefónica, o de algún lugar público. La voz le dijo, sencillamente:

"¿Tú también, Ángel Balderas? ¿Tú también matas a personas inocentes?".

Entonces sí marcó, de inmediato, el número de Carioca. Tardó en contestar el maestro. Seguro que estaba dormido. Al menos era eso lo que esperaba Balderas. Podía haberle ocurrido algo peor.

Pero no, luego de un rato escuchó la voz del decano investigador:

—No son horas de llamar, sea quien sea...

Ángel le explicó todo de una parrafada, incluyendo el mensaje que le dejaran en la contestadora. Carioca escuchó con paciencia y en completo silencio. Luego dijo, con algo de la sobriedad recuperada por la narración:

—¿Quiere que vaya para allá?

—No, no creo que sea necesario, maestro. Pero tome usted precauciones.

—Las tomaré. Qué hacemos.

—Lo de siempre, nos vemos en el Cañaveral.

—Hecho. Antes de colgar déjeme decirle algo, Ángel.

—Escucho, don Camilo.

—Mire, en un caso como éste más vale que digan aquí mató que aquí murió.

Mórtimer Tavares: hace cinco años

En el departamento suena con alegría la música, aunque a moderado volumen. Se escucha también el continuo chocar de los vasos. Y las risas. Dos son las mujeres que se hacen comentarios al oído. Un hombre las mira, feliz, en el sillón frontero. Del alto techo pende un largo cable que desemboca en una pantalla de gota. Apenas y queda iluminada la estancia. Una de las mujeres se levanta, rumbo a la mesa de centro, para llenar su vaso. Le habla, en la trastocada lengua del alcohol, al joven vestido de traje que tiene delante.

—Y entonces, mi campeón, no te negarás a decir otra vez salud con una de tus mejores amigas y hoy hasta admiradora. ¿Verdad que me puedo considerar entre una más de tus fans? Digo, si no se enoja aquí mi compañera la bella Andrea.

Resuenan las risas en el recinto. El hombre lanza a la mujer que está sentada una miradilla de complicidad y de afecto. A ésta responde.

—Digo, tampoco me confundas, una cosa es que sea su mujer y otra que me andes cachondeando con lo de los permisos. Qué me ves cara de tus amigas, o qué…

Nuevas risas. Habla otra vez la joven, que ya sirve una generosa ración en su vaso.

—Hombre, acaba de hablar la estelar Andrea, la presidenta del club de fanáticas del hoy campeón Román Rojo, estrella del equipo subterráneo Bullet, más conocido entre sus amistades como el barredor de la San Miguel Chapultepec. Salud, Román, ya en serio, de veras que te portaste como el señor que eres ante el público y ante mi Alonso.

—Te entiendo, mi querida Texas, pero no te enojes, ni bebas más allá del medio litro de esa gasolina con plomo que trajeron. Cuando te vea Alonso no te va quedar más remedio que perdonarlo si invita a una novia de repuesto.

Las risas brotan enseguida.

—Ya estuvo con eso de Camelia la Texana, me voy a enojar.

—Yo creo que antes de enojarte te caes desmayada de tanto alcohol —le reclama medio en broma la otra mujer.

—Si es poquito, nada más para alegrar la noche.

—Bueno, ya en serio, Camelia, qué no crees que ya se está tardando mucho Alonso. Porque, digo, una cosa es que ande con muletas y tenga que pasar por hielos y se venga en taxi, y otra que nos deje aquí esperándolo como sus mensas.

—No, pues, ya ha de venir por ahí. Lo que pasa es que me dijo que a lo mejor se tardaba porque antes tenía que pasar a recoger el video del juego. Qué no ves que ayer entre la bola y con lo del hospital ya nadie nos alcanzó una copia —dice Camelia.

Interviene de inmediato Román Rojo:

—Ah, mira, o sea que al señor Casas Olmedo sí le dan una copia del juego y aquí a tu servidor que anotó nada menos que el cuarenta y dos por ciento de los puntos de ayer no le mandan ni una foto autografiada con las firmas de los perdedores…

—De veras, es por eso. Los técnicos quedaron de darle una a él. Lo de menos es que tú la copies, si quieres. Y tampoco le andes diciendo perdedor a mi niño, ¿eh? Baboso.

La charla, las risas, el movimiento se interrumpen porque han sonado en la puerta tres muy leves toquidos.

La mujer de pie hace una seña con la mano para que todos guarden silencio. La obedecen, aguantando la risa. Se arman cuidadosa y rápidamente de puños de confeti y se disponen a los costados del dintel para abrirlo y bañar de papelitos de colores a un irreconocible hombre que no viene en muletas, que trae puestos unos lentes muy oscuros para la hora de la noche que es, y que los apunta con una pistola.

—Atrás. Silencio. Nada de fiestas. Silencio.

Cae el vaso de la mujer y se derrama en el piso alfombrado. No hace en realidad mucho ruido, pero sí el suficiente como para que el hombre con la pistola entre de golpe y cierre la puerta de inmediato.

—Dije que atrás todos. Y callados. Las dos mujeres vayan a sentarse allá enfrente. Y tú, al rincón. Quiero que se porten bien. Sigan las instrucciones que voy a darles.

Las dos mujeres obedecen, entre un instantáneo llanto silencioso, apagado. Rojo intenta acercarse al intruso lo más rápido posible, pero éste lo recibe con un cachazo de revés que le florea la frente. Una de las dos gime. Le apunta directo y frío el hombre con el arma.

—No quieren obedecer y no estoy jugando. Ésta no es la canchita de nadie. Atrás.

Se dirige hacia el aparato de sonido y aumenta considerablemente el volumen, aunque sin llegar al escándalo. Conmina al hombre para que se vaya al rincón que le ha indicado. Éste lo obedece y se mueve con trabajo. Por su frente corre un hilo de sangre que a cada momento se va haciendo más y más grueso. Una de las mujeres hace el intento por hablar, y con el gesto indica que será en voz muy baja. Asiente Tavares a la petición:

—Señor, quien sea, no lo conocemos, pero le pido por favor que no nos dañe, tome usted lo que guste pero por favor váyase pronto, le pido que no nos haga daño, llévese lo que guste, le pido…

La interrumpe Tavares con un tranquilizador movimiento de la mano que no está armada, pero no deja de apuntar indistintamente al joven del rincón y a las mujeres enfrente de él. Mientras habla, también en un tono apenas más allá del secreto, coloca en el cañón de su pistola un cilindro metálico que la hace crecer de manera notoria.

—Todos quietos, no vine por ustedes. Dónde está Casas Olmedo.

Rojo, de un salto, se lanza hacia el hombre de la pistola, que lo esquiva y hace que el jugador de basquetbol se siga de paso. Las dos mujeres están a punto del grito, pero la pistola de Tavares las encañona, como acercándose. Se paralizan. Se miran por un instante. Hay un mutuo y rápido acuerdo para no atacar al hombre que las apunta. Lo miran interrogantes y llorosas.

—Señoras, no tengo tiempo, no necesito más que ese dato y me voy. Es una promesa.

Andrea no resiste más y está a punto de proferir un enorme, último grito, cuando una bala silente, callada, sale de la pistola de Mórtimer Tavares sin el menor ruido y va a penetrar en su pecho. La otra se incorpora de manera instintiva, y una bala en el hombro la hace sentarse de golpe sobre un costado. Tavares voltea hacia donde Román Rojo parece regresar de un largo sueño y produce gemidos que van creciendo en intensidad. Desde donde está, casi sin necesidad de apuntar, hace fuego dos veces sobre Rojo. Las balas entran una detrás de la otra en el cuello del jugador que finalmente deja de gemir y se golpea contra el piso. No se mueve más. Tavares regresa de inmediato el cañón del arma rumbo a la cara de Camelia, que está contraída no sólo por lo que ve, sino por el dolor en su hombro.

—No estaba jugando, les dije. Sólo quedas tú. Con suerte y te salvas de ésta. Dime dónde puedo encontrar a Casas Olmedo. No está en su departamento, no está en el gimnasio, no está en el hospital de ayer, no está en ninguna parte de esta ciudad. Y mejor me dices…

La mujer, Camelia, mira a su compañera que está como sentada, con los ojos fijos en el techo, pero con la cabeza mucho más allá del respaldo. Materialmente partida de la cintura hacia arriba. Voltea a mirar a Tavares y quiere hablar, pero niega con un gesto, sin entender bien a bien qué ha pasado con su vida en los recientes segundos. Se echa a llorar. Quizá pudo pensar que nada de eso era cierto, que en un rato más iba a despertar en su cama, acompañada por Alonso Casas Olmedo, padeciendo una terrible cruda, con todo y la pesadilla que más tarde recordará y habrá de causarle por lo menos risa y a lo más un poco de vaga inquietud.

Pero levanta la vista y justo frente a sus ojos está apuntándole la pistola de Tavares. Así que niega otra vez, rechazando la verosimilitud de los hechos, pese al dolor punzante que le quema el hombro. Mórtimer Tavares interpreta el silencio a su manera. No ha pasado el tiempo desde que le formuló la pregunta. Pero mira claramente cómo la mujer para él desconocida en persona es reacia a proporcionarle la información que requiere. No espera más, no reflexiona, no busca nada. Simplemente dispara contra el rostro de Camelia.

El impacto destroza la cara de la mujer y la arroja hacia atrás, para dejarla en una posición muy parecida a la de su compañera. Todavía dispara una bala más, al área del corazón. El cuerpo de Camelia se estremece ante el impacto. Hace lo mismo con el pecho de Andrea, que se abre en rojos diversos y se encaja en el sillón que la contiene.

Luego de revisar el departamento, Tavares guarda su pistola y la cambia por una navaja de miliciano. Reluce el metal en la pálida luz de la sala. Continúa la música inundando el lugar. Y como si lo hubiera ensayado a conciencia antes de realizarlo, de forma muy hábil toma el cuerpo de Román Rojo, hasta hace un momento campeón anual del torneo de basquetbol modificado, delantero del equipo Bullet, y lo coloca sobre la mesa del comedor. Es considerable el tamaño del hombre, pero Tavares lo mueve sin dificultad. Lo desnuda. Con la mirada exacta de un cirujano toma su navaja, hace un rápido cálculo a la distancia y maneja diestramente el acero en la entrepierna del jugador. Todavía alcanza a brotar sangre del cuerpo de Rojo, ante el trabajo de Tavares.

Al terminar, Mórtimer lanza hacia un rincón el pedazo de carne que ha seccionado limpiamente y toma el cuerpo del basquetbolista para llevarlo de nuevo a la estancia. Allí lo deja un momento mientras acerca al centro del cuadrado uno de los sillones individuales. Se sube en él y también con pericia y rapidez desmonta la pantalla y quita el foco. Baja para apagar el interruptor. Enciende la luz de una pequeña burbuja de cristal que está en la mesita central. Toma a Román Rojo por el cuello y lo iza hasta colocarlo como bandera, pendiente del cordón de electricidad. Hace varios nudos en torno a la garganta del jugador. Se toma la molestia de comprobar que el cable resistirá por tiempo suficiente el peso del cadáver. No sonríe ante el triunfo de sus esfuerzos pero sí formula una mueca de satisfacción. Guarda la navaja y, como entró, bañado aún por algunos restos de confeti, sale en silencio del departamento.

Todavía pasa una hora para que, cargando trabajosamente una bolsa de hielos, otro hombre descienda de un automóvil de alquiler frente al edificio. Paga por el trayecto y el chofer lo ayuda a salir del auto y colocarse las muletas bajo los brazos. Sonríe Casas Olmedo ante la perspectiva de un festín en compañía de su amigo Román Rojo, quien apenas ayer le dio una muestra más de su camaradería. No sin esfuerzo y voluntad ha subido los peldaños que lo separan de la puerta de acceso a la construcción. Empuja la puerta de cristal que se abate ante su peso. Entra y pulsa el botón del elevador que se abre al instante. Penetra en él. Resbala por su pierna la bolsa con hielos. Antes de recogerla oprime el botón del piso deseado. Se mueve el aparato lentamente mientras Casas Olmedo levanta con mucho cuidado la bolsa y vuelve a asegurarla, esta vez con mayores precauciones, a su mano izquierda.

Sale del elevador con la perfecta sonrisa de quien ha escalado el Everest con los ojos vendados y sin equipo especial. Se acerca al departamento de Román Rojo, pega el oído a la puerta y percibe la dulce cadencia de la música. Toca, tapando la mirilla de la puerta con un dedo. Espera y vuelve a tocar, ahora con mayor fuerza, ensayando una grácil mentada de madre en la clave Morse de los cinco golpes sincopados. Deja en el suelo la bolsa y sin destapar la lente por donde pudieron haberlo mirado desde dentro, saca un juego de llaves del bolsillo. Selecciona una de ellas y la introduce de golpe en la cerradura. Con una de las muletas empuja la puerta sin mirar adentro. Recoge la bolsa de hielo y penetra en la estancia. Entra tarareando una canción, la misma que desde hace más de una hora se ha repetido muchas veces en el departamento del que fuera jugador del equipo Bullet, quien un día antes ganara el campeonato de basquetbol modificado, Román Rojo, que pende del cable de la luz, al centro de la sala, muy cerca de dos mujeres que parecen esperar sentadas nadie sabe bien qué cosa.

Derecha la flecha

Luego de media semana sin noticia alguna ahora sí que había una relación. Ahora las cosas se planteaban de una manera más directa. Desde luego que no era una casualidad. Primero, en lo de la pobre mujer a la que se vio en la necesidad de dispararle, tenía razón Sánchez Carioca. Y después esto. Bonito estaba resultando el regreso a las aventuras de antes. Se sentía, aunque no le gustaba nada el papel, como un ser perseguido, atolondrado. Cualquiera podía burlarse de él. Cualquiera era capaz de hacerle llamadas telefónicas, amenazarlo, incluso fabricar emisarios para que le dieran muerte. Eran ya demasiadas tragedias en tan poco tiempo.

Y ahora esto. Mira nada más para lo que podía servir un hermoso texto poético. Si la autora llegara a enterarse seguro que se interesaría por el caso y demandaría, con justa razón, al canalla que estaba cometiendo semejantes atropellos y poniendo epígrafes que sólo a ella pertenecían. Aunque quién sabe. El hecho es que la poesía, en cuanto deja la pluma de su creador, se vuelve posesión de todo aquel que sepa emplearla. Pero ni siquiera le daba crédito. Y cómo, si estábamos hablando de asesinatos.

No era su mejor día. O tal vez. El tiempo era el encargado de traer la correspondencia con las respuestas.

Fue una mañana difícil para Balderas. Desde el inicio, a la madrugada, lo despertó el teléfono. Pero prefirió que contestara la grabadora, aun con el cambio de número que rápidamente sus amigos habían logrado hacer muy por abajo del agua. Así que escuchó, tranquilizado al menos por un instante, la voz amiga de Sánchez Carioca: "Si está usted ahí, mi estimado, le recomiendo que se descuelgue de inmediato rumbo al Ángel de la Independencia, hay noticias...".

De un salto se incorporó de la cama y corrió al teléfono para establecer comunicación con Carioca. Pero ya había colgado. Marcó su número.

—Habla Carioca, qué pasa.

—Habla Balderas, lo mismo le pregunto. Qué pasa, de qué se trata lo del Ángel de la Independencia.

—Mire, escuche rápido porque a mí tampoco me da tiempo de repetirle todo: hace un momento recibí una llamada de mejor no le digo quién porque a lo mejor lo conoce y no importa ya, un compañero del pasado. Y me dijo muy claro que justo alrededor del Ángel de la Independencia parecía haber el inicio de un asunto muy pesado: por lo menos una patrulla y una ambulancia. Todavía no llegaba la prensa hasta hace un minuto cuando me hablaron. Le recomiendo que vayamos juntos. Todo parece indicar que hay un cadáver colgando de uno de los pies del angelito. Y se me hace que eso está relacionado con el caso que tenemos entre manos. Le doy dos minutos para que salga volando en su coche y pase por mí. Con suerte y como estamos cerca llegamos por lo menos junto con los demás periodistas. ¿Está claro?

—Clarísimo, voy para allá.

Ciertamente en dos minutos o un poco menos, Balderas estaba ya arrancando su auto y lo enfilaba hacia la casa de Carioca. Desde luego que era una suerte vivir con alguna cercanía. Además era muy temprano, quizá las cuatro de la mañana, así que el tránsito apenas empezaba a fluir. Hacía un frío severo y estaba lloviznando. A Balderas, desde luego, le encantaban los días con lluvia, pero quizá no en estas circunstancias. Lo único que tomó además de la pistola fue su cartera con la credencial del periódico. No necesitaba más para defenderse en esta ciudad.

Llegó tan pronto como pudo a la calle donde habitaba Carioca que ya lo esperaba, como dijo, listo para el viaje. Subió al coche y ambos partieron muy rápido sobre Reforma, todavía estaban los semáforos parpadeando en color ámbar, con facilidad circulaban a ciento treinta kilómetros por hora. Pero les dio tiempo de ponerse al tanto de las circunstancias.

—Son chingaderas...

—Por qué, mi estimado alumno.

—Usted sí se alcanzó a poner una gabardina.

—Primero lo hice porque era usted el que iba a pasar por mí, yo no tengo automóvil, y luego porque es un símbolo de mi personalidad.

—Le queda sentido del humor porque a usted no quisieron dejarlo frío hace poco.

—No se esponje, mi detective, cualquier rato nos emparejamos.

—No es reclamo, pero son chingaderas, qué tal si el asunto no tiene nada que ver con nosotros. Cómo explicamos ahí nuestra presencia.

—Conservo la credencial de mi diario. Y me imagino que usted trae la suya.

—Claro, nada más que nos vamos a encontrar con el personal de mi periódico que hace la guardia en la fuente de policía y ahí sí las cosas ya no me van gustando.

—¿Le tiene miedo al tipo?

—Es una mujer. Y no le tengo miedo. Pero ya ve cómo son las cosas dentro de un periódico. La gente se vuelve celosa de sus fuentes. Y es mejor que no me relacionen con los casos. Echarían a perder lo poco que llevamos.

—Y mire que es poco. En eso tiene razón —remató Carioca con una media sonrisa, antes de encender un cigarro.

Ya estaban en las cercanías del Ángel de la Independencia. Un cerco de patrullas, tres de ellas, estaban desviando el tránsito y la atención de los escasos automovilistas hacia calles laterales. Era extraño, porque lo primero que vieron fue unos letreros en los que se leía claramente: "Disculpe las molestias que esta obra le ocasiona".

Estacionaron el auto a media calle de Reforma y bajaron corriendo, muy en su papel de periodistas. De la gabardina, Carioca desenfundó una cámara e hizo dos o tres flashazos para ambientar el asunto. Se les acercó una de las personas que estaban ahí para cuidar que nadie avanzara más allá del límite marcado.

—No pueden pasar, señores…

—Venimos de prensa, recibimos su llamado —aclaró Balderas, mostrando su credencial. Carioca insistía con su cámara, haciendo tomas hacia arriba, donde una persona estaba, a lo que se podía observar desde esa distancia, más muerta que viva.

—Son los primeros —respondió el hombre, dudando—, qué rápido trabajan en los periódicos.

—Con permiso, oficial —fue toda la afirmación de Carioca, que casi jaló tras de sí a Balderas para cruzar el círculo cerrado.

Se acercaron todo lo que era posible. El acceso a la columna del Ángel de la Independencia estaba abierto. Entraban y salían, muy de vez en cuando, una especie de socorristas sin muchas ganas de iniciar el trabajo.

—Qué es lo que pasa, compañero —le preguntó Balderas a uno de ellos, la fórmula *compañero* no fallaba nunca. Tampoco en esta ocasión.

—Sabe —dijo el socorrista, encogiéndose de hombros—. Según el reporte hay una persona allá arriba, muerta.

—¿Hombre o mujer? —inquirió Carioca, enfocando al socorrista con su cámara.

—Hombre. Pero vamos a esperar a que lleguen los bomberos y la prensa para bajar el cuerpo.

—¿Lo van a bajar ustedes? —preguntó Balderas, mientras fingía tomar notas en su block.

—Ni madres, compañero, eso que les toque a los de la cruz, nosotros nada más trabajamos con gente viva.

—¿Se puede subir?

—Adelante, pero no toquen nada, luego se arma la bronca con nosotros.

Perfecto. Si los socorristas no tenían nada que hacer ahí y estaban poco deseosos de laborar, perfecto. Si el cuerpo de bomberos prefería no atender el caso de inmediato y tomarse su tiempo o apagar algún incendio, mejor. Si no había más gente de prensa, excelente. La verdad es que las cuatro y media de la madrugada era una hora muy poco propicia para la competencia. De cualquier manera resultaba necesario apresurarse. Balderas y Carioca subieron por las escaleras como si estuvieran en su casa y llegaron a la cúspide.

—Jamás me imaginé que podría ver la ciudad desde aquí —comentó Sánchez Carioca, agarrándose fuertemente al primer barandal a su alcance.

—Ni yo, y menos para ver eso que tenemos enfrente.

Enfrente, a sólo unos pasos de ellos, estaba un hombre, amarrado de los pies a la balaustrada, con el resto del cuerpo colgando hacia el vacío. Para acercarse más tuvieron que entablar una nueva charla con el único trabajador que permanecía en su puesto, otro socorrista.

—Compañero —inició Balderas—, no queremos incomodarlo, pero nos gustaría poder hacer nuestro trabajo...

—Por mí si quieren llevárselo... —y sin decir más tomó las escaleras para descender de la columna.

Estaban solos los tres: el cuerpo, Carioca y Balderas.

—Ándele, magíster, vamos viendo si es algo de lo que nos interesa o no.

—Me va a perdonar, mi querido Balderas, pero es que me dan un poco de alergia las alturas. Si quiere usted acérquese, yo de aquí me agarro.

—Entonces préstеme la cámara, con dos tomas que le haga al pobre tipo éste podemos hacernos de algunos elementos de primera mano.

—Va usted a decir que soy un hijo de la chingada, mi estimado, pero eso de la cámara era puro cuento. Sólo le funciona el flash.

Era de risa: en la madrugada, solos, junto a un cadáver, en la cúspide del monumento a la independencia y con una cámara inservible.

—Efectivamente, es usted un perfecto hijo de la chingada, con todo respeto. Pero lo perdono. No tardan en llegar los de la competencia, así que si no le molesta y puede hacerlo, siga disparando el flash para que los de allá abajo se crean la historia.

Mientras Carioca de vez en vez hacía funcionar el aparato, Balderas se acercó muy despacio a la orilla de la estatua. Y vio lo que esperaba no ver: el hombre, que desde luego era ya un cadáver, tenía bajados los pantalones hasta las rodillas. Le faltaba, como a los tres anteriores, el miembro viril, el asta bandera de la mitad de la especie. De manera que la sangre le había corrido por el torso, circuló al interior de la ropa y alcanzaba a salir, en delgados hilos, por los brazos que pendían en dirección al suelo.

No tuvo que batallar mucho Balderas para descubrir, muy bien pegado a uno de los zapatos del sujeto, por la parte interna, otro más de los recados que ya le venían causando más que dolores de cabeza. La servilleta en la que estaba impreso el mensaje era de las mismas, con el pingüinito atravesado por una línea y seguido del número 4. Con su pluma, Balderas movió el delicado papel que empezaba a mojarse con la llovizna que se colaba, pese a la posición en la que evidentemente lo habían puesto para que fuera legible antes de deshacerse con la lluvia. Le recitó en voz alta a Carioca, que estaba en lo suyo, dándole al flash.

—A ver, maestro, ahí le va: como se ha de imaginar, le falta lo que a mí me sobra, y todavía se ve la sangre muy fresca, o sea que debió de ser hace un rato.

—¿Tiene recado?

—Se lo leo tal cual, es más largo que los anteriores: "Te mataré sin refugiarme en las tinieblas; no ahora, por supuesto, dentro de unos instantes, cuando llegues".

—Es de Carmen Alardín.

—¿La mexicana? —preguntó Balderas, todavía asomándose hacia el cuerpo, como si quisiera encontrar una pista más, algo más concreto aún, algo de lo cual asirse aparte de una amenaza de muerte.

—Nada más hay una, ¿no le ha tocado entrevistarla?

—No, todavía no, pero seguro que no le va a gustar nada esto de que usen sus textos para dejar esta clase de recados.

—Si un tipo o tipos se dedican a matar sujetos tomándose tantos trabajos, mi estimado, dudo mucho que se detengan a ver de dónde sacan sus leyendas. Mejor vámonos bajando, ya se le acabó la pila a la camarita y se me hace que vienen para arriba los de la cruz y ahí está ya un carro de bomberos.

Era cierto. Ahí estaba ya el aparato completo. Resultaba mejor descender y esfumarse en la confusión de las primeras impresiones. Balderas alcanzó a ver, antes de tomar junto con Carioca las escaleras, que incluso estaba presente una camioneta de cierta empresa televisiva.

Ya abajo, se confundieron con la gente de prensa que se aparecía, con ojos de lechuza, a cubrir la nota. Pero algo más flotaba en el ambiente: mientras los reporteros llegaban y se iban enterando del caso, dos de las patrullas enfilaron, en sentido contrario, sobre Reforma, con bastante premura.

—¿Pasó algo más, compañero? —volvió a preguntar Balderas al mismo tipo que los había atendido poco antes.

—Sí, señor, acaban de reportar otro caso parecido en una de las salidas de la estación del Metro Balderas.

—Gracias, se lo tomaremos en cuenta —alcanzó a decir Carioca y siguió al trote a su compañero de labores que ya se dirigía al automóvil.

Ambos entraron en el vehículo. Ángel, sin embargo, no dio marcha de inmediato, como esperaba Carioca. Se aferró al volante y miró hacia abajo, al piso, como si quisiera encontrar en ese lugar la respuesta a la pregunta que se le estaba formando en el cerebro.

—Qué pasa, mi estimado, vámonos en chinga para el Metro —le urgió Camilo Sánchez.

Pero Balderas no respondió. O al menos no lo hizo muy rápido. Carioca pareció entender de qué se trataba el asunto. Por fin oyó la voz de su ex alumno y amigo.

—¿Se da cuenta, Camilo?

—Quisiera mejor que usted me explicara primero. Yo también tengo una hipótesis. Pero creo que a usted le corresponde…

—Está claro, esto sí ya no es una coincidencia: Primero el Ángel de la Independencia y luego el Metro Balderas. Primero Ángel y luego Balderas: *Ángel Balderas*. Ese hijo de puta acaba de escribir mi nombre en las calles. Me está hablando a mí.

Sólo entonces arrancó el auto y salió a toda velocidad, él sí en el sentido que le correspondía, por la avenida. En silencio hicieron el recorrido.

Como en el lugar anterior, Carioca y Balderas fueron los primeros emisarios de la prensa que llegaron al lugar de los hechos. Sólo algunos curiosos, que fueron dispersados por las patrullas, alcanzaron a ver lo que querían ver: el cadáver de un hombre, colgado de uno de los arbotantes luminosos que anuncian la estación. La escena era muy parecida. Aunque esta vez el par de investigadores ni siquiera tuvieron que mostrar sus credenciales para acercarse al cuerpo. Los cuidadores mismos todavía no se organizaban y reconocieron a la pareja, uno con un block de notas y otro con una cámara que afortunadamente ofreció un flashazo más para que les abrieran paso sin mayores trámites.

Balderas fue directo a observar la servilleta que esperaba: el pingüino seccionado con una línea y seguido del número 5. Y el texto, que leyó en voz muy baja para Carioca que estaba a su lado, simulando enfocar la cámara:

—"Te mataré para que ya no sigas trabajando sin tregua. Para que nunca sepas lo que fui. Para que los amigos se desdigan, si acaso alguna vez te maldijeron".

Por lo demás, el cadáver era tan común o tan particular para el caso como lo habían sido los otros cuatro que lo precedieron. Sin marcas especiales, o al menos no apreciables a simple vista. Estaba colgado del cuello, eso sí, quizá lo habrían ahorcado antes de cercenarle el apéndice que todos los varones de la Tierra han apreciado en mucho.

Carioca y Balderas se alejaron del sitio como si hubieran concluido con sus labores. Nadie les dijo nada. Subieron otra vez al auto. Anduvieron circulando un rato por la ciudad, que ya comenzaba a llenarse de automóviles. El sol parecía asomar entre algunas nubes, allá lejos. Pero no podía ser el sol, era demasiado temprano aún. Y el cielo amenazaba con una fuerte lluvia. De cualquier forma, amanecería en su momento. Era lo de menos. Balderas estacionó el auto frente a un restaurante.

Lo primero que les sirvieron fue un café. Justo lo que precisaban. Hacía frío, quizá más que cuando ambos salieron de sus respectivas camas para encontrarse con estos dos nuevos regalos.

—Lo escucho. Y mire que de veras tengo muchas ganas de que me diga algo sobre lo que estoy pensando.

—Mire, Ángel, para empezar es mejor que no se tome la vida tan en serio. O sí, en serio sí, pero no de manera trágica.

—Si no es que le tenga miedo a la cosa esa que anda cortando pitos por la ciudad. Me encabrona que no dé la cara, que se esconda, que no me busque de frente. Ando armado todo el tiempo. Y por pieza que sea el tipo o los tipos, sabe usted que si me toca no me voy solo.

—No, Balderas, no, no es eso a lo que me refiero. Trate de escucharme. Es claro que el cabrón ése o los cabrones ésos que están haciendo estas chingaderas ahora le acaban de dejar un mensaje muy claro. Pero no lo tome directo, dé usted una vuelta al asunto. La amenaza de muerte, que lo es, no va para usted. O al menos no en primera instancia. Los recados que vimos van dirigidos a alguien que no sabemos quién es. Recuerde que nos metimos en esto porque a usted se le ocurrió mencionar dentro de su columna y en tono burlón aquel primer asesinato. Si usted no lo hubiera hecho, tan tranquilos. Luego, sé por Aquiles Chavarría que está usted en forma. No dudo que los sujetos que andan metidos en esto también le tengan distancia. Esa chulada de Beretta es un animal que sabe hacer su trabajo. Y en sus manos está bien puesta. Por ese lado ni nos preocupamos. Pero a lo que voy es a esto: los mensajes no están dirigidos a usted. O al menos no los que están escritos en las servilletas. Ésa es una clave que todavía no hemos desentrañado, y quién sabe si algún día sepamos de qué se trata el enredo. Que eso le quede muy claro en el cerebro: los pedazos de poemas que se han estado seleccionando tienen una clave interior, un código que no hemos alcanzado a ver. Pero no son ni para usted ni para mí. Lo que sí es cierto es que ahora formaron su nombre con dos cadáveres, lo cual, acepto, está de la chingada. Pero ése es un segundo mensaje, o mejor, un tercero. Déjeme explicarle mi teoría: la señora a la que usted tuvo que dispararle en legítima defensa fue un primer mensaje, y muy directo. Cierto. Hasta ahí vamos bien. Luego, como usted no se retiró de la jugada, porque de alguna forma el tipo o los tipos saben que los dos continuamos en las pesquisas, ahora sí le dejaron un recado: escribieron medio sutilmente su nombre. Pero las amenazas de muerte, ésas que contiene el poema, tienen un destinatario que para nosotros es desconocido y en buena medida no tendría por qué importarnos. Hay tres partes: una son los asesinatos en serie que siempre tienen un recado para alguien, otra es la mujer que quiso matarlo, y una tercera es ésta de los cadáveres con dedicatoria. ¿Le parece claro? ¿Estamos de acuerdo?

—Estamos. Entonces, como siempre, lo único que nos queda es esperar a ver a qué horas se le ocurre a el o los cabrones ésos enfrentarme.

—Eso. O quizá ni siquiera esperan que los enfrente, o que los enfrentemos. Si no les funcionó el avisito con la mujer y el puñal que traía en la mano, buscan sacarlo y sacarnos de la jugada con este tipo de maniobras. Se han tomado, como le decía, todo el trabajo del mundo para hacerle entender que éste no es su partido, que no es su terreno, que no debe interferir.

—¿Conoce usted el poema del segundo cuerpo?

—Claro, es el mismo.

—¿El de la señora Alardín?

—Sí, y no sólo eso, sino que es un poema amoroso. Habla en realidad de una muerte ficticia. Se trata de la historia de una mujer que va a matar a un hombre pero al interior de ella. Es como una venganza. Te mato dentro de mí y ya con eso dejas de existir. ¿Lo ve? Estamos delante de un criminal o de unos criminales que han planeado esto hasta las últimas consecuencias. Y son finos los desdichados. Por eso los recaditos que vienen tendiendo para alguien en cuyos zapatos no me gustaría estar. Usted y yo, aunque más usted que yo, y no es que escurra el bulto, pero es usted el que les está metiendo ruido. Si en este momento nos salimos de la historia no pasa nada, se lo aseguro. A lo más, seguirán apareciendo cadáveres con poemas. A lo mejor hasta se vuelve una moda. Y pasará, como todas las modas.

—Desde luego que no me voy a salir de esto ahora, Camilo, desde luego que no. Ahora nos partimos la madre.

Carioca soltó una risa franca.

—Por supuesto, y no sólo eso, sino que se las vamos a partir a ellos. Porque ahora sí nos conectaron con el caso. Ahora sí se están metiendo con nuestros intereses y con nuestra salud.

—Discúlpeme, Carioca, pensé que me estaba proponiendo que en vista de las circunstancias dejáramos las cosas como están. Pero yo no quiero dejarlas.

—Y yo menos. Quién sabe cuánto me quede de vida, pero sin este tipo de lances para qué me sirven otros sesenta años.

Por fin sonrió Balderas. Pidieron más café y algo para desayunar. Las actividades de las primeras horas de esa jornada les habían despertado el apetito.

—No está solo.

—Lo sé, Camilo, y se lo agradezco. Pero creo que ya va siendo tiempo de recurrir a algún equipo.

—Usted tiene amigos...

—Usted el primero entre ellos, Carioca, y debemos ser más. Por lo menos cinco, como en el basquetbol. ¿Jugó usted basquetbol alguna vez?

—En mi vida. Mis tiempos eran los del futbol llanero. ¿Y usted?

—Tampoco, pero nunca es tarde. Vamos formando una quinteta.

—Usted manda, Balderas, yo lo sigo y lo apoyo.

—Se me hace que es hora de buscar a los viejos compañeros.

—Y a mí se me hace que es hora de entrarle a estos platillos que nos acaban de servir y que se ven bastante potables.

Y ambos se dedicaron a desayunar, a charlar, a hacerse saber que, después de todo, para ofrecer una buena pelea no estaba de más saborear los primeros alimentos del día.

Pin cuatro

Admirable. Exacto. Eres como un químico digno candidato a un premio de investigación. Así se hacen las cosas. Eso es. Te felicito con el corazón en la mano. Aunque tampoco quiero exagerar. Sabemos que tienes de tu lado el toque preciso para que otra vez la gentecita que se ocupa de difundir este tipo de cosas lo haga con prontitud. Bien por eso. De acuerdo.

Ahora, hay algo de lo que después hablaremos, tú sabes, lo que sin premeditarlo has venido provocando y a lo cual tendrás que responder. Pero esta parte la dejamos para después.

Por principio de cuentas necesitas reconocer que le vienes tomando el gusto a la actividad. Qué diferencia. Y además, quién lo diría. Tú, tú, ese que se mira al espejo diariamente por las mañanas, tú, precisamente tú y ningún otro ha logrado, mira, por fin, extraer algo bueno de todo esto. De haberlo sabido. Por eso hay tantos y tantos por lo menos parecidos a ti, en otras partes del mundo, que se dedican al negocio.

Otorgar la muerte, en este momento lo sabes, es un placer. Claro, lleva sus trabajos y sus quehaceres, no es nada más te mato y qué gusto y buenas tardes. No. El placer, incluso la risa, viene después, poco después, mientras te sientas a la mesa, ya descansado, con las manos limpias, a escribir todo esto que algún día habrá de servirte quizá como modelo de reafirmación de tu propia personalidad.

Sabes, casi desde siempre lo has sabido, que para conseguir algo en la existencia tienes que ofrecer igualmente algo a cambio. Si fue tan complicado llevar al pobre diablo aquél hasta arriba del Ángel de la Independencia, bien valió la pena. Todavía puedes verlo, inocente, perdido ya dentro del alcohol y las otras cosas que ingirió ya por su cuenta. "Pinche ciudad", recuerdas, fue lo último que dijo antes de caer definitivamente en la inconsciencia. Y tú lo secundaste en la afirmación. Claro que esta ciudad es una de las más pinches que te ha tocado en suerte conocer. Aunque, desde luego, él tenía más razón que tú en quejarse de la urbe. Después de todo fue él quien acabó colgando con todo de fuera desde uno de los monumentos más representativos para el turista que viene al país.

Y si él no lo esperaba, tú sí lo sabías. Y reconoce que sin darte cuenta del todo, estabas ya gozando un poquitín con la posibilidad, mientras ambos subían a trompicones las escaleras de la columna aquélla. Qué excitación ni qué tonterías, no, no es excitación, es placer como el que te produjo en algún tiempo, ese que ya empieza a ser lejano, anotar un tiro de tres puntos justo cuando tu equipo lo necesitaba. ¿Recuerdas la parábola del balón cuando, como si fuera dormido, se iba deslizando en el aire para ir a colarse, seductor nato, dentro de la canasta?

Lo mismo te representa haberte tomado toda la preparación del truco. Que si la cuerda, que si el cuchillo, que si invitar los tragos, que si sobornar a dos o tres personajes para que les permitieran subir hasta la cúspide del sitio sin molestarlos. Sabes, sobre todo por estas últimas ocasiones en las que vienes incursionando en las relaciones sociales, que eres igual de bueno que antes para congraciarte con los que te rodean. Posees una cierta empatía natural. Y observa que te hubiera servido, si la vida hubiese sido un poco distinta, para llevar la existencia rodeado de personas que te estimasen, como ocurrió en el pasado.

No te deprimas, recuerda sólo lo que convenga a tus planes o lo que se acerque a ellos de cierta forma inmediata. Te pido, y dirás que ya te canso con tanta reiteración, pero te pido que no olvides que aunque todo esto salga a pedir de boca, que aunque la tentación por seguir adelante e incluso cambiar la vida que llevabas por ésta en la que te has concentrado, te pido, decía, que no dejes de mirar a la canasta. Trata de pensar en ella como la representación del fin a alcanzar. Que el triunfo y la consecuente euforia, ambas actitudes momentáneas que te producen estos logros, no te lleven por caminos desconocidos.

Ahora, tampoco puedo prohibirte, lejos de mí, que disfrutes con los hechos. Jamás lo haría. Pienso que el placer presente es sano para que después todo esto no vaya a acarrearte conflictos de orden emocional. Y menos que se te vayan a presentar síntomas extraños mucho antes de que consigas el objetivo último de esta corta misión íntima. No te perdonarías la falla. Y quién sabe, dados los actos que vienes cometiendo, cuál sería el castigo que a ti mismo te impusieras para mitigar tu falta. Goza, sí, pero pausadamente. Deja que te guíe, que te aconseje, llévame siempre en un rincón de tu conciencia para que pueda reconvenirte en caso de que el olvido, ese fenómeno horrible, te quiera apartar de la buena senda.

Al fin y al cabo, ya lo viste, dar muerte a personajes como los que la han bebido de tu mano, no modifica en mucho tu conducta. Y en eso hay que tener cuidado. Sé siempre tú, y nada más. No permitas que alguna otra forma de ser se te imponga y venga a desplazar al que eres. O sea: si además de llevar a cabo tus planes y cobrar con ello la paga que te vienen debiendo, obtienes estas insignias en tu pecho, déjalas ahí, sólo como testigos de que las cosas marchan. Pero no las mires demasiado. Incluso, artificios de la imaginación, no te las cuelgues en cuanto salgas por más carne fresca. Párate en la calle y continúa con lo previsto como si fueras empezando. No te inquietes. No cargues el lastre de los trabajos anteriores cuando vayas a perpetrar uno nuevo. De manera que cada obra sea distinta, claro, con tu sello personal, pero diferente. No te repitas. No caigas en el molde.

Esto, aparte de que te brindará mayor seguridad para que tan tranquilo como hasta hoy andes por la ciudad descontando habitantes, también te dará buen pulso en los momentos de acción. Si no te recalcas a ti mismo cada una de las muertes que provocas, la siguiente se realizará, casi por sí sola, de manera limpia. El hecho de no pensar en los cuerpos, la sangre y las expresiones de los anteriores, te brindará mayores ánimos. Es como si debutaras cada vez que te apareces por ahí en algún bar y comienzas las labores de entablar amistad con el posible candidato.

Y ya casi para terminar con el ejercicio de este momento, siente cómo los mensajes van llegando al cerebro de ése a quien van dirigidos. Qué descanso tendrás cuando finalmente lo tengas delante. Todo tuyo para que te pague, peso sobre peso, el irreparable daño que les causó a tus más queridos seres sobre el planeta. Eso sí tienes que recordarlo con tenacidad: el coraje, la decisión, el odio refinado y exacto con que actuarás cuando te presentes a recibir de él lo que él tomó de otros sin pertenecerle.

Eso también es placentero, gozable: quién sabe en qué parte de la ciudad esté, quizá en un hotel, quizá en un departamento rentado, quizá en la casa de alguno de sus antiguos amigos, aunque esta última posibilidad es casi nula si tomas en cuenta que salió del país prácticamente sin dejar amigos a los cuales acudir en caso necesario. Es como si lo vieras. No es que su imagen sea la de un hombre atemorizado, no, pero sí es seguro que por lo menos, a diferencia de hace casi cinco años, deberá de entender que si regresaste, si le sigues los pasos y lo provocas, es para que por lo menos se rompa la madre con otro que está tan dispuesto como él a rebanarle los intestinos al rival. A él sí que no lo embriagarás. A él lo quieres consciente.

¿Recuerdas aquella escena impactante que te tocó ver en un restaurante a la orilla del mar? Sí, hombre, la del cocinero que echa al agua hirviendo una langosta viva. No podía gritar el animalejo, pero fue como si tú pudieras escuchar sus alaridos verdaderamente sobrecogedores al sentir en todo el cuerpo las quemaduras. Carajo, ni siquiera le daban a los bichos ésos un palo en la cabeza para que no sufrieran de esa forma. Y los comensales tan tranquilos, poco después, chupándose los dedos con el cuerpecito indefenso del crustáceo que habían visto morir de esa manera tan poco ética. Qué cabrones. Y es que no había razón para cometer una barbaridad semejante. Qué les había hecho la pobre langosta para que la torturaran hasta la muerte de esa manera. Nada. De ahí la injusticia.

Pero aquí y ahora, donde sólo estarán frente a frente tú y él, sí que hay varias cuentas por cobrar. El tipo extendió un pagaré que después no respaldó. Te dio un cheque sin fondos. Además, un documento cobrable que tú no le pediste. Y a él sí que lo echarás vivo, consciente, al natural, en el perol de agua hirviente en que te has venido tornando. Eso es, digamos que ahora al agua que contienes le falta sólo un poco para que entre en ebullición. Cuando eso ocurra, cuando llegue la fecha y la hora, lo verás caer y lo escucharás gritar. Y eso sí lo vas a tener bien guardado en la memoria. Tus ojos serán la cámara de video que registre paso a paso los gestos que hace mientras se consume, mientras, digamos, para seguir con el ejemplo, se cuece por dentro y por fuera.

En algún lugar de esta misma ciudad, que con todo y ser la más grande del mundo no es inabarcable ni mucho menos, en algún punto está él, enterándose de ti, sabiendo que lo buscas, que lo estás cazando, que lo esperas con el fuego encendido para cocinarlo sin piedad. Se defenderá, claro, porque sabe hacerlo, no en balde ése fue su trabajo durante tanto tiempo. Le harás probar el resultado de uno de los procedimientos de su invención.

En algún parque, en cierta cantina, en uno de los varios mercados, en cualquier gimnasio o en una armería secreta, Mórtimer Tavares está esperando que se llegue el día para que ambos se encuentren.

Sólo necesitas provocarlo un poco más. Retarlo. Hacerle ver que no puede eludir este compromiso. La ciudad de México para ustedes dos solos. Para que se arreglen. O mejor, para que lo arregles y lo desarregles a tu antojo. Para que pague por fin ese deudor moroso.

Y después, sólo entonces, sentirás nuevamente el alivio, el agradable cansancio que se forma en los músculos después de un trabajo que te deja satisfecho. Sólo entonces.

Qué descanso. Verás.

Gafas negras I

De las épocas anteriores conserva por lo menos tres elementos: un veloz automóvil, una pistola reglamentaria calibre 45 y unos lentes polarizados.

Pero esta vez ha decidido salir a recorrer las calles del centro de la ciudad a pie. Mejor dicho, quiere reconocer las avenidas, los callejones, los parques. Está tranquilo. Así que anda a paso lento. Porta el arma pero la mantiene descargada. Y no le hace falta, por lo pronto, tenerla lista.

Es temprano aún. Y está de pie. No ha olvidado la costumbre antigua de levantarse con el alba. Ha hecho sus ejercicios cotidianos. No muchos, por cierto. La condición física de antaño ha menguado. Anda, pues, sereno. Echa los pasos como sin rumbo. Mira constantemente su reloj. Lo consulta. Pero no se le ve ansioso. No va a ninguna cita.

Entra a un restaurante y ordena algo para desayunar. Cualquier cosa. Fruta y algo más sólido. Remata con dos tazas de café. Antes de que beba la segunda, se para de su asiento para comprar, ahí mismo, un par de periódicos. Es la nueva costumbre antes de buscar la dirección que tomará. Se diría que dedica las mañanas a buscar empleo en las páginas de los diarios impresas para el caso. Pero no. No es eso lo que atisba en las planas que revisa con cuidado y sin premura.

Es un día como varios que ha pasado rondando por aquí y por allá. Nunca toma los alimentos en el mismo sitio. También quiere reconocer sabores, texturas. Desea observar a la gente, percibir algo en la atmósfera y en el ánimo de la ciudad. Mira cauteloso al rostro de cuantas personas se le cruzan, sin excepción. No acecha, pero casi. Mantiene una actitud de sosegada alerta.

Por eso esta mañana, sin sobresaltos, se levanta del sitio que ha elegido para empezar el día y adquiere un par de diarios. No siempre son los mismos. A veces unos, a veces otros. Se ve que se divierte adivinando las tendencias de todos los que han caído en sus manos las últimas jornadas.

Está a punto de dar un sorbo más a la taza que tiene enfrente, pero se detiene. Incluso, de manera poco usual en un lector, para consultar una nota que le ha despertado vivo interés se calza los lentes oscuros. Gafas sin aumento, pero perfectamente negras, impenetrables. Se las pone como si quisiera, sin pensarlo, proteger su mirada de eso que sus ojos están leyendo.

Apenas sensiblemente su pecho ha cobrado un ritmo acelerado. Lee y vuelve a leer la nota en el diario. Conserva la calma. Trata de tomar otro sorbo de café pero no calcula exactamente el sitio de la taza y la vuelca sin remedio. De inmediato acude a él una de las meseras con ánimo de profesional solidaridad ante el percance.

—¿Le sirvo más, señor?

—No. La cuenta.

No dice más. La mesera parte y vuelve casi de inmediato con el pedido. El hombre de las gafas oscuras ha doblado sus periódicos y ya se levanta. Deja antes un billete que sobrepasa con mucho el importe por lo consumido. La mesera lo nota y ve también que su cliente no esperará el cambio. Lo toma como una disculpa por el pequeñísimo problema del café. Y lo acepta con una sonrisa que el hombre ya no corresponde porque ha salido del lugar a paso veloz.

Ya en la calle se dirige al kiosco de revistas más cercano y adquiere cuatro diarios más aparte de los que trae bajo el brazo. Camina, ahora sí rápidamente. Tarda varios minutos hasta llegar a donde tiene su automóvil. Ya adentro, revisa uno por uno los periódicos que ha comprado. Se percibe un poco más relajado que cuando salió del restaurante. Arroja los ejemplares al asiento de atrás y arranca. Sólo conserva junto a él la página que llamó su atención.

Va veloz en el coche. Parece llevar un rumbo fijo y claro. En el camino saca su arma y la palpa, apoyándola en el hueco que deja el freno de mano. Vuelve a guardarla en su funda aprovechando un alto, luego de que mira apenas unos autos adelante el transitar perezoso de una patrulla. Acelera con parsimonia pero de manera constante. Se pierde entre la gran cantidad de vehículos que para el momento, digamos las ocho de la mañana, abarrotan las calles.

No hay sol, y sin embargo, lleva bien calzadas las gafas negras.

Amistad y magia

1. Mientras se aclaraban las cosas tuvo que pasarse las inconmutables setenta y dos horas de rigor a la sombra. Bajo esas circunstancias se vio en la obligación de dar su nombre completo.

—Filisberto —le dijo al uniformado que le preguntaba los datos. Y luego mencionó los apellidos.

Pero la verdad, conocida sólo por él y por los dos periodistas que sabían bien de sus capacidades, es que en algún momento de la historia decidió cambiar el Filisberto, que no le sonaba nada comercial, por Fellini, que vio alguna vez en una de las tantas carteleras de cine que se publican a diario en la ciudad. Ése era su alias, su otro yo, el verdadero. Pero de eso, claro, no se enteraron en la delegación a la cual fue llevado a declarar.

El asunto era sencillo. Luego de una larga noche de copas, a Fellini y a los que hasta ese momento fueron sus amigos, se les ocurrió aprovechar las capacidades del hombre para darse un atracón. Serían las tres o cuatro de la mañana. De manera que salieron todos, los cuatro que jugaban póker, entre ellos Fellini, con rumbo del supermercado más cercano. Era necesario resurtir la dotación de vinos y comestibles. Y no estaría de más echar mano de alguna música de repuesto para no seguir escuchando la misma que oían desde hace ya varias horas. Y ya entrados, por qué no de una buena vez agenciarse con un dominó y un par de barajas extra, para que en caso de seguir con el juego, nadie pensara que el dueño de la casa y anfitrión tenía marcados sus naipes.

Por eso fueron a pie, todavía apurando los restos de la última botella de ron, hasta el supermercado de marras. Fellini, siempre malo para eso de los alcoholes, no estaba del todo consciente de lo ocurrido. Iba con los suyos, o los que consideraba suyos, al rumbo que ellos le marcaran. Pero hubo doblez en la actitud de sus examigos. Si no de principio, sí de consecuencia.

No le fue nada difícil abrir, primero, los candados de uno de los accesos traseros del lugar, el que daba entrada a la bodega. Tampoco, en sus sueños etílicos, le presentó ningún problema grave violar sutilmente la chapa de la puerta de seguridad que se encontraba tras la cortina metálica que él y sus tres acompañantes habían cruzado silenciosos pero contentos.

El primer problema fue uno de los dos guardias del sitio que al escuchar el suave girar de la perilla de la puerta se acercó cauteloso y con su arma a punto para lo que se presentara. Lo único que alcanzó a ver el tal vigilante fue una botella de ron, ya completamente vacía, que se le estrellaba en la frente. No pudo disparar. Y más le valió porque de hacerlo seguro que se lleva algo más que una simple cortada que después de todo se solucionaría con siete puntos de sutura.

El segundo problema estaba técnicamente resuelto. A saber, el otro de los veladores que debería de andar por ahí haciendo la ronda de costumbre. Por más que los cuatro estuvieron buscándolo por la enorme tienda iluminada, o mejor dicho los tres porque a estas alturas Fellini ya no veía ni escuchaba nada, por más, pues, que hicieron por encontrarlo, el futuro se les vino a presentar de sorpresa. Cuando daban por extraviado al segundo guardia, cuando pensaban que quizá esa noche no había ido a trabajar, lo hallaron precisamente en el área de vinos y licores, completamente perdido, y todavía con una botella de coñac en la mano. A su lado se encontraban un par de vasos, un cenicero a medio llenar y varias latas de mercancía importada: salmón, mejillones, quesos. Entonces había sido por eso que el vigía que les salió al encuentro con la pistola sencillamente no pudo abrir fuego. Tanto él como su compañero de vela andaban por lo menos igual que los asaltantes.

De cualquier forma, para asegurarse de que éste tampoco daría problemas, dos de los personajes que estaban de visita en el supermercado lo ataron con un pedazo de manguera y lo amordazaron con una pelota de esponja y un pedazo de cinta de aislar.

Fellini andaba por la sección de juguetes, probándose unas máscaras y gorros para cumpleaños, tarareando una canción. Para entonces sus tres acompañantes ya habían llenado un carrito con todas las botellas y viandas varias que le cupieron. Y fueron a encontrarse a Fellini en completo estado de euforia inconsciente, recargado en uno de los estantes, abrazando a un maniquí con ropa de mujer. Ahí, luego de que hubieran concluido la expedición felizmente, se les ocurrió que, dada la impunidad que les brindaba el lugar, la hora y las circunstancias, bien podían llevarse una ganancia aparte además de la que traían entre manos.

Entonces despertaron a Fellini de su sueño a ojos abiertos y lo hicieron que con sus sencillas herramientas de siempre, una ganzúa, un minúsculo desarmador de relojero y una laminilla imantada, se enfrentara al tercer problema: abrir la puerta de cristal que daba a las oficinas, dentro de las cuales, seguramente, se guardaba parte del dinero recaudado por la venta del día.

Una lucecilla muy tenue le indicaba a Fellini que eso no estaba bien, que él no debería de encontrarse en ese lugar, que después de todo los tres con los que venía no eran propiamente sus amigos, y que alguien estaba abusando de sus conocimientos. Pero fue tan pasajero el destello que no le alcanzó para ssalirse a tiempo de la trampa en la que todos estaban entrando. Puso manos a la obra y en menos de un minuto, silencioso como siempre, consiguió que la puerta que llevaba a un sinfín de posibilidades económicas se abriera sin emitir sonido alguno.

El cuarto problema estaba a la vista y casi al portador, como los billetes: una caja fuerte que encontraron en una de las oficinas. Esta vez Fellini tardó por lo menos cuatro minutos en descubrir el secreto mecanismo del aparato. Y lo obtuvo, claro que sí, pero dado que no se encontraba en horas de trabajo y estaba en cambio bajo la influencia de una cantidad de alcohol muy superior a la que su hígado metabolizaba, no advirtió la alarma casi invisible que la caja de seguridad contenía. En otro momento no habría sido elemento en contra. Pero sí en ese preciso instante, porque ni siquiera se percató, ni tampoco lo hicieron los otros tres, de que se activaba esa delicadísima alarma que, desde luego, echaba a andar una sirena y una chicharra en algún lugar de la ciudad. Una delegación de policía, por ejemplo, o una casa cercana en donde se albergara algún cuerpo de guardias privados listos para cumplir con su deber.

Lo cierto es que la alarma se escuchó en tres lugares simultáneamente: en el despacho particular del gerente, a por lo menos tres kilómetros del supermercado, en una delegación de policía con la cual la tienda mantenía un convenio ante la posibilidad de un asalto, y en cierto departamento a sólo una calle de diferencia, desde el cual de inmediato se movilizó el equipo especial para este tipo de casos: cuatro hombres bien provistos con armas de alto calibre.

Fellini con mucho trabajo se trasladó en los dos minutos siguientes a su puesto de antes, abrazó al maniquí vestido de mujer, se colocó de nuevo su gorro para fiesta de cumpleaños y tomó al paso una gran bolsa de confeti. Los otros tres no perdieron el tiempo: dejaron el carrito con las botellas y los comestibles, tomaron el efectivo que estuvo a su alcance y salieron a toda prisa por donde habían entrado.

Ninguno de los cuatro hombres armados, los primeros que llegaron al lugar de los hechos, pudieron verlos, porque consideraron la posibilidad de que los ladrones o quien fuera que estuviese dentro, saliese por la puerta delantera, y no por la bodega, muy cerca de donde estaba la caseta de los veladores.

Así que se tardaron todavía un poco en descubrir que adentro del supermercado no se alcanzaba a escuchar más ruido que el de alguna canción tarareada por una voz desde luego desconocida. Entraron, ya seguidos de los primeros policías que se apersonaron al lugar, y tras ellos el gerente de la tienda que tuvo tiempo de llegar a ver qué ocurría con el negocio.

Encontraron a un hombre, a uno solo, en la sección de juguetes, abrazado a un maniquí, con un gorro de cartón de varios colores. Lo rodearon. Se cercioraron bien de que no estuviera armado. El aliento a alcohol les llegaba a varios metros de distancia. Y lo clasificaron como inofensivo. Además, parecía no escuchar las repetidas advertencias que le hicieron para que se moviera del lugar, levantara las manos o por lo menos dejara de cantar. Se dieron cuenta, pues, de que no estaba actuando, de que ése no era un papel dentro de una representación, de que tenían delante a un señor perfecta y volátilmente ebrio. Aun así, dos de ellos, uno por un costado con una metralleta recortada y otro de frente, con una pistola lista para disparar, lo conminaron con señas a que abandonara la posición.

Por toda respuesta, Fellini bañó con un puño de confeti al de la automática que lo apuntaba a la frente, y ya no alcanzó a arrojar otra ración de lo mismo al resto de las personas ahí presentes porque las piernas dijeron hasta aquí y entonces, sólo entonces y para su fortuna, se desmayó sobre el maniquí vestido de mujer.

Despertaría más tarde, a cubetazos de agua helada, a golpes, en un lugar que no reconocía y que no se asemejaba en nada a los separos de una delegación o de una cárcel. Era un cuarto blanco, un baño muy limpio. Y ahí dos hombres vestidos de civil lo instigaron con todos los recursos posibles para que se confesara culpable de varios delitos relacionados con el asalto al supermercado. Fellini no recordaba supermercado ni nada que se le asemejara. A lo más que llegaba su memoria fue a un pasado remotísimo, en una cantina, donde se encontró con tres antiguos compañeros de un viejo trabajo, de cuyos nombres no sabría dar razón. Y nada más.

Lo entregaron a la policía. Lo consignaron preventivamente y como no quiso asesorarse por un abogado de oficio, pidió hacer una llamada telefónica. Los únicos dos tipos en esta ciudad que podían poner las cosas en claro se encontraban, por suerte, donde los buscó. Y estaban juntos, bebiendo en un bar de nombre Cañaveral. Ambos se dedicaban al periodismo. Uno de ellos era Camilo Sánchez Carioca, y el otro, su discípulo, Ángel Balderas, muy joven por entonces. Fue este último el que acudió en su auxilio. Y lo único que pudo hacer al respecto, mientras transcurrían las setenta y dos horas señaladas, fue redactar a toda prisa una defensa del hombre llamado Filisberto, a quien él sí conocía como Fellini, y de quien estaba seguro que había participado en el robo. Pero esto no lo dijo. Señaló solamente los factores en favor de un pobre tipo, alcoholizado de más, que a lo mejor y se encontraba ya perdido de borracho en los baños cuando los asaltantes, a saber quiénes eran, penetraron al supermercado y cometieron una serie de fechorías.

En las dos jornadas consecutivas, previas charlas amplias con Fellini, Ángel Balderas logró establecer que era cierto que no se acordaba de nada, y que lo único claro era que alguien, tres tipos, habían obrado de mala fe con las notables habilidades de su defendido. Para su suerte no tenía antecedentes penales. Tan bueno era en su profesión. Así que ante la falta contundente de pruebas, a los agentes de la ley nunca se les ocurrió buscar los instrumentos de trabajo de Fellini en el tacón falso de sus zapatos, lo dejaron libre.

Ángel Balderas fue por él a la salida de la delegación, con la pantalla periodística de entrevistarlo y dar con ello por cerrado un caso más. Cuando estuvieron en el auto del reportero, Fellini no tuvo más remedio que aceptar:

—Mira, maestro, porque desde hoy eres como mi maestro, déjame decirte que no me acuerdo de nada. Pero sí como que siento que andaba en una fiesta muy a toda madre, con una mujer que no era ni mi novia pero que estaba como mandada a hacer, y yo traía un gorro de fiesta porque algo estaban festejando en el lugar aquél y yo me divertía como niño aventando confeti para todos lados.

—Se lo aventaste a la cara a un tipo que de no ser porque se le trabó la pistola en estos momentos tendrías ya varias noches bajo tierra.

—Eso no me lo dijeron allá adentro.

—Allá adentro no saben ni cómo te llamas.

—Claro que sí —dijo ingenuo el hombre que, además de laborar por su cuenta para obtener objetos ajenos, era uno de los más eficaces contactos con el bajo mundo de la ciudad para Balderas y Carioca—, les dije que me llamo Filisberto.

—No te llamas Filisberto.

—Te juro que sí, Ángel, tú conoces mi historia.

—No te llamas así porque no te ficharon ni te hicieron firmar ninguna declaración.

—Bueno, eso lo sé porque he leído en los diarios que me trajiste a la delegación. Pero no te entiendo.

—Te parecerá tonto a tu edad lo que te voy a decir, pero escúchame, cuántos años tienes.

—Voy a cumplir 32, en enero.

—Y te llamas…

—Filisberto.

—Y trabajas en qué.

—Tú ya sabes, a veces tomo lo que no es mío, pero jamás he usado un arma ni nada, yo trabajo nada más con mis instrumentos, que no le causan daño a nadie. Es más, nunca le he quitado nada a alguien que esté como yo de pobre. Siempre sustraigo lo que puedo de lugares en donde sobra.

—No te defiendas, no te estoy atacando. Déjame proponerte algo mejor. Qué tal si sigues trabajando por tu cuenta y con todas las grandes posibilidades que tienes para el truco y cosas de ésas.

—No te entiendo, de veras, pero sí me gustaría que me explicaras.

—¿Quieres que te lleve a tu casa?

—A dónde más.

—Bien, en lo que llegamos nos sobra tiempo. No interrumpas y escucha: ya la gente de por acá te tiene muy visto, no fue fácil sacarte y no atraparon a los demás que entraron contigo en el supermercado. Pero van a andar sobre ti hasta que cometas un error. Aquí en la ciudad hay una asociación de magos, magos de verdad, a la cual están afiliados los mejores del país. Ahí tengo a varios conocidos, buenos amigos. Estoy seguro de que con tus capacidades y tus conocimientos te aceptarían gustosos. Tienen bolsa de trabajo. El caso es que te montes un par de numeritos, uno para niños y otro para adultos, y a trabajar.

—¿De mago? No me chingues.

—De mago. Y te sugiero que aceptes y te cambies de casa de inmediato y no dejes tu nueva dirección. Busca en el periódico, en los anuncios clasificados, verás que te encuentras con algo a tu medida.

—Pero si ando en las últimas. Necesitaría hacer por lo menos un trabajo final para pagar las rentas de depósito y sacar lo de la mudanza.

—Te pido que no lo hagas. Si ya saliste bien de una para qué te metes en otra.

Balderas sacó un manojo de billetes de muy alta denominación y los puso en las manos de Fellini.

—No, no, Ángel, aquí hay algo que no está bien…

—Claro que está bien. Ese dinero que te entrego te lo manda Camilo. Primero, a él no lo vas a despreciar si quiere ayudarte. Segundo: es lo que te corresponde por todas las veces que nos diste informaciones que sólo tú conocías, digamos que es lo de tu retiro. Si crees que es más de lo que debería de ser, considera la diferencia como un préstamo y págaselo a Carioca cuando ya estés más desahogado. Tercero: no te vamos a aceptar que nos devuelvas nada. Y cuarto: te sugiero que uses ya como nombre profesional de mago el de Fellini, no hay ninguno en toda América que se llame así. Y tú mismo me has dicho que te agrada, ¿o me equivoco?

Cuando el hombre se bajó del auto, al llegar a su destino, iba llorando.

¿Quedamos? —le preguntó sencilla y directamente Balderas.

—Quedamos, maestro. Ahorita todavía no lo entiendo, pero ya verás que voy a salir bien librado del asunto que me propones.

—Adiós. No dejes de llamar al número de la asociación. Yo también les voy a llamar en cuanto llegue al periódico. Cómprate alguna ropa. Y no se te ocurra devolvernos el dinero.

No dijo nada el futuro mago. Entró a su casa y empezó a hacer un recuento de las habilidades que lo llevarían, apenas un par de años más tarde, a figurar entre las estrellas de la magia moderna en México. Aunque tuvo que pasar, por supuesto, por varias peripecias más para hacerse oficial de la materia.

2. La voz se escucha clara:

—Si sigues dando lata no te aparezco —dice el hombre mientras da un sorbo a su botella.

—Nada más síguele —se escucha en sordina otra voz, una de mujer—, nada más síguele y a ver si me vuelvo a andar metiendo en tus inventos.

—Y el conejo qué, ese conejo valía oro, estaba amaestrado, de quién fue la culpa de que se perdiera, a poco yo era el encargado de cuidarlo...

—Ayer te dije que fue mía la culpa —nuevamente la voz de la mujer, igual de opaca que hace un momento, pero ahora en tono meloso—. Pero ya abre, mi rey, aquí está muy oscuro. A lo mejor hasta ratas hay. Ándale...

—Primero compras un conejo y lo entrenas.

—Ya estuvo con el pinche conejo —la voz de la mujer, enojándose—, déjame salir y te pago hasta la risa. Seguro que estás tomando, ¿verdad? Por eso no quieres que te vea, a mí se me hace que tú y tu mugre conejo...

El hombre se levanta de la silla y abre una pequeña puerta situada en el falso suelo.

—Qué pasa con mi conejo.

De la puertecilla emerge una mujer. Está vestida en traje de baño plagado de lentejuelas verdes, medias color humo, penacho de gastadísimas plumas a medio caerse, zapatos polvosos de un irreprochable y antiquísimo tacón de aguja. En el rostro el rímel corrido delata algunas gotas de llanto que se mezclan con el exceso de maquillaje.

El hombre da un trago a su recipiente y concentra la mirada en la boca de la mujer que tiene a escasos centímetros.

—Ay, mi reina, si no fuera por esa boca...

—Ya está bien, me tratas como si fuera yo tu pendeja. Soy tu asistente. Soy la asistente del mago Fellini que algún día nos sacará de esta triste carpa donde trabajamos para llevarnos a los grandes escenarios.

El hombre la toma calmosamente de los brazos, ha advertido la ironía en las palabras de la mujer. Acaricia los hombros desnudos, los oprime. Atrae a la joven hacia sí. La besa dibujando con su lengua la boca de ella, que se retira a mitad de la suerte.

—Entonces conmigo tienes todo, ¿no? —le recrimina—. Cama, comida, secretaria, recamarera, asistente, payasa y vieja sonsa, ¿verdad?

El hombre da otro beso, esta vez a la botella. Un largo y jolgorioso beso. Pasa por su garganta el elíxir y habla por fin.

—Y yo qué, ¿no he puesto nada? ¿Nada más soy un ojete y se acabó el cuento?

Se quita el desvencijado sombrero de copa y lo sacude.

La mujer prefiere bajar la mirada y hace como que observa el serrín de la pista.

—Si a ésas vamos, yo también he puesto lo mío —responde al tiempo que una lágrima más contribuye al desastre de su expresión. Y luego articula, enojada por el súbito llanto pero concertadora—, ¿o qué no?

—A ratos nada más —le responde Fellini, también con las pupilas apuntando al serrín—. Ni modo que te fuera a dejar ahí encerrada. Tú dirás lo que quieras pero si te acuerdas de cuando eras niña sabrás que hay una diferencia muy clara entre quienes somos magos y quienes son payasos. Nosotros no tenemos por qué reírnos a fuerza. Ni estamos en el mundo para hacer reír a nadie.

—Pues a veces sí lo pienso —le dice ella, acomodándole las solapas del lustroso y viejo traje.

—Ya no lo pienses. Ni que fuera tan difícil olvidar algo.

—Y el conejo, a ver, por qué no lo olvidas.

—Porque fue tu culpa. Tanto tiempo enseñándole las gracias y cuando sabía hacer de todo agarra sus cosas y se va, nos deja, se escapa de su trabajo a causa de la señora que no sabe ni dónde tiene la cabeza.

—Está bien, pues, yo compro uno de buena raza y lo entreno. ¿Sí o no? —le pregunta, acariciando el cabello entrecano del mago.

—Sí, pues. ¿Quieres un cigarro?

Ante la afirmación de su acompañante Fellini sacude la mano izquierda como si manejara castañuelas y un cigarro nuevecito, ya encendido, aparece entre sus dedos. Lo tiende a la mujer, que lo toma y dice cariñosamente:

—Cabrón, así deberías de hacerle cuando se acaban los cigarros en las fiestas. No habrás agarrado la cajetilla que tenía debajo de mi almohada…

Fellini saca un cenicero del bolso del saco, sin ganas ya de seguir apareciendo objetos. Lo tiende solícito. Ella da una larga fumada y luego lo coloca en una de las ranuras del cenicero ofrecido. Sus labios han dejado impreso el carmín en el filtro. El hombre mira la marca roja en el cigarro y dice, sin cambiar el objetivo de su pupila:

—Si no fuera por esa boca…

3. Habían pasado para él los años difíciles, las temporadas a salto de mata, ganando casi a destajo por cada truco. No era fácil abrirse paso en una profesión como la de mago. Pero al fin había encontrado cierta estabilidad económica y laboral. Ya era dueño de la casa en que habitaba. Los hijos, dos, acudían a un colegio particular. Tenía contratos para varios de los meses siguientes. Estaba tranquilo, aunque siempre con nuevos trucos, renovando en lo que le correspondía el campo al que fue invitado por una asociación de magos en la cual fue recibido como un colega más. Lejos quedaba el tiempo de las carpas y de los actos de magia clásicos. Ahora se llamaba Fellini y su nombre era escuchado con respeto y atención en cuanto sitio se presentara.

Entonces, tranquilo, sosegado, escuchó el timbre del teléfono y permitió que la joven a la que contrató para las tareas domésticas atendiera:

—Le hablan.

—Quién, ¿no dijo?

—No, que era una sorpresa.

Y fue a responder con cierta dosis de mal humor. Ya no era tiempo de sorpresas. Pero sí se abrieron grandes sus ojos al escuchar la voz al otro lado del teléfono:

—¿Fellini?

—De parte…

—Un antiguo amigo.

—Diga su nombre.

—Te volviste educado, Filisberto…

—¿Balderas? No me digas que eres Balderas… —preguntó afirmando, ya con una amplia sonrisa el mago.

—El mismo.

—Desde que te metiste a eso de los periódicos en serio ya ni te acuerdas de los buenos amigos.

—Te estoy llamando.

—Y yo estoy, como siempre, a tus rechingadas órdenes. ¿Quieres una función particular? ¿Quieres que te enseñe algunos trucos? Dime lo que necesites, bróder.

—Primero cuéntame cómo está tu mujer, porque supe que te casaste por fin con la que era tu asistente.

—Sí, pues, ya tenemos dos niños, uno en maternal y otro en kínder.

—Te das buena vida.

—No me quejo. Y me imagino que tú tampoco, te leo seguido. Qué hay de don Camilo.

—Igual de loco que siempre, aunque con sesenta años a cuestas.

—¿Ya sesenta años? Carajo, cómo pasa el tiempo.

—Tengo algo para ti.

—Lo que tú me mandes.

—Es un trabajo.

—Ha subido mi tarifa, conste.

—Lo sé, te he visto en el teatrito.

—Grandísimo tarugo, y por qué no avisas para apartarte una buena mesa e invitarte una cena como debe de ser…

—Quizá por eso, me reservo el honor del anonimato. Son muy buenos los trucos que tienes ahora.

—A la orden. De qué se trata el trabajo.

—He vuelto a la investigación.

—¿Dejas el periodismo?

—Lo combino, de la investigación no vive nadie en este país.

—¿Se trata de algo serio?

—Digamos.

—¿Le hablas al mago o al de antes?

—Los necesito a los dos. Cómo andas de tiempo.

—Mira, en el teatrito, como tú le dices, estoy en presentaciones de jueves a sábado, una a las once y otra a la una de la mañana. Pero todo el demás tiempo estoy libre.

—Necesito que me acompañes a hacer algunas visitas.

—Tú sabes que soy hombre de paz.

—De paz pero con muchas habilidades que no has perdido, sino a la inversa.

—Modestamente. ¿Necesitas que vaya con mi instrumental?

—Como si fueras un cirujano.

—Hecho, para cuándo.

—Ya te avisaré, en cuanto tenga algo seguro. Trata de estar preparado. ¿Sigues bebiendo?

—Cada vez menos, le he perdido el gusto.

—Mejor.

—Por qué, ¿de veras la cosa es muy grave?

—Para que te des una idea, voy a convocar al Tívoli y a Simbad.

—Hecho, no me digas más. Total, los que se encargan de los balazos, si los hay, son tú y don Camilo.

—Sí, no te preocupes por eso. Qué tal si comemos juntos en la semana y te explico.

—Donde tú me digas, bróder.

—Te agradezco, Fellini. Me doy cuenta de que tu tiempo está bien empleado y que vale bastante.

—Ni lo menciones.

—Cuento contigo, entonces.

—Y con mucho gusto. A la hora que sea, incluso si me necesitas un día de los que trabajo, es cosa de que me hables antes y que yo negocie por ahí una sustitución o un permiso.

—De verdad que te lo agradezco, Fellini.

—Más te agradezco yo que me hayas abierto los ojos a tiempo. Pero si seguimos así vamos a terminar llorando.

—Sale, te llamo en cuanto tenga algo en firme pero igual comemos antes.

—Hecho.

—Hasta pronto.

—Oye, Balderas, ¿entonces regresas a la investigación privada?

—Digamos que sí.

—Entonces déjame decirte nada más una cosa.

—Qué piensas.

—Tanto como pensar, nada, Balderas, pero quiero que sepas algo que desde hace tiempo había querido decirte a ti y a don Camilo: primero está la amistad y luego la magia.

Pin cinco

Definitivamente tienes que anotarle el tanto a la inspiración. Porque fue ella la que te llevó por esas calles de la ciudad a las tantas de la madrugada a tomar un vehículo que no era tuyo, y acercarte al otro punto de tu labor.

Preferiría decir que no sólo a la inspiración, sino a la capacidad de improvisar. Quién te lo diría, pudiste ser un buen actor, o un cantante o incluso un jazzista. ¿No habrás errado la profesión?

Claro que te salvaste de ser descubierto por muy poco. Nadie, ni tú mismo, sabías que esta noche ibas a llevar a cabo otro de tus trabajos. Y con qué limpieza. Así se improvisa, así, justamente. Hay que salir al paso a lo que venga, disfrazarte de torero y meterle un buen par de pases al astado o tomar de donde sea un sombrero de copa y extraerle a toda costa una paloma. Improvisar es ser tú y al mismo tiempo desdoblarte en tus múltiples posibilidades.

Si ayer, o mejor dicho hasta hace muy poco, fuiste un jugador de basquetbol, uno de los mejores del país pese a que de ello sólo tuvieran noticia unos cuantos, si fue así, digo, ahora te dedicas a otro tipo de actividad. Cambiaste de giro. Y aun dentro de tu nueva coreografía eres capaz de improvisar una buena cantidad de pasos si la música lo requiere, el público lo pide o la situación lo amerita.

Qué bueno que improvises. Qué bueno que hayas obtenido al fin la capacidad de ir decidiendo sobre la marcha. Se acerca la meta y no sabes a ciencia cierta cómo se te presentará la escena final o si será sólo una de ellas o si acaso el duelo, la pelea, el combate, tenga uno o varios asaltos. Por eso fue un tanto a tu favor el dejar colgando de un poste de los del Metro al infeliz que te creyó digno de un ligue madrugador.

Pero no hablemos de él, primero porque no importa por sí mismo, luego porque ni tiempo le dio a decirte su nombre, y por último, porque a ti te interesa hablar de ti. Y por eso escribes. Y por eso te sientes un mucho sorprendido ante tu capacidad de salir a escena y dar la réplica a un diálogo que en la vida habías escuchado.

Pero eso no es todo. Sino la inspiración. A qué otro fenómeno de la creatividad puedes adjudicarle el que fueras a dejar uno de tus trofeos justamente en el Metro Balderas. A quién, dime. A nadie más que a ti mismo y a tus deseos de seguir adelante.

Pero cuidado. Ahora será por doble vía el asunto.

Qué gusto te dio saber que casi sin desearlo conseguiste pronunciar, de una muy peculiar forma por cierto, el nombre de ese otro tipo que insiste en meterse donde no lo llaman. Cómo que su trabajito de periodista lo hace inmune. A qué. O mejor, a quién. A nadie. Y menos si tú estás aquí para demostrarlo.

Eso es. Infúndele miedo. Que te respete. Y si no aprende, si insiste, si no se pone de tu lado, quítalo de en medio, no ha de ser difícil.

Nadie, óyeme muy bien, nadie va a impedir que acabes con quien debes acabar. Nadie te hará perder ese gozo. Nadie deberá interponerse entre tu adversario, el único que tienes sobre la tierra de este país y tú. Sería injusto. Ahí sí que todo perdería sentido. ¿Para qué, si no, entonces, los cinco sujetos a los que hasta el momento mandaste derecho a la nada?

Todo tiene un significado, al menos en lo que a ti se refiere. No eres un improvisado, aunque por hoy fuiste un excelente improvisador, uno profesional.

Qué triste que ese prosista de tercera o cuarta, el único que parecía haber entendido el juego tal y como lo planteabas, te haya fallado de esta manera. Por qué atacarte con esos pobres medios suyos como son las palabras. Por qué no verse a los ojos, a un metro de distancia, cada uno con toda su capacidad de ataque y defensa.

Pero si incluso empezabas a estimarlo. Quién toma ya los crímenes en esta urbe con un poco de sentido del humor como lo venía haciendo él en sus notas. Cómo está eso de que te reta de soslayo.

Antes de responderte a estas preguntas, formúlate una distinta: ¿sin querer lo habrás involucrado de más en este particular negocio?

Es posible. Después de todo, él qué sabe cuáles son tus intenciones, tus secretos designios. Si ni tú mismo pudiste hoy controlar la necesidad de cometer otro de los buenos, ahora piensa en él o en cualquiera: nada saben de ti. Qué sicoanálisis ni qué nada. Los elementos que conforman tu cerebro deben ser muy complejos y también muy rápidos en sus funciones. Sólo así te explicas que todo haya salido bien hasta aquí.

Por lo pronto, regresando a esta nueva variante que se te ofrece, vale más que tomes una decisión. Y que elabores un plan. Pequeño. Secundario. Modesto. Pero todo lo efectivo que te sea posible para acabar de una vez con ese periodista. Además, según los noticiarios y a juzgar por los escasos periódicos que has podido consultar, ya se va haciendo costumbre que de vez en cuando aparezca por ahí el cuerpo de un trabajador que en vida se dedicó a los quehaceres de reportero. La desaparición de otro no ensuciará más el ambiente de lo que ya está.

Ahora, deberás entender que el sujeto no forma parte de la lista de advertencias que le vas formando al que sí es tu adversario. Hay que actuar con cuidado para que no vayas a provocar el caos. No se trataba de que este tal Ángel Balderas, viejo o joven, como sea, entendiera que la cosa iba directa contra él. Pobre diablo, ser muerto por ti a estas alturas ya viene constituyendo un honor. Luego, tampoco se trata de que Mórtimer Tavares piense que lo olvidaste. Ni de que se vaya otra vez del país. No, no y no. De forma que debes actuar rápido.

Entonces, no esperes a que te repita en su periodiquito, por muy entre líneas que sea, que te está esperando para ver qué caras haces cuando sí te enfrentes a un hombre bien dispuesto para la pelea. No. Devuélvele el golpe de inmediato. Puede ser una llamada telefónica, puede ser un atropellamiento, puede ser una simple bala. Lo que sea pero de inmediato. Antes de que en su medio o entre sus amistades, si es que las tiene, abra la boca más de lo que te conviene.

Mátalo.

No le tengas miedo al verbo. Es un caso de emergencia. No puedes hablar ni siquiera de sacarlo de la jugada o de eliminarlo. No. Directamente mátalo. Pero esto sí que no debe de ser improvisado. Aquí más vale echar mano de un plan. Corto, rápido y eficaz. Sé que no estás de humor, y menos a estas horas de la mañana, exactamente cuando llegas a casa y te dispones a descansar, pero déjame decirte muy claro que si acaso este aprendiz de periodista, que ni nombre reconocido tiene, te impide conseguir tu objetivo o alertar a tu verdadera presa, el único culpable serás tú. Sí, tú, el mismo que hace muy poco dio muerte a dos ciudadanos que ni culpa tenían de nada, el mismo que escribe respecto de sus hazañas para darse valor y seguir adelante, el mismo que fue capaz de improvisar tan alegremente esas dos notas que sonarán en los oídos de quien deben sonar con toda la armonía que les imprimiste. Ése, pues, tú, te castigarás a ti mismo si no haces que se esfume del planeta el ganapán que anda metiéndose demasiado en donde no lo llaman.

De forma que lo acabas y adelante. Todavía tienes trabajo por hacer. Trata de que el encuentro sea veloz y definitivo. Actúa con toda la premeditación que necesites. Que no te quede lugar a dudas de que vas a terminar con él. Y luego, ya con un poco de calma, a concentrarse en las tareas que restan, que son varias aún.

Ahí es donde debes centrar tus fuerzas. Ya nada de improvisar. A partir de este momento, mientras tomas la pluma, prométete a ti mismo no salirte del plan original. Y dedicar cada átomo de tus fuerzas y empeños a llegar sano y salvo a la meta, y cruzarla como el vencedor que eres. No repares en obstáculos, suponiendo incluso que se te presentara algún otro en lo que te falta por recorrer.

Anímate, piensa, como lo vienes sabiendo desde mucho antes de que iniciara todo esto, desde casi un lustro, piensa que el final del camino que elegiste ya se mira allá a la distancia. Que nada te aparte de él. Sigue derecho y francamente, sin caer en tentaciones. Ya falta muy poco, un par de jornadas más a lo sumo, para que veas coronado tu esfuerzo con la victoria. No desistas. Realiza tu labor tan bien como hasta ahora, cuídate y ten a la vista siempre esa compensación que vendrá a devolverte un poco de paz.

Hay una cabeza que está esperando para que la veas rodar. Y habrás de patearla y reventarle los ojos con la punta de tus zapatos, porque ni siquiera será digna de que la toques con las manos. Y con la suela y el tacón machacarás la lengua de esa cabeza. Y a patadas, haciendo que rebote contra las paredes, le harás perder el cuero cabelludo. Y con un fino y certero golpe le desprenderás la nariz. Y con lo que reste irás por la calle, una solitaria y casi privada, dándole pequeños golpes para verla rodar como veías a las piedras que cuando niño tomabas de compañeras camino a la escuela.

Para eso, para llegar a ese momento, sólo tienes que desbrozar de malas hierbas la brecha. Una de esas malas hierbas se llama Ángel Balderas, periodista. Y no ha de ser ése quien te impida disfrutar hasta las últimas consecuencias de este banquete que vienes preparando, no cosechará lo que tú sembraste, no cortará de tu jardín la flor que con tanto esmero alimentaras y vieras crecer para tener el gusto de poseerla.

Adelante. Hay que retirar la escoria de este camino que es el tuyo. No aguardes más. Que la espera no amargue tu existencia. Descansa, toma algo para sentirte fortalecido y al despertar piensa en la forma para que tu verdadero enemigo se vea enfrentado a ti.

Dile adiós a Ángel Balderas. Que te conozca y te mire aunque sea de lejos. Y mátalo. Si ya no te hace falta para seguir con tus planes y aún te amenaza, considéralo cadáver desde ahora. Te enfrentarás, por esta única vez, a un rival que ha perdido de antemano la pelea, a un luchador inerte. Así es como debes verlo.

Bórralo, míralo ya deshecho, desaparécelo, que te sirva de aperitivo para el plato principal.

El crimen soy yo

1. Como pocas veces, Balderas estaba desde muy temprano en la redacción de su diario. Casi siempre andaba por las mañanas a la caza de una nota, en alguna entrevista, consiguiendo el material para su columna o el reportaje de turno. Hacia las dos de la tarde, cigarro en mano, se enfrentaba amistosamente con el teclado y la pantalla. Y en muchas ocasiones salió victorioso. Las más de ellas, por cierto. Elegía precisamente las dos de la tarde porque a partir de entonces se le brindaban tres horas para trabajar con toda la concentración que permite el timbre del teléfono, las conversaciones de los reporteros vecinos, las varias llamadas de su inmediato superior para hacerle alguna consulta, contarle un chiste o sencillamente charlar sobre la nota del día y la recepción de su correspondencia, que en esos momentos crecía constantemente.

Quizá por eso se sorprendió un tanto el mensajero interno del periódico al ver a Balderas muy dedicado a lo suyo frente al procesador de palabras cuando todavía no eran ni las doce del mediodía. Se le acercó de inmediato, con una amplia sonrisa:

—Qué pasó, mi lic, ¿lo corrieron de su casa?

—No, Polaroid. Necesito adelantar algunas cosas.

—Eso. Me lo imaginaba. Cada vez lo leo más en las páginas del periódico pero lo veo menos por aquí. ¿Tiene otra chamba? Digo, no es que me meta, lic, pero yo sé que el hambre es cabrona.

Balderas despegó la vista de la pantalla. Miró serio al mensajero.

—Qué, no se encabrone, lic, porque no le entrego el sobrecito que le acaba de llegar.

Ángel titubeó en continuar con la broma, ponerse serio en serio o preguntar por la correspondencia.

—A qué sobre se refiere.

—A este —dijo el Polaroid, mostrando un sobre que venía a su vez dentro de una bolsa plástica.

—Cuándo llegó.

—Ahorita, le estoy diciendo, me lo acaban de dar en la recepción con toda la carga de la mañana.

—Déjemelo, Polaroid, y si no tiene algo más importante que hacer, qué tal si le invito un refresco y de paso me trae uno a mí.

—Hecho.

Balderas depositó en la mano que se le tendía un billete y recibió a cambio el sobre.

—A veces pienso que es usted un chantajista.

—Bajito, lic, bajito, no sea que lo oigan las jóvenes de al lado y ya no me encarguen nada de nada.

Ambos se despidieron con una sonrisa cómplice.

Balderas colocó el sobre al alcance de la mano, sin abrirlo ni sacarlo siquiera de la bolsa protectora, a un lado de la terminal que le correspondía en el diario. Y siguió con lo suyo, tecleando a todo lo que daban los dedos. Pero algo llamó la atención en su campo visual: era la expresión ENTREGA INMEDIATA, escrito así en el sobre recién llegado, con mayúsculas y con caracteres no sólo muy grandes sino en color fosforescente. Encendió un nuevo cigarro. Tomó la bolsa de polietileno con siglas impresas, de las que usan las casas de mensajería en el país. Miró su nombre correctamente escrito en el lugar del destinatario. En el del remitente no había más que vacío. Rompió el paquetito y el sobre, muy ligero, se puso a su disposición. No contenía más que algunas hojas tamaño carta, escritas a mano. Y eso bastó para que Balderas entrara en tensión visiblemente, aunque sólo por unos segundos. La caligrafía del texto era idéntica, vaya que si él podía distinguirla, a la de los mensajes anónimos que habían sido adjuntados a los cadáveres de los más recientes días.

Eran varios caminos los que se le presentaban: No tocar directamente con las manos las cuartillas; leerlas; llevarlas al laboratorio de Germán Guardia a ver si podía encontrar algo, quizá una huella, algo, lo que fuera; llamar a Sánchez Carioca para ponerlo al tanto del hecho; y rastrear, mediante la agencia de mensajería y hasta donde le fuera posible, al remitente de la nota. Eran muchas cosas para hacerlas juntas. Por lo pronto se dio a la lectura, quizá en ella encontrara directamente el paso a seguir.

Tenía título la cosa: *El crimen soy yo*. Y luego venía el texto. Lo leyó completo. Punto por punto.

"Ángel Balderas, periodista:

"Como parece usted no entender el mensaje ni el destino de mis trabajos, me veo en la necesidad de tomarme un tiempo que me es escaso para escribirle esto. En realidad las cosas son más sencillas de lo que usted se imagina. Todo lo que hasta ahora ha pasado por sus ojos y a lo cual no puede dar explicación, ciertamente la contiene. Para entenderla bastará con que le dé mis razones y le pida un poco de su atención. Los dos sabemos que resultan muy molestos los comentarios que me ha dedicado en su columna. Y muy probablemente a usted le habrá causado cierta sensación de incomodidad el hecho de que, aunque sea sutilmente, su nombre se relacione con la serie de acontecimientos poco gratos que ahora vienen ocurriendo en la ciudad. Para que usted y yo quedemos satisfechos con nuestro respectivo trabajo, me tomo la libertad de escribirle de manera directa. Sin intermediarios. Esto que tiene ahora delante de los ojos fue escrito hace muy poco. Refleja mi estado de ánimo y mis sentimientos hacia usted. Tome las cosas con calma. Muy pronto nos pondremos en contacto para que me dé su decisión al respecto. Por lo pronto le doy parte de mis razones y le ofrezco que si usted no intenta buscarme (dije buscarme, porque en realidad encontrarme sería tarea imposible), tampoco yo lo buscaré. Y haré todo lo que esté de mi parte para que se rompa cualquier vínculo que haya establecido con usted. Lo olvidaré. Así de sencillo.

"Debe usted saber por principio que nadie da la muerte a un semejante sin que al mismo tiempo no se muera un poco con la sangre que deja atrás. No es sencillo matar, pese a lo que quieran hacernos creer a través del cine, la televisión o la literatura. Siempre ha implicado o un profundo conocimiento de lo que el hombre es o una total ignorancia de esto mismo. Ambos casos son frecuentes. Yo me encuentro en un punto intermedio. Lo suficientemente cerca de la vida como para saber lo que implica perderla. De forma que no es válido pensar que un asesino de verdad sea un caso común. Nada de eso. En realidad implica un trabajo. Déjeme definírselo de una manera en que yo mismo lo veo: cada vez que alguien muere a mis manos es como si dentro de mí, en algún lugar de mi cerebro, jalara un gatillo interior para disparar mis actos. Imagine el estruendo. Y todo eso ocurre en el espacio en el que resuenan los pensamientos. ¿Se va dando una idea de lo que duele matar?

"Sin embargo, la tarea tiene su lado bueno. Debo decir que varios lados buenos. Es un poliedro complejo y con muchas caras agradables. La primera, una de las más importantes, es la que se refiere a la disolución del dilema entre el ser y el no ser. Entre el estar vivo y el no estarlo. Entre nacer y morir. Para qué preocuparnos por la existencia si en último caso todos —usted y yo incluidos— los que en el mundo somos dejaremos de serlo. ¿No le parece una carga demasiado pesada para las personas que nada tienen que pagar en una vida como la que tenemos? Por qué hacer que la gente continúe con sus padecimientos. La muerte será siempre, pues, una de las formas de disolver el problema. Hay otras formas, otros senderos, pero no están a mi alcance. Doy lo que tengo. Confiero la muerte a quienes elijo. Y mire que los puede considerar privilegiados, aunque sé que este concepto le puede ser difícil de asimilar. Observe el fenómeno conmigo, por un momento contemple los hechos a través de mis ojos: el asesino —así me han llamado y lo acepto sin molestia— se ocupa de inclinar la balanza hacia uno de los lados: el no ser. Y éste, considero, es el mejor, el más libre, el que ya no alberga conflictos. Tome en cuenta que, hasta donde sabemos, los muertos ya no tienen dilemas por resolver. Están en paz consigo mismos. Duermen tranquilos para toda la vida. ¿Vamos entendiendo?

"Luego, ¿se ha preguntado cuál es la razón del asesino para acabar con su víctima? Cuidado. No se confunda, no le pregunto para que se responda con lo que le he dicho en los párrafos anteriores. No. La pregunta complementaria es: ¿qué recibe a cambio el matador por matar cuando no hay relación alguna entre uno y otro de los protagonistas del hecho? Diríamos que el placer, claro, pero a estas alturas afirmar algo así no deja de tener cierto sabor conocido y manoseado. Le voy a revelar algo que quizá muy pocos como yo se atrevan a decirle: el asesino otorga la muerte como un estado de gracia para el que la recibe. Y esto lo hace como un favor, sin espera de recompensa. ¿Se da cuenta? Imagínese usted en un parque, imagine dentro de él a un niño que se acerca a pedirle alguna moneda para completar el importe de una golosina o de algo más sólido. E imagine por último que usted le da a ese niño no sólo la moneda que le solicita, sino un billete para que pueda comprarse lo que guste. ¿Por qué lo haría, a cambio de qué? De nada, muy probablemente. Igual es el acto de matar. Hay alguien que necesita un poco de ayuda y alguien, yo o cualquiera otro, se la proporciona pero multiplicada. La muerte se da como se da la vida, de manera gratuita. A la naturaleza, de por sí sabia y comprensiva para con nosotros, también debemos ayudarla, de brindarle una mano para que cumpla más velozmente con su cometido: si ella misma crea la vida y lo hace con elementos que no perduran para siempre, vamos a procurar que no se esfuerce.

"Sigo: Usted como periodista, aunque su fuente no sea la policiaca, se da cuenta de forma muy cercana de la gran cantidad de delitos que se cometen a diario en esta ciudad. Son muchos. Ambos lo sabemos. Quizá usted los conozca mejor que yo. Y esto no quiere decir que sea un aficionado al crimen. Qué va. Lo que pasa es que usted tiene acceso directo e inmediato a la información. Entonces, le pregunto: ¿no le parece que un asesinato limpiamente ejecutado equivale a una pequeña sinfonía? Todo está en orden, en concierto. Hay grandes crímenes y crímenes pequeños. Pero los que son hechos con limpieza resultan piezas de alto valor para un coleccionista. No le quiero vender nada, ni siquiera la idea. Pero medítelo. A lo mejor es usted alguno de esos conocedores de lo que el crimen es y sabrá decidir si mi trabajo es de buena o mala calidad. ¿No le inquieta que no haya ninguna pista sobre mí? Es más, ¿qué sentiría si le dijera que de pronto, hoy mismo, ya no se cometerán más crímenes como los que me precio de fraguar? Ya, se acabó por fin la pesadilla. ¿Qué me dice de eso? Aquí sí los dos estamos conscientes de que sobre la ciudad se cerniría un caso más de asesinatos sin solución, como hay muchos. Sólo que éstos eran, por qué no voy a atreverme a decírselo yo mismo, un tanto interesantes: no hay sospechoso, no hay evidencia, no hay motivo, no hay más que varios cadáveres diseminados por la urbe. Pero no, no habrán de acabarse. Al contrario, continuarán como hasta ahora. Nadie se dará cuenta, más que algunos diarios o revistas. Y pasarán a la historia como si nada. Voy a seguir con lo mío. Piense, por favor, yo sé que usted es capaz de hacerlo adecuadamente:

no me justifique, pero déjeme construir esta imagen que ahora se me viene a la cabeza: un crimen exactamente llevado a cabo equivale a escuchar música de Bach en una catedral, mientras afuera llueve y se percibe la paz del olor a tierra mojada. ¿No le gusta Bach? ¿Le atraen, aunque sea un poco, las catedrales? ¿No le refresca el ánimo el aroma de la tierra, o el asfalto en este caso, mojada y mojado por la lluvia? Le recomiendo sensibilidad, si me lo permite. Y atención a esos pequeños detalles que hacen minúsculamente gloriosa la vida de los que todavía la tenemos.

"De forma que, para no perder la línea del discurso, puedo afirmar, con conocimiento de causa, que el homicidio es una forma de vida. Vaya contradicción para usted, un hombre *normal* y que contribuye con su trabajo a que la sociedad mejore cada día y a todas esas cosas. Por mi parte, no soy como usted, y mire que le he cobrado respeto. Y si no quiero tacharme a mí mismo de anormal o de *outsider*, sí quiero hacerme comprender respecto de mi posición. En este punto vemos que es poco sostenible. Y creo encontrar ahora la manera en que se explica: si el homicidio es una forma de vida, esta forma por sí misma implica riesgos y puede terminar de una manera parecida: no faltará el idiota que le dispare a uno a mansalva y acabe con todo. Aun así, la tradición continuaría, porque ese imbécil —no se vea aludido en esta parte, le suplico— que lo haga víctima a uno, a su semejante en labores, será un asesino que contribuya a la causa: matar para vivir, matar para que la vida siga creando vida y existan personas como yo —quizá algún día como usted o alguien a quien usted conozca— que encuentren la solución al misterio y auxilien a la existencia a conseguir el balance aquel que tanto preocupaba a los griegos. No abandone la lectura. Siga. Recapacite. ¿Lo voy convenciendo con mis argumentos? Si no, tampoco se incomode. Importa, sí, pero si no lo consigo, será culpa mía, error personal. Ah, eso, el error, no me gusta cometer errores. Y espero que se haya percatado.

"Entonces, a fin de existir como tales (empleo aquí el término existir en su más pura concepción), la víctima y el asesino se requieren. ¿Estaríamos de acuerdo en este orden de personajes, primero la víctima y luego el victimario? Espero que no lo tome a contradicción con todo lo dicho anteriormente, pero hay en estas líneas una verdad que a mí me parece muy grande. Siempre será primero la víctima. Si no hay una al alcance, el victimario no existe. A quién va a matar —por necesidad, gusto, placer o dinero— un tipo que se mete a las tinieblas de un cine si no hay una sola persona en toda la butaquería. Pues a nadie. No mata a nadie. Y en lugar de ser asesino se convierte, en las dos horas que dura la cinta, en un simple espectador, en un ser social civilizado. ¿Lo ve? Bien. Luego, así como el matador y el futuro muerto se necesitan para que se dé la síntesis de este binomio, también se repelen, al mismo tiempo. De otra forma el asesinato no sería calificado como delito o acto apartado de las buenas costumbres. Esa bipolaridad que ambos tienen los junta y los aleja simultáneamente. Y aquí deberá tener más fuerza de atracción el asesino para que la víctima no se vea alejada por el polo negativo de ambos que tiende a separarlos. Es cosa de física elemental. Algo semejante pasa con los cuerpos estelares: dos mundos pueden atraerse y repelerse al unísono, pero llegadas las circunstancias, uno de ellos hará que el otro caiga dentro de su órbita. Vamos, sin necesidad de tomar las cosas desde alguna corriente filosófica, víctima y victimario sienten desprecio y cariño por su contacto o cercanía. Así que las cosas debemos de tomarlas con seriedad, se requiere la muerte de uno para la realización del otro. O, se necesita, de manera indispensable, la vida de uno (su salud, su buen pulso, su decisión, su sangre fría, su certeza) para la muerte del otro. Mire usted, hasta este momento podemos llegar a una conclusión provisoria pero que bien ilumina parte del camino que hemos recorrido —usted a través de los rastros que deja mi paso y yo con mis actos y ahora con estas letras—: la relación entre la víctima y su asesino es un elevado ejemplo de la dialéctica.

"A estas alturas ya puedo decirle algo que me ha venido dando vueltas desde el inicio del texto: tan mágico es el fenómeno de la vida, como la destreza de la muerte. Son extremos de la misma cuerda. ¿No le sorprende, aunque sea sólo un poco, el hecho del nacimiento? ¿No es maravilloso, pese a los avances de la medicina actual, que del vientre de una mujer *venga* al mundo un niño? A mí, por lo pronto, el hecho me tiene encantado. Lo he visto poco, pero sé de él. Y de la misma forma, guardando la distancia natural entre ambos sucesos, también me causa fascinación (esa que dicen que las serpientes provocan a sus víctimas poco antes de atacarlas) el asesinato, la muerte violenta, el corte de la vida de un tajo. Ni usted ni yo, permítame hacer un chiste, seremos madres jamás. Nunca sabremos lo que es llevar dentro de nosotros a una vida distinta. Sabremos, si es que así lo quiere usted o lo deseo yo en algún momento, lo que es ser padres. Pero no es lo mismo por lo menos si apreciamos el trabajo fisiológico de las mujeres en la concepción. Por eso, entre otras razones, qué mejor que tomar la soga por la punta contraria y tirar de ella: si no podemos albergar a la vida, podemos segarla. Y con ello no se lesiona la trama biológica, si acaso se acelera, pero nada más. El asesino, al completar en la víctima su círculo de existencia, se asemeja de manera inversamente proporcional al misterio de la creación. Y esto, amigo Balderas, no puede dejarlo tal como mi carta lo encontró hace un momento (no importa en qué tiempo, día u hora la esté usted leyendo). Provocar que la vida de un sujeto termine es el justo trabajo que algunos como yo tenemos para sentir, y hacer sentir a quienes nos rodean, que estamos en igualdad de circunstancias. Unos dan la vida, otros la quitan. Empate. Tablas. Estamos en paz.

"Por último, periodista Balderas, tenga en cuenta que, desde donde yo lo concibo, ni la locura ni la suciedad tienen cabida en el crimen. Por supuesto que no. No estamos hablando de porquerías. Al menos espero que usted lo considere así después de todo lo que me he tomado la libertad de exponerle. Tratamos, trato, de brindar una aproximación, aunque sintética, de la limpieza que se da entre la comisión de un asesinato y las razones que anteceden a éste. Ambos conocemos muchos casos en los cuales sí hay agravantes de muy mal aroma. Por desgracia, en buen número de ellos. Pero la mayoría o incluso la generalidad de éstos no son la regla. Y esto también lo sabemos. De manera que el encuentro de la víctima y el criminal es una conjunción de iguales. Casi una ceremonia. Un rito personal, quiero decir, no tome la variante de las sectas sanguinarias ni nada que tenga relación con ellas. Es un encuentro de pares, y casi diría de caballeros, indistintamente de si quien mata o quien muere pertenece a un sexo o al otro. Yo, desde mi modesta posición, me manifiesto ante quien sea necesario como el causante de los asesinatos que han ocurrido en la ciudad. Y lo hago con la conciencia de que ambos, mi víctima del momento y mi ser interior, estamos limpios en el instante de reunirnos. Somos pulcros. La víctima llega a la muerte sin malicia, y yo hago lo propio. El resultado, a menos que su opinión sea contraria a todo lo hasta aquí dicho, no puede ser, partiendo de estas bases, menos que impecable.

"Y eso es todo.

"He tratado, como se dará cuenta, de ser comedido en mi expresión. No quiero molestarlo. Ni tampoco deseo que continúe tratando de evitar una tarea que es inevitable. No intente privarme de esta labor. Tome en cuenta que yo no intento privarlo de la suya.

"Respecto de la forma en que los diarios se han referido a mí —eso de El Abrelatas—, no está del todo mal. Pero puede prestarse a interpretaciones erróneas. Y sé que aunque lo pida, va a ser muy difícil que deje de asociárseme a ese sobrenombre. Ni hablar. Después de todo no deja de tener su lado amable. Pero no es el mejor alias del mundo. Espero, pues, que atienda a mi texto. En cuanto llegue el momento (no quiero predisponerlo pero puede ser cuestión sólo de horas) me pondré en contacto lo más directamente posible con usted. Para entonces, estoy seguro, ya tendrá un juicio establecido respecto de lo que he venido exponiéndole. Y espero que su respuesta vaya de acuerdo con los intereses de todos".

Mira de qué va la cosa, se dijo Balderas. Mira nada más. Dejó a un lado las cuartillas. Ya era inútil acudir con Guardia para que analizara algo, ya bastante las había vuelto con sus propias manos al derecho y al revés para encontrar una clave. Nada. Lo único sabio era compartir de inmediato la información con Sánchez Carioca.

—Tengo algo, Camilo. Y vale.

—Yo también tengo aquí algo que me tiene preocupado.

—Suelte usted primero, de cualquier forma lo mío es mejor.

—Ahí le va: mamífero carnicero, pinnípedo…

—Camilo…

—Es muy importante, Balderas, déjeme terminar: le digo que es un mamífero pinnípedo y que habita usualmente las regiones polares. De cuatro letras. Vertical.

—Y yo le digo que saco con eso del pinnípedo, cuéntele, tiene cuatro letras. ¿Ya consultó en algún diccionario?

—Primero, querido Ángel, eso no se vale para cuando uno es persona culta y está solucionando un crucigrama que viene en un triste periódico de cuarta y que seguramente fue elaborado por alguien menos inteligente que usted y que yo. Y segundo, está usted llamando a un despacho de abogados, donde lo único que hay en los libreros son legajos y legajos de cosas que a nadie le importan, no existe en un radio de cien metros cúbicos ni la más remota alusión a una enciclopedia, y ya sabe que a mí eso de hacer trampa si consulto en internet no se me da.

Mientras Carioca le soltaba a Balderas el breve prontuario de la ética de un aficionado a los crucigramas, en su terminal Ángel consultó rápidamente la entrada *pinnípedo*, y, para su sorpresa, vio que la única posibilidad de solución era la palabra *foca*.

—¿Sigue ahí, compañero Balderas? —le preguntó su amigo, satisfecho por la explicación de motivos ofrecida.

—Sí, aquí estoy. No se preocupe tanto, la palabra que usted busca es foca.

Balderas esperó a que Carioca corroborara el asunto.

—No sé cómo lo hizo, compañero, pero le agradezco infinitamente. Y ahora sí, para qué soy bueno.

—Lo invito a comer.

—Por ahí hubiéramos empezado.

—Me llegó una carta del Abrelatas.

Luego de un breve silencio, la voz de Carioca:

—No me diga más, voy para allá.

—No, no se acelere. No es una amenaza. Es algo más bien raro. Es como un decálogo del asesino contemporáneo. Pero eso sí, nos vemos al rato en el Cañaveral.

—¿Seguro que no hay problema? ¿Anda armado?

—No hay problema, maestrísimo, y sí, ando armado.

—Al rato nos vemos, pues.

—No falte, le va a interesar.

—Tiemblo de la emoción —remató Carioca, ya en franco tono de broma, antes de soltar una risotada y colgar jocosamente el teléfono.

Balderas continuó tecleando el texto que había interrumpido para leer el comunicado del posible Abrelatas y llamar a Camilo Sánchez Carioca. Es verdad que le producía cosquillas en alguna parte de la espina dorsal el hecho de que un asesino, si es que realmente lo era, se hubiera puesto en contacto con él. Sobre todo por la forma. Pero no quiso dejarse llevar por las primeras impresiones, ni tampoco abandonar lo que tenía que hacer para el diario, por cierto nada relacionado con el caso del Abrelatas.

Un par de horas más tarde salió del periódico rumbo al Cañaveral. La mejor comida en el sitio se ofrecía entre las cuatro y las seis de la tarde, ya cuando los hambrientos que sólo pedían una cerveza para llenarse el estómago con las viandas gratuitas habían regresado a sus respectivos trabajos. De manera que de cuatro a seis tocaba el turno de comer a los clientes que estaban en el secreto. Balderas y Carioca eran dos de ellos. Poco antes de salir de las instalaciones del diario lo alcanzó la recepcionista para entregarle un comunicado de último momento: una tarjeta escrita por ella misma en la que le enviaban un recado telefónico llegado hacía muy poco.

—¿Por qué no me pasó la llamada? —le preguntó Balderas a la mujer, una nueva recepcionista.

—Señor Balderas, lo que pasa es que según entiendo usted y muchos de los reporteros llegan a escribir por la tarde. Disculpe.

Se veía apenada la joven.

—Nada. No la disculpo —dijo Ángel empezando a sonreír y tendiéndole la mano—. No hay nada que disculpar. Soy Ángel Balderas, como ya sabe. Y no me diga señor, no tengo muchos años más que usted.

Se sonrojó la secretaria. Aceptó la mano que le tendía el periodista y sonrió a su vez. Balderas salió alegre del periódico. No leyó el recado. Se metió a su auto y encendió un cigarro. En el cielo empezaban a acumularse algunas nubes, pero la posibilidad de lluvia no se apreciaba muy clara aún. Lo cual era una lástima para los calores que hacían en la temporada.

2. —Y usted qué cree —le soltó sin más Carioca, retomando la atención hacia su plato, luego de leer la misiva que el supuesto Abrelatas le había enviado a Balderas.

Estaban, como ya era natural en ellos, frente a un par de tragos en el Cañaveral. Se servía la comida, un caldo tlalpeño y un asado de res que mantenía a los amigos entre la charla y el engullimiento goloso de los platillos.

—Pienso varias cosas.

—Lo cual no deja de ser una fortuna, de cualquier lado que se le vea. Haga favor de pedir algo de pan porque se nos ha terminado.

—No quiero pan, don Camilo, quiero que escuche esto, que puede ser importante.

—Sin pan no escucho nada. Cómo quiere que le entre al caldo, ¿cuchareándolo con un pedazo de tortilla? Las personas serias tenemos gustos refinados.

—Tan refinados como el bolillo que le van a traer.

—Pero no está enojado, ¿verdad? —preguntó Sánchez Carioca con una media sonrisa. En realidad sí le interesaban, y mucho, las hipótesis al respecto que le formulara Balderas. Pero quizá no deseaba tomarse las cosas tan en serio—. Total, un poco de buen humor no le cae mal a nadie, menos a nosotros que somos candidatos a que nos corten la pija sin darnos cuenta.

—No se dará cuenta usted porque prácticamente ya no le sirve para nada. Si acaso para desaguar los brebajes que se toma.

Ahora la sonrisilla maligna fue de Balderas.

—Está bien, empate —declaró Carioca—, dígame qué pasa con ese cabroncito del Abrelatas.

—Está mintiendo.

—¿Así, nada más? ¿Y para eso me ha hecho venir hasta acá?

—Lo hice para invitarlo a comer esta botana como no hay más que dos o tres en toda la ciudad.

—Reconozco los méritos de la cocinera. ¿Pedimos más trago?

Lo hicieron, antes de que les fuera surtido el brebaje —Copacabana para Carioca, Paraíso Blues para Balderas— éste se lanzó al ataque con el que sería su mejor argumento:

—Antes de salir del periódico llegó un recado que tomó la recepcionista. Era para mí. No dijo el nombre, sólo "un amigo". Le pidió que me avisara que iba a llamar a mi oficina particular, o sea este bar en el que usted y yo estamos sentados ahora, para obtener la respuesta. En el recadito, por si le atrae en algo el asunto, decía algo así como que "Me dará mucho gusto saber que se encuentra usted en su oficina, acompañado de uno de sus mejores amigos…".

—Está mintiendo —atajó de inmediato Carioca, luego de interrumpir violentamente el viaje de un suculento pedazo de carne asada rumbo a su boca.

—Se lo dije. Es un mentiroso. Me quiere y nos quiere confundir. No es cierto que él crea que estoy solo. Sabe que por lo menos somos dos los que andamos tras sus huellas. Es probable que incluso nos viera juntos mientras fuimos a ver los cadáveres en el Ángel de la Independencia y en el Metro. A lo mejor y se hizo pasar por periodista o por oficial de alguna de las corporaciones que andaban por ahí aquella noche haciendo ruido.

—No, no —volvió a cortar de golpe Carioca—, el que es un mentiroso es usted. Me dice eso del recadito para que ponga atención a sus deducciones y descuide miserablemente este guiso que no tiene nombre. Lo cual no puede pedirme si tiene algunos centímetros de moral, tomando en cuenta que me sacó de mi casa cuando estaba dispuesto a comer como rey.

—Es un mentiroso —insistió Balderas.

—En eso estamos.

—No, son unos mentirosos. Los dos. Usted y él. No es cierto que fuera a comer como rey. Ambos sabemos que vive solo y que si algo le causa flojera infinita es prepararse un par de huevos fritos.

La alusión a su soledad dejó fuera de combate por unos segundos a Carioca, que trató de absorber el golpe.

—Discúlpeme, Camilo, no quise decir lo que dije. Yo también vivo solo. Y también me da flojera preparar algo de comer, excepto cuando la ocasión lo amerita.

Carioca seguía comiendo en silencio.

—Vamos, hombre, que no es para tanto. Somos amigos, ¿cierto?

—Cierto —respondió al fin Camilo—, no se apure, a mi edad hay verdades que ya no duelen tanto. Pero déjeme saber un poco más. ¿Lleva con usted el recado aquel que dice que le dio la recepcionista?

—Aquí lo tiene —dijo Balderas, animado, tendiéndoselo solícito.

Carioca lo miró y remiró:

—Parece auténtico.

—Si no lo cree, llame al periódico y hable con la joven que tomó el recado.

—No hace falta. Déjeme decirle un par de cosas. La primera es que me gustaría mucho escuchar de qué se tratan sus teorías sobre la carta que le envió el Abrelatas. Quiero que demos por hecho que es él, partiendo de la falta de evidencias en sentido contrario. Luego, también quiero que sepa que es verdad que el tipo sabe que yo también estoy metido en esto. Y no le doy la vuelta al asunto. El pendejito ése del Abrelatas y otros dos como él me sirven para lo que le platiqué. Aunque por lo pronto ya nos echó a perder parte de la comida. Lo escucho.

Ante la adhesión como siempre absoluta de Sánchez Carioca, Balderas puso manos a la obra:

—Hay algo claro y es de lo que parto: el tipo no está loco. El que escribió esto no padece ninguna de las patologías de la conducta que conocemos.

—Entonces por qué mata, querido Balderas —interrumpió Carioca.

—Vamos por partes. Él sabe que hay alguien que puede estar cerca de sus pasos. Ese alguien en realidad somos dos, usted y yo.

—Favor que me hace.

—Entonces, él sabe que nosotros sabemos que anda matando a sujetos no relacionados entre sí y cortándoles el pito. Le han molestado las llamaditas de atención que he puesto en la columna porque es muy probable que no quiera que se le dé un enfoque serio a su caso. Lo que desea, y creo que sería inevitable, es que se conozca su accionar dentro de la ciudad, pero apreciado desde la perspectiva de las revistas o diarios que se toman la cosa como un espectáculo más. Me ha amenazado directamente al escribir mi nombre con un par de lugares en donde cometió sus más recientes dos asesinatos. Y luego, ya de lleno en el absurdo, me pide que deje todo por la paz, que dejemos, usted y yo, todo por la paz. No se trata de un análisis de contenido funcionalista. Ni es cosa de sicología. Es cosa de estilo. Usted y yo sabemos que al escribir no se puede decir una mentira muy grande porque alguien con tres dedos de frente en cuanto a la práctica de la escritura la detectaría. Y aquí es evidente, al menos para mí, que el tipo quiere que pensemos que está loco de alguna forma. Pero es inverosímil. Los postulados que usa para justificar su actividad criminal, si bien pueden sonar lógicos en alguna medida, son sofismas baratos. Incluso creo que nos menosprecia. Piensa que puede hacernos suponer que mata por esas razones que ha esgrimido.

Balderas hizo una pausa para beber un buen trago de Paraíso Blues y pedir uno más.

—Va bien, mi estimado, lo sigo.

—Vale: si creemos que no está del todo bien de la cabeza es muy probable que abandonemos la pista que vamos encontrando. Y esto porque nadie en sus cabales se pone a perseguir a un sicópata que ya sabe que está siendo perseguido. Son impredecibles.

—Permítame interrumpirlo: por qué un sicópata. Y luego, por qué no un sicópata.

—En México la sicopatía no se manifiesta en asesinos en serie. Usted lo sabe, los casos que pudieran caer en este rubro son muy pocos, dos o tres y han sido solucionados. En general la sicología de todos los que habitamos este país, por el momento, no es tan enferma. Aquí Freud y Lacan se chingan. Somos diferentes. La mexicanidad tiene sus propias variantes dentro del crimen.

—¿Cómo sabe usted que el tipo es mexicano?, y mire que se lo pregunto con toda la buena intención, me gusta la teoría que va tejiendo…

—No lo sé de cierto, lo supongo.

—¿Qué tiene que ver Sabines en todo esto?

—Esa frase de él me permite seguir. Pensemos que es mexicano. En su redacción no aprecio ningún giro que parezca de otra nación latina. Es más, la estructura, un poco engolada, me remite a esta ciudad. Es alguien que estudió aquí aunque no haya nacido aquí. En todo caso sería mexicano porque conoce la forma de vida del país y la ha asumido.

—Siga —Carioca había terminado de comer y atacaba un nuevo Copacabana.

—Entonces, le digo, es un tipo predecible. Eso quiere decir que tiene un plan. Está confeccionando la telaraña para atrapar algo o más bien a alguien. Estos asesinatos, con todo y lo espectaculares y extraños que parezcan, no son más que la primera parte de su trabajo. Por eso quiere quitarnos de en medio sin necesidad de atacarnos él mismo. Lo de la mujer que mandó como emisaria me da la razón. No se deja ver. Por eso le digo que desde luego no contaba con nosotros. O al menos no con una variante como la que le estamos ofreciendo. Si continuamos en esto le modificamos el plan. Algo, lo que sea, no importa por ahora, le saldría mal.

—Y qué ha pensado.

—Enfrentarlo, naturalmente. Continuar hasta que le demos fin. No es cosa de atraparlo, sino de solucionar el enigma que nos plantea. Por lo menos debe haber una razón poderosa para que no quiera que andemos tras sus pasos. Ah, y otra cosa, no teme que alguna de las policías lo busque.

—En México no hay detectives —afirmó Carioca con un dejo de amargura—, es verdad. A menos que usted y yo sigamos con el caso. Nadie lo atraparía si no somos nosotros. ¿Tiene pensado cobrarle lo de la mujer que lo atacó?

—Por supuesto, pero eso es secundario. Lo primero es saber qué es lo que quiere, luego encontrarlo, y luego ya veremos.

—Lo veo decidido. Le voy a dar una pensada a todo esto que me acaba de decir. Es posible que tenga razón.

Meche se acercó para servir un plato con frutos secos en la mesa que ocupaban. Sonrió discreta, tratando de no interrumpir la charla de los amigos, pero le avisó firme a Balderas:

—Tienes llamada en el teléfono del dueño.

Las miradas de Ángel y Carioca se encontraron en un velocísimo momento.

—Gracias, Meche, voy para allá.

Se fue la mesera, Sánchez Carioca advirtió, muy en serio:

—Si es él trate de seguir con su teoría, hágalo que hable, no le diga que está conmigo aunque a lo mejor nos ha visto entrar al sitio. Cuidado.

—Lo tendré —finalizó Balderas con una palmada en el hombro de su acompañante.

Se dirigió al teléfono. Contestó.

—Diga.

Una voz firme, serena, estaba del otro lado de la línea, en algún lugar de la ciudad, no se escuchaba el sonido característico de las llamadas por larga distancia, el ruido que enmarcaba el espacio auditivo del otro extremo parecía el de una caseta.

—¿Es usted Ángel Balderas?

—Sí, diga.

—¿No quiere platicar más de lo necesario?

—De qué se trata —Balderas quería ser todo lo críptico que estuviera a su alcance, que hablara el otro, quería reconocerle la voz.

—Ha recibido mi escrito. Quiero que me diga su opinión.

—Me parece muy de putos mandar a una mujer drogada para atacar a un contrincante.

Se hizo un silencio completo del otro lado de la línea. Por fin retornó la voz.

—No entiendo, periodista...

Balderas iniciaba ya una explicación pero se detuvo a tiempo:

—La mujer que drogó... Qué es lo que quiere.

—Su respuesta a mi escrito, ya se lo he dicho. Qué piensa. ¿Estaría de acuerdo en no incomodarnos mutuamente?

Ángel Balderas comprendió, casi de inmediato, recordando la voz que le había dejado un mensaje en su grabadora, que no era la misma, no coincidía, la edad de éste con quien hablaba era menor del que dejó el recado. A partir de ahí recomenzó el trabajo.

—No estoy de acuerdo con nada.

—Es inteligente. Qué desea. Qué espera de la vida. No querrá aparecer un día por ahí sin nada entre las piernas.

La voz se había tornado amenazante. Balderas pasó al contraataque.

—Es fácil mutilar borrachos.

—No estuvieron borrachos todo el tiempo.

—Tengo una respuesta —cortó Balderas.

—Adelante —la voz, quizá contrariamente a los deseos de su dueño, dejó sentir un ligero tono de esperanza.

—A mí no me la cortas, pendejo, a mí me la pelas.

Otra vez el silencio. La afirmación había sido sorprendente para quien estuviera al otro lado. Por fin respondió, tratando de parecer tranquilo:

—¿Es eso lo que cree?

—Cuando te encuentre te voy a romper la madre.

Otro silencio. Balderas esperaba, él sí con vivo interés, la respuesta que al fin vino.

—Pongamos hora y fecha.

—Cuando quieras.

—Lo noto muy seguro. Qué tal hoy mismo.

—Ahorita, si quieres, pero como eres un pobre pendejo no vas a querer —Balderas no encontraba las palabras que removieran algún filamento de la sensibilidad de su interlocutor. Recurría al insulto común sólo para sentir que estaba ante cualquier pelea, ante cualquier caso, y no ante un asesino que llevaba varias palomitas en su haber.

—Claro que quiero, periodista. Nos podemos ver en el más reciente lugar de los hechos. Me imagino que conoce bien el sitio. Qué le parece hoy en la estación del Metro Balderas, en el túnel de la línea verde, en las vías, inmediatamente después de que pase el último tren.

—Ahí te veo, ojete. Lleva con qué porque conmigo no tienes oportunidad.

Y Balderas colgó. Estaba temblando ligeramente al regresar a la mesa. Carioca lo esperaba inquiriendo con la mirada.

—¿Era él?

—Creo que sí.

—¿Y?

—Esta noche, abajo del Metro Balderas, cuando pase el último tren.

—Por qué adentro.

—Él lo propuso en parte porque fue el último lugar en donde se apareció. Y yo acepté. No es un medio desconocido.

—¿Y si el tipo trabaja en ese lugar?

—Quiero pensar que no es así, Carioca —apuntó Balderas, tomando de un trago fuerte y largo lo que restaba de su vaso.

—Dos cosas de inmediato: ya no beba, por si acaso es cierto y acude a la cita. Y la segunda —apartando su propio vaso—, yo tampoco voy a beber. Naturalmente no va a ir solo. Quién sabe si él vaya a ir acompañado o no. Nadie lo conoce, no está registrado.

—Lo sé. Pero voy a bajar solo al Metro. Usted me espera afuera, por el área. Si hay balazos lo más probable es que se desate un pequeño caos adentro y necesito que me espere con el coche por si hay que salir volando.

Se dieron la mano por encima de la mesa. Sonrieron un poco, las antiguas aventuras volvían a cobrar vida. No era la primera vez que apostaban el pellejo a la puntería de un adversario. Y esperaban que no fuera la última.

—Qué tiene que hacer, Camilo.

—Voy a mi departamento por otra carga para la pistola. Luego paso a la oficina a firmar unos documentos que son para hoy mismo. Y luego daré un paseo por el lugar de los hechos a ver si noto algo. ¿Y usted?

—Por lo pronto no voy a pasar ni siquiera cerca del lugar.

—Buena idea, seguro que él ya debe andar por ahí.

—Luego voy al diario, es el único lugar seguro que conozco.

—Paso por usted y vamos juntos. Nos separamos algunas calles antes de llegar.

—Ya está.

Pagaron la cuenta. Salían, cuando Balderas dijo algo que le estaba quemando:

—Don Camilo, este tipo, si es el Abrelatas, no es el mismo que envió a la mujer drogada para que me atacara. No es la misma voz. Pero le aseguro que sí es el que envió el texto. El estilo, aunque lo escuché poco, es el mismo. Esta voz es mucho más joven. Digamos unos diez años o un poco más de diferencia con el que me dejó el mensaje aquél. Eso quiere decir que por lo menos hay dos que no nos quieren vivos en este país.

Carioca meditó un momento las variantes que esta nueva verdad, en caso de que lo fuera, iba abriendo para ellos. Dijo:

—En todo caso seríamos dos contra dos. Ahora, cabe la posibilidad de que sean dos pero que no estén conectados. Lo cual nos mete en un lío más complejo del que ya teníamos.

—Mejor no le seguimos dando vueltas.

—De acuerdo, paso por usted al periódico al filo de las once de la noche. Recuerde lo que le dije la vez que tuvo que matar a la mujer del cuchillo.

—No lo olvidaré, Camilo, eso es seguro.

Nuevamente chocaron las manos. Se estaba calentando el ambiente. Y eso les gustaba a los dos.

3. Faltaban diez minutos para las once de la noche cuando Camilo Sánchez Carioca se apersonó en la redacción del diario para el que trabajaba Balderas. Fue directamente a su lugar, saludando de paso a algunos reporteros conocidos que aún permanecían en el sitio.

—¿Ha habido novedades?

—Ninguna, Camilo. ¿De su parte?

—Tampoco. Estoy listo.

—Siento como si le pasara algo.

—Pienso que sesenta años son un buen momento para ver otra vez a la muerte de cerca.

—Esperemos ser mejores.

—¿Nos vamos?

—Qué ha planeado.

—Definitivamente no creo que haya estado vigilando la estación. Yo estuve en cuatro lugares distintos, tomando café, comiendo cualquier cosa, comprando un libro, y no vi a nadie que específicamente merodeara. Quién sabe si acuda.

—No quiero que vayamos de aquí hacia el Metro en un recorrido lineal.

—De acuerdo.

—Vamos a dar un rodeo. Estaciono el coche más bien cerca de la Alameda. Y si acaso pasa algo, usted me espera solo a la salida de la estación Balderas. Si hay tiros allá abajo cuando más trataré de ubicarme hacia una de las estaciones del centro.

—Hecho. Vámonos, no quiero crearme tensión esperando en un lugar cerrado.

Ambos salieron. En el auto de Balderas fueron ultimando detalles. Algo de lo más importante era que si Ángel resultaba detenido, Carioca debería corroborar exactamente qué pasaba con él y luego dirigirse al periódico para solicitar la ayuda de los reporteros amigos de Balderas. En última instancia, si las cosas se complicaban demasiado, Carioca no aparecería en escena más que lo estrictamente necesario.

Cuando faltaban diez minutos para las doce de la noche se estacionaron cerca de la Alameda Central. Se dieron un apretón de manos y echaron a andar rumbo a la estación del Metro Balderas por calles diferentes.

El primero en llegar al lugar fue Sánchez Carioca, que se agazapó cerca pero no demasiado de una de las entradas secundarias. Se detuvo en un puesto de tacos y con enorme parsimonia pidió una orden que fue comiendo muy poco a poco, como disfrutando el fresco de la noche. Igual bebió lentamente un refresco y entabló charla con el taquero. Ése iba a ser su punto de vigilancia si conseguía amistar con el hombre, lo cual estaba consiguiendo en buena forma. Desde su lugar vio, por una entrada lejana, la figura de Balderas que se sumergía en la estación que llevaba su nombre.

Ángel entró al Metro, decidido pero sin prisa. El guardia de los torniquetes le advirtió:

—Ya sólo falta un tren en dirección Universidad.

Balderas asintió con la cabeza y una sonrisa. Fingió premura por sumarse a las personas que realmente esperaban el milagro de tomar el último convoy del día rumbo al sur. Se fue hasta un extremo del andén. El resto de los pasajeros, no muchos, se agrupaban más bien hacia el centro.

Llegó, hacia las doce con veintitrés minutos, el tren. Balderas lo abordó y fue a encontrarse justo con lo que esperaba: un vagón del que salía una pareja, con lo cual él sería el único pasajero. Después de casi cinco larguísimos minutos de espera el convoy arrancó. La distancia entre la estación Balderas y Niños Héroes, la siguiente en el recorrido, no es mucha, así que sólo permitió que el Metro avanzara treinta segundos y jaló firmemente una de las palancas de emergencia. El convoy frenó de inmediato y se empezó a escuchar el sonido característico de la alarma. Acto seguido la voz del conductor se diseminó en todo el tren por los pequeños altavoces:

—Señores pasajeros, en un momento más pasará uno de nosotros a revisar los vagones para saber en dónde fue activada la palanca.

No lo decía con mucho empeño. De cualquier forma, Balderas estaba en el último de ellos. Tardaría bastante uno de los conductores del tren en recorrer cada uno de los carros hasta dar con la palanca buscada. Así que, por una de las ventanas en sentido opuesto a las vías, salió del convoy y descendió cuidadosamente al escaso margen que existe para pisar. No se trataba de morir electrocutado tontamente en una misión de este tipo. Por lo demás, no era la primera vez que tocaba el piso por donde circulaba el Metro. El problema a solucionar era la luz: el contraste de un vagón iluminado con un túnel que escasamente tiene dos lámparas fluorescentes de escasa potencia cada cinco metros no es el mejor sitio para correr. Con calma eligió el punto de la espera. Resultaba necesario, ahora sí, que el conductor llegara a la palanca que él había jalado. Era necesario también que no le importara en lo más mínimo que no hubiese pasajero alguno en aquel vagón. Y luego todavía era indispensable esperar a que el tren siguiera su marcha.

Desde la salida a un túnel secundario, sin iluminación, de los usados para tener convoyes de reserva o estacionar provisionalmente a alguno averiado, Ángel Balderas observó que todo marchara como tenía previsto. Luego de más de quince minutos de silencio el tren arrancó de nuevo. Si el reloj no le fallaba eran ya las doce de la noche con cuarenta y cuatro minutos. Inició con mucha cautela, "sin tocar la barra guía" como advertían los letreros, el regreso hacia la estación Balderas. Llevaba ya su Beretta con cartucho cortado, sin seguro, lista para lo que se terciase.

Entonces lo vio.

Estaba muy lejos como para dispararle. Era un tipo alto. Se encontraba repegado a una de las paredes del túnel principal, del otro lado, lo cual le indicaba que había usado un truco similar al suyo, sólo que en dirección opuesta. Pese a que Balderas alcanzaba a distinguir algo como una pistola en la mano del hombre que tenía veinte metros más allá, no quiso disparar ni hacer ruido alguno, también existía la posibilidad de que el hombre no fuera sino uno de los varios trabajadores que de una a cinco de la mañana prestan servicio de mantenimiento a las vías.

Pero no.

Y cuando se dio cuenta que ese que tenía delante bien podía ser el Abrelatas fue porque un fogonazo, salido de lo que indudablemente era una pistola, iluminó por un segundo la escena. Balderas se dejó caer al suelo instintivamente, entre las dos vías. Si el tiro no había hecho blanco en él fue porque también para su contrincante las condiciones de luz eran las mismas. Había fallado, era todo. Pero de que quería acabar con él de inmediato eso estaba muy claro.

Poco a poco fue retrocediendo Balderas hasta tener la ventaja de una vuelta del túnel. Ahí se puso en pie y caminó con grandes pasos rumbo al rellano que lo había protegido hacía sólo un rato. Y esperó. Si acaso pasara por ahí el tipo sería sencillo dispararle a bocajarro. Era muy difícil que lo viese si seguía la trayectoria natural del túnel.

Y pasó, sí, pero corriendo, muy ágilmente para alguien que si se tropieza puede quedar convertido en algo muy similar a los pollos rostizados en exceso. No lo vio, como Balderas supuso. Pero tampoco pudo abrir fuego a su rápido paso porque el tipo soltó un par de disparos precautorios que impidieron maniobrar en su contra. Los balazos se magnificaban a lo largo de los túneles. Desde ese momento ya no le fue sencillo mantener ubicado a su contrincante. Se escuchaban sus pasos, sí, pero era muy difícil saber si estaba atrás o adelante de su posición, o peor, si se había resguardado, como él, en un túnel secundario, quién sabe si en el mismo pero al otro extremo. Esta posibilidad no le gustó nada a Balderas, así que salió de su escondite y fue al encuentro de lo que fuese, siempre cuidando de ni siquiera rozar las barras electrificadas con alta tensión.

Entonces, cuando llevaba caminando cincuenta y seis pasos bien contados desde la salida de su túnel, escuchó una voz que parecía provenir de un costado.

—Tiene que morir, periodista.

Y vio un fogonazo allá lejos, atrás, desde un punto donde no debería estar el tipo con el que peleaba. Esta vez la bala rebotó contra una de las vías y siguió su camino dejando una breve chispa como rastro. En realidad no estaba atrás de él, tomando en cuenta la dirección del proyectil, sino adelante.

Hacia allá se dirigió Balderas, cubriéndose con los primeros dos disparos de su Beretta que retumbaron en el túnel.

Nada.

Se detuvo, era inútil seguir corriendo. La escasa suerte que le podrían brindar esos tiros en contra de alguno que viniera dirigido a él, incluso sin ver al que lo disparaba, era muy poco confiable.

Y escuchó otra vez la voz. El tono había cambiado. Se notaba un poco distinta, quizá como si a través del habla el tipo más que buscarlo estuviera liberando una carga emocional acumulada durante mucho tiempo:

—Aquí estoy, periodista, aquí, ¿me oye?

Claro que lo oía, y además de forma multiplicada. No se movió por lo pronto, sino que tuvo un breve lapso para reflexionar sobre la forma en que el sujeto se dirigía a él, siempre de usted, como si lo respetara o lo conociera de alguna extraña manera.

La voz continuó, ya sin pausa:

—Acá, acá estoy, no puede hacer nada para detenerme, no debe hacer nada, lo estoy esperando, tiene que venir por mí, tiene que hacerlo, no tiene opción, ninguno de los dos la tiene.

Entonces lo vio por tercera vez. Era un bulto agazapado, agachado junto a una de las vías de alta tensión. Muy cerca de ella. O por lo menos más que del extremo contrario. Balderas fue acercándose pegado a una de las paredes del túnel, esquivando por abajo la luz de las lámparas que podían delatarlo.

Pero fue inútil. Un nuevo disparo, representado por el fogonazo correspondiente, le indicó que estaba bastante a la vista. Seguía la voz:

—Se lo dije, se lo dije, no tiene por qué interponerse, no entiende, no sabe, se lo dije.

Apenas repuesto del nuevo susto que le había implicado el disparo que cada vez pasaba más cerca que su antecesor, Balderas abrió fuego, ahora sí con cierta ventaja. Dos veces tiró del gatillo. Y pudo apreciar cómo una de sus balas, luego de chocar contra el pavimento, rompía en pedazos una de las lámparas cercanas al tipo. La otra bala se perdió para siempre, pero seguro que no le dio a nada que se pareciera a un hombre. Se fue rebotando allá túnel adentro. Ahora fue el tipo que bien podía ser el Abrelatas el que buscó refugio en uno de los recodos del camino. Balderas alcanzó a escuchar algo como un diálogo muy breve, brevísimo, de sólo unas cuantas palabras. Pero el tono de voz pertenecía sólo al hombre que le estaba disparando. Intentó un tiro a descubierto, arriesgando mucho más de lo que pensaba.

Y consiguió el resultado que estaba buscando. Un gemido se escuchó inmediatamente del otro lado del túnel. Balderas decidió no precipitarse, sino que fue caminando muy despacio, siempre con el ángulo visual a su favor, rumbo al origen del sonido.

Lo vio nuevamente. Sólo una sombra más que se movía de manera pesada en la boca de uno de los túneles secundarios. Disparó a la oscuridad, y de ahí le respondieron de igual forma. Gastó casi toda la carga en hacer fuego, desde su posición, hacia donde apareciera el fogonazo antecedente. Hasta que del otro lado dejaron de dispararle.

No se acercó demasiado. Un poco nada más. Deberían quedarle en el cargador un par de balas. Había un cuerpo tirado casi a la entrada del túnel. El cuerpo de un hombre. Desde dos metros Balderas disparó una vez más. Y acertó: el cuerpo se sacudió ante el impacto y profirió un agudo grito. Sólo así pudo ubicar Balderas la posición de la cabeza del tipo. Hacia allá apuntó, con calma, y jaló el gatillo.

La bala, según pudo apreciar Balderas siempre sin acercarse, había hecho un blanco preciso. Después vino el silencio.

Gafas negras II

No tiene prisa por salir pitando en su coche y llegar justo a tiempo a checar alguna tarjeta de labores. No hace su acostumbrado alto para desayunar. Tampoco espera, sin embargo. De un solo jalón firme cierra la puerta de su departamento, baja de dos en dos los escalones que lo separan de la calle, se dirige a la esquina más próxima y compra varios periódicos. Va luego a su auto. Sube y pone los diarios en el asiento delantero contiguo, muy ceremoniosamente, como si los ejemplares constituyeran un acompañante de mucha consideración.

Apenas sale a una calzada de tránsito considerable, un patrullero desde su vehículo le hace indicaciones de que se detenga. Pero no lo hace, sino que sigue de frente. La patrulla acelera y uno de sus ocupantes le señala enérgico que dé vuelta en la callejuela contigua, que desde donde van se aprecia semidesierta. Ahora sí disminuye la velocidad, no sin antes dar a entender con una mano fuera de su coche que ha entendido el mensaje. Y da vuelta. Busca un sitio para estacionarse. La patrulla viene en seguida. Se detiene justo detrás de su auto. El breve lapso en que uno de los patrulleros desciende del artefacto para dirigirse al hombre detenido es suficiente para que éste saque de la funda sobaquera el arma y la deposite en la guantera, donde simula buscar sus documentos de conductor. Luego cierra muy bien la pequeña puerta del compartimiento. Advierte que la calle está solitaria. La conforman dos enormes bardas, muy largas, sin casas o locales comerciales. Con su mejor sonrisa voltea hacia la ventanilla adonde va llegando el oficial.

—Sus documentos —le dice, observando curioso los lentes oscuros del manejador.

El hombre mantiene la sonrisa. Y saca su cartera para extraer de ella un billete de alta denominación. Sin más, sin mediar palabra, se lo tiende al uniformado. El billete es recibido con un poco más de vigor de lo que el hombre esperaba. Advierte que en la boca del oficial se ha dibujado una sonrisa que no tarda en convertirse en carcajada. Toma el billete como si fuera una banderita de 15 de septiembre y lo ondea de manera que pueda observarlo su compañero, todavía tras el volante.

—No, mi estimado, ahora sí que la está usted regando.

—De qué se trata —dice el hombre, sin acabar de comprender. Y toma un billete más de la cartera. Se lo da al policía de tránsito, que repite sin más trámite la operación.

—No es por ahí, señor, no es por ahí.

El hombre permanece a la expectativa. Ya se ha arrepentido de dejar la pistola tan lejos de su alcance. Y más se arrepiente por no tener balas en el cargador. Sin embargo, mantiene la calma.

—Usted dígame, entonces —propone, queriendo llevarlo a un terreno de negociación. Las cosas, hasta donde las recuerda, no eran así hace unos años. Cuánto tiempo ha pasado desde que no pisaba el suelo de la ciudad de México. Por qué las cosas no siguen el ritmo natural y lógico en el que iban encarriladas. Cuánto tiempo lleva ahí, detenido, con ese individuo mirándolo con franco desprecio, apoyado en su placa. Necesita respuestas. Por eso insiste.

—Qué le debo, oficial.

—No, si a mí no me debe nada.

El patrullero conductor se ha bajado del vehículo y viene a ver qué sucede. El hombre de los lentes oscuros alcanza a ver por el espejo lateral que también aquél sonríe. Se siente en una trampa de la cual no sabe cómo escapar y ni siquiera cómo está constituida. Es un juego cuyas reglas desconoce. Un ligero vacío se le forma en el estómago. No entiende nada.

Está ahí ya el otro uniformado.

—Qué, no me venga con que tiene alguna emergencia... —le dice, apenas llegando.

El hombre no contesta, se encoge de hombros, ensaya una nueva sonrisa. Toma la palabra el primer policía, un poco harto ya de estar sonriendo:

—Hoy no circula, joven —y la frase tiene un tono de obviedad explicativa que el hombre no le conocía a los uniformados.

—Y qué, cómo le hacemos, ustedes díganme —ha respondido pero todavía no sabe bien de qué le hablan. Cómo que no circula. Si ha manejado tres o cuatro días sin que nadie diga nada de su automóvil. Al contrario, ha adivinado miradillas de admiración entre otros choferes al ver la máquina importada que él conduce.

—¿Tiene sus papeles en regla?

Ésa era una señal. Por lo menos una clave de que las cosas podrían solucionarse. Claro que los tenía, pero en la guantera. Así que los saca abriendo apenas la puertecita. Los muestra a los dos que lo apremian. Ya no sonríen. Observan meticulosamente los documentos, como si trajeran una lupa o un detector de mentiras en los ojos.

—Están en orden —le dice uno de ellos al devolvérselos—, andas de suerte.

El policía ha pasado al tuteo sin que el hombre de los lentes oscuros se dé cuenta. La actitud le molesta porque ahora se descubre más intimidado aún.

—Mira —le sugiere el otro—, todo está bien. Tienes tus papeles derechos. Pero hoy no circula tu coche. La terminación de las placas está vedada hoy.

—Es un carro importado, vengo de viaje —aventura, queriendo defenderse.

Ahora sí los dos policías vuelven a reír con ganas.

—Y qué, mi rey —finaliza la charla el más alto de los uniformados, el conductor de la patrulla—, te toca corralón y multa.

—Lo podemos arreglar, señores...

—Con nosotros te tienes que arreglar —recalca el otro de los policías—, pero de todos modos te vamos a jalar para el corralón.

—Vamos arreglándonos bien, nadie tiene que ir al corralón, llevo prisa —responde por fin el hombre de los lentes oscuros, y baja del auto con la cartera en la mano. Saca seis billetes más y los deposita en la mano que se le tiende.

Los dos uniformados se miran. Aceptan el obsequio que les da envuelto para regalo el hombre de las gafas oscuras. Les parece suficiente. La transacción se efectúa casi en total intimidad, no transitan autos por la calle, acaso algún peatón.

El de las gafas polarizadas sonríe ahora. Los dos oficiales lo miran, también queriendo sonreír.

—Te quisiste pasar de listo, ¿verdad? —le dice uno de ellos.

—No, señor, creo que con esto quedan bien remunerados, ¿o no? —hace ademán de sacar más billetes de la cartera.

—No, así está bueno. Estaciónate bien y deja el coche ahí hasta las diez de la noche.

—No puedo, tengo que pasar por unas cosas —dice el hombre, sin abandonar la sonrisa y sin cerrar del todo la puerta de su auto.

—Para qué te engañamos, si circulas más tardas en arrancar que otra patrulla en pararte. Así es esto. Nosotros no hemos visto nada. Ahora que si tienes algo de valor y te pones a mano, te podríamos escoltar unas calles para que dejes tu coche en un estacionamiento.

—Claro —dice el hombre, con tono entre resignado y jocoso, como si lo hubieran sorprendido en una travesura y le dieran la gracia de pasarla por alto—, claro, si me hace favor.

El patrullero conductor ha dado media vuelta para dirigirse a su auto, cuando escucha a sus espaldas un golpe seco, sordo, y voltea de inmediato para ver que su compañero va cayendo como desmayado, hacia atrás. El hombre de las gafas oscuras ya viene en dirección a él, que echa mano a la pistola pero una patada en el vientre lo hace doblarse. Es recibido con un rodillazo en la nariz. Y antes de que caiga, una nueva patada, ahora en la entrepierna, lo deja fuera de combate. Mientras tanto, el otro oficial, pese al aturdimiento, trata de cumplir con lo que su compañero no tuvo tiempo de realizar, desenfunda la pistola y desde el suelo comienza a disparar sin tomar puntería. Alcanza a hacer fuego una sola vez. El hombre de los lentes oscuros, a un paso de él, de un salto está ya a su lado y con el impulso del brinco lo patea en la cara. La pistola va rodando por el pavimento. El hombre de las gafas la toma y en los tres segundos siguientes vacía en ambos cuerpos la carga completa del arma. Sube a su auto y parte con un derrapar de llantas.

Por la ventanilla contraria al volante una serie de hojas de periódico salen atropelladamente del automóvil.

Cosas veredes

1. Durante parte de la noche estuvo tratando de comunicarse con Sánchez Carioca. La verdad es que el maestro le preocupaba. Después del tiroteo no le quedó más remedio que correr por uno de los túneles secundarios a lo que descubrió como la estación Juárez del Metro. No le fue difícil burlar la vigilancia del único policía que andaba de aquí para allá, a punto de terminar con su jornada laboral, en los andenes. La balacera, al contrario de lo que el propio Balderas pensaba, no lo dejó inquieto, sino que le infundió una gran seguridad en sí mismo.

Pero al salir de la estación aquélla, ya casi para la una de la mañana, no vio a Carioca por ningún lado. Y no quiso ir por su coche a pie. Tomó un taxi que lo llevó a la colonia Condesa. Ahí, en uno de los restaurantes que se mantienen abiertos toda la noche, cenó algo ligero y luego tomó otro taxi para trasladarse a las cercanías del Metro Balderas. Sólo entonces, luego de pasar un par de veces frente a su automóvil y cerciorarse de que no era vigilado, se subió como si nada hubiese ocurrido en la más reciente hora y se fue a su departamento.

Tampoco quiso pasar por casa de Carioca para saber si había llegado o no. Prefirió llamar por teléfono. Pero siempre, durante todas las veces que hizo el intento por comunicarse con su amigo, la grabadora lo recibió con su amable frialdad. No le pareció prudente dejar algún mensaje, por más en clave que pudiera hacerlo. Estuvo a la espera, marcando cada media hora el número de Sánchez Carioca hasta que se quedó dormido.

El sol que se filtraba por una de las ventanas le dio aviso del nuevo día. De inmediato se puso en pie y antes que nada, con el primer cigarro en mano, marcó otra vez el número que había repetido muchas veces durante la noche. Esta vez obtuvo respuesta. Era Carioca, sin duda, pero respondía al llamado telefónico con reservas:

—Bueno…

—¿Camilo?

—Sí, señor, para servirle…

—No creo que me sirva ni para el arranque pero está bueno eso de que me diga señor. Habla Balderas.

—Le perdono la injuria porque no sabe el gusto que me da escucharlo sano y salvo. Supongo que está sano y salvo…

—Desde luego. Toda la noche estuve llamando a su casa para que habláramos del caso. Salí por el Metro Juárez sin que nadie me viera. A usted no lo encontré por ningún lado.

—Estaba comiendo tacos en un puesto afuera de la estación Balderas. Por cierto, creo que me excedí un poco.

—¿Escuchó los tiros? ¿Hubo alguna movilización por el rumbo?

—Nada, mi estimado. Ni escuché los tiros, porque se ha de imaginar que los túneles del Metro están bastante abajo de donde yo me encontraba, ni se movilizó a ningún personal en la superficie. Haga de cuenta que nada pasó. ¿Está solo?

—Completamente. Y acabo de despertar. ¿Usted está solo?

—Como una ostra. Lo que no le perdono es que haya estado llamando toda la noche. Casi no me dejó dormir.

—Y por qué carajos no contestaba.

—Y por qué carajos no decía que era usted, mi estimado Balderas. Qué tal si era su amigo el cortapitos.

—Pensé que le podía haber pasado algo.

—Lo mismo pensé yo, pero qué hacía.

—Qué hizo.

—Pagar una horrorosa cuenta de tacos y refrescos cuando me di cuenta de que usted no iba a salir por ninguna de las puertas del Metro que equívocamente lleva un apellido igual al suyo. Luego me vine a casa en un taxi. No iba a esperarlo toda la noche frente a su auto.

—Lo que son las cosas.

—Sí, lo que son las cosas…

Carioca hizo una pausa. Necesitaba preguntarle a Balderas sobre el resultado de la noche anterior, pero no encontraba la fórmula para hacerlo discretamente. Ángel se daba cuenta de ello y jugaba un poco al suspenso.

—Está bien, Balderas, usted gana: ¿lo mató o lo mataron? ¿Estoy hablando con un fantasma o con el ser vivo y muy indecente que conozco?

Balderas, luego de la carcajada del triunfo ante la curiosidad de su amigo, respondió a las preguntas:

—Habla usted con Ángel Balderas, periodista de profesión. Y la llamada que le hago proviene de este mundo, que es el único con el que contamos. Respecto de la primera pregunta, que en realidad exige dos soluciones, creo que puedo decirle que no más Abrelatas para la ciudad.

Nueva pausa de Carioca.

—¿Debo entender que lo mató?

—A menos que aguante varios tiros de mi Beretta, uno de ellos en la cabeza, no creo que haya sobrevivido a la aventura.

—¿Y usted, ni un rasguño?

—Nada. Ni miedo, siquiera.

—Se me hace raro.

—No me chingue, maestro, o qué, ¿quería que le llamaran desde algún hospital o desde el servicio forense?

—No, lo que le quiero explicar es que se me hace raro que lo haya matado así nada más. ¿Se defendió el pobre tipo?

—Bastante bien, por cierto. La verdad es que considero mi deber decirle que salí de ésa casi sin saber cómo. Todo está muy oscuro allá abajo. ¿Sabía que hay túneles paralelos que comunican las estaciones y por los que no circulan los trenes normalmente?

—Hay en la vida, querido Balderas, cosas más interesantes en las cuales pongo mi atención. Y aunque me parece pronto para celebrarlo, qué tal si nos vemos para comer hoy en el lugar de siempre.

—Me parece. Tengo que ir antes al periódico y luego cuento con la tarde libre.

—De acuerdo. Hasta entonces.

Ya iba a colgar Balderas el auricular cuando alcanzó a escuchar la voz de Carioca que le gritaba. Retomó la bocina para responder:

—Qué, maestro, dígame, dígame...

—Prenda su televisión en el canal que menos le guste. Rápido, están pasando lo del muerto del Metro.

Balderas lo hizo al instante. Era cierto. Sin colgar la bocina, pero en silencio, estuvo viendo las primeras tomas de lo que sería no un caso célebre, como él podía esperar, sino sólo una especie de reporte de nota roja en el que daban cuenta del hecho. Hablaban de un cadáver que hasta el momento de la grabación no había sido identificado. Y cómo, si ni siquiera lo habían movido, según se apreciaba. Lo que a todas luces resultaban claros eran los balazos que le habían quitado la vida al sujeto. Efectivamente, uno de ellos le convirtió la cabeza en algo muy poco digno para la especie. En el noticiario cortaron la imagen y pasaron a otra cosa, algo de deportes.

—Oiga, detective, por lo que veo le puso usted una real madriza. Pero naturalmente ellos, los de la tele, no saben quién es ese cabrón. Cómo va a hacer que se enteren, digo, si es que quiere cobrar la recompensa.

—Mire, mi estimado Camilo, si acaso es quien nosotros sabemos que es, lo más probable es que por ahí circule un rumor y con eso tendrá la prensa sensacionalista de nuestra ciudad para inventar toda la historia.

—Sí, yo también creo que es por ahí la cosa. Nada más con ver esas imágenes siento que se me quitan las ganas de comer con usted.

—No hablará en serio.

—Por supuesto que no, joven amigo, sobre todo porque esta vez invita usted. Nos vemos al rato.

—No, es usted el que pagará la cuenta —dijo Balderas, veloz, pero ya Carioca le había ganado a colgar el teléfono.

2. Lo primero que hizo Balderas al llegar a su diario fue preguntar a la recepcionista por algún posible recado.

—Sí, señor Balderas, le llamó, déjeme ver...

Se le congeló la sangre durante todo el tiempo, no más de unos cuantos segundos, mientras la joven mujer revisaba su libreta de notas. Por fin le dijo:

—Lo llamó el señor Sánchez Carioca para decirle que no se olvide de la comida de hoy y para recordarle en qué términos la acordaron.

La sangre volvió a fluir de manera natural en el torrente de Balderas, que agradeció el recado y, antes de dirigirse a su computadora, buscó por dos de los pisos del edificio al encargado de la mensajería interna. Lo encontró charlando con una de las reporteras que estaban de prácticas en el periódico.

—Señor Polaroid, si me permite interrumpirlo...

El mensajero dio medio vuelta en el lugar donde se encontraba, se colocó en posición de firmes e hizo un saludo militar.

—A la orden, lic.

—¿Hay algún mensaje, algún boletín, alguna carta para mí?

—Con todo respeto, lic, pero no. La verdad es que hasta el momento no se acuerda de usted ni su santa madre, si es que la conserva. Digo, es broma.

Balderas regresó a su máquina y durante un buen par de horas estuvo trabajando en lo que también era suyo, el diarismo. Las cosas en ese ámbito estaban como siempre: entrevistas por aquí, reportajes por allá, alguna crónica, algún artículo y su columna, con la que se divertía más que con el resto de los géneros. No hizo mención en ella de nada que tuviese que ver con el Abrelatas, ni con asesinatos, ni con todo lo desagradable de que está poblado el mundo. Se sentía optimista, le esperaba una buena charla, una amable comida y quizá alguna sorpresa en la que mucho contaba Alejandría.

Pero para eso, estar tranquilo y probablemente gozoso, era necesario hacer reservación. Era temprano, lo más posible es que su antigua amiga, compañera de algunas batallas, no hubiera acudido aún a su centro de trabajo, sino que se encontrara en el departamento donde habían estado semanas atrás. Marcó el número adecuado pero no recibió respuesta, sólo la grabadora. Tampoco en este caso le pareció pertinente dejar algún recado.

Con quien estableció comunicación de inmediato fue con Germán Guardia, que ya se encontraba, él sí desde muy temprano, en su clínica.

—Qué te duele, mi hermano, cuéntame todos tus síntomas, la consulta telefónica te será cargada a tu cuenta sin problema y tú recuperarás la salud de inmediato.

—Nada, Germán, yo estoy bien.

—Quién es el enfermo, entonces.

—Me temo que ya no estará enfermo, sino que ahorita debe de haber entrado en franco proceso de desintegración biológica.

—No me dirás que hiciste algo de lo cual se avergonzaría la ciencia médica.

—La ciencia médica no tiene que ver con esto. Necesito otra vez de tus servicios como escucha de ciertas informaciones.

—He pensado que también por eso debería cobrarte alguna tarifa.

—Si lo hicieras te convertirías muy miserablemente en un mercenario de la información.

—A ver pues, hermano, cuál es la bronca.

—¿Te has enterado del cadáver que encontraron esta madrugada en el Metro?

—Sólo por la televisión. Qué tienes que ver con el tipo.

—Es el Abrelatas.

Silencio absoluto del otro lado de la línea. Y luego:

—Estimado Balderas, no me dirás que tú o alguien a tu servicio…

—Yo mismo, anoche, con una Beretta que me obsequió Sánchez Carioca hace poco.

—Carajo, y mira que te pensaba un hombre de bien.

Era imposible no reírse. Ambos lo hicieron de buena gana. Reanudó la conversación Balderas.

Pero necesito saber algunos detalles. Por ejemplo: si sus huellas digitales coinciden con algunas del archivo de ya sabes quién, si su nombre está registrado en algún catálogo de criminales, si traía algo en los bolsillos.

—En fin —atajó Guardia—, quieres enterarte si le disparaste e hiciste blanco a ese hombrecillo mucho más famoso que tú y que yo y al que le pusieron el nombre de Abrelatas.

—Eso.

—Está difícil.

—Siempre dices lo mismo.

—Estoy retirado de mis fuentes.

—Ésa es otra de las cosas que también dices siempre. Además, te lo pido como un favor, quizá el último de este tipo.

—Ahora eres tú el que dices lo que siempre has dicho. En fin, no te preocupes. Veré qué hago, pero sólo por teléfono, ¿eh? Ya no me gusta tratar con cadáveres, y menos con uno como ése. Pero antes dime cómo estás, ¿hubo pelea de veras?, ¿alcanzó a herirte?

—Nada, sus balas pasaron a kilómetros de mí.

—Ah, míralo, además de navajero era también capaz de disparar una pistola. ¿Seguro que estás completo? Quiero decir, ya que el sujeto se dedicaba a cortar miembros, ¿ya viste si no te falta nada importante?

—Con todo respeto, querido Germán, pero no mames.

—Tú llamaste, nada más te lo recuerdo.

—¿En cuánto tiempo crees que puedas saber algo?

—Si me pongo a tus servicios exclusivos, en menos de cinco minutos. Pero como hay personas que necesitan de mi auxilio profesional, no lo sé. En un rato más tengo que acabar con un problema de apendicitis, por ejemplo.

—Cuánto tiempo, Germán.

—No desesperes. Quizá para la tarde.

—Te invito a comer.

—Mira lo que son las cosas, precisamente hoy no toca consulta en la tarde y cuento con una nueva asistente que se puede encargar de todo en mi ausencia.

—No tienes vergüenza.

—Lo que tengo son deseos de cobrar algo de lo mucho que me debes.

—Entonces nos vemos en El Cañaveral. Va a estar con nosotros Camilo Sánchez Carioca.

—Por ahí hubieras empezado, siempre es un honor hablar con personas cultivadas.

—El honor será doble si vas y llevas algo de información. Los tragos y la comida van por mi cuenta.

—Caray, eso sí que será histórico.

Balderas terminó sus labores en el diario, corroboró que no hubiera extrañas llamadas telefónicas para él, ni recados anónimos ni nada de eso a lo que ya se estaba habituando y se dirigió al Cañaveral, no sin antes hacer una escala en una librería del centro para ver qué le tenía un su amigo, librero de tradición, para satisfacer sus necesidades de lectura.

3. Llegó al Cañaveral el primero de los tres, cargado de libros. Lo recibió Meche, atenta siempre a uno de sus clientes favoritos.

—¿Y ahora? ¿Qué va a tomar el ángel del Cañaveral?

—Queridísima Meche, en lo que llegan un par de amigos qué tal si empezamos con un Paraíso Blues.

—Todavía no regresas al vodka…

—Quizá esta misma tarde, todo depende.

—¿Va a haber fiesta?

—Depende, Meche, de veras que depende de algunas cosas que luego te platico. Por lo pronto un Paraíso y algo muy ligero de botana.

Se lo trajeron de inmediato. Balderas revisaba los libros, los acariciaba con verdadero cariño. El hombre de la librería, el viejo, viejísimo Ramsés, le había conseguido en esta ocasión una serie de joyas por las que no le importó pagar su precio ni dejarle además al señor un dinero extra. En ésas estaba, a punto de terminar con el primer Paraíso Blues de la tarde, cuando lo interrumpió la amistosa voz de Carioca, acercándose a su mesa.

—Es inútil, mi joven amigo, es inútil, ni con todos esos libros me da alcance.

Se saludaron. Carioca tomó asiento y pidió uno de sus Copacabanas.

—No son carreras, Camilo. Pero algún día voy a darle una sorpresa.

—Francamente lo dudo. Pero en fin, sigamos bebiendo y cuénteme con detalle qué pasó ayer.

Balderas lo hizo con tanto lujo de detalles como se lo permitiera la escasa visión que había tenido la noche anterior en uno de los túneles del Metro. Sánchez Carioca lo escuchó en silencio, como tomando nota en un cuaderno mental de todo lo que le decía su antiguo alumno.

—Así fueron las cosas. Ya sólo espero que llegue Guardia a ver si consiguió los datos del pobre sujeto que se cruzó con mi Beretta.

—Es una lástima que yo no le haya servido de mucho comiendo tacos en las afueras de la estación Balderas.

—No diga eso. En casos anteriores fue usted el que me dio la clave para encontrar la salida.

—No tiene mérito, le doblo la edad.

—Y yo lo siento en el alma, como creo habérselo dicho alguna vez.

No tuvo tiempo Carioca de responder a la broma, Germán Guardia, vestido de civil, sin su bata blanca de costumbre, estaba ya frente a los dos.

—Exactamente el par de gandules que estaba queriendo ver juntos desde hace ya no sé cuánto tiempo.

Carioca se levantó para saludar y dar un abrazo al médico, amigo suyo desde hacía varios padecimientos. Se sentaron a la mesa. Guardia pidió un vaso de agua mineral con hielo. Se veía alegre, pero Balderas notaba algo no común en su mirada.

—Qué —soltó Balderas impaciente—, no me dirás que no encontraste la información. Si no hay noticias no hay comida ni tragos o esa agua rara que te gusta tomar.

—Le pido más respeto para el galeno que de buenas nos ha sacado.

—Lo único que nos saca es el dinero —apostilló Balderas ante la defensa anticipada que hacía Carioca.

—Hermano —terció por fin Germán Guardia—, la profesión de médico no tiene que ver con la de monja.

—Cuáles son las noticias. Digo, si es que conseguiste algo.

—Sí, lo conseguí y muy fácilmente. Y me temo que a ninguno de los dos les va a gustar lo que voy a decirles.

—No será algo desagradable, galeno —preguntó un fingidamente alarmado Sánchez Carioca.

—Sospecho que sí. No los hago esperar más y siento mucho si les arruino la celebración: el cadáver que encontraron en el Metro, entre las estaciones Balderas y Juárez, es uno de los túneles secundarios, presentaba varios impactos de bala.

—Claro, como que le metí incluso uno en la cabeza.

—Eso es intrascendente, hermano, el caso es que, según la autopsia, antes de que muriera a causa de los disparos, que interesaron órganos vitales y la cabeza, un cuchillo había cortado parte de su cuello.

—No entiendo.

—Y yo no voy a salir aquí con tecnicismos forenses porque no van a querer comer nada si se los platico en esos términos. Escúchenme con atención: el cadáver fue plenamente identificado como uno de los pobres señores que van a la casa de asistencia social que está en la colonia, llevaba su credencial en los bolsillos. Con ella coincidían las huellas digitales. Y también, según mis informantes, la cara que debió haber tenido antes de que tú le dispararas era la misma que aparecía en la foto. Era un hombre ya mayor, con todo respeto aquí para don Camilo, de 67 años, con artritis. Apenas y hubiera podido caminar o mover las manos con muchos trabajos. Y lo importante, Balderas: cuanto tú le disparaste, el tipo había sido herido ya en el cuello por un arma punzocortante muy afilada. De cualquier forma se habría muerto desangrado. En ninguna de las dos manos encontraron nada más que un poco de tierra y mugre, nada de pólvora. Al contrario, un disparo, que no fue de los que tú hiciste, le quemó parte del antebrazo derecho porque seguramente el que te estaba disparando lo usó como escudo de protección.

Balderas estaba en completo silencio. Lo mismo Carioca, que no bebió más de su vaso. Guardia dejó las cosas hasta ahí y esperó las preguntas que vinieron casi de inmediato.

—¿Eso quiere decir que le disparé a un tipo que en realidad no me estaba disparando y que pasaba por ahí casualmente?

—No tan casualmente. Parece que, dado que no tenía casa, y esto ya según declaraciones de algunos empleados nocturnos del Metro, el tipo dormía o en una de las estaciones del centro o en uno de los túneles ciegos.

—Igual lo podía haber matado un tren… —quiso suavizar Carioca la noticia que ya le estaba afectando a Balderas.

—No, porque eran precisamente los empleados del lugar quienes en ocasiones le indicaban en qué sitios podía dormir y hasta qué horas.

—¿Estás seguro? Digo, ¿completamente seguro?

—Sí, lo estoy. Y algo más: un hombre con esas características es imposible que cometa los crímenes que hasta ahora cometió tu dichoso Abrelatas. Es más, según veo cómo son las cosas, lo más probable es que sí tuvieras enfrente al Abrelatas, pero él se encontró antes con el pobre menesteroso, lo hirió, aunque no de muerte, y se lo llevó arrastrando hasta un punto desde donde te pudiera disparar, protegiéndose con su cuerpo.

—Cuando le metí uno de los primeros balazos, el que fuera soltó un quejido que mejor no te cuento.

—Era él. El Abrelatas debió de estar atrás, manejándolo como un muñeco de ventrílocuo.

—¿Sólo encontraron un cadáver? ¿No estaría herido, por ahí, el Abrelatas?

—Me temo que no. Al hombre le metieron una cantidad de disparos muy precisa. Cuántos tiros hiciste.

—Se me acabó la carga —dijo Balderas, derrumbándose interiormente—. En total fueron dieciséis.

—Cuántos crees haberle pegado.

—Supongo que dos, los últimos. Con el penúltimo, al cuerpo, gritó un poco, y el segundo fue a la cabeza.

—Exacto, mi hermano, exacto: dos balas de nueve milímetros, blindadas, son las que se encontraron en su cuerpo. O mejor, una de ellas alojada en la cabeza y la otra junto a una de las vías, atrás de él, ésa lo traspasó y se llevó al hígado de por medio.

Nuevo silencio en la mesa. Ninguno de los tres se atrevía a comentar nada. Un nuevo error, una nueva víctima inocente en la caza, cada vez más poco fructífera, que habían emprendido en contra de un cortador de miembros viriles.

Fue Carioca, luego de que decidió seguir con su trago, el que propuso una posible solución ante un Balderas que empezaba a verse abatido por los hechos.

—Dígame, galeno, si Balderas no le hubiera disparado, igual el tipo se muere.

—Seguro, no podría haber llegado a ninguna de las estaciones vecinas para pedir auxilio, su problema de artritis era avanzado.

—Y eso quiere decir —continuó Carioca, ahora dirigiéndose a Balderas— que usted no es culpable de la muerte del individuo. ¿Me está escuchando, Balderas?

—Sí, lo escucho.

—Mira —terció Guardia—, yo sé que esto que te voy a decir va en contra de mi profesión, pero como es un hecho consumado y de lo que se trata en realidad es de encontrar al Abrelatas, creo que lo que hiciste anoche no tiene consecuencia. O sea, aplicaste, sin saberlo, una forma de eutanasia. El pobre hombre habría padecido mucho ahí, desangrándose, fue mejor la muerte rápida. ¿Qué tanto tiempo pasó entre un disparo y otro de esos dos últimos que dices?

—No lo sé con precisión, casi fue uno después del otro.

—Ahí tienes. Además, es probable que hubiera perdido la conciencia antes de que recibiera los disparos y el quejido que escuchaste fue un reflejo. Ya no despertó después de que el Abrelatas o quien fuera casi le cercena el cuello, ya había perdido sangre. Era hombre muerto.

Balderas esperó un minuto para digerir la información y preguntarle al médico:

—¿Lo dices seriamente, como profesional?

—Lo digo primero, sí, como médico legista, y luego te lo digo porque soy tu amigo. Ésa es la verdad. No te sientas responsable. El tipo fue una víctima más del Abrelatas, sólo que a éste no le cortó nada más que el cuello. No le diste tiempo. Además, él te quería matar. De hecho, considero que te quiere ver muerto. Y si sabe que estamos nosotros tres aquí lo más probable es que nos quiera ver fríos a los tres.

—Eso sí que no, galeno, eso sí que no. A mí el pendejete ése me sirve para hacerle saludos a la bandera.

—Igual a mí —dijo Ángel Balderas, animándose de nuevo—, o al menos eso es lo que creía.

—Les propongo lo siguiente: hoy no tengo que regresar a la clínica. Como te decía, hermano, cuento con una asistente que es de lo mejor. El único caso que podría representar problemas fue el del apéndice de hoy por la mañana, pero evoluciona de manera muy satisfactoria. Yo creo que en un día más se va a su casa. Y no hay nada pendiente. Qué tal si mientras ustedes beben hasta donde quieran, yo los acompaño con un par de tragos, no más de un par de tragos que haré durar tanto como sea necesario. Por lo demás, no creo que haya nada mejor que hacer. Los agentes de la ley nunca sabrán nada de la balacera en realidad. Están hechos pelotas. Y por mí no hay inconveniente, nadie sospecha que me interese demasiado por este tipo de casos. Lo hago con alguna frecuencia, para estar al tanto. Así que contamos por lo menos con dos o tres intervenciones más con mis contactos sin que nadie se entere de que estoy husmeando.

—Hecho —dijo Carioca, antes de hacer una señal a Meche para que resurtiera las bebidas.

4. Las cosas, sin embargo, no tardaron mucho en complicarse. Carioca salió un momento del bar por cigarros de repuesto y regresó con un diario de la tarde en las manos. Su expresión no era precisamente de felicidad. Sencillamente tendió en la mesa, donde habían estado los tres charlando durante un par de horas, el ejemplar.

En una de las esquinas bajas de la primera plana, estaba la clave de su estado de ánimo. Balderas y Guardia leyeron al mismo tiempo la cabeza, el cintillo y las primeras líneas:

"Nuevo ataque del Abrelatas"; "*Los muertos desnudos se unirán*, el mensaje fatídico"; "Hoy, durante las primeras horas de la mañana fue encontrado muerto un hombre, víctima de artero ataque del Abrelatas que, como los cuerpos anteriores, carecía de sus partes nobles. En esta ocasión el asesino hundió en número de 36 veces el cuchillo en su víctima...".

—Dylan Thomas —dijo Balderas instantáneamente, como si la lectura en realidad fuera una pregunta.

—Claro —completó Guardia—, y después el estribillo: *Y la muerte no tendrá dominio.*

—Pero eso ya no lo dijo él —les advirtió Carioca—. Además, aquí el que sabe de literatura soy yo y no ustedes, par de técnicos en desagües.

—Concedo, mi estimado, pero ahí está parte de la clave. Y como es usted el que sabe, ¿recuerda algo más del poema?

Carioca soltó una sonrisilla y recitó sin engolamiento, como si le tomaran examen:

—En realidad es al revés de como ustedes lo dicen: *Y la muerte no tendrá dominio: los muertos desnudos se unirán con el hombre al viento y la luna del oeste, cuando sus huesos queden limpios y los limpios huesos ya no estén, tendrán estrellas en codos y pies*... Y por ahí sigue. Y sabe qué, joven Balderas, tres cosas: una, que como el crimen es tan reciente es seguro que lo cometió realmente hoy en la mañana, mientras usted y yo hablábamos por teléfono. Dos, tome en cuenta que ésta es la primera ocasión en que además de cercenarle el pájaro, apuñala a la víctima. Eso me suena a revancha, coraje y amenaza, todo al mismo tiempo. Y tres, si dejó el mensaje, ese mensaje y no otro, es porque algo ha estado cambiando en su interior. Ya no se burla de la muerte. Al contrario, quiere que los muertos, no sabemos quiénes, vuelvan a la vida. Y ojo, que la muerte, no la que él provoca sino otra que no conocemos, no tenga dominio sobre él.

Guardia y Balderas miraban a Carioca como si fuera un oráculo.

—Claro —dijo el médico—, se ve que le dolió que no te pudiera matar.

—Y se ensañó con el primer cabrón que tuvo a mano —cerró Balderas.

—O sea que, como ya sabe que usted y yo y ahora nuestro mutuo amigo Guardia nos reunimos en este lugar, no descarto la posibilidad de que se aparezca una de estas tardes, pistola en mano, y arme la tremolina.

—Eso sí. Y lo siento por ustedes que se ven aquí un día sí y otro también.

—No le saques, médico.

—No le saco, Balderas, pero si alguien los hiere, quién va a curarlos. Además, me imagino que querrás saber algo del nuevo cadáver.

—Tienes razón. Es mejor que si nos vemos contigo sea en otra parte, es cierto que puede venir a buscarnos aquí y disparar contra quien sea. Y quién va a curarnos, si es que nos deja vivos el cabrón ése.

—Por lo que es a mí, ya le digo, no me toca ni el aire —dijo Carioca.

—En realidad a mí tampoco. O al menos eso creo —se unió Balderas al manifiesto—. Si nadie dispone otra cosa y si ya no siguen ocurriendo cochinadas en el mundo, discúlpenme un minuto.

—Cuidado, Balderas, no salga de aquí solo.

—No voy a salir, maestro, voy a llamar a Alejandría.

—Claro, cuando las cosas andan mal, no hay como un buen nido.

Se alejó Balderas de la mesa para hacer la llamada. Guardia y Carioca permanecieron charlando.

—Cómo, todavía ve este canalla a la hermosa mujer aquélla.

—Es así, galeno, es así. Sólo que ahora la joven trabaja en un sitio de muy restringido acceso.

—Y cómo hizo Balderas para entrar ahí.

—Conservo mis contactos.

—Digamos que la hizo de celestino.

—Digamos que no sólo de balazos vive el hombre.

Regresó Balderas, demudado.

—No me diga —apuntó en son de broma Sánchez Carioca—, una chingadera más en el mundo.

—No está Alejandría.

—Bueno, bueno —lo consoló Guardia—, no es para tanto, ya te la cuadrarás otro día.

—No —la voz de Balderas era firme, aunque se sentó a la mesa para comunicar las nuevas—. No me refiero a eso. Por favor, entiendan. No está. Alguien se la llevó.

Carioca se puso serio:

—¿Ya habló con la señora Sillé?

—Ya. Y dice que desde hace unos días no se aparece por ahí. La última vez que la vio fue al salir de la casa en compañía de un tipo sin antecedentes pero con dinero. Precisamente un día después de que yo estuve con ella ahí mismo.

—No se preocupe, ahorita deben estar en Mazatlán o algo así pasándola de maravilla.

—Pero le he llamado a su departamento y sólo contesta la grabadora.

—Lo cual no es grave, mi hermano. Ésas son cosas que suelen formar parte de la profesión de nuestra amiga.

—No, Germán, no. Ella trabaja para la casa de Sibila Sillé, no ejerce afuera, ni se va con nadie así nada más. Es un lugar muy controlado en todos los aspectos. Por eso trabaja ahí y está tranquila.

—¿Quieres que haga algunas llamadas a ver si saben de algo en los hospitales o en algún otro sitio? —ofreció, amistoso, Guardia.

—Prefiero ir a su departamento y revisarlo.

—Lo acompaño —dijo Carioca—, si usted quiere vamos ahora mismo para que esté tranquilo.

—Vamos.

—Y yo qué, ¿me invitan a comer y a beber y ahora se van? Eso no es de amigos. Ya no tengo nada que hacer en la clínica. ¿De veras crees, Balderas, que hay algo de tu amiga que no sabes?

—Sí, de hecho quedamos de vernos pronto luego de la vez más reciente. Y no me ha llamado siquiera. Mejor vamos a su departamento. Vente con nosotros, así seguimos con la plática. Ya fue bastante para un día, ya no quiero sorpresas.

Salieron del sitio y fueron directamente al departamento de la joven. Entraron con una llave que Balderas consiguió del propio escondite que usaba Alejandría. Todo estaba en orden. En el ropero no se notaba la falta de ropa. Incluso, en un cuaderno sobre el buró de la recámara, estaba anotado, con letra de la mujer, el nuevo número telefónico de la casa de Balderas. Había polvo en todo. Ciertamente la mujer había desaparecido sin dejar rastro y sin pasar por ahí al menos para recoger su bolsa con credenciales y objetos de uso cotidiano. Tampoco se había llevado el medicamento que estaba tomando y que era de uso restringido. Le sería difícil conseguirlo sin receta en Mazatlán, a donde sugería Carioca que la mujer estaba vacacionando.

Como entraron, salieron.

—Ese cabrón debió habérsela llevado. Y ahora sí que se va a morir.

—Calma, Balderas, primero tenemos que saber dónde la tiene.

—En qué les ayudo —preguntó Guardia.

—Por lo pronto dime para qué sirve bien a bien el medicamento que estaba en casa de Alejandría.

—Es un relajante del sistema nervioso central.

—¿Indispensable para alguien que lo toma?

—Más o menos, depende del grado en que lo necesite. Si lo ha frecuentado en los más recientes diez o doce meses, seguro que le hace falta. También se usa, en ciertas dosis, como anticonvulsivo. Pero no creo que sea el caso. Según vimos, tomaba sólo la mitad de una pastilla cada vez. Es todo lo que puedo decirte con los pocos datos que tenemos.

Balderas llamó al diario para hablar con el jefe de su sección.

—Habla Balderas.

—Qué se te ofrece.

—Necesito que incluyas dos líneas más en mi columna, como un aparte, hasta abajo.

—Hablas justo a tiempo. Dime, aquí tengo dónde anotar.

—Tómalo textual: "Como dice una máxima oriental: *Si dispones de una vida que no es la propia, otro tomará la tuya dentro de la misma confusión*. Así que siempre es mejor negociar, al precio que sea".

El compañero de Balderas anotó palabra por palabra el agregado.

—Está extraño, Ángel. ¿Así quieres que salga? Me imagino que es una broma...

—Lo es. Y sí, así quiero que salga. ¿Lo vas a incluir?

—Ya lo estoy metiendo al sistema.

—Gracias. Te debo una.

—Me debes tantas que ya mejor ni te las cuento.

—Nos vemos mañana.

—Sale. Si necesitas agregar algo más tienes que llamarme en los próximos cinco minutos.

—No lo creo, con eso basta. Gracias.

—Hasta luego.

Guardia, en su auto, se fue para la clínica. Balderas, en silencio, llevó en el suyo a Carioca a su casa. Todos quedaron de avisarse si había noticias.

—Ese cabrón se tiene que morir, Carioca.

—Lo sé, estimado Ángel, lo sé. Pero haga las cosas con cuidado. Si hay algo, hábleme de inmediato. No vaya solo a ninguna parte en caso necesario.

—Le agradezco, Camilo. No iré solo.

Balderas deambuló un rato en su auto, sin rumbo fijo. Alguien quería matarlo o por lo menos sacarlo de la jugada. Y ahora ese alguien se metía directamente con una mujer a la que estimaba en mucho y que era tan inocente del negocio como lo habían sido las víctimas del Abrelatas. Así las cosas no estaban bien, pero era precisamente así como funcionaban en esta ciudad. De cualquier manera, a pesar de los pesares, se sentía en forma para la pelea. Tenía razón Carioca, para esto necesitaba de su pequeño ejército. Ya había hecho contacto con parte de él, y tenía que hacerlo con el resto del equipo. Así que cargó gasolina y enfiló directo a cumplir con sus personales cometidos. Iba a poner todas sus fuerzas en el enfrentamiento con cuantos Abrelatas se pusieran a tiro. Y tenía que sacar de esto tan a salvo como fuera posible a Alejandría. El enfrentamiento último, algo muy dentro de él se lo hizo saber, estaba cercano, aunque ignoraba las condiciones.

No quiso consumirse más pensando en lo que le podía pasar en esos momentos a su amiga.

Aceleró a fondo.

Pin seis

Eres un pendejo. Escúchalo. Siéntelo tal y como te lo digo: eres un pobre pendejo. No es así como se hacen las cosas. Mentira que pudiste llegar a ser un buen arquitecto o a destacar en alguna otra profesión. Mentira. No sabes construir. Ah, porque en cuanto a destruir ya te conoces. Pero en este caso, ni siquiera realizaste uno de tus mejores trabajos. Te digo, eres un pendejo.

Aunque tampoco te angusties. Cálmate. No te apresures. Lo primero que debes hacer para continuar con el camino es serenarte. Aunque no olvides que los errores se pagan. Y ahora estuviste muy cerca de cometer uno que te hubiera apartado para siempre de la línea que sigues. Piensa mejor que eres un equilibrista, y que no puedes mirar hacia abajo, al precipicio. Eso no. Tienes que mantener la vista muy bien dirigida hacia el frente, al otro extremo, adonde debes llegar.

No sabes exactamente quién lo dijo, o no lo recuerdas ahora, pero era algo así como: no te apartes sin necesidad de la meta que tienes pensada. Y para eso necesitas un momento de reflexión, de consideración. Ya no cometas algo que puedas clasificar como error. Ya no improvises. En este punto del trabajo ya todo ha de estar calculado al milésimo. Sólo te falta un poco más y estarás en la otra orilla. Mantén el equilibrio.

Y esto no quiere decir que te perdones por haberte enfrentado a ese Ángel Balderas del carajo que tanto se ha entrometido en tus asuntos. No. Eso pudo arrojar un saldo a tu favor. Lo que debes cuestionarte es el método. Lo tuyo no son las armas de fuego, aunque con alguien como ese individuo no te quede más remedio. Sin embargo, piensa, solamente piensa por un minuto que pudiste haber muerto de una forma estúpida en ese enfrentamiento. En ese terreno no eres hábil. Así que no basta el haberte mantenido en forma durante todo este tiempo. También es necesario que te mantengas vivo y con capacidad para actuar. Y damos por descontado que estarás todo este tiempo libre, sin que nadie ponga las manos sobre ti. Lo contrario sería el final. Un muy triste final, por cierto.

Mírate. Te sientes deprimido. Y tienes cierta razón al estarlo. Pero, sabes que es muy cierto esto que te digo y te dices, no puedes permitirlo. No te es dable la tristeza, ni la conmiseración. No puedes permanecer en ese estado mucho tiempo. Tienes que salir de ahí, escaparte de este foso. Como sea. Si necesitas seguir escribiendo, hazlo. Escribe más, mucho más, hasta que lo saques todo. Como si vomitaras alguna sustancia que te daña y no te deja estar en paz. Cuéntalo todo. Es posible que de esa manera tú mismo encuentres el contraveneno para esto que ha venido ocurriendo.

Cierto que la vida ya no puede ser lo que era. Y que nunca regresarán aquellos tiempos. Perdiste para siempre a quienes amabas. Para siempre. Eso no tiene solución, pero hay un paliativo. Y si quieres conseguirlo hay que trabajar. Es la única manera para recobrarte.

Por lo pronto toma la decisión de usar una pistola sólo en casos de emergencia. Y siempre y cuando no estés cumpliendo con uno de los encargos que te encomendaste. Para ellos basta con el arma que empleas y que te ha brindado un muy buen servicio. Eso es lo primero. Luego viene todo lo demás, que no es poco, pero, date cuenta, cada vez es menos.

¿Sabes lo que siente un corredor de maratón cuando le faltan sólo unos metros para llegar a la meta? ¿Sabes lo que ha padecido para estar ahí? ¿Sospechas cuánto cansancio debe sentir acumulado en las piernas, en los brazos y en todo el resto del cuerpo? Y, dime, o imagina, o escribe: qué hace ese ganador de la vida cuando está ya por llegar. ¿Se tira al suelo y se arrastra para cruzar la línea que le dará una medalla? ¿Llora y patalea y ante el miedo de ser el vencedor deshace el camino? No, claro que no. Tú lo sabes. Tú eres un deportista. O lo fuiste en alguno de los mejores momentos de tu vida. Tú sabes lo que es el cansancio, los calambres en las piernas que casi no te permiten mover. Y también sabes, y espero que no hayas olvidado, que todo eso se puede vencer, porque todo está dentro de ti. Eres tú mismo. El maratonista ganador se vence a sí mismo. No es verdad que venza a los que vienen detrás de él, siguiéndole los pasos. En realidad a lo que derrota es a su propio cansancio o a los deseos de abandonar la justa. Así que, como en aquellos tiempos, no del todo lejanos, véncete a ti mismo. Convéncete de que llegarás a esa meta como ganador. Lo eres. No es hora de empezar a perder.

Tu carrera, hasta el punto en que la llevas, se parece mucho a la de uno de esos corredores. No se trata de pelear contra algún adversario, como en el boxeo, porque ahí sí puedes perder en caso de que el rival sea mejor o sencillamente tenga una pegada de mayor potencia. Aquí no. Aquí eres tú contra todo, pero ese todo no te agrede. Al menos no lo hará, no lo volverá a hacer, si tú no lo provocas. Sé que es difícil aceptarlo. Sé que es complicado al mismo tiempo luchar contra tus propias debilidades y tratar de que nadie te vea, de no estar aunque estés. Lo sé, y por eso no es del todo descartable la posibilidad de que tengas un nuevo enfrentamiento con ese tal Balderas. Esto último sólo lo harás en caso de que no llegues a cumplir con tu cometido final en un plazo razonable.

Respecto del trabajo más reciente es necesario que hagas conciencia de que no fuiste limpio como en todas las otras ocasiones. Te ensañaste de forma innecesaria. Y esto, si bien es cierto que para efectos del tipo que pagó esta vez el pato no importa, sí es señal de que no te encontrabas en el mejor momento para matar. Dominas el oficio de alguna manera. Pero no puedes confiarte, ni actuar cuando te encuentras bajo tensión nerviosa. Eso no. Te pido que no vuelva a repetirse.

Piensa también que pueden confundirte. Y que quizá, como en esta ocasión estropeaste el cuerpo más de lo que te piden tus necesidades, alguien, sobre todo esa gente de la prensa, pueda adjudicar el trabajo a otra persona. Mejor dicho, a otro autor. Se rompería la serie, el encadenamiento tan bien encarrilado que llevas. Y tú sabes que lo peor de eso es que la trampa empezaría a dejar de surtir efecto. Te quedarías como un cohetero, de aquellos que fabrican castillos de fuegos artificiales, que en el momento de la culminación, cuando salen desde lo más alto de sus creaciones las brillantes luces, todo se le viene abajo, o le llueve, o se equivoca de pólvora y en lugar de que aparezca una figura colorida, la cosa estalla y lo meten a la cárcel por inepto. Y tú no deseas eso para ti.

¿O sí? ¿Te estarás volviendo masoquista y empiezas a dejar, sin quererlo, algunas pistas para que te encuentren antes de que cometas el que de verdad será un crimen? Pienso sinceramente que no. Te espera ya muy de cerca la culminación. Estás en la recta final. De manera que habrás de vigilarte a ti mismo. No confíes en nadie más. Olvídate de mensajeros. Si quieres comunicarte con alguien, llámalo o visítalo en directo. Ya todo tiene que estar bajo tu sola supervisión. Eres el jefe y el trabajador en uno solo. Tú te das las órdenes y tú las cumples. Y tienes que hacerlo de la mejor manera posible. No es tan difícil. Sé tú mismo una empresa.

Nada más te faltan unos pasos. Y debes conservar el ánimo bien puesto para cruzar triunfante la meta. Eso y la seguridad. Esta vez, al enfrentarte con alguien que sí pudo defenderse, la muerte pasó muy cerca de ti. Y no lo hizo, esto hay que recalcarlo, no lo hizo porque saliera de ti, como en las ocasiones anteriores, o como en la de hoy, por ejemplo. No. La muerte, esa cosa tan sin gracia, con tan poca sustancia, te pasó rozando. Y venía de la mano de otro. En ese encuentro te percataste de que la dominas, pero sólo cuando está de tu lado, sólo cuando tienes en la mano un buen juego, unas cartas ganadoras. En esa pelea que te resultó inútil para tus fines por lo menos aprendiste que no eres inmune. Las muertes que has causado te ofrecieron, reconócelo ahora que estás a tiempo, la falsa sensación de dominio sobre el fenómeno. Pero no es así.

La muerte es como un perro adiestrado para la pelea: puedes conseguir que ataque cuando le das la orden, pero si te equivocas o por alguna razón contravienes sus instintos naturales y habilidades aprendidas, puede ser que se vuelva contra ti. Y la muerte sólo tiene una forma de atacar, que es definitiva, o terminal, como dicen los médicos de las enfermedades que ya no tienen remedio.

Por lo pronto, prepara el siguiente golpe. Y ten en cuenta que es el penúltimo. Nada de errores ni de riesgos. Nada de azares. La tranquilidad en el pulso es tu mejor aliada. Y a tu mano la conduces tú. Sé que sonará a perogrullada, pero así es: tú eres tu mano, la que da la muerte. Y a esa mano, a las dos, claro, las necesitas para darle la muerte a ese que la tiene merecida desde hace ya tanto tiempo. Para él reserva el poder de tus manos y tus armas. Dedícaselas.

Después, cuando todo haya terminado, lo olvidarás. Y entonces quizá, *quizá* te digo, comenzará una nueva forma de existencia. Sólo entonces.

Gafas negras III

Lo primero que hace es detener el auto para comprar prácticamente todos los diarios matutinos. Luego continúa camino atravesando la ciudad hasta llegar a un enredado complejo de callejones, retornos, glorietas, andadores. Baja del vehículo y a pie va recorriendo la calle en donde se estacionó. Busca y rebusca en la numeración de las casas, trata de reconocer una de las fachadas. Va a la caseta telefónica de la equina y se sorprende de que el aparato dé línea sin necesidad de colocar la tarjeta respectiva. Marca un número de memoria y espera. Es inútil el intento. Conforma de nuevo la clave y espera. Otra vez es inútil, la señal llama y llama sin que nadie acuda a contestar.

Entonces, desde esa posición, inicia una caminata lenta, numerando secretamente las casas de una acera y de otra. Regresa a la esquina y lo hace de nuevo, certificando su contabilidad. Por fin se detiene delante de una construcción que a todas luces tuvo mejores épocas. Toca el timbre y no oye ningún sonido en el interior del recinto que le indique que su petición fue escuchada. Aguarda unos instantes. Ante la perspectiva de que no lo hayan oído, timbra de nuevo. Sólo el silencio de la calle desierta lo acompaña. Se decide por sacar una moneda y con ella da varios golpes ligeros sobre la puerta que tiene enfrente. Algo, allá lejos, se escucha. Una especie de pasos en sordina y una voz de murmullo que lo invita a esperar. Acude por fin y entreabre la puerta una anciana envuelta en una bata y con una mascada sobre la cabeza, sólo asoma medio cuerpo y desde ahí inicia el diálogo.

—Dígame, señor, buenos días.

—Buenos días, señora —dice el hombre de los lentes polarizados—, mire, traigo un encargo para el doctor, es urgente.

—Qué doctor.

—El dueño de la casa, señora, el doctor, aquí vive el doctor.

—No, señor, aquí no vive ningún doctor.

—Pero si le digo que le traigo un encargo muy urgente, tengo que localizarlo.

—Pues será en otro lado, señor, porque yo tengo aquí viviendo ya más de cuatro años y no hay ningún doctor.

—Quizá su hijo…

—Ya no tengo hijos, señor, nada más mi nieta que vive aquí conmigo y con su esposo.

—Tiene que saber algo, por favor, señora, le pido que recuerde. Es posible que sepa adónde se fue a vivir el doctor que habitaba en esta casa.

—No, señor, esta casa la compramos con muchos trabajos y aquí no vive ese doctor que usted busca.

—Tampoco contestan el teléfono…

—No tenemos teléfono, señor, desde hace mucho todo este lado de la calle se quedó sin servicio telefónico. Pero si necesita hablar en la esquina hay uno público.

Y cierra la puerta.

Otra vez el hombre de los lentes oscuros se queda solo, con el silencio.

Luego de un minuto se encamina al auto, entra, cierra y baja la ventanilla de su lado. Revisa los periódicos y se detiene a leer muy fijamente una noticia que lo hace olvidarse del resto del diario. Corta la página. Secciona el apartado de la nota. Lo guarda en la bolsa de la camisa. Ha perdido la serenidad. Y no considera viable hacer un intento más en la casa donde acaba de estar. Sube al coche y se encamina a otra zona de la ciudad, hacia el sureste.

Ya en el nuevo sitio no tarda en dar con el edificio que busca. Aprovecha la salida de un inquilino para colarse dentro de la construcción sin necesidad de anunciar su presencia mediante el interfono. Sube al primer piso y toca el timbre. En esta ocasión sí escucha la correspondiente chicharra en cuanto pulsa el aparato. Ya vienen a abrirle. Una voz de hombre, cascada, entrecortada por accesos de tos, le pregunta desde el otro lado de la madera:

—¿Quién es?

—¿Está el señor Mora?

—Yo soy —le responde la voz sincopada—, qué se le ofrece.

—Soy Tavares, señor Mora, Mórtimer Tavares.

Se abre la puerta y el hombre de los lentes oscuros mira no sin asombro cómo un lustro ha hecho del tipo que conocía, fuerte, lleno de vitalidad, un sujeto de prematura vejez, enfermo, con los ojos hundidos.

—¿Eres tú, hijo? —pregunta el señor oprimiendo los párpados para enfocar bien la figura que se le presenta.

—Señor Mora, cómo está. No sabe qué gusto me da encontrarlo.

—Estoy bien, Tavares, con los agravantes naturales de la edad. Pasa, qué te trae por aquí, supe que estuviste fuera de México.

—Así es —dice Mórtimer, entrando ya al pequeño departamento—, me ofrecieron unos trabajitos del otro lado y allá anduve.

Ambos se sientan a la mesa.

—Dime, hijo, en qué puedo servirte. Tanto tiempo de no vernos.

—Fui a la casa del doctor, pero me dicen que ya no vive ahí.

—El doctor se fue, nadie sabe adónde, parece que tuvo líos con las autoridades, tú sabes, algunos de sus negocios no funcionaban como deberían…

—Me imagino. ¿Y qué pasó con todos nuestros mutuos amigos?

—¿De verdad no sabes nada?

—Le juro que no. Estuve desconectado de todo a todo.

—Un tiempo te anduvieron buscando el licenciado y el señor que tú sabes. Estaban muy interesados en ti. Según entiendo no quedaste de amigos con ellos.

—No, señor Mora, tuvimos diferencias. ¿Dónde están ellos?

—De veras que no sabes nada de nada. El señor falleció como dos años después de que tú te desapareciste. Y el licenciado siguió con sus negocios pero tuvo que dejarlos por razones de salud.

—¿Vive en la ciudad?

—Claro que sí, nada más que yo no sé dónde ande. A veces me habla por teléfono para saludarme. Y a veces, también, manda a uno de sus trabajadores para que me traiga algo de la despensa. Ya casi no veo nada, me estoy quedando ciego. Él me da la única ayuda que recibo.

—Se ve que le resarce bien todos los servicios que usted le hizo, señor Mora...

—No es por los servicios, deberías de olvidarte de aquello, es por la amistad.

—Nunca fue usted uno de sus más allegados...

—No te engaño, ¿verdad, Tavares? —dice el hombre, y luego de una breve pausa para encender un cigarro: —Fueron muchas damitas las que usó para sus fiestas, tú sabes. Y si hoy él ha cambiado el giro de sus negocios, mi memoria es todavía muy buena.

—¿No tiene miedo?

—De qué. Le sirvo más así, con todo y lo fregado que estoy. Soy su memoria. Por eso me tiene aquí, donde siempre, aunque ahora con otro tipo de condiciones.

—Trabaja para él, entonces.

—No, Tavares, ni trabajo para él, ni lo veo, ni nada. Sólo contesto sus llamadas cuando las hace, cuando quiere algún dato de alguien de la época aquélla. Y me ayuda con los gastos. No tengo a nadie más. Mira, para no contradecirte, sí es como un trabajo lo que hago, recordar y recordar. No se me ha olvidado nada.

—Usted supo lo mío con el señor y con el licenciado...

—De pies a cabeza, pero para qué te alarmo. Un día te dieron por perdido. Luego falleció el señor y las cosas cambiaron. Ya nadie está donde estaba. Unos se fueron más arriba y ni se acuerdan de uno, y otros se fueron más abajo.

—¿Muertos?

—Unos sí, otros en la cárcel. Cuando el poder cambió de manos las cosas se pusieron patas para arriba. Los buenos se volvieron malos, los malos se volvieron peores. Se perdió a toda la gente de confianza. Ya no hay organización. De eso sí te habrás enterado, me imagino.

—Sí, señor Mora. Es una lástima.

—Qué piensas hacer, dónde vives, con quiénes te juntas ahora.

Tavares se toma un segundo para contestar.

—Ando solo. Estoy retirado.

—¿Tú también?

—No hay de otra.

—¿Alguien más sabe que has regresado?

—No lo creo. Como no encuentro a nadie...

—Todo cambió, te digo. Si quieres cuando me hable el licenciado le digo que estás por acá. Quién quita y te ofrece algo. Lo pasado, pasado.

—¿Cuál fue mi sentencia?

—Ya debes imaginarlo. Te convertiste en un Pinocho.

Mórtimer Tavares guarda silencio. Conoce el significado del término, y aunque nunca lo haya oído mencionar calificándolo a él, sí está consciente de la suerte que corrieron todos aquellos que se volvieron eso que le ha dicho el hombre.

Así que toma aire. Y muy lentamente saca el recorte de periódico de la bolsa de la camisa, lo desdobla y lo muestra al señor Mora.

En silencio el hombre observa la nota. Acerca mucho el papel a los ojos para leer. También en silencio lo devuelve a su dueño. Tavares habla:

—Esto está pasando ahorita.

—Lo sé. Qué quieres que haga. ¿Hay algo en lo que pueda ayudarte?

—Ya me ayudó mucho en su tiempo, señor Mora. Y ya me voy. Nada más permítame pasar al baño.

—Cómo no, Tavares, es la puerta de siempre.

—Mire, señor Mora —dice Tavares echando mano a la cartera—, antes de que se me olvide déjeme darle esta ayuda.

El hombre toma dócilmente los billetes que se le tienden. Mórtimer se dirige al baño, entra y cierra la puerta. El señor Mora, mientras tanto, luego de casi pegarse a la cara los billetes que le han dado para ver su denominación, discretamente, sin ruido, descuelga el teléfono que tiene próximo y comienza a marcar un número. No ha terminado de hacerlo cuando la puerta del baño se ha abierto súbitamente y un disparo de la pistola de Tavares hace volar en pedazos el aparato. Como una caricatura se queda el señor Mora con el auricular en la mano. Abre mucho los ojos.

—Maldito Pinocho… —dice, con todo el desprecio que le genera la impotencia. Casi se le salen de las cuencas los globos oculares, como si quisiera así solventar los problemas de la vista que padece y al mismo tiempo conjurar el peligro que sabe inminente.

También los ojos de Tavares, detrás de las gafas negras, se abren. Pareciera un duelo de miradas, sólo que el señor Mora no puede ver los ojos de Mórtimer.

Una sola bala zanja el conflicto. Entra en el pecho, abre en él un boquete y de manera simultánea hace que el señor Mora se vaya de espaldas y se azote contra el suelo. El golpe que se da en la cabeza, cuando rebota contra el cemento, es innecesario, desde poco antes que se fuera de espaldas ante el impacto de la 45 de Tavares, la vida ya no estaba de su parte.

Durante los dos minutos siguientes Tavares registra las escasas pertenencias del hombre. Revuelve el único cajón a mano. Tira al suelo todas las latas de la despensa y busca en los rincones de la alacena. Nada encuentra.

Sale, sube al auto y se va. Arriba, en el departamento del que acaba de salir, el cuerpo del señor Mora sostiene en la mano izquierda el teléfono.

La corte de los milagros

1. Ya habían regresado los tiempos duros. En realidad nunca se fueron del todo. Siempre algo o alguien se los recordaba a Balderas. Pero ahora estaban aquí de nuevo, y quién sabe si más fuertes aún. Así que sólo quedaban dos caminos que era necesario tomar, ambos de forma simultánea. Uno era el que llevaba derecho a los amigos de antes, o a los más recientes, amigos de ley. No se valían las componendas, ni los contratos, ni el dinero, tampoco el pago en especie. En la ciudad de México, bajo las actuales condiciones que cada día estaban empeorando, sólo contaba con la amistad para romper la trampa en que había caído y solucionar de una vez por todas los diversos conflictos de la temporada.

El otro camino era responder a cada golpe con uno más contundente. Sólo que en este caso Balderas estaba al tanto que era difícil hacerlo así. Cada golpe de los que le propinaran hasta el momento provenía de una mano fantasma. O conocida, pongamos aquí el nombre del Abrelatas, pero era igual, porque su mano o sus diversas manos eran inatrapables, invisibles, transparentes a los ojos de Ángel Balderas.

Sin embargo, era necesario repartir de regreso un poco de violencia. Las cosas no iban a solucionarse desde la mesa de un bar, pese a todo el apoyo que pudiera recibir mientras estaba en ella. Lo primero que hizo, antes de seguir armando el equipo de amigos a toda máquina, fue darse una vuelta por el restaurancito aquél en que una noche había estado con Alejandría. Por cierto, la última noche que la viera hasta enterarse de su desaparición.

Se apersonó pues, y luego de tomar un par de tragos pidió hablar con el administrador del sitio. Una jugosa gratificación hizo que el mesero acudiera a ver si el pedido resultaba viable.

Y lo era.

Pasó a un reservado, atrás del local, donde se encontraban las oficinas: un escritorio, teléfono, computadora, equipo de sonido, televisión y un diminuto celular sobre la barra. La oficina era una especie de pequeña cantina. Bar para los amigos del administrador o dueño.

A una señal del tipo, el mesero que había acompañado hasta ese sitio a Balderas despareció con una reverencia amable. Ángel aceptó la invitación del hombre para sentarse frente a él. Era un espécimen voluminoso, vestido todo de blanco, impecable. Sólo destacaba en su atuendo un prendedor color rojo en forma de guitarra que pendía de la solapa izquierda de su saco. Fue él quien tomó la iniciativa.

—Permíteme —le dijo, sin más, tomándose la confianza desde el principio—, te sirvo una copa.

Su voz era melosa. Tal vez estaba un poco ebrio, pese a la hora. Aún le deberían quedar muchas más como para emborracharse desde tan temprano. Balderas lo dejó hacer.

El hombre se paró de su sitio y dio la espalda al recién llegado. Con movimientos automáticos puso hielo y licor en dos vasos. Se volvió hacia Balderas con uno en cada mano y la mejor de sus sonrisas.

El primer puñetazo estalló en la nariz del sujeto. El ruido de los recipientes al caerse fue amortiguado por la gruesa alfombra, y el sonido de la música en el aparato hizo lo propio con el chillido que dejó escapar el hombre cuando su entrepierna se hundió ante la patada de Balderas. Así estuvo por algunos segundos, doblado de dolor. Pero no duró mucho el pequeño grito, una de las rodillas del periodista le selló la boca por fuera mientras se la floreaba por dentro. La espina dorsal del tipo chocó bruscamente con la orilla de madera de la barra.

Ángel Balderas aprovechó esta posición de su nuevo conocido: tomándolo de los cabellos lo obligó a doblarse hacia atrás, sobre la espalda. El filito se debería sentir como un hacha de palo entre las vértebras. Sus ojos aún no se reponían del ataque por sorpresa cuando un chorro de licor de café de 17 grados Gay-Lussac los apagó de pronto.

La boca del hombre se abrió desmesurada e iba a proferir un enorme grito de auxilio cuando Balderas hizo que el pico de la botella fuera a escarbar en su laringe.

—A ver, cabrón, óyeme bien. ¿me recuerdas?

El hombre no podía responder, naturalmente. Nadie puede hacerlo con media botella metida en la boca.

—¿Recuerdas que estuve aquí, en tu pinche negocio, con una mujer?

Nada de respuesta. El hombre estaba imposibilitado no sólo de articular palabras, sino de afirmar o negar algo ante las interrogantes mediante algún otro sistema. Lo único que hacía era manotear, tratando de zafarse de Balderas, que finalmente lo dejó libre por un momento.

—¿Quieres volar, cabroncito?

La pregunta iba acompañada con la presencia de la Beretta que Ángel había encañonado sobre la sien izquierda del hombre. Entonces sí abrió los ojos, ante la sensación de ese objeto cilíndrico y frío que tocaba su frente.

—Me vas a responder en voz baja y con calma.

El tipo afirmó, ahora sí, con repetidos movimientos de cabeza.

—¿Me recuerdas?

—Aquí viene mucha gente.

—No cuando está lloviendo y es la madrugada. ¿Me recuerdas?

—Creo que sí, señor.

—¿Recuerdas que vine en compañía de una mujer y estuvimos aquí en una de las mesas durante mucho tiempo?

—Puede ser, señor.

—Dime, por qué crees que siento como si le hubieras dicho algo de mí o de la mujer que me acompañaba a alguien que no hemos mencionado.

—Si me permite, señor…

Pero Balderas consideró que era muy pronto para permitir algo: un cachazo de su arma se depositó en corto sobre la cara del hombre. Casi se cae con el golpe, pero no gritó. Ángel Balderas lo puso en pie tomándolo por los cabellos y su Beretta fue a saludar muy de cerca uno de sus ojos. La voz de Balderas se tornó fría, profesional.

—Me vas a decir todo lo que sepas. Ya.

El hombre posiblemente había perdido por lo menos uno de sus premolares y seguro que el resto de la dentadura se le había aflojado con el tratamiento. Sin embargo, ante la posibilidad muy real y concreta de que los males sobre su persona fueran irreparables, comenzó a decir:

—No sé quién es usted, ni la señorita que lo acompañó la otra noche…

Balderas oprimió el cañón de su automática sobre el rostro del tipo. Cortó cartucho y esperó el resto de la información.

—No sé, le digo, en cuanto se fueron ustedes un señor muy amable quiso hablar conmigo. Y me preguntó, pero no supe qué responderle.

—Qué te preguntó.

—Si usted era alguien de la policía, si la mujer que lo acompañaba era su esposa, dónde los podía ver, esas cosas…

—Qué le respondiste.

—Lo único que sabía: que es la primera vez que lo veía a usted por aquí.

—¿Y de ella?

—La he visto, creo que vive aquí cerca.

—¿Le dijiste eso, que la habías visto y que vivía aquí cerca?

—Sí, señor, pero le aseguro que no fue con mala intención.

—Por qué respondiste a sus preguntas.

—Éste es un restaurante que está abierto las veinticuatro horas. Siempre alguien está buscando a alguien. Y no siempre está uno en posición de negarse a responder.

—Por qué le respondiste a él.

—Me pagó —y luego de una pausa—, en dólares.

—¿Te amenazó?

—No, al contrario, me dijo que a lo mejor un día regresaba por aquí.

—¿Ha regresado?

—No, o al menos no que yo sepa.

—Te dijo su nombre.

No, o bueno, sí, pero yo creo que no era el suyo porque me dio dos, uno cuando entró y otro cuando se despidió.

—Qué nombres te dijo.

—No los recuerdo, se lo aseguro.

—Cómo es.

—Alto, fuerte, como de unos cuarenta años. Tiene la piel bronceada. Usa siempre gafas polarizadas.

—Cómo sabes que siempre las usa.

—No se las quitó nunca, ni para hablar conmigo. La verdad es que supongo que siempre trae esos lentes. No es común ver a alguien así. Era agresivo en sus formas. Además, cuando vino a preguntarme apenas iba a amanecer. No tenía por qué traer lentes para el sol. Digo…

No dijo nada más, un golpe en la nuca que Balderas le propinó muy certeramente, sin necesidad de lastimarlo en exceso, lo dejó durmiendo en la alfombra.

2. Condujo sin encontrar del todo la calma requerida durante casi una hora. Llegó a las afueras de la ciudad, por el sur. Se detuvo frente a un área residencial, amplia y arbolada. Ahí, el portero del lugar le preguntó a dónde iba.

—Voy al número 14.

—A quién busca.

—Al señor de la casa.

—Me da su nombre, por favor.

Se lo dio. Luego de una llamada telefónica a la casa con el número 14, el portero levantó la pesada barra de metal que impedía el acceso a vehículos no autorizados.

Fue sencillo para Balderas dar con el sitio. Había estado ahí por lo menos un par de veces. Y la cita concertada con el dueño de la casa 14 surtía el mejor de los efectos. Él mismo salió a la puerta a recibirlo.

—Balderas, el amigo de siempre… —le dijo, en tono afable, echando mano de los recuerdos de una fraternidad bien conservada.

Ángel se bajó del auto y salió al encuentro del hombre.

—Grandísimo maestro, cuánto tiempo sin saludarnos.

—Hagamos de cuenta que no nos hemos visto desde ayer, aunque hayan pasado dos o tres años. Cuánto tiene que te retiraste de las investigaciones.

—No lo sé. Creo que no me he retirado.

Las pobladas cejas del hombre se alzaron en señal de sorpresa. Una sonrisa se dibujó en su rostro.

—Pasa, no dirás que vienes a saludarme y nada más. Quédate a comer algo.

—No es mala idea. Pero todavía es temprano. Necesito hablar contigo.

Entraron a la espaciosa sala.

—¿Quieres que hablemos aquí o prefieres ir al estudio?

—¿Ya no tienes cuarto de entrenamiento?

—Es el mismo.

Recorrieron un par de estancias más y un patio interior con jardín antes de llegar a una construcción aparte, junto a la casa.

—Se ve que has progresado.

—No me quejo. La vida me sonríe, a veces. Y a ti, mi estimadísimo Balderas, cómo te va.

—Bien, bien.

—No te oigo muy convencido. Ponte cómodo.

Balderas eligió una de las sillas en lo que podía ser el área de descanso de un doméstico salón de tiro. El hombre hizo lo mismo, acercando una mecedora.

—¿Quieres tomar algo?

—No por ahora. Necesito hablar contigo.

—Ya me lo dijiste.

—¿Recuerdas en qué momento me retiré de las investigaciones?

—Si no recuerdo mal fue luego de aquel duelo en el que hirieron al venerable Sánchez Carioca.

—En el caso aquél —completó Balderas— en el que hiciste uno de tus mejores papeles.

—Ni me lo recuerdes. No sé cómo salimos vivos de ese lío.

—Me imagino que ya no ofreces funciones, ni siquiera privadas.

—Estás en lo justo. Administro mis dos negocios. La vida del peligro no es para mí.

—Pero no habrás perdido habilidades —inquirió Ángel, tratando de llegar hasta el ego de su anfitrión.

—¿Quieres corroborarlo?

—Adelante.

Ambos se levantaron de sus asientos. El anfitrión fue hasta el fondo del que era estudio-oficina-salón de tiro y descorrió un telón. Tras de él estaba una pared de corcho. Sacó de un mueble cercano una figura de papel que representaba un cuerpo humano de tamaño natural y la colgó de una de las perchas. Luego se hizo con un estuche que le entregó a Balderas.

—Míralas tú mismo, me las compró un amigo en la India.

Ángel abrió el estuche y se encontró con siete dagas de corto tamaño, pero con un aspecto nada amigable.

—¿No son hermosas?

—Quisiera verlas en acción.

—Entonces pongámonos a la distancia que me señales.

—Seis o siete metros, no más.

Lo hicieron. Balderas sostenía el estuche con las dagas. Antes de tomar la primera, el hombre le dijo:

—Ya sabes que yo no soy el mejor en esto. Hubo uno que era único en este país y a lo mejor, en su época, en todo el continente.

—Lo sé, el maestro Fígaro.

—Solamente porque has recordado el nombre del mejor lanzador de cuchillos que hayan visto ojos nacionales voy a complacer tu curiosidad.

Acto seguido fue tomando y lanzando hacia la figura de papel una a una las dagas que mantenía Balderas en su cama de terciopelo. Se detuvo luego de hacer seis tiros. Todos eran impecables, de la mejor calidad: ninguno de los lanzamientos había rozado siquiera a la figura, pero las dagas se enterraron muy profundo en el corcho, a milímetros de la representación en papel.

—Te falta una, maestro.

—El maestro ha muerto, y perdona si te lo repito. Yo sólo fui el más aventajado de sus discípulos. Y antes de tirar ese último puñal que nos falta, dime algo, con toda sinceridad, Balderas…

—Lo que me preguntes. Yo también quisiera hacer un cuestionamiento.

—Me toca a mí primero: para qué te sirve un lanzador de cuchillos retirado como yo. ¿Quieres que te ayude en algún trabajo? ¿O estás metido en problemas serios? Y antes de que me respondas déjame decirte algo: somos amigos. Eso es lo importante.

—Te agradezco la frase. La respuesta no es muy amplia: estoy metido en el caso del Abrelatas. Me imagino que de algo te habrás enterado por los diarios o la televisión. Es un tipo que también usa armas blancas, sólo que lo hace de la forma en que hemos visto. Estoy muy cerca de él. Es probable que haya secuestrado a Alejandría. Creo que la tiene en su poder y no sé si esté con vida. Es mi deber arrancársela. Ella no tiene nada que ver con esto. Luego, sí necesito tu ayuda: un caso que me interesaba por la curiosidad profesional que tuve hace unos años, se ha vuelto un problema personal. Sé que no puedo estar solo. No quiero estarlo. Casi me mata en un tiroteo en uno de los túneles del Metro.

—¿Cómo —lo interrumpió con franco tono de preocupación—, tú le diste en toda la madre a ese pobre hombre que apareció balaceado en las noticias? Pero a ver, ¿él era el Abrelatas o cómo es que secuestró a Alejandría?

—No era él. El muerto resultó ser un pobre tipo al que casi mató el Abrelatas en el tiroteo. Lo usó de escudo. Es cierto, mis balas lo acabaron de rematar porque antes el cabrón lo había herido en el cuello.

—Ya. Ésas son chingaderas. Para mí, luego de todas las que pasamos cuando te dedicabas de lleno a esto, eres inocente, por eso ni te fijes, sólo que me sorprendió que hubieras sido tú. Cuál era tu pregunta.

—No me acostumbro a llamarte más que por tu nombre artístico, el que usabas en el centro nocturno...

Una carcajada inundó el salón.

—Claro, Balderas, dime como gustes.

—Entonces, Tívoli, te pido que me ayudes en contra de ese hijo de la chingada que se ha metido en mi vida.

—Cuenta con ello. Mira, déjame hacer este último tiro.

El hombre, Tívoli, el que fuera experto lanzador de cuchillos en la década anterior, actual empresario, hizo el séptimo lanzamiento que se fue a incrustar justo en el sitio donde debería tener el corazón la figura de papel. Fue un tiro perfecto, la daga se había enterrado, horizontal, casi hasta la empuñadura. Es decir que había llegado de veras al músculo cardiaco del muñeco de papel y lo había seccionado en dos partes regulares.

Balderas tendió la mano a su amigo. El Tívoli la estrechó para decirle:

—Una vez salvaste a mis dos hijas, una vez me solucionaste el problema aquél con los gángsteres del cabaret, y una vez mi estimado Sánchez Carioca me ayudó a salir de la bronca emocional en la que andaba metido hasta las orejas. No puedo menos que estar contigo, y más todavía si la cosa va contra ese pobre pendejo del Abrelatas.

—Es listo.

—Me imagino. Pero ya veremos. Según entiendo él no lanza cuchillos, sólo los usa para cortar. En eso está en desventaja conmigo.

—No quiero que lo enfrentes. Yo ya lo hice sin resultados favorables.

—Claro que lo enfrento, cuando me digas.

—Lo haremos entre varios. Toma en cuenta que debemos asegurarnos de que a la gentil Alejandría no le pase nada.

—De acuerdo, lo hacemos a tu manera.

Fueron a sentarse y Balderas lo puso al tanto de toda la situación.

Por fin se despidieron. Al igual que a su llegada, el hombre, Tívoli, lo acompañó hasta la puerta.

—Ya tienes todos mis teléfonos. En cuanto se necesiten mis servicios, me llamas. Incluso desde mañana me voy a llevar en el coche un arnés de combate y tres de las dagas para lo que se ofrezca.

Los motivos que expuso Balderas fueron más que suficientes para que el Tívoli se dispusiera a la acción. Sin embargo, quiso decirle:

—Tívoli, agradezco mucho que me ayudes en esto.

—Lo hago por varias razones —le respondió el hombre de forma inmediata—. La primera, porque somos amigos y sólo así podemos lograr algo en esta ciudad. La segunda, porque me encabrona mucho que alguien ande haciendo daño tan impunemente como ese tipo, el Abrelatas. Y la tercera, y esto te lo digo aquí entre nosotros nada más, porque esto de administrar negocios sí te da para vivir cómodamente, pero es tan aburrido como la chingada. No me has visto, y espero que no me veas, en la oficina, con mis secretarias y todo ese aparato de mamones que van y vienen con papeles para que los firme. Yo soy hombre de espectáculo. Qué le hacemos, la noche deja huellas que no se borran ni con toda el dinero del mundo.

Se dieron la mano nuevamente. Y Ángel Balderas salió del sitio con una agradable sensación de amistad, quizá el único valor que aún permanecía intacto en un lugar del mundo como México, en donde todo lo demás se iba perdiendo en el caos.

3. Y si se trataba de reunir a gente del espectáculo que además contara con la condición de mantener lazos de amistad con Balderas, ahí estaba el payaso Simbad.

No había comprado boleto, pero conservaba un pase que el actor le había enviado para que asistiera a verlo. Con la más reciente de las entrevistas que le había publicado, eran ya cuatro. Y en todas el tipo se mostraba a la vanguardia en su ramo, sobre todo en un país donde los payasos abundaban en número pero eran pobres en calidad.

Entró a ver el montaje antes de ir al Cañaveral para encontrarse con Sánchez Carioca y recoger las novedades del día. Era un buen trabajo el de Simbad. Sencillamente era el mejor trabajo cómico para adultos en toda la urbe. La gente aplaudía de pie sus actos, sus malabares, su prodigiosa rapidez para cambiarse de traje y representar una obra de cuatro personajes él solo.

También con él y sus dotes de transformista habían contado en algún momento Carioca y Balderas. Simbad cooperaba, cuando así fuera indispensable, sólo por diversión, para reivindicarse como actor y convencer al mundo de que lo era también fuera del escenario, sin las convenciones o concesiones que el espectador le brinda al que está sobre las tablas. Así, había representado papeles en diferentes casos de Balderas. Se hizo célebre entre el grupo de amigos cuando en una sola mañana se hizo pasar por médico, trabajador de una compañía telefónica y finalmente por monje.

Ése era Simbad. A él no tenía que buscarlo y hacer juntos el recuento de viejos años ni de pasados casos resueltos o irresolubles a los que se enfrentaron. Con él, su pequeña compañía de técnicos y su mujer, se iba Balderas a celebrar cada vez que Simbad estrenaba un nuevo montaje. El más cercano debió haber sido un par de meses atrás. Y hasta ahora venía a verlo.

Un poco por eso, por la tardanza en observar el trabajo actual de Simbad y un poco porque la distancia entre ambos no era mucha, Balderas prefirió salir del teatro sin pasar por los camerinos para hablar con el actor. Lo más probable es que lo hiciera ya en el bar. Además, no estaba bien esto de presentarse frente a un amigo para pedirle que le ayude a acabar con un desalmado como el Abrelatas, luego de que el amigo, Simbad, había representado tan bien la primera de las dos funciones que ofrecía de jueves a domingo. Ya le hablaría cuando calculase que terminara la segunda tanda.

4. Entrando al Cañaveral lo esperaba Sánchez Carioca.

—A buena hora —fue la bienvenida.

—Qué hay, Camilo, ¿ha surgido algo más? —saludó Balderas, y luego le solicitó a Meche uno de sus cocteles favoritos.

—Nada. Hace un rato llamó Guardia para confirmar lo que ya nos había mencionado. Fui a ver a Sibila. Ella y yo somos buenos amigos de hace tiempo. Usted lo sabe. No creo que me mienta, no está en posición de hacerlo. Y la versión es que la última vez que vieron a nuestra querida Alejandría fue aquella noche en que salió con un tipo de dinero y que, por las referencias de Sibila, parece que algún tiempo estuvo relacionado con gente pesada. Me dio el nombre que a ella le dijo: Puerto. Eso es todo lo que tenemos. O sea, casi nada porque el tipo se puede apellidar de millones de maneras menos de ésa. Y yo estoy aquí esperándolo desde hace un par de horas. Voy en el cuarto Copacabana. He resuelto completos los tres crucigramas de los diarios vespertinos. En todos mencionan el caso del cadáver del Metro. Por cierto que califican al que mató al tipo de ser un hijo de mala madre. Sin ofender. Eso dicen.

—¿No mencionan al Abrelatas? —preguntó Balderas mientras ojeaba a saltos las ediciones vespertinas que le señalara Carioca.

—Ni una línea distinta a lo que ya se ha dicho con el nuevo cadáver. Lo que ahora están manejando es que hay un loco con un arma reglamentaria que anda matando pordioseros en los túneles del Metro.

Aquí sí ya no pudo aguantar la risa Sánchez Carioca.

—Ya no juegue, maestro.

—Usted, que no sé ni dónde anda.

—Fui a investigar algo en el último lugar donde vi a Alejandría.

—¿Y?

—Nos estaban siguiendo, quién sabe desde cuándo.

—Eso es bueno. Qué más.

—Quedamos apalabrados el Tívoli y yo. Le manda saludos, por cierto. También fui a ver a Simbad.

—¿El marino o el payaso?

—El payaso.

—¿Ése no me manda saludos?

—No todavía, sólo lo vi. Le voy a llamar en un rato. Insisto, lo noto medio mamón, Camilo.

—Estoy cansado, qué quiere que haga. Este cabroncito del Abrelatas ya me tiene cansado.

—No se desanime.

—Trato de no sentirme mal. Qué bueno que haya hablado con nuestros amigos. Seguro que harán un papel decoroso. Cómo piensa que trabajemos ya en equipo.

—Todavía no lo sé, pero no está de más tener disponible al personal. Mire, contamos con un mago, un payaso transformista, un lanzador de cuchillos y un médico de lujo. Además de nosotros dos. Tenemos elementos para lo que se avecine.

—La corte de los milagros.

—Cómo.

—Que parecemos la corte de los milagros. Nos enfrentamos a un pinche loco que nos quiere ver fríos, que ha secuestrado a una de nuestras más bellas y amables compañeras, y que ha matado, hasta estas horas, a seis tipos cortándoles el pito. Y nuestro equipo es de un payaso, un navajero, un mago, un médico que siempre cobra muy caro y nosotros dos, yo casi retirado del negocio y usted queriendo salir de una buena vez por todas de él para dedicarse al diarismo. La corte de los milagros. Lo dicho.

—Vamos a ganar, Camilo.

—¿Lo sabe o lo sospecha?

—Quiero que ganemos. Yo estoy en esto. Yo no me he retirado. Y por el momento no cambio la mejor nota en el periódico por la vida de Alejandría.

—Ni por las nuestras, no se le olvide que el Abrelatas nos trae entre ojos.

—No lo olvido. Y para que vea que me solidarizo con la causa, le invito otro Copacabana para que salga de esa depresión en la que está metido.

Sonrió Carioca. Quizá ése fuera el remedio.

Meche, luego de servir nuevos tragos, convocó a Balderas desde la barra para que acudiera a contestar el teléfono particular del dueño.

—Ahí tiene —lo animó Carioca, él mismo ya un poco más reconfortado—, a lo mejor ya con esa llamada está usted de este lado de la vida.

Fue Ángel a responder.

—Habla Balderas.

—Deberías estar muerto.

Era la voz, una de las dos voces que ahora venían mezclándose en el cerebro de Balderas, aunque ésta se parecía más bien a aquella que le dejó el recado en la grabadora y no a la que lo citó para un duelo. De cualquier forma necesitaba hacerlo hablar.

—No le escucho, qué quiere.

—Sí me escuchas. Tengo a tu dama. ¿La quieres viva?

—De qué se trata.

—De que te retires del caso. Como te digo, tú deberías estar muerto porque me incomoda tu presencia.

—No —contraatacó Balderas, aunque sin querer irritar demasiado a su interlocutor, quizá sí tenía en su poder a Alejandría—, tú eres el que estás muerto si la tocas.

—La he tocado ya. Y no me encontré con nada especial.

—Cuáles son las condiciones —preguntó Balderas, conteniéndose.

—Retírate del caso. Eso es todo. Cuando vea que lo haces te la entrego.

—No puedes pedirme que deje de publicar al respecto.

—Claro que puedo pedírtelo. Y no sólo eso. Sé que tienes un archivo sobre el caso. Necesito que me lo des.

—A cambio de qué.

—A cambio de la mujer.

—Hecho —dijo Balderas.

Parecía que las cosas quedaban momentáneamente de su lado. A qué archivo podía referirse el tipo. En realidad no lo elaboró ni él ni nadie hasta el momento, todo fueron notas periodísticas sueltas, comentarios incluso.

—Quiero los originales de todo lo que tengas: fotos, grabaciones, textos. Todo.

—De acuerdo, pero cómo sé que ella está bien.

"Háblale", se oyó la voz del hombre que probablemente secuestrara a Alejandría. Balderas escuchó en el teléfono a la mujer, nerviosa, pero diciendo con las pocas palabras que alcanzó a articular un mensaje que iba a bastantes metros por debajo del agua. Dijo Alejandría:

—Ángel, yo le dije del archivo, no te cuesta nada entregárselo a este señor, te lo pido, tú sabes que no podemos hacer otra cosa, dáselo por favor…

Hasta ahí. Retornó la voz del hombre.

—¿Satisfecho?

—Digamos. Cuándo y en dónde.

—Mañana muy temprano, a las seis en punto. En una de las vecindades que están reconstruyendo en el centro, sobre la calle de Colombia.

—En cuál.

—Eso tendrás que averiguarlo tú mismo. Quiero todo el archivo.

Y colgó.

Balderas fue a la mesa con Sánchez Carioca para informarle el estado de las cosas. Se le iluminó la sonrisa al maduro Camilo.

—Conozco bien la zona. Pero no vamos a ir solos. Usted encárguese del archivo.

—¿Se da cuenta, Camilo? ¿Se da cuenta cómo la hermosa Alejandría inventó esa jalada del archivo para salvarse? Eso es inteligencia.

—Cómo, ¿es que de veras no tiene usted un archivo serio sobre el caso?

—¿Cuál, maestro? Todo está en mi memoria. Pero es lo de menos, en casa tengo un chorro de fotos, recortes y compactos que no contienen ninguna información de valor. Y de ahí le voy a armar su archivo a este hijo de la chingada.

—Qué tal si quiere comprobarlo antes de entregarnos a Alejandría.

—Ése es el punto. No vamos a dejar ni que vea la primera página.

—Hecho. Entonces haga favor de llevarme a mi casa para estar listo. Ya no es prudente seguir bebiendo. ¿Piensa invitar a alguien más?

—Sí, al Tívoli. Seguro le va a encantar.

—¿Y Simbad?

—También le llamo, pero a él después, sólo que las cosas se compliquen. En realidad espero que todo lo solucionemos mañana.

—¿Está hablando de acabar con el Abrelatas, ahora sí? —la pregunta de Carioca estaba envuelta en una sonrisa de absoluta complicidad y ánimo. Pareciera que sólo el sonido de los balazos sacara a Camilo del triste estado de ánimo en el que estaba cayendo.

—Vamos a acabarlo, maestro. Ya verá.

Ambos salieron del bar. Era temprano aún, buena hora para descansar y para afinar los planes que seguirían a la mañana siguiente.

Gafas negras IV

1. En el pequeño departamento el hombre camina de un extremo a otro en lo que hace las veces de sala. En momentos se detiene a observar algunos de los múltiples recortes que abarrotan una de las paredes. Todos ellos han sido realizados no con una tijera o una navaja, sino siguiendo el método de doblar empeñosamente la página de papel y después separarla con el simple acto de jalar. Todos hablan del mismo tema, muchos de ellos muestran fotografías respecto de lo que tratan: cadáveres de varones mutilados de los genitales. No se adivina ningún orden específico que vaya más allá de la simple cronología. Aunque hay tres recortes que destacan dentro del grupo porque abarcan toda la plana de un periódico tabloide, y en una de las columnas que ahí aparece está enmarcado con crayón rojo el nombre de su autor: Ángel Balderas.

Es ante estas tres páginas en las que se detiene a rumiar el personaje mientras fuma un cigarro tras otro. Con un crayón de color distinto ha trazado, está trazando ahora mismo, una serie de flechas que unen a los casos. En otros coloca solamente signos de interrogación. Pero no escribe una sola palabra. Sólo remarca, estudia y trata de encontrar la relación entre todos ellos, como si provinieran de una sola mano o de una sola publicación, y no de una amplia variedad de diarios y revistas.

Hay también dos palabras que sólo una vez, en uno de los titulares más amplios, tiene no sólo enmarcadas, sino tachadas, como en compás de espera: *El Abrelatas*. Y también se detiene a mirarlas con detenimiento.

Parece que les habla, como si tuviera enfrente, tras de un cristal invisible, a la persona que responde a ese nombre.

Agrega un par de notas más a las que ya están sobre la pared. También son recortes periodísticos. Las pone con cuidado en la esquina baja del espacio, casi en el último hueco que le dejan el resto de los papeles. Se retira, toma distancia del muro, como si se dispusiera a apreciar en perspectiva un cuadro de gran tamaño, en este caso un *collage* de dos metros y medio por lado. No parece satisfecho con lo observado. O, al menos, no acaba de encontrar la relación que quiere ver entre unos documentos y otros.

Finalmente, luego de esta tarea, sale del departamento y del edificio que lo alberga. La tarde va declinando. Los faros de los coches empiezan a iluminarse. El hombre se calza unos lentes oscuros y camina sin prisa hacia el teléfono público de la esquina y luego de un par de intentos se da cuenta de que no está en funcionamiento. Así que cruza la calle y repite la operación en otra caseta disponible. Finalmente consigue entablar la plática que desea. Sólo se escucha la parte del diálogo que a él corresponde:

—La señora Sillé, por favor.

—...

—Si no acepta llamadas directas, entonces dígale que por favor tome el teléfono para que oiga lo que tiene que decirle el enviado de un viejo amigo.

—...

—Sí, soy yo, aunque espero que entienda que prefiero reservar mi nombre para otra ocasión. Claro, espero.

—...

—¿Señora Sillé?

—...

—En realidad es algo muy sencillo, quiero concertar una cita para esta noche.

—...

—Digamos que quiero omitir el nombre de la persona que me proporcionó este número, pero le puedo asegurar que mi amigo en algún tiempo fue cliente de su casa, cuando todavía estaba allá por el rumbo de Polanco.

—...

—Sí, digamos que puede ser él uno de mis amigos, claro.

—...

—Señora, si no le importa, me gustaría pasar esta noche por su casa y tener un rato agradable.

—...

—En realidad no importa mucho, pero si lo considera prudente y no le incomoda me sería grato revisar su catálogo. Estoy seguro que dentro de él encontraré a la persona que necesito.

—...

—Bueno, el verbo necesitar en este caso se refiere, creo que usted estará de acuerdo conmigo, a las preferencias estéticas...

—...

—Si usted lo considera apropiado el pago será en efectivo.

—...

—Sí, estoy de acuerdo.

—...

—Acepto el compromiso, señora Sillé, espero no defraudarla.

—...

—Tengo la dirección actual, sí, y llevaré auto, claro, además consideraré lo del estacionamiento.

—...

—Lo sé, señora, lo sé. Y en caso de que usted quiera consultar con las personas que me han dado referencias de su casa, puede hacerlo con toda confianza.

—...

—Hasta la noche, entonces.

Satisfecho ahora sí, mucho más de lo que pudo haberlo estado cuando se encontraba frente al mural de recortes, sube a su auto, que está estacionado justo a la entrada del edificio del cual salió. En esta ocasión no arranca con gran velocidad como viene siendo su costumbre, lo hace despacio, elige el camino a seguir consultando un mapa de la ciudad en edición de bolsillo. Durante el camino se detiene en un puesto de periódicos y adquiere tres diarios vespertinos. Los revisa sintéticamente en cada uno de los altos que debe de hacer. Y luego los echa al asiento de atrás, donde están muchos más que han sido igualmente desechados.

2. De impecable traje, con una amplia sonrisa y sus inefables lentes polarizados, el hombre toca el timbre de la casa a donde se ha dirigido. Luego de los trámites de rigor lo hacen pasar y lo recibe, como quizá reciba a todos los novicios, la señora Sibila Sillé: atavío de mujer ejecutiva, más pronta a cerrar un negocio bursátil que a proporcionar, mediante una de sus pupilas, la gratificación corporal que requiere cada uno de los varones que a diario visitan el lugar. Se dan la mano. Toman asiento. Charlan.

—Es un gusto conocerla, señora Sillé.

—Igualmente, señor... No se moleste, pero no recuerdo su nombre.

—No se lo he dado, es cierto, y aunque a mí también me gustaría conocer el suyo, prefiero llamarla Sibila, que es hermoso. En cuanto a mí, me bastaría con que me llamara por mi apellido: Puerto.

—Muy bien, señor Puerto, como le advertí por teléfono, el pago es por adelantado...

—Espero que las referencias que haya obtenido de mí le resultaran favorables —interrumpe Mórtimer Tavares, que mantiene los lentes oscuros sostenidos, jugueteando con ellos en ambas manos.

—Parece que sus amigos han cambiado de teléfono o de país, señor Puerto. Pero tengo una idea de a quiénes se refiere. Eso me basta.

—Quizá no, señora Sillé —Tavares saca varios billetes de muy alta denominación que van sujetos con un clip de plata y los pone cuidadosamente sobre la palma de la mujer que se tiende discreta—, quizá no. Si me permite, es posible que con esto podamos entrar en confianza.

Sonríe la señora. No guarda el dinero, pero sí hace un rápido cálculo con la vista y con el pulso de lo que hay en ese lote. Deposita los billetes a un lado, en una de las mesas esquineras de la sala.

—Puede ser que sí, señor Puerto. Veo que viene con un poco de premura.

—No mucha, en realidad, pero si tiene a su personal disponible, como le decía, me gustaría observar el catálogo.

—Le parecerá extraño, pero ya no nos manejamos por catálogo. Siempre se prestó a interpretaciones equívocas. Ahora disponemos de una galería de cuadros. Todos son retratos: algunos óleos, otros, sencillos apuntes a lápiz. Pase por acá.

Ambos se levantan para recorrer un pasillo bordeado en sus dos lados efectivamente por cuadros que representan a mujeres desnudas. Todos dentro de cierto estilo realista que destaca las bondades de las pupilas de la señora Sillé.

—Hermoso sistema —comenta Tavares.

—¿Hay aquí alguien que le interese?

—Es difícil elegir, señora, aunque puede ser que me incline por alguna de estas dos jóvenes. Puede ser que por las dos —Tavares señala con un ademán las mujeres de los cuadros a que se refiere.

Sonríe Sibila.

—Son dos de las más nuevas en esto. Sólo que tendríamos un pequeño inconveniente: debido a las reglas de la casa mis amigas trabajan siempre por separado. Además, una de ellas, la rubia, no se encuentra ahora dispuesta.

Sin que Sibila Sillé se entere, la mirada de Mórtimer Tavares se ilumina un poco, pero lo disimula bien y responde:

—Lo entiendo, ¿podría entonces pasar con la otra, la menos rubia?

—Por supuesto, su nombre es Alejandría. Permítame —toma uno de los teléfonos a la mano y luego de una breve indicación se vuelve a Tavares-Puerto que la espera realmente sin prisa—. En un momento más estará lista. De hecho ya lo está. Si quiere usted subir, es la segunda habitación a la derecha, por esa escalera.

—Gracias, señora.

Ya se dispone a subir Tavares pero la voz de Sibila lo detiene:

—Es usted un caballero, señor Puerto, sin embargo, la última regla de la casa no permite que usted suba sin antes pasar por una brevísima revisión que no le causará ninguna molestia.

—Adelante —responde Tavares, fingiendo cara de sorpresa y desencanto.

—Le ruego que nos disculpe, pero es un requisito indispensable.

Sibila Sillé ha hecho una seña con la mano y de inmediato se acerca un corpulento varón, entrado en años pero no por eso de apariencia menos peligrosa, con una especie de secadora para el pelo en las manos.

—El señor Puerto va a pasar con una de nuestras amigas, ¿sería tan amable de ayudarnos?

El hombre con el artefacto no hace más que asentir y esboza una sonrisa amable. Tavares se percata del asunto y comenta, jocoso:

—Mire, como en los aeropuertos internacionales…

—Así es, señor, de esta manera podemos brindarle seguridad a nuestro personal y a clientes como usted.

El hombre del artefacto, mientras tanto, pasa por brazos, piernas y espalda de Tavares el objeto. Finalmente, luego de menos de un minuto, desaparece con su máquina, silencioso, tal como llegó.

—Ahora sí, señor Puerto, adelante.

—No se imaginaría que estoy armado, señora Sillé. La revisión, como ve, no era necesaria —reclama, con un fingido mohín de disgusto y complicidad.

—Le ruego que nos disculpe, pero no me gustan las sorpresas. Lo están esperando, señor Puerto. Estoy segura que resultará complacido.

Tavares sube las escaleras y entra en la alcoba que le fue señalada.

3. Han transcurrido dos horas desde que Mórtimer Tavares, usando el apellido de Puerto, está dentro de la recámara con Alejandría Verano, en casa de la señora Sillé. Ambos, Alejandría y él, están desnudos sobre la cama. Tienen encendido el televisor, al que no miran.

—¿Eres feliz aquí, Alejandría?

—Siento que sí, ¿y tú, *hombre del Puerto*? ¿Eres feliz con tu familia?

—No tengo familia. O mejor dicho, la tuve pero, tú sabes, cosas de la vida. Hubo una separación hace mucho tiempo…

—Lo entiendo.

—¿No te gustaría que saliéramos un poco?

—No lo sé. En realidad eso no depende del todo de mí, sino de las necesidades de la casa.

—Me imagino que si salieras conmigo a cenar o a pasar un rato en otro sitio habría que pagar alguna cantidad aquí.

—Eso.

—Puedo hacerlo. Claro, si no estás cansada. Me gustaría ir a un bar o a ver alguna variedad. Sé de varias que empiezan más o menos a esta hora. Me sentiría muy bien si tú me acompañaras.

—Puede resultarte caro.

—¿Crees que eso importa?

—Depende, ¿qué es lo que quieres que te haga?

—Nada, ya bastante me hiciste en todo este tiempo. Me gustaría que me acompañaras a beber un poco, a recorrer la ciudad…

—Si acepto prefiero ir a ver alguna variedad.

—Como gustes. ¿Hablo con la señora Sibila?

—No, yo hablo con ella desde aquí. Al que le tienes que dar el dinero es al tipo que te revisó con el detector de metales.

—De acuerdo. Vámonos ya, para eso de las variedades hay que llegar a tiempo si no tienes reservación y nosotros no tenemos.

Alejandría llama por teléfono y negocia su salida. Abajo revisan nuevamente a Tavares con el aparatito. Ya no ve a Sibila Sillé, sólo le entrega al hombre una muy considerable suma en efectivo. Él y Alejandría salen del sitio. Caminan un par de calles y se encuentran con el auto de Tavares. Suben. Mórtimer se calza sus gafas negras. Arranca con suavidad.

—¿Por qué usas lentes negros de noche? —pregunta Alejandría entre curiosa y mimada, entrando un poco en confianza ante la perspectiva de la aventura.

—Es por un problema en la vista. Si cuando manejo me dan las luces de los carros directamente a los ojos, me empieza a doler la cabeza. Es muy molesto.

—¿Adónde me vas a llevar?

—Elige.

—Qué tal a uno de esos hoteles de por Reforma, ahí siempre hay dos variedades, una a la medianoche y otra ya casi a las dos de la mañana.

—Claro, como tú quieras.

Tavares, en un alto, voltea al asiento trasero en donde hay todavía una gran cantidad de periódicos revueltos. En cuanto se enciende la luz verde continúa con la marcha. Va muy despacio, pese a que el tránsito es moderado.

—¿Te pido un favor? Pásame la sección de espectáculos del periódico que está en el asiento de atrás, junto a la puerta.

Alejandría se voltea solícita a buscar la página que le pide Tavares. Y alcanza a darse cuenta que sería muy difícil encontrar, entre todo el maremágnum de diarios que hay allá atrás, una de las planas del ejemplar del día. El favor tiene mucho de absurdo o de inútil o de algo que no entiende aunque presiente.

Pero es tarde: un golpe metálico seco, en la nuca, la ha dejado sin sentido. Tavares la recuesta sobre su entrepierna y revisa como sin querer si el golpe le ha abierto la piel a la joven. No hay sangre. Sonríe. Y ahora sí acelera, como si con el simple acto de presionar el pedal adecuado, pudiera consumir de un trago el asfalto que lo separa de su destino.

Manos a la obra

Sobre la calle de Colombia, en pleno Centro Histórico de la ciudad, a las cinco de la madrugada ya había una cantidad considerable de gente. Sobre todo comerciantes que iban ahí a surtirse de los productos que luego expenderían en diversos puntos de la urbe.

La calle, afortunadamente, no era muy larga. De hecho el encuentro, si se daba, sólo podía ocurrir en alguna de las tres vecindades abandonadas y en permanente reconstrucción.

El primero en circular por el sitio fue el Tívoli, con ropa común, de calle, fingiendo ser uno más de los compradores o vendedores de las varias mercancías en existencia sobre la zona. Recorrió a paso lento las siete pequeñas cuadras que conforman Colombia, desde Vidal Alcocer hasta República de Brasil. Fue él quien regresó a la base de acciones provisional montada en el auto de Balderas, estacionado sobre El Carmen.

Todo coincidía con los informes que del área había proporcionado anticipadamente Sánchez Carioca. En el auto, hacia las cinco con treinta minutos, los tres hombres afinaron los últimos detalles.

—Cierto, don Camilo, nada más son tres los lugares en que se puede dar el intercambio —inició la charla el Tívoli.

—Se lo dije, mi estimado, pero no está de más que lo haya visto con sus propios ojos. Después de todo es usted el que se encargará de apoyar la acción en la retaguardia. —Y luego de una pausa, dirigiéndose a Balderas: —Cómo va con ese paquete, compañero.

—Casi listo, Camilo. De hecho ya está, en cuanto lo arrojemos al suelo se va a abrir para que se desparramen los recortes de periódico, las fotografías, los folios y los compactos.

—Entonces estamos listos —finalizó Carioca—. ¿Todos tienen sus armas a la mano?

Tívoli, con un gesto, señaló el arnés metálico ceñido a su costado derecho en donde dormitaban plácidamente tres dagas. Balderas revisó por última vez el estado de su Beretta y la posición en que llevaba el cargador de repuesto. Carioca también palpó con mucho aprecio su revólver 38 especial.

El primero en salir del vehículo fue Balderas. El segundo Sánchez Carioca y finalmente el Tívoli. Quedaron de revisar en orden cada una de las tres vecindades y en ellas llevar a efecto el proyecto de trabajo para rescatar a Alejandría y acabar de una buena vez con su secuestrador. Actuarían desde el inicio bajo el siguiente trazado de ataque: Balderas, con el paquete del supuesto archivo sobre el Abrelatas, era el encargado de entrar el primero a la vecindad en caso. A su lado, siempre cubriendo su flanco izquierdo, Carioca. Y atrás de ellos, a la extrema derecha, el Tívoli con una de las dagas en la mano, lista para lo que se requiriese.

La primera vecindad estaba prácticamente en ruinas. Aunque debido a los huecos que dejaran en ella las inacabables reparaciones, era suficiente la luz que se filtraba como para poder observar al menos el patio central del edificio. Todo lo demás eran polines, vigas y andamios.

Entraron.

De inmediato Balderas cuidó bien, arma en mano, de que no los fueran a atacar desde arriba o desde atrás de la derruida fachada del lugar. No encontró mayor peligro y siguió con el avance. Carioca ya estaba con él, aunque a prudente distancia como para no bloquearse el ángulo de tiro. También el Tívoli, una sombra más entre las maderas que apuntalaban la construcción, se encontraba listo. Faltaban diez minutos para las seis de la mañana.

Balderas asomó un poco del tambo que usaba como trinchera y sin decir una sola palabra, arrojó al centro del patio el paquete con los documentos. Como lo previeron, éste se abrió y fue regando en su caída buena parte del contenido. El efecto no podía ser mejor.

Esperaron dos minutos la señal de alguna respuesta.

Pero no la hubo. Y para la contingencia tenían preparado también un sistema de defensa: Carioca salió de su parapeto y fue recogiendo los documentos, fotos y compactos para meterlos en el paquete. El Tívoli había mudado de flanco y ahora se encontraba a la izquierda de Balderas que, por su parte, avanzaba un poco hacia el frente para proteger a Carioca de un asalto inesperado.

Pero nada ocurrió. Y se dirigieron veloces a la segunda de las vecindades que estaba en su lista.

Prácticamente repitieron la escena con algunas ligeras variantes: en esta ocasión esperaron un poco más. Pero tampoco hubo respuesta. No quisieron salirse del sitio sin antes echar un vistazo más a fondo. Las vecindades no eran infinitas, les quedaba, descontando ésa, sólo una más. Así que era mejor estar seguros de que no había más habitantes que roedores y bichos de menor tamaño en el inmueble antes de abandonarlo.

Cuando estaban a punto de entrar a la tercera vecindad, la menos destruida, hicieron una pausa. Allá adentro sí se escuchaba un ligero ruido como de pasos en sordina. Podía ser sólo alguna familia sin hogar que encontrara provisional o quizá definitivo refugio en el poco hospitalario lugar. Pero también podía ser que allá adentro los estuviera esperando un asesino múltiple, dispuesto a muchas cosas con tal de obtener la falsa información que sobre el caso *Abrelatas* iban a darle a cambio de Alejandría.

Esta vez entraron con mucho mayor lentitud. En alguna iglesia cercana habían sonado ya desde hacía un rato las campanadas de las seis. Y aunque llegaran con un poco de retraso a la cita, no apresuraron la acción que por tercera vez se repetía idéntica.

Tomaron posiciones. Para fortuna de Balderas y Carioca, un muro a la mitad estaba muy cercano a la entrada. Ahí se escudaron mientras el Tívoli encontraba, casi pegado al espacio de lo que fuera el zaguán del sitio, un ángulo adecuado para auxiliar a sus compañeros.

Al frente de ellos, al fondo, donde no alcanzaba a llegar la luz pero se adivinaban cuartos semiderrumbados, continuaba una especie de murmullo, como si una boca amordazada quisiera comunicar un imposible mensaje. Los pasos que escucharan desde fuera habían cesado por completo.

En su escondite, Carioca y Ángel esperaban el momento preciso para iniciar con los movimientos preparados. Camilo hizo una señal a Balderas y le habló al oído.

—Dígame, mi estimado, cómo fue que nos metimos en esta chingadera...

Ángel Balderas se encogió de hombros y con la mano izquierda hizo el ademán inequívoco de que si estaban ahí era porque les faltaba por lo menos un tornillo. En seguida, con la misma mano, asegurándose con un vistazo de que el Tívoli podía apreciar desde su punto la señal, contó con los dedos, levantando pausadamente y a un ritmo parejo cada uno de ellos. Cuando llegó el momento del número tres, arrojó al centro del patio el paquete, que por tercera vez se abrió mientras volaba para esparcir su contenido.

Desde el fondo, desde donde todo era tiniebla, salió botando a traspiés la figura de Alejandría. Venía hacia ellos, vendada de los ojos, amordazada y con el cabello en desorden. Los tobillos y las manos estaban sujetos con cinta plástica. No dio más allá de unos cuantos difíciles pasos la mujer cuando chocó contra parte del contenido del voluminoso paquete y cayó al suelo, golpeándose aún más de lo que ya estaba.

Carioca no pudo esperar más y se lanzó por ella, haciendo un par de disparos hacia la penumbra frontal para prevenir que lo balearan en el pecho.

Balderas estaba a punto de gritar que no, que no saliera así, que eso no estaba en los planes. Había que negociar primero. Pero ya Carioca cruzaba en diagonal el amplio patio que caracteriza a todas las vecindades de la ciudad, y con ello impedía que Balderas pudiera disparar para cubrirlo mientras llegaba hasta Alejandría.

No llegó. Una bala, salida de la mano armada que por primera vez se dejaba ver, le pasó rozando el hombro izquierdo y lo hizo perder el equilibrio.

Simultáneamente, o casi al mismo tiempo, una daga que había lanzado el Tívoli atravesaba limpiamente la mano con la pistola que acababa de asomarse a la luz. Carioca cayó hacia atrás y se golpeó fuertemente la cabeza contra el pavimento. También vino a caer, en el área de visibilidad, un hombre que de rodillas intentaba sacar el afilado puñal de su extremidad.

Pero tampoco pudo hacerlo porque otra daga, en cuanto lo tuvo identificado, se le fue a clavar muy profundo en el costado derecho. El hombre se revolvió de dolor.

Balderas había salido detrás del muro, por el mismo lado que lo hiciera Carioca, y abrió fuego contra la penumbra, por si acaso había alguien más ahí dentro.

Y lo había.

Cuando Balderas lo vio, cuando el Tívoli lanzaba su tercera daga, ya el hombre iba saltando uno de los muros falsos del edificio. La daga pegó contra el filo del pretil. La bala de Balderas lo hizo un poco más arriba, pero demasiado tarde. El tipo estaba ya del otro lado y desde ahí, tomando cualquiera de los atajos, podía salir de la vecindad. Incluso era posible que existiera una puerta trasera.

Balderas dudó un instante entre seguir al sujeto o agacharse para auxiliar a Carioca y Alejandría, que estaban tendidos en el piso.

Esa falta de decisión provocó que no viera al tipo, que en realidad no había corrido hacia ningún lado, sino que salió de detrás del muro y disparó no contra ellos, sino contra su acompañante. El balazo le perforó una pierna al hombre que ya tenía en su haber dos dagas propiedad del Tívoli.

Y ahora sí Balderas decidió seguirlo, de frente, sin protección alguna, disparando repetidamente contra el muro que ante los impactos se iba desmoronando en pedazos muy grandes.

Carioca había recuperado el conocimiento, pero estaba con todo el peso del cuerpo sobre su revólver. Alcanzó a tomarlo y apuntar hacia donde el hombre aquél corriera rumbo a otra zona de oscuridad.

Y disparó. Ahí se mantuvo un segundo para ver si había acertado en el blanco. Pero no era así.

El hombre seguía moviéndose en la oscuridad. Tenía de frente a Balderas, pero ninguno de los dos, con la vertiginosidad de los hechos, pudo darse cuenta de que le bastaba hacer un solo disparo al tipo para prender en pleno pecho al todavía joven investigador y periodista.

Por eso el último disparo no fue hacia él, que era el blanco natural, sino hacia la cara de Sánchez Carioca.

Y quizá por la mezcla del instinto de conservación y un acto reflejo, Carioca, que estaba apenas incorporado, volvió a desmayarse y nuevamente se golpeó de mala manera, justo a tiempo para que la bala, sin tocarlo. fuera a romper parte del muro que momentos antes le sirviera de guarida y una parte de éste se desprendiera para caer sobre su hombro lesionado.

Balderas disparó hacia la oscuridad y hacia allá salió corriendo. El Tívoli, ya sin armas en la mano para cooperar en la captura, consiguió acercarse rápidamente primero a Alejandría y luego al hombre que yacía en el suelo.

Allá en la oscuridad interior se escucharon nuevos tiros, pero ningún grito o señal de que alguno de ellos hubiera causado bajas en uno u otro bando.

El Tívoli tenía nuevamente en la mano una de las dagas, la que extrajo de la mano del hombre que hizo fuego inicialmente. Con ella lista para el ataque gritó hacia la penumbra:

—Déjalo, Balderas, éste todavía respira. Con éste tenemos...

Luego de un par de larguísimos minutos, mientras Alejandría trataba de taparse los oídos para no escuchar nada más, apareció por fin Ángel Balderas, lleno de tierra, con la mirada brillante, muy tenso.

—Se nos fue —dijo, a modo de conclusión.

—No te fijes. Éste está bien vivo todavía.

Y al explicarlo, el Tívoli tomó su daga y la internó como cirujano experto en uno de los lados del cuello del tipo, entre la piel y el músculo. El grito no fue para menos, pero el lanzador de cuchillos lo tranquilizó:

—Ni te muevas: estamos a un milímetro de la yugular.

Balderas verificó que Alejandría, pese a todo, no estuviese más que golpeada, y que Carioca, aunque inconsciente, se mantuviera respirando. Y de inmediato fue hacia la parte del patio donde el Tívoli atendía su negocio.

—Adiós, pinche Abrelatas —le dijo, apuntando su pistola al medio de los ojos del hombre que prefirió no moverse pero sí decir, con los dientes apretados, un muy débil y alargado *no*.

El Tívoli, con la mirada, frenó la decisión de Balderas de jalar el gatillo, como diciéndole déjamelo a mí que yo sé de esto. Y movió un poco, sólo un poco, la daga que mantenía en el cuello del sujeto. La otra permanecía anclada en su hígado, y nadie pensaba retirarla de ese puerto.

—¿Quién? —preguntó sencillamente el navajero.

Otra vez con los dientes apretados y señalando con el movimiento de uno solo de sus dedos, el hombre dijo:

—Tavares.

—Repítelo —le ordenó Balderas, con el ademán de encontrarse ansioso por disparar.

—Tavares —dijo de nuevo el hombre, separando muy bien las sílabas de la palabra.

—Él es el Abrelatas —preguntó, afirmando, el Tívoli, luego de dar otro jaloncito a la daga.

—No —contestó el sujeto, cuya sangre había formado ya un charco que no podía ver.

—Entonces quién carajos es —volvió a intervenir Balderas, con la voz muy alta y casi quebrada por la rabia contenida.

—Casas Olmedo —deletreó el sujeto, siempre con los dientes apretados, antes de cerrar los ojos para ya no ver el arma con que lo encañonaban.

Balderas cambió una mirada con el Tívoli. Sin más, el lanzador de cuchillos movió con firmeza su daga y cortó limpiamente, como si no quisiera provocar dolor alguno, la yugular del individuo. Luego volteó hacia Balderas para decirle:

—Mejor que no le dispararas, nunca nos hubiera dado esa información.

Ángel Balderas respiró muy hondo antes de contestarle a su compañero de armas:

—Seguro, Tívoli, ya no me quedaba ni una bala.

Después, entre ambos, desamordazaron y desataron a Alejandría y la llevaron, junto con Carioca, cerca de la puerta de la vecindad. En pocos minutos estaba ya frente a ella Balderas con el auto. Los subieron al asiento trasero. Sánchez Carioca respiraba con regularidad, pero no recuperaba la conciencia.

Se dirigieron veloces a la clínica de Germán Guardia.

Ahí estuvieron mientras Guardia, alarmado aunque profesional, se hizo cargo de los heridos. A los dos los internó. Trajo a un médico más y una enfermera que lo apoyaban en el turno de noche y empezó a trabajar con su ciencia sobre Alejandría y Sánchez Carioca.

El Tívoli y Ángel Balderas, luego de constatar que los dos tenían claras esperanzas de vida, salieron al vestíbulo a fin de serenarse.

—Qué piensas, Balderas.

—Algo está mal aquí.

—Pero recuperamos a la joven y parece que no está muy dañada.

—No sé qué vaya a pasar con don Camilo.

Ahí sí el Tívoli guardó silencio. Él lo había visto golpearse la cabeza en las dos ocasiones contra el suelo. Ninguna de esas lastimaduras podía ser benigna.

Ya no hablaron más.

Dos horas más tarde salió Guardia de la sala donde se encontraba. Informó rápido y escueto.

—Sánchez Carioca está conmocionado, ya le hicimos una tomografía y parece que no hay lesión cerebral, tampoco tiene fractura en el cráneo. La bala que le pasó cerca del hombro izquierdo no fue más que un rozón. Sólo falta esperar a que reaccione a los medicamentos. Alejandría está bien, pero tendrá que pasarse un tiempo aquí, bajo mi cuidado, sus lesiones no son de peligro. Tiene señales de tortura que ya atendimos. Ella también está dormida pero es en parte por la desnutrición y en parte por los sedantes que le administramos. No podrán hablar con ellos hasta mañana, siempre y cuando don Camilo salga pronto de esta crisis.

—¿Crees que lo consiga? —preguntó, esperanzado, Balderas.

—Sí, Ángel. Créeme que no hay lesión. El aparato no miente. Confiemos en él. Sólo es cosa de esperar. En cuanto a la joven Alejandría, la tendremos en circulación cuando más en diez días. Pero necesito hacerles una pregunta.

—Adelante, Germán, lo que quieras.

—¿Los siguieron hasta aquí?

—No —respondieron seguros y al unísono el Tívoli y Balderas.

—Entonces vayan a descansar mientras ellos se recuperan. Yo me encargo de todo. Si necesito algo les llamo de inmediato.

Ambos se despidieron del médico con un abrazo. Ya no era necesario agradecerle en forma verbal por los servicios tan oportunamente ofrecidos. Sin embargo, todavía quedaba algo más en la boca de Guardia y se los dijo antes de que salieran de la clínica.

—Balderas…

Ángel volteó a mirar a su médico y amigo de tantos años.

—Balderas, no sé lo que vayas a hacer, pero si quieres mi opinión y estás en posibilidades, acaba con ese hijo de puta antes de que les cause más daño.

Ángel asintió a la petición, pero no pudo hablar por un implacable nudo en la garganta que le empezaba a inundar los ojos de un líquido muy conocido por él.

Gafas negras V

Ya son varias las mañanas que ha empleado en buscar, uno por uno, en casi todos los centros deportivos particulares y públicos de la ciudad. Pero no se desanima. A cada nueva negativa resopla un poco, no sin cansancio, pero empeñoso en conseguir su objetivo.

Son ya casi las doce del día, y ha pasado al menos por tres sitios de entrenamiento sin obtener un resultado positivo. Sin embargo toma la hoja en donde tiene anotada una larga lista de ellos y en su auto se dirige a buscar uno más. Llega luego de media hora de conducir. Es un deportivo mitad público, mitad privado, con varias canchas de basquetbol, volibol y algunas de tenis. No es un lugar muy cuidado. El pasto crece sin concierto en algunas partes del predio. Tavares entra y se acerca a las oficinas del lugar para preguntar, como lo ha hecho ya no sabe cuántas veces en los más recientes días:

—Buenas tardes, señorita, busco al profesor Casanova, instructor de baloncesto, ¿se encontrará él?

—Permítame.

Ante la sola posibilidad de éxito, Tavares se quita las gafas oscuras y baja un poco el cierre de la chamarra deportiva en vivos colores con la que se ha ataviado siempre para la búsqueda. Mira las instalaciones del recinto. No son como las que imaginaba para que en ellas se desempeñe alguien que hubiera sido capaz de formar una selección nacional de basquetbol con cierto grado de competitividad. Qué tendría que hacer en ese sitio, en caso de que fuera el mismo que él estaba buscando, un profesor de la talla de Casanova. Muchas cosas debieron ocurrir durante su ausencia del país. En estas reflexiones lo sorprende la respuesta de la joven secretaria, que le informa:

—Sí está, señor, pero en este momento tiene clase en el salón de pláticas. Si gusta esperarlo, él no debe de tardar más de diez minutos en terminar.

—Gracias, espero. ¿Puedo ir a ver los entrenamientos?

—Claro que sí, señor, ¿quiere que le avise al profesor que lo está esperando?

—No es necesario. Esperaré por aquí. Gracias.

—Como guste.

Tavares ciertamente da una vuelta por las canchas. Echa un buen vistazo a las jóvenes que practican volibol. Se detiene en las canchas de basquet y contempla los diversos ejercicios que hacen los jugadores que ahí se preparan para alguna competencia. Él mismo parece, por la ropa y la actitud, como uno más de los instructores que van de allá para acá con grupos de deportistas. Se acerca a un jardinero que ha interrumpido su tarea y lee el diario.

—Jovencito...

Sin esperar más, el hombre bota a un lado su periódico y toma de inmediato las tijeras de podar. No se da por aludido. Se siente y se ve cometiendo una falta en sus labores.

—Jovencito —insiste Tavares—, si quiere puede seguir leyendo, sólo le pido que me indique cómo llego hasta el salón de pláticas sin necesidad de atravesar todo el campus.

Suspira aliviado el trabajador.

—¿No trabaja usted aquí, entrenador?

—Es probable que lo haga a partir de mañana, pero antes tengo que ambientarme y pasar por unos papeles al salón de pláticas.

—Cómo no, mire, no se crea que no trabajamos, lo que pasa es que a veces, con el sol, no dan muchas ganas de estar duro y duro con el pasto...

Tavares lo mira desde sus lentes oscuros y asiente comprensivo, ya no dice más, espera una respuesta.

—El salón, sí, mire, entrenador: tiene que irse por todo el alambrado hasta pasar por detrás de los baños, luego se encuentra con dos edificios, en el de la derecha está el salón de pláticas.

—Le agradezco.

—Y yo a usted, entrenador, me dará gusto saludarlo por acá en caso de que se quede a trabajar con nosotros, digo, aquí en el deportivo. Yo también juego a veces, cuando me queda tiempo.

—Lo tomaré en cuenta. Con permiso.

Y se retira, dejando satisfecho y tranquilizado al joven jardinero. Sigue, disimulando la prisa, por el camino que le han trazado, y llega sin problemas al sitio que busca. Ya está saliendo la gente del pequeño edificio de la izquierda. Son una gran cantidad de deportistas que charlan amenamente. Todos, sin temor a equivocarse, son jugadores de basquetbol. Al final de ellos, mientras mete papeles en un fólder, aparece el hombre que Tavares ha esperado encontrar desde hace mucho. Da un poco de tiempo para que el grupo de jugadores se dirija a la cancha más próxima y se acerca discreto al entrenador. Se levanta los lentes polarizados para mirarlo al rostro y decirle:

—Cómo está, *couch*, qué dicen esas jugadas ganadoras.

—Todo bien, todo bien, en qué le sirvo —el entrenador, instructor Casanova para ser exactos, no levanta la vista de los papeles y no parece reconocer la voz. Se detiene de pronto cuando ve que su interlocutor se ha quedado firme frente a él y le cierra el paso. Mira por fin el rostro que se le ofrece. Quiere articular alguna palabra, pero nada sale de su garganta.

—Soy yo, Casanova, no estás viendo un muerto. Quita esa cara.

Tarda todavía un poco en reaccionar el entrenador. Sus pupilos ya no pueden escuchar la conversación que posiblemente tendrá con el tipo que lo detiene. Y para su suerte, ninguno voltea. No hay escapatoria.

—¿Qué quieres, Tavares?

—Hablar, eso es todo. Hablar. ¿Tienes un momento?

—Si no hay más remedio…

—Pensé que te daría gusto verme.

—Tú sabes que yo sólo cumplí con mi trabajo. Contigo nunca tuve problemas.

—Eso lo sabemos los dos. Lo que yo quiero saber es otro tipo de noticias. Qué pasó con tu equipo, aquel que conocemos.

—Después de la muerte de Rojo y el cambio *allá arriba* no se pudo hacer nada.

—Por qué trabajas aquí, ¿nadie sabe de tu valía en este país?

—Nunca lo supo nadie. O bueno, sí lo supieron pero no las personas adecuadas.

—Debiste hincharte de dinero con los juegos que dirigías para el basquet modificado, ¿no es cierto?

—Eso se acabó hace mucho, Mórtimer. Te pido que no lo menciones.

—Y yo te pido que me invites a comer. ¿Te parece bien?

—Con gusto lo haría, Tavares, pero tengo entrenamiento.

—Suspéndelo.

—Me están esperando, no sería fácil.

—Lo vas a suspender —dice Tavares, mientras se baja todo el cierre de la chamarra y deja ver la cacha de su 45.

—No quiero problemas. Todo aquello quedó en el pasado. Incluso tú…

—Yo debería estar muerto. Dilo, sin miedo. Pero no lo estoy. Y te pido, en nombre de todo lo que tú y yo sabemos, que me acompañes. Voy a estar contigo mientras les dices a tus muchachos que tienes un asunto urgente que atender. No me voy a separar de ti. Sé dónde vives. Sería inútil que intentaras algo. Además, no temas, contigo no tengo nada qué arreglar, nada más quiero que me pongas al tanto.

Afirma con la cabeza el instructor Casanova. Está temblando. Y tanto que el movimiento nervioso de sus manos se hace evidente en las hojas de papel que sostiene. Los dos se dirigen hacia el grupo de jóvenes que han iniciado la fase de calentamiento y hacen sin orden varios tiros al aro.

—Compañeros —les dice Casanova—, ha surgido un imprevisto. Tenemos que posponer por el momento las jugadas que íbamos a practicar hoy. En todo caso, háganlas sin mí. Regresaré tan pronto como pueda. Si no vuelvo, mañana nos vemos temprano, como siempre.

Hay voces de desencanto entre algunos de los jugadores. Pero al fin aceptan las indicaciones de su entrenador, y Tavares, siempre muy cerca de Casanova, desaparece con él, mientras finge hacer comentarios respecto del rendimiento de los deportistas.

Al salir de las instalaciones los dos hombres van en silencio. Es Tavares el que lo rompe para indicar a Casanova que tome las llaves del auto que tiene enfrente y se coloque en el asiento del conductor.

—Maneja tú, yo tengo todo el día sentado tras ese volante.

Un poco menos nervioso, el entrenador hace lo que le indican.

—¿Adónde vamos?

—A tu casa.

—Prefiero que hablemos en otro lado, ahora no están mis hijos pero sí debe de estar mi mujer. Sólo te pido eso.

—Vamos a tu casa. No quiero discutirlo. Y maneja despacio, no es bueno que nos detenga una patrulla.

El auto arranca. Casanova se aprecia incómodo, inseguro, presiente que si no sigue las reglas de este juego las cosas pueden resultar muy mal no sólo para él, sino para su esposa.

Luego de un largo trayecto al fin llegan a su destino. Tavares tiene que actuar muy bien para que Casanova no se percate de que en realidad no sabía en dónde estaba su domicilio. Mientras el entrenador abre la puerta de la casa, Mórtimer parece entretenerse con algo en la cajuela. Y en cuanto está seguro de cuál es el sitio al que se dirigen, apura el paso para dar alcance a su acompañante.

—Ya llegué, mujer, soy yo, tuve que arreglar unas cosas… —grita el hombre, dirigiéndose a la planta alta de la construcción, pero nadie le responde. Voltea a ver a Tavares, alarmado.

—Nada tengo que ver, Casanova, te lo juro.

Luego de cerrar la puerta los dos recorren las habitaciones. Junto al teléfono Casanova encuentra un recado que lo tranquiliza.

—Fue al súper —informa a Tavares, sin necesidad, pero cuando lo piensa ya lo ha dicho.

—Siéntate —dice Mórtimer, ordenando, sin quitarse las gafas negras.

Ambos lo hacen.

—Qué pasó con Casas Olmedo.

—No lo sé. Todos nos separamos, como te debes imaginar. Se desintegró el equipo. Aquí no iban a contratar a ninguno de los jugadores. En parte porque no les pagarían lo justo y en parte por sus antecedentes con el *doping*.

—O sea que casi los agarran a todos.

—Casi. Sí. De ti nadie supo nada después de la final aquélla.

—Tampoco yo supe mucho de ustedes. Pero necesito saber qué fue de Casas Olmedo.

—No lo sé en realidad, créeme. Lo único que pudo hacer es irse a jugar fuera, allá no hay tanto problema. A lo mejor se fue a una división intermedia a otro país.

—¿Sabes si ha regresado a México?

—No, no tengo noticia. En todo caso se hubiera comunicado conmigo para ver qué le conseguía por acá. A él no le faltaría trabajo como entrenador.

—¿Sabes qué le pasó a Rojo?

—Lo asesinaron.

—¿Sabes quién fue o por qué fue?

—No, no lo sé. Tú entiendes, Tavares, que mi contacto con ese mundo se reducía casi nada más al trato con los jugadores. Jamás entré a lo de las apuestas. Jamás. Deberías de saberlo. Imposible determinar quién o quiénes asesinaron a Rojo, a su novia y a la mujer de Casas Olmedo. ¿Tú sabías que los mataron a todos?

Mórtimer Tavares desenfunda su pistola. Casanova intenta ponerse de pie, pero un gesto con el arma detiene el movimiento.

—Fui yo, y tú sabes por qué, Casas Olmedo te lo ha de haber dicho.

—Tavares, yo jamás, de verdad que jamás me metí para nada en asuntos de apuestas ni nada de eso...

—Pero Casas te lo dijo.

—Tavares, yo nunca diría nada que lesionara los intereses de alguien, sabes que siempre fui derecho con los jugadores y con todos ustedes, los que iban al estadio.

—¿Qué fue lo que te dijo?

—No hagas que te lo repita, Mórtimer. Baja la pistola, por favor. Estoy casado, tengo hijos ya grandes, mi mujer me necesita.

—Te lo dijo sí o no.

—Sí, Tavares, pero yo jamás, pero jamás lo comenté. Él vino a mi casa ese día, te imaginarás cómo estaba, además tenía un problema muy serio en una de las piernas... Tavares, por favor, deja esa pistola, puedo decirte lo que necesites...

Un solo disparo en el plexo solar termina con la súplica y la explicación del instructor Casanova. El cuerpo del hombre se va de lado sobre el sofá.

Mórtimer Tavares no pierde tiempo: sale de la casa y baja el interruptor de la energía eléctrica, entra nuevamente y cierra la puerta. Toma el cadáver de Casanova y lo pone encima de la mesa del comedor. Luego, con cuidado, lo ata por el cuello del cable que sostiene muy alto una lámpara. Retira la mesa mientras carga el cuerpo para que no saque o rompa la instalación. Lo estabiliza, incluso.

Ahí lo deja, balanceándose muy poco a poco, con la expresión en el rostro de quien no acaba de entender lo que pasó, ni entenderá nunca ya más nada.

El tercer hombre

1. Serían casi las tres de la madrugada del día posterior al enfrentamiento cuando lo llamó Germán Guardia. Balderas respondió, alarmado al reconocer la voz:

—Sí, soy yo, no me digas que ha pasado algo malo…

—Al contrario, mi hermano, buenas noticias: el maestro Sánchez Carioca ha recuperado el conocimiento y quiere hablar contigo tan pronto como puedas venir.

—Voy de inmediato. ¿Desde qué hora está consciente?

—Casi desde las ocho, pero no te llamé para que no fuera una falsa alarma. Le hicimos las pruebas necesarias y según pienso evoluciona bastante bien. Creo que está fuera de peligro, aunque tendrá que permanecer en la clínica por lo menos dos días más. El golpazo no fue para menos.

—Voy para allá. Cómo está Alejandría.

—Durmiendo como la Cenicienta. Ella no tiene mayor problema, está del todo en proceso de recuperación. Lo que le hizo el pendejo ése más bien le dará trabajo a otro amigo mío, sicólogo, que le puede ayudar con una terapia especializada para estos casos. Pero es fuerte la mujer, ya me ha contado algo. Estoy seguro de que va a salir bien de ésta.

—Voy para allá.

—Es la tercera vez que lo dices, acá te espero.

2. Sánchez Carioca estaba incorporado a medias en su cama, tenía encendida la lámpara del buró. Pasaba el tiempo leyendo revistas médicas. Se le iluminó el rostro al ver entrar en su cuarto a Balderas, acompañado por Guardia, que les dijo:

—Los dejo solos, voy a hacerle una revisión a uno de los pacientes de arriba. Balderas, no canses mucho al maestro.

—¿Cansado de qué, galeno? —preguntó en broma ofendido Sánchez Carioca—. No he hecho más que estar acostado desde que me trajeron.

Salió Guardia y de inmediato Camilo cuestionó a Balderas.

—Dígame la verdad, Ángel, qué fue lo que pasó.

—Se fue. Se nos escapó de las manos.

—¿Era él?

—No lo sé.

—Cómo que no lo sabe, si casi acaba con los tres.

—Eso fue porque no iba solo, llevaba un pistolero. En cuanto a que si era o no era, déjeme decirle que el ayudante murió, pero antes nos dijo un par de nombres.

—Qué nombres, ¿gente conocida?

—No para mí. Habló de un Casas Olmedo. Así nada más. ¿Le dice algo?

—No precisamente. ¿Y el otro?

—Tavares. Igual, sin más datos: Tavares.

Camilo Sánchez Carioca separó la vista de Balderas, como atendiendo a un llamado de alguien que sólo él veía.

—¿Se siente bien, maestro? ¿Quiere que llame a Guardia?

—No puede ser.

—¿Qué es lo que no puede ser? No me espante, Camilo.

—Hubo un caso, hace años, cuando colaboraba para el periódico aquél, que no resolvió nadie. O al menos a mí no me dejaron intervenir. Eso pasó muy poco antes de que saliera de la empresa. En todo eso había un Tavares metido. Se llamaba Mórtimer Tavares.

—¿Y qué, qué era el tipo?

—Un cabrón que más vale tener a muchos kilómetros de distancia.

—¿Legal o ilegal?

—Creo que pertenecía a un grupo paramilitar, de escoltas, algo así. Nada oficial. Uno de esos cuerpos de seguridad especializada que ahora hay por todos lados. Además, algo como una hermandad. Nunca me quedó claro.

—¿No siguió con el caso?

—Le digo que esto pasó cuando salí del periódico, apenas estaba haciéndome una idea. Poco antes de que me dedicara a trabajar con los del despacho.

Carioca miró directo a Balderas.

—Pero todo eso está en mi archivo. No me dejaron sacar nada, los infelices. Alegaron que era información que pertenecía al periódico.

—¿No conservaba un archivo paralelo, en su casa?

—Claro, usted lo ha visto. Pero ese caso era muy reciente, todo lo que supe lo escribí pero no fue publicado. Luego vinieron los problemas con la empresa y salí por peteneras, como se ha de acordar.

—Entonces ese archivo, si existe...—sugirió Balderas, adivinando el camino a seguir.

—Debe existir. A ellos les sirve o les sirvió de algún modo que no entiendo. Por algo no me dejaron sacarlo. A todos los que salimos en aquel entonces les permitieron quedarse con sus documentos, pero no a mí. Pensé que era por lo del sindicato, pero ya veo que no.

—¿Entonces, maestro?

—Usted sabe, Balderas, que sólo hay una forma de obtenerlos.

Ángel no esperó más. Se puso de pie. Antes de salir del cuarto preguntó a Carioca:

—¿Cómo son los horarios en el periódico ése? Tome en cuenta que van a dar las cuatro de la mañana.

—Ahorita deben estar en el último paso de las rotativas. O no, ya casi deben de haber terminado y estarán con lo que sigue, de modo que si usted se apresura...

—Cuánto tiempo cree que tenga.

—Digamos que de aquí hasta eso de las seis de la mañana, antes de que entre el turno que se encarga de darle mantenimiento a las máquinas.

—A qué horas llega la gente de arriba.

—Por ésos no se preocupe. Van cayendo por el periódico después del almuerzo.

—Hecho.

—No vaya solo.

—Qué va, yo solo no podría.

—¿Conoce la entrada por la calle de atrás, la que da a la cantinucha?

—Sí, he pasado por ahí.

—Creo que es la mejor opción.

—Nos veremos, maestro.

—Si algo pasa, llámeme. Aunque sea desde aquí, quizá pueda echar mano de algunos contactos. Digo, si lo agarran en la jugada.

Balderas salió a toda prisa del sitio, luego de dejarle una sonrisa de complicidad a Carioca.

3. Al cuarto para las cinco de la madrugada dos hombres vestidos de traje caminaban, solitarios, por la calle trasera del edificio donde se albergaba el periódico en que alguna vez trabajó Sánchez Carioca. Uno de ellos llevaba un maletín rígido.

—Compañero Fellini, mucho del éxito de esto depende de ti.

—Y de ti, bróder, tú eres el que viene armado. ¿Sabes bien el camino que nos lleva hasta donde vamos?

—Sí, un tiempo ayudé aquí mismo a Camilo. Y no he sabido que remodelaran la construcción. Al menos no lo han hecho por fuera. Todo es cosa de abrir algunas puertas.

—Eso déjamelo.

—¿Seguro que traes todo lo necesario?

—Seguro. Sólo que si nos topamos con alguna chapa electrónica me tardaré un poquito más.

—Por qué.

—Porque no tengo herramientas tan avanzadas.

—No creo que hagan falta, los cabrones de este periódico invierten en todo menos en tener un buen lugar de trabajo. La cosa es que no se te caigan los bigotes que te pusiste, ni esa pinche barbita.

—Soy un hombre de mundo, maestro. A mí sí pueden reconocerme.

Un solo guardián estaba en la puerta trasera del inmueble. No fue sencillo convencerlo con palabras de la necesidad de acceder al diario por esa entrada y no por la principal. Pero, como estaba convenido ante la premura del tiempo, Fellini distrajo al sujeto mientras Balderas le asestaba un cachazo en el cerebelo. Se desvaneció el hombre. Fellini no tuvo mayores problemas para abrir la puerta, en principio porque el cuidador llevaba encima un juego de llaves. Balderas arrastró al tipo al interior del edificio. Su compañero lo amordazó y ató de manos y pies. Lo dejaron dentro de su caseta de vigilancia, completamente anestesiado.

Esa entrada era a la zona de talleres, en la que varios trabajadores pululaban dando por terminadas sus labores. Nadie se extrañó de ver a dos hombres que sin prisa se dirigían a las escaleras. Fellini intercambió un par de ademanes con algunos de ellos, como si los conociera. Y le respondieron de la misma forma, pensando, quizá, que ellos no eran sino reporteros de guardia que llegaban temprano a sus puestos. Balderas, incluso, tomó al paso uno de los ejemplares recién armados, ya listos para su reparto.

No se detuvieron en la redacción. Siguieron de frente por las escaleras hasta el segundo piso, donde se situaban las oficinas de los directivos.

Ahí se encontraron con un periodista que se iba del lugar a paso veloz y al que también saludaron, fingiendo camaradería. Se quedó en toda el área sólo una joven mujer que, solícita, les sonreía.

—No ha habido llamados… —les dijo, como quitándoles un peso de encima.

—Gracias —atendió Balderas al comunicado, mientras miraba las cabezas del ejemplar que tenía en las manos, y agregó, con verdadero interés gremial: —¿Falta mucho para que termine su turno?

—Hasta las seis —dijo la mujer, en franco tono de fastidio—. ¿Les sirvo un café?

—Claro.

Lo hizo. Los tres se sentaron en el pequeño recibidor que dejaba a sus espaldas, pared de por medio, la oficina del director. Mientras la mujer preparaba los brebajes, Balderas le indicó a Fellini cuál era la puerta que debía abrir.

Los tres estaban sentados, tomando café plácidamente, charlando de los más recientes acontecimientos periodísticos.

—Compañera, ¿usted cree que el café haga daño cuando está uno mal del estómago? —interrumpió la plática Fellini.

—Bueno, no sé, ¿se siente mal? ¿Quiere que llame al médico del periódico, a ver si todavía no se ha ido?

—No creo que sea necesario —atajó, con adecuada cara de bochorno—, mejor voy al baño, con permiso.

Y Balderas se quedó con la recepcionista, que se quejó amplia y profusamente del turno que le tocaba cubrir.

Fellini hizo muy en silencio su trabajo, y todavía se dio tiempo para pasar al baño, que también quedaba del otro lado del muro que lo separaba de Ángel y la mujer, con el fin de hacer que sonara el agua de los inodoros. Regresó al convivio con cara de felicidad.

—¿Ya se siente mejor? —le preguntó la mujer.

—Mucho mejor, señorita.

—Ahora me toca a mí —anunció Balderas—, el café es diurético.

—Fíjese que sí —corroboró la joven—, yo me tomo casi ocho tazas en mi turno y me la paso igual.

Ángel los dejó en animada plática. Tuvo la precaución de cerrar la puerta de acceso al piso, la que desembocaba en las escaleras. Lo hizo con mucho cuidado. Luego fue a comprobar el trabajo de Fellini.

Se llevó una grata sorpresa. El mago no sólo había abierto la puerta, sino que encendió una lamparilla dentro del cuarto para que Balderas pudiera ubicarse. Y, lo más importante, con lo que Ángel no contaba pero el diestro Fellini hizo para cumplir a satisfacción del cliente con su labor: el archivero, con fachada de caja fuerte, estaba de par en par.

Veloz, sin perder un segundo, Balderas revisó los documentos. Afortunadamente, esto era cosa de la secretaria, todo lo que estaba dentro del archivero se encontraba en sobres ordenados por año y de acuerdo al alfabeto. No tardó en dar con su peculiar correspondencia. Pero curiosamente, al abrirla, no encontró los documentos que Carioca le había prometido. Sólo un disco compacto navegaba en el amplio sobre. Afuera, en el membrete, también solo, el nombre: Tavares.

Dobló el papel, envolviendo su contenido. Cerró el archivero tan bien como pudo e hizo lo mismo con la puerta de entrada a la oficina. Se reunió con Fellini y la secretaria de turno.

—Entonces no hay llamados, compañera —le preguntó sin preguntar.

—No, ni uno solo. Siquiera que subieron ustedes. Ya me estaba durmiendo. Y todavía me falta para salir.

—Bien, de cualquier forma es sólo un rato. Le agradecemos el café. Si hay algo, vamos a estar en la redacción.

—Claro, yo les aviso. Que tengan un buen día.

Y ambos, Balderas y Fellini, salieron entre amables sonrisas para la mujer.

Encontrarse nuevamente en la calle no les representó ningún problema: lo hicieron con toda la calma, por la puerta principal. Todavía se despidieron de los guardias con un gesto de cansancio, como si fueran los últimos en terminar con sus tareas, exhaustos del tirano trabajo.

4. Ya en el auto de Ángel, fue Fellini el que inició la plática.

—Lástima, la mujer me simpatizaba.

—No podíamos quedarnos más tiempo ahí.

—Ni modo de llamarla por teléfono…

—Imposible. En un rato más se van a dar cuenta de que algo extraño sucedió. Por lo menos no es usual que al pobre guardia de la puerta trasera lo encuentren amordazado.

—Tienes razón. He perdido práctica. ¿Cerraste el archivero?

—Casi, para eso se necesitaba una llave.

—¿Tocaste algo con las manos?

—Todo con mucho cuidado y no directamente, espero que no hayan quedado vestigios de nuestra visita.

—Pinche Balderas, me hubieras avisado con tiempo. Mi esposa me va a colgar cuando llegue. ¿Adónde vamos?

—Voy a la clínica, a ver a Sánchez Carioca y mostrarle esto. Pero antes te llevo a casa.

—¿Y tú crees que mi mujer me va a creer que fui a una obra de caridad?

—Dile que tenías un asunto pendiente. Negocios.

—Lo dices tú porque no eres casado. Pero cásate y a ver si tienes *negocios* a las cuatro de la mañana.

—No te quejes, eres un maestro, ¿sabes en cuánto tiempo hicimos todo el trabajo?

—No, no me fijé.

—En doce minutos. Y eso que nos tardamos con lo del café. Eres un genio, Fellini.

—Qué le hacemos, bróder —le respondió el mago mientras se quitaba los bigotes y la barba postiza con que se había caracterizado—, qué le hacemos, soy un artista de la escena.

Y la plática siguió por ahí.

5. Eran ya más de las seis de la mañana cuando Balderas cruzó las puertas de la clínica. Encontró a Guardia con Alejandría.

—Cómo estás, corazoncito —le preguntó a la mujer, era lo primero que le decía luego de los balazos.

—Mejor, Ángel. Pero no sabes cómo odio a ese hijo de la chingada.

—No te alteres. Lo tenemos muy cerca.

—Tan cerca —intervino Guardia— que dejamos descansar a la bella entre las bellas y nos vamos a platicar a otro lado.

—Te veo luego, queridísima. Vas a estar bien.

—Si puedes vienes al rato, yo también sé cosas.

Salieron de la recámara.

—Cuéntamelo todo, Balderas.

—Tenemos que llevar este disco a donde está Carioca. Me imagino que sirven los televisores de tus pacientes.

—Me ofendes con la pregunta, mi hermano, pero te la paso. Vamos por el reproductor.

Luego de los ajustes necesarios estaban los tres contemplando las imágenes ya en la televisión del cuarto de Camilo. En silencio apreciaron toda la primera parte de un partido de cierta forma de basquetbol de la cual no tenían noticia.

—Eso fue —anotó Carioca mientras la grabación, con el sonido original, llegaba al medio tiempo del encuentro y las cámaras se dedicaban a tomar aspectos del público.

—¿Qué, maestro? —preguntó, comedido, Balderas.

—Eso, mire, es un juego ilegal en México. Un juego de apuesta en un estadio particular. Y ese Casas Olmedo, el anotador, es al que se refería el tipo que habló con ustedes. Pero qué o cómo. Qué relación hay entre un jugador de basquetbol con los asesinatos en serie de ahora, si es que la hay.

Las cámaras tomaban los rostros de las personas que departían bebiendo en la butacas del recinto. Carioca se incorporó de pronto:

—Miren, miren quién está ahí.

—Carajo, pero no, no es él —dijo el médico.

—Cómo que no, galeno, esa joven que lo acompaña es la que luego tuvo un cargo político allá en una delegación.

—Cierto —terció Balderas— y miren a esos dos, ¿qué no son los que estaban en el programa de apoyo para las zonas marginales?

—Por supuesto —corroboró Carioca—, con razón el pinche director del periódico no quiso que siguiera con el caso. Lo que no entiendo es qué hace esta grabación en el archivo que usted encontró como *Tavares*.

—Esa puede ser la mutualidad a la que usted se refería, cuando hizo aquellas investigaciones. No es que perteneciera sólo a un grupo paramilitar, sino que ese grupo estaba respaldado por todos estos sujetos que vemos.

Luego, cuando una de las cámaras tomaba a un tipo de lentes oscuros, Carioca hizo un ademán enérgico y casi ordenó:

—Deténgale ahí, galeno. Ése es el pinche Tavares, yo conseguí una foto de él cuando trabajaba en el periódico.

—¿Para qué la consiguió, maestro? —Balderas.

—Hará unos cinco años hubo una llamada al periódico. Me tocó atenderla por la fuente. Era un tipo que no se identificó, pero quería hablar conmigo. ¿Recuerda alguno de los dos que la policía encontró tres cadáveres, dos mujeres y un hombre, de un caso que nunca nadie tuvo a bien resolver? El tipo pendía del alambre de la luz, sin pito, y así lo hallaron. Ya estaba muy descompuesto el cuerpo.

—Claro —tocó el turno a Guardia—. Yo todavía trabajaba para la medicina legal—. Claro. Pero nadie reclamó los cuerpos.

—¿Tienes forma de que te digan la filiación de esos cadáveres? —Balderas.

—Puede ser, voy a hacer unas llamadas. Regreso.

Salió el médico a su oficina. Carioca y Balderas no quisieron seguir viendo la grabación sin la presencia de Guardia. Lo esperaron. El facultativo volvió con ellos, luego de varios minutos, radiante.

—Aquí está todo: el cadáver ése se llamaba Román Rojo, que es el tipo del otro equipo que está ahí en la duela. Y, señores, cuidado: me reporta mi informador del forense que hace un día encontraron el cadáver de un hombre, entrado en la cincuentena, que se dedicaba a entrenar equipos de basquetbol, y que según vamos viendo, por los datos generales que me dieron, puede ser uno de los dos entrenadores que están en el video.

—¿Qué fue lo que le dijo el hombre aquel que habló con usted hace tantos años, don Camilo? —quiso saber Germán Guardia.

—Nada más que había tres cadáveres en una casa, no recuerdo ya la dirección, como se imaginará, pero mencionó el nombre de Tavares. Mórtimer Tavares.

—Entonces usted y su equipo fueron al lugar de los hechos y se encontraron con los cuerpos —completó Balderas.

—No, debo confesar que no hice caso de la llamada. Hasta que por otra vía abrieron la casa aquélla y encontraron, efectivamente, los cadáveres que me había dicho el tipo. En primera instancia, como han de suponer, pensé que el que llamó fue el mismo que les había dado aire.

—Pero no —Balderas, apresurado por llegar al final de las conclusiones—. Entonces es más viable pensar que fue este que ahora conocemos como Mórtimer Tavares el que los mató. Pero dejó vivo, quién sabe por qué o cómo, al que le hizo la llamada, y que ahora sabemos que se llama Alonso Casas Olmedo.

—Pero el que secuestró a Alejandría no fue él —planteó Guardia.

—No —le respondió Ángel, seguro—, claro que no. Ése fue Tavares. Pero entonces el tipo con el que me di de balazos en el Metro no era Tavares. Si no hay más que esos dos jugadores en escena, descontando al tipo que se quebró en el interrogatorio del Tívoli, y que se me hace más bien circunstancial, fue este pendejo de Casas Olmedo el que quiso matarme. Lo que pasa es que por alguna razón ahora se reúnen los dos: Casas Olmedo y Tavares. Pero no trabajan juntos. Según le entendí al ayudante de Tavares, en realidad no sólo quería liquidarme a mí, sino a Casas Olmedo.

—Y ahí entra usted de cuernos, mi estimado —resumió Carioca—, con las notas aquellas tan inocentes que sacó en su columna. Los dos pensaron que usted andaba tras de la pista que yo perdí ya no sé hace cuánto tiempo. En realidad eran dos pistas: una, la del asesinato, que seguramente cometió Tavares, y otra la del juego ilegal. Eso por mi parte que ya es pasto del olvido. Pero ahora que usted apareció, vino a desenlazarse una tercera vía, la más interesante, la del Abrelatas y sus crímenes.

—Si Román Rojo está muerto desde hace años y Mórtimer Tavares es el que secuestró a Alejandría, sólo nos queda uno —anotó Guardia.

—Ahí está el punto, galeno. Como en la bella melodía aquélla, *El tercer hombre* —dijo Carioca y permitió que fuera Balderas el que pusiera en palabras lo que los tres estaban pensando desde hacía un rato:

—Alonso Casas Olmedo es el Abrelatas —dijo Ángel, al fin.

—Y los dos les quieren dar en la madre —Guardia.

—Pero para evitar que caigamos víctima de las balas enemigas están usted y su ciencia, galeno.

Entró en bata Alejandría.

—Pero querida y bella, usted no se puede levantar así como así, ¿pasa algo? —le preguntó el médico, casi suplicándole que no violentara de esa forma sus indicaciones.

—No. Bueno, sí. Es que hay cosas de las que me enteré cuando el tipo ése me secuestró. Y creo que son importantes.

—Germán, si no tienes inconveniente profesional, creo que nos sería muy útil lo que nos diga Alejandría.

—No hay inconveniente, Ángel. Los dejo.

—¿Hasta cuándo voy a estar aquí, Germán? —preguntó la mujer.

—De hecho podrías irte hoy mismo, pero requieres de un tratamiento de mediano plazo. Tienen que sanar las pequeñas heridas y sobre todo tienes que permitirle a tu sistema nervioso que vuelva a la normalidad.

—Es que yo podría identificar el lugar a donde me llevó ya saben quién.

Todos guardaron silencio. Ángel Balderas miró a Guardia solicitando su comprensión y ayuda.

—¿Me estás pidiendo salir de la clínica?

—Sí, Germán, es muy posible que pueda ubicarme. Cuando me secuestró, como ya les dije, me dio un golpe fuerte en la nuca. Es verdad que me desmayé, pero cuando me bajó del coche alcancé a despertar un poco. Él no se dio cuenta.

—¿Dónde es? —preguntó Balderas, tenso.

—Tengo una idea. Sólo vi la entrada al edificio. Es color naranja y tiene una puerta de madera muy oscura. Me cargó hasta el primer piso.

—Pero con eso no llegamos a ningún lado, mi reina —Balderas.

—Yo creo que sí. Sólo hay una parte de la ciudad en donde he percibido el olor a cerveza de esa forma.

—Polanco, la Pensil —saltó Carioca—. Cierto, es el único lugar donde se percibe muy claramente ese aroma, ¿no lo recuerdan, carajo?

—Claro —dijeron Balderas y Guardia.

—Yo puedo ayudarlos. Eso si me deja aquí nuestro querido Germán.

Dudó un momento el médico. Pero al fin cedió.

—Tendrá que ser hasta la tarde. Antes es imposible. Los resultados del laboratorio no pueden estar cuando yo quiera.

Ya era algo, después de todo.

—¿Qué tanto tiempo? —inquirió Balderas.

—Son casi las nueve de la mañana. Qué tal si pasas por ella hacia las siete de la noche.

—De acuerdo —dijo Balderas.

Más tarde Ángel Balderas salió de la clínica. Todavía quedaban varios pendientes por atender.

6. Hacia las once llegó a su periódico. No tuvo que buscar al Polaroid para preguntarle por posibles recados o sobres extraños. El mensajero interno de la redacción salió a su encuentro.

—Ahora sí, lic, para que no diga, hace un rato llegó por mensajería este sobre para usted.

Balderas, luego de agradecer con una sonrisa y el importe suficiente para el almuerzo del Polaroid, fue directo a su computadora. No necesitaba escribir, ni meter ninguna información al archivo. Quería un poco de privacidad. Estaba urgido de sentirse en un sitio donde, quizá ilusoriamente, estaba a salvo.

Ahí abrió el sobre: casi lo de siempre, sólo que en esta ocasión el mensaje era más largo y escrito a mano: "Llega la noche y el dolor me invade. Porque de noche viene tu fantasma". Y, más abajo, con la misma tipografía manuscrita: "¿Te parece un último encuentro? ¿Quieres saber algo más que la pobre información que tienes? Qué te parece el bosque de Chapultepec, este domingo, a las doce del día".

Por supuesto que llamó de inmediato a la agencia de mensajería que se encargó de llevar hasta el diario el paquete. Pero, como es costumbre en ese tipo de lugares, nadie supo informarle nada de nada. O sí, pero algo que no le aportaba gran cosa para las pesquisas: el sobre había sido entregado en las oficinas del lugar el día anterior, poco antes de que cerraran el negocio.

Hizo un par de llamadas más. A la segunda encontró, en su casa, a Simbad el payaso.

—Habla Balderas, Simbad.

—El detective reincidente, carajo, esta sí que es una agradable voz. La otra noche que me llamaste no entendí claramente de qué se trataba el asunto…

—Es sencillo, sólo necesito que me acompañes el domingo, pasado mañana, a Chapultepec, al mediodía, vestido de payaso.

—Siempre ando vestido de payaso, tú lo sabes.

—Pero de payaso de los de antes: zapatones, nariz roja, peluca de colores, harapos. ¿Tendrás a mano algo así?

—Ya no es mi especialidad, detective, pero conservo algunos atuendos como ésos. Es cosa de mandarlos limpiar.

—Ya es viernes, tendrías que apresurarte. ¿Puedes conseguir un atado de globos de gas?

—¿Quieres que cambie mi trabajo en el teatro para ir a vender globos a Chapultepec, en domingo, vestido de payaso antediluviano?

—No. O sí, pero no. Recuerda lo que te decía la otra noche por teléfono respecto del Abrelatas.

—Va a estar cabrón que lo pesquemos si voy vestido de payaso. ¿Tú de qué te vas a vestir, de astronauta? Ese tipo es un asesino de marca.

—Ya te platicaré el resto cuando estemos ahí. Si puedes, qué tal si paso por ti, a tu casa, muy temprano.

—De poder puedo, detective. ¿Pero no crees que deberíamos de llevar a alguien más para que nos ayude en la empresa?

—Llevo a alguien más.

—¿Un gatillero a sueldo?

—Mejor, ¿sabes lo que es una Beretta?

—Una pistola automática. ¿Tienes una?

—Y me es fiel como nadie.

—Ah, bueno, si tú llevas tu pistolita entonces ni me preocupo. Si quieres yo puedo llevar una de agua.

—No temas, Simbad.

—Qué va. Si supieras lo que es hacer reír con chistes serios a una bola de clasemedieros poco dados a la felicidad, sabrías de mi arrojo.

—Entonces, Simbad, paso por ti a tu casa.

—Favor que me harás, sería un desmadre andar con esas fachas desde aquí hasta Chapultepec, tendría que tomar el Metro. No me vayan a confundir con un payaso ambulante y me saquen con una patada en el trasero.

—Vale, entonces paso por ti desde temprano.

—Te sonará extraño, Balderas, pero, ¿cómo va a ir disfrazado el susodicho Abrelatas?

—No creo que vaya disfrazado de nada. En todo caso va a ir armado.

—Te digo, ahí está la mancha.

—Pero te anotas, Simbad, ¿cierto?

—Cierto, Balderas. Te espero el domingo. Cuenta con ello.

—Gracias, Simbad, eres un excelente amigo.

—Y voy a ser un paradójico blanco de colores para el desalmado ése que mencionas.

—No, tú vas a estar ahí sólo para distraer la atención en el momento que te indique. En fin, todo te lo explicaré con calma cuando nos veamos.

—Sale. Estaré listo.

—Hasta el domingo, entonces.

—Hasta el domingo.

—Ah, oye, Simbad...

—Oigo, qué, ¿también quieres que lleve algodones de azúcar?

—No, quería decirte que, como en tu caso, el nacimiento de un payaso siempre es un milagro.

Del otro lado de la línea no se escuchó más que el silencio. Al fin dijo Simbad, conmovido:

—Hermano, no tenías por qué decir de mí algo semejante. Esa frase es memorable, la voy a anotar para mi próximo espectáculo.

—No es mía, pero igual la puedes anotar.

—Quién la dijo.

—Perico, el Payaso Loco.

7. Ya en el auto de Balderas, Fellini iba diciendo:

—No lo puedo creer. ¿Y ahora qué le digo a mi mujer, Balderas? ¿Otro negocio?

—Te aseguro que es todo el trabajo por ahora —le dijo Balderas, mientras miraba por el espejo retrovisor a Alejandría—, es sólo un trabajito. Ahí no creo que haya guardias ni nada parecido.

Y era cierto. Luego de dar varias vueltas por las colonias aledañas a la productora más ostentosa y aromática de cerveza en la ciudad, por fin Alejandría, que iba muy en silencio observándolo todo, dio un pequeño grito:

—Ahí, ese edificio de la izquierda, el que acabamos de pasar.

—¿Segura? —consultó Balderas, mientras con la vista buscaba un sitio para estacionar el auto.

—Sí, te juro que sí, Ángel. La puerta de la entrada tiene doble chapa.

Balderas estacionó el auto en un claro, a la vuelta de la calle señalada por la mujer. Apagó el motor y volteó para decirle:

—Pasamos muy rápido, mi reina, cómo es que viste la doble chapa en la puerta del edificio.

—No, ahorita no la alcancé a ver. En eso me fijé cuando el mono ése me trajo.

—Puede ser una buena forma de corroborar el sitio… —sugirió Fellini.

Como medida precautoria, Alejandría les dio todas las indicaciones que recordaba para dar con el departamento justo y se quedó al volante del auto, con las llaves puestas.

—¿De verdad crees que podrás manejar en un caso de urgencia?

—Sí, Ángel —respondió la mujer con cierto aniñado fastidio—, aunque el cabrón ése viniera detrás de mí podría manejar perfectamente.

—Hecho —finalizó Balderas—, estamos hablando de dejarte sola únicamente diez minutos. Si nos tardamos más, enciende el coche y sácalo a la avenida. Nos esperas cinco minutos, y si no llegamos en ese plazo, te vas a la clínica de Guardia y le explicas todo a él y a Sánchez Carioca.

La mujer los despidió a ambos con un beso y se quedó alerta en su puesto.

Fellini y Balderas no tuvieron problemas para entrar al edificio: el mago abrió simultáneamente ambas cerraduras. Ya en el primer piso se encontraron con una disyuntiva: Alejandría les había dicho que el hombre la cargó hasta el primer piso, al departamento de la izquierda, y según sus cálculos sólo había dos departamentos en cada planta. Pero se encontraron con tres. Dos de ellos hacia la izquierda del corredor.

Se acercaron a uno de ellos, hablando en baja voz:

—La bronca es que si no es el departamento que elijamos, nos van a acusar de rateros, tendremos que salir como sea y quién sabe si podamos volver para entrar al bueno —le dijo Balderas a un Fellini que ya estudiaba las cerraduras de las puertas.

—Tú dices. Si quieres lo dejamos a la suerte: un volado es lo más sabio.

Ángel Balderas sabía que a estas alturas de la pelea ya las cosas no podían ser de otra forma, también la suerte contaba, aunque con los hechos antecedentes en el caso, más bien le había tocado elegir equívocamente la cara de la moneda. Por eso dijo, sacando una y lanzándola al aire:

—Pide tú, Fellini.

—Águila —dijo veloz el mago antes de que la moneda fuera a caer suavemente en el antebrazo de Balderas.

Ambos vieron el resultado: era sol.

—Ni hablar, abramos ésa —dijo el detective, señalando una de las dos puertas en jaque.

Ya se acercaba Fellini, confiado en la protección que le brindaría en caso necesario su amigo Ángel, que empuñaba firme su Beretta. Un paso antes de llegar a la puerta elegida, ésta se abrió de par en par y dejó salir, en fila, a cuatro niños que pateaban una pelota de futbol. Detrás de ellos salió la mujer que presumiblemente era la madre de los críos. Fellini y Balderas saludaron con gran amabilidad a la señora y se quedaron como si hubieran tocado a la otra puerta y esperaran que se abriese.

—Ese vecino casi nunca está, ¿eh? —les advirtió la mujer, poco antes de llegar a la escalera.

La despidieron con una sonrisa gentil.

—¿Listo? —preguntó Fellini, antes de hacer el movimiento final que dejaría abierta la entrada.

—Listo —le respondió Balderas, apuntando su arma por encima del cuerpo de su compañero.

Fellini hizo su trabajo y permitió que Ángel entrara el primero en la zona de peligro. Realizó la maniobra tal y como la aprendiera en la academia, con Aquiles Chavarría: atento a la parte superior del lugar, a los costados, a la espalda, al frente, al piso. Pero a todas luces el departamento estaba vacío.

Sí, literalmente vacío, salvo por los muebles que seguramente se alquilaban junto con el lugar. No encontraron a quien buscaban por ningún lado. Lo que sí observaron con mucho cuidado y sorpresa fue el mural que el tipo que ahí vivió construyera con toda la información publicada respecto del caso Abrelatas. Con facilidad superaba las notas sueltas de Balderas. Qué querría entonces el sujeto, se preguntó Ángel, si prácticamente lo tenía todo.

No tardaron mucho en salir, Alejandría estaba esperando y si se demoraban quizá provocaran una falsa alarma entre el grupo.

Algo llamó la atención de Balderas al ver todos esos recortes periodísticos pegados a la pared, algo que no era recorte, sino un añadido, escrito a mano, con un plumón grueso: *Pinocho no*. El pequeño mensaje estaba en la esquina inferior derecha del extraño mural. Lo más probable, se decía Balderas, es que Tavares lo hubiera escrito a manera de conclusión, como si con esa cortísima frase pudiera cerrar la obra plástica.

Por lo demás no encontraron rastros de comida, ni los vendajes con los que mantuvo atada a Alejandría. Ni siquiera una muda de ropa. Nada. El tipo había volado. Eso quería decir sólo dos cosas de las que Ángel Balderas estaba consciente: el hombre podía aparecer en cualquier momento. Y era necesario, a la vez, mantenerse con cierto grado de protección y seguir de la misma forma en que había permanecido hasta ese día: como señuelo para la presa mayor.

El viernes estaba dejando de serlo. Disponía de todo el sábado, antes de ir al encuentro con Casas Olmedo, para seguir conformando el equipo. Era la hora de pelear, y deseos de seguir en acción eran lo que le sobraba.

Sin hit ni carrera

1. Su historia, su vida, su trabajo y todos los años de entrenamiento se reducían tan sólo a un instante. Aquél en que la bola salió de su mano, y con la mayor velocidad que pudo imprimirle fue a estrellarse, en poderosísima recta, contra el casco del cuarto bat de los Atuneros de Mazatlán.

La noticia, las imágenes, dieron de inmediato la vuelta al país. No era común que un bateador, con casa llena, con tres bolas y dos *strikes* en la cuenta, ante un lanzador excelente que hacia la última entrada no había permitido ni hit ni carrera, acabara de esa forma.

Tampoco lo es en la historia del beisbol. Se han dado casos, cierto, de jugadores que resultan heridos a consecuencia de un golpe no intencional, de un error, o incluso, claro que sí, de una riña.

Pero en esta ocasión, dadas las circunstancias, el hecho era por lo menos muy extraño ante los ojos de los espectadores que estaban en el estadio, y de todos los que presenciaron la escena en las repetidas transmisiones de la televisión.

Belisario de Jesús Domínguez, a punto de llevar a su equipo a una blanqueada, se preparaba desde el montículo para hacer el lanzamiento final, el *strike* que debería representarle el juego perfecto tan largamente anhelado por cualquiera de los *pitchers* que en el mundo habitan.

Pero no fue así. La cámara lenta permite ver que ante el estadio lleno y silencioso en espera del tiro, una bola a todo gas salió de la mano de Belisario para ir directamente, sin escalas ni medias tintas, a chocar contra Adalberto *el Resortes* Martínez.

Pudo ser un equívoco, un lanzamiento francamente mal hecho. Pero el resultado no favoreció en nada a De Jesús Domínguez: El Resortes Adalberto murió de manera instantánea ante el impacto brutal de la pelota.

El humor negro de los cronistas deportivos de entonces le adjudicó a Belisario el juego perfecto: con todo y el cadáver en *home,* no hubo en el partido ni un solo hit, ni una sola carrera de los Atuneros.

Para Belisario de Jesús Domínguez era la rara victoria, y al mismo tiempo la fehaciente derrota de verse inmiscuido en interrogatorios policiales, amenazas, más una curiosa aura que se le formó como *el pelotero de la bola mortal.* Así fue bautizado por la prensa durante el tiempo que duraron las investigaciones.

En realidad muy poco o casi nada tenía que decir el *pitcher* respecto de lo ocurrido en el diamante. Él recordaba muy bien la señal del *catcher,* un experto y decano beisbolista que le pidió una bola alta, un poco afuera de la goma, apenas lo suficiente como para que el Resortes Adalberto se comiera el engaño, hiciera un feliz *swing* y la pelota llegara a las manos seguras de su contrincante, con lo cual se completaba el maravilloso juego perfecto que tanto habían trabajado entre ambos, *pitcher* y *catcher.*

No fue así.

El pelotazo salvaje no sólo rompió el casco protector que usaba el hombre al bat, sino que dinamitó por dentro mucho de aquello que conforma el cerebro y el cráneo. Y lo dejó ahí tirado, sin darse cuenta en lo absoluto de nada: completa, irrefutable y fulminantemente muerto.

Los juicios en su contra fueron dos: el de la Comisión Nacional de Beisbolistas Asociados, la CNBA, que de inmediato, sin más trámite y con tal de evitarse problemas con la ley, lo expulsó de sus filas. No tomaron en cuenta sus antecedentes como deportista, y por supuesto alegaron no tener nada que ver con el particular.

El segundo juicio fue el que tuvo que pasar ante los tribunales comunes, bajo acusación de asesinato imprudencial. Éste fue largo y ancho, lleno de desmentidos, desplegados, fotografías, declaraciones y trabajos periodísticos de todo tipo.

Desde la ciudad de México, Ángel Balderas fue comisionado para realizar una entrevista a Belisario de Jesús en el propio puerto de Mazatlán, donde tenían preventivamente recluido al pelotero.

Parecía una misión imposible, el *pitcher* se había hundido en un mutismo selectivo luego del informe del médico allá en el parque de beisbol.

Fueron inútiles los sistemas que le aplicaron para que al menos, ya en último de los casos, se declarara inocente y entonces procedieran los trámites de rigor.

Nada decía al respecto el que fuera gran impulsor de su equipo. Si acaso, iba repitiendo cada vez que así le era requerido, lo que desde siempre dijo: lancé una recta para poncharlo, nada más.

Cuando tocó el turno de entrevistarlo a Balderas, ya habían pasado por la apartada celda de Belisario una gran cantidad de reporteros de televisión, radio e incluso un par de corresponsales extranjeros. Sin desanimarse, pese a los comentarios de los compañeros locales, entró a charlar un rato, grabadora en mano, con De Jesús Domínguez.

Al día siguiente regresó Ángel Balderas a su diario, no con una entrevista, como se esperaba, sino con una larga crónica que más bien era en defensa de los derechos humanos de un trabajador que, en virtud de su peculiar labor, podía, en un momento extremo como éste, perder el control de la bola y lanzarla en una dirección completamente equivocada. Pero nada de asesinato, ni siquiera imprudencial. De eso nada.

Por falta de méritos dejaron salir cuatro meses más tarde a Belisario. Vendió su casa, única propiedad, y se fue a vivir a la ciudad de México, lugar ciertamente distante de su natal Monterrey.

Lo primero que hizo fue buscar a Balderas para agradecer los artículos que en su favor aparecieron en el periódico. Pero no lo encontró. El periodista estaba por entonces de viaje fuera del país. Y aunque no lo viera personalmente para saludarlo, le dejó a mano los datos necesarios para que Balderas lo pudiera localizar.

2. La grabación de aquella entrevista, que en realidad sí hizo Balderas, pero que nadie más que él escuchó, es breve. Y en ella se contienen algunos datos de interés para los que supieron del asunto. Se escuchan sólo las dos voces, la más joven, la que hace las preguntas, es de Balderas. La otra de Belisario

—En principio debo decirle que esta grabación es confidencial. Y nadie, ni siquiera un juez, puede solicitármela. Me pertenece, y estoy respaldado por el periódico para el que trabajo.

—Le agradezco la aclaración, señor Balderas. Estoy para servirle.

—Quiero que me hable de quién era usted hasta antes de meterse en todo este embrollo en que ahora lo vemos.

—Un deportista profesional, como todos.

—¿Será posible que todo esto que, le repito, se ha formado en derredor suyo, sea falso? ¿Podríamos hablar de un montaje?

—Si quiere que le diga si soy culpable o no, no voy a responderle.

—Le pregunto si todo lo de la detención y las averiguaciones que se han hecho es falso...

—Me imagino que una parte lo es. Desde aquí adentro, pese a las facilidades que me han brindado algunos compañeros del equipo, no puedo enterarme de todo lo que se dice.

—¿Le interesa *todo* lo que se habla al respecto?

—No.

—¿Por qué, señor Domínguez?

—Qué caso tiene. Siento que hay factores que no están a mi favor.

—¿Como cuáles?, déme por favor algunos ejemplos.

—Como la actitud de la Comisión al expulsarme antes de que se supiera algún resultado legal.

—En este sentido, ¿piensa que está solo?

—Sí, en ese sentido sí.

—¿Qué es lo que deberá hacer para salir adelante?, porque me imagino que usted quiere salir adelante y no quedarse entre estas paredes...

—No tengo tiempo de pensar nada. Siempre estoy respondiendo preguntas.

—¿Le molestan las entrevistas?

—Antes no. Ahora sí.

—¿Esto querría decir que la prensa lo ha tratado mal? ¿Percibe cierta falta de ética en el trabajo periodístico sobre el caso?

—No lo había pensado con esas palabras, pero sí, eso siento. Y también me incomoda que se refieran a lo que me pasa como "el caso".

—¿Prefiere que hablemos de otra cosa que sí le sea de interés, que no le cause molestia?

—Usted dígame.

—Hábleme, si así lo quiere, de la mujer que era su compañera hasta antes de que saliera usted del beisbol profesional.

—No entiendo su pregunta.

—Se la planteo de otra forma, ¿no le parece que una persona que también se olvidó de usted fue la mujer a quien frecuentaba?

—Hay cosas de las que uno prefiere no hablar.

—¿Le resulta doloroso?

—¿Quiere que le diga la verdad, señor Balderas?

—Desde luego, aunque no sé qué tan dispuesto esté a decírmela.

—¿Va a publicar todo lo que le diga?

—No necesariamente.

—Entonces apague la grabadora.

—Lo hago si usted me lo pide después de que le aclare algo: una grabación como ésta no es prueba delante de ningún jurado. Y le repito que es de mi propiedad y está respaldada por mi diario. ¿Quiere que continuemos con la plática?

—¿Cómo supo lo de la mujer?

—Estamos en el medio, señor Domínguez. Yo me he dedicado a la investigación, no sólo al periodismo.

—¿Habló con ella?

—Le aseguro que no. Pero fue porque no quise, preferí hablar con usted primero. ¿Quiere que continuemos con las preguntas?

—No hace falta que me pregunte.

—Entonces, ahora dígame usted qué es lo que quiere hacer. La grabadora está funcionando, puede aprovechar el medio para elaborar alguna defensa. Le garantizo que todo lo que diga al respecto se publicará, si usted así lo autoriza, y será respetado punto por punto.

—Le digo que no hace falta, de todos modos ya estoy cansado.

—¿Quiere que regrese en otro momento para que continuemos hablando? ¿Quiere dar por terminada la entrevista?

—No me entiende. Lo que trato de decirle es que no hace falta que me haga las preguntas. Ya me doy cuenta más o menos de lo que sabe. Y ahora le digo a usted, si quiere publicarlo puede hacerlo, que dentro de dos días voy a declararme culpable.

—Repita eso, por favor, señor Domínguez.

—Voy a declararme culpable.

—¿Por qué?

—Porque lo soy.

—En las repeticiones del video se puede apreciar que no hubo mala intención de su parte…

—La hubo, señor Balderas.

—¿Por qué me lo dice a mí?

—Ya le expliqué, porque estoy cansado. No encuentro la salida.

—Tal vez pueda ayudarlo.

—No, cuando me declare culpable no tardarán en dictarme sentencia.

—Aun así, puede ser que en este hecho no se encuentren agravantes…

—Usted ya los encontró, señor Balderas.

—¿Quiere hablar de ellos?

—Puedo hacerlo. Ya no importa lo que haga.

—Le aseguro que sí importa. Le recomiendo que piense bien las cosas que va a decirme. Recuerde que esto es una entrevista para un diario de circulación nacional. Usted tiene el micrófono. Incluso le pediría que se ayudara un poco para solucionar todo este negocio.

—Si no habló con la mujer entonces le voy a decir en resumidas cuentas lo que ocurrió: ella estaba con el pendejo ése del Resortes Martínez.

—Digamos que eso lo sabíamos, señor Domínguez.

—¿A quiénes se refiere cuando dice que "lo sabíamos"?

—A usted y a mí, desde antes de iniciar con esta entrevista.

—No sé cómo lo hizo. Pero tampoco importa. Voy a declararme culpable dentro de dos días.

—Por qué precisamente dentro de dos días.

—Porque así mi declaración aparecerá junto con esta entrevista en la que de hecho ya lo estoy haciendo.

—Déjeme preguntarle algo, ¿había entre usted y la señora algo más que una relación, digamos, pasajera?

—Por supuesto.

—El método que usó para deshacerse del señor Adalberto Martínez fue muy poco común.

—No tenía otro. También me molesta la palabra “deshacerse”.

—¿Cómo prefiere que lo diga?

—Lo asesiné.

—Nadie asesina con una pelota de beisbol en un juego que casi es perfecto.

—No sé qué decir ante esto último.

—Le propongo un último recurso.

—Dígame.

—No se declare culpable, señor Domínguez, las posibilidades de que acertara tan precisamente cuando usted le lanzó la pelota al señor Adalberto son muy pocas. Y sobre todo casi nulas si tomamos en cuenta el resultado, que fue letal. Nadie puede hacer eso. Si se declara culpable, mire lo que le digo, no le van a creer.

—¿Cómo no? Pueden traer a la mujer como testigo.

—Lo dudo mucho, y siento que no esté usted enterado, pero ella no se encuentra ya en el país.

—¿Huyó?

—Prefiero decirle, señor Domínguez, que cambió de domicilio, porque en realidad contra ella no hay ningún delito que perseguir.

—¿Para qué me dice todo esto, señor Balderas?

—Para que no eche a perder su vida por una bola mal tirada.

—La tiré bien, eso puedo asegurárselo. Le tiré a la cabeza. Era una recta. Siempre fue el lanzamiento que mejor me salió.

—Lo sé, señor Domínguez. Si quiere detenerse en este momento, hágalo.

—No, no hay caso.

—¿Va a declararse culpable?

—¿Va a publicar la entrevista, señor Balderas?

—Digamos que voy a guardarla durante un tiempo.

—¿Qué tanto tiempo?

—Mucho más que dos días.

—¿Por qué lo haría, señor Balderas?

—Porque es mi trabajo, y en él me desempeño como me parece más adecuado.

—¿No va eso en contra de su labor como periodista?

—¿No va en contra de su existencia el declararse culpable cuando los jueces no lo han declarado así? ¿No le parece que es echarse la soga al cuello muy pronto?

—Ahora soy yo el que le propongo un último recurso, señor Balderas.

—Adelante, ya casi parece que es usted el que me entrevista a mí. Dígame.

—Dentro de un par de días, y de hecho todo el resto de la semana, voy a leer cuidadosamente su periódico. Si no aparece esta entrevista, consideraré la posibilidad de esperar a que el juez determine mi situación.

—De acuerdo, señor Domínguez. ¿Quiere que le deje la grabadora?

—No es mala idea, pero prefiero que la conserve usted. Ya sé que no tengo por qué confiar en la prensa, pero siempre una grabación de este tipo, con todo y que no se pueda usar en un juicio, está más segura afuera que adentro de un reclusorio preventivo.

—Le agradezco, señor Domínguez. Tenga la seguridad de que mantendré a buen resguardo sus palabras.

—Lo sé, señor Balderas. Créame que si le digo que lo sé, no entiendo por qué lo estoy pensando.

—Que haya suerte, señor Domínguez.

—Gracias. Igual se la deseo.

3. Balderas sabía de los pasos de Belisario. Retirada su licencia para participar profesionalmente en el beisbol, se dedicó de manera fundamental, y con igual enjundia, a un par de actividades: figurar como lanzador de equipos de tercera o cuarta fuerza en la ciudad de México y beber como un pez.

Fueron varias las horas que Ángel tuvo que emplear para encontrarlo. Cuando lo hizo, en una de las colonias menos favorecidas de la urbe, el que fuera estrella del picheo en el país estaba más mal que bien. Algunos padecimientos hepáticos se empezaban a manifestar en su organismo, y eso lo retiraba por temporadas considerables de la práctica de su deporte.

Formaban la nueva casa de Belisario un cuarto, una cocineta y el baño. Conservaba aún los trofeos, fotografías y todo aquello que lo remitiera, de un vistazo, al que fuera su pasado dentro del deporte profesional. Esto, además de una buena colección de películas deportivas. Estaba bebiendo, aunque todavía a buena distancia de la plena embriaguez.

—Señor Balderas, no sabe cuánto gusto me da su visita —le dijo, sincero.

Lo invitó a pasar.

—¿Qué le sirvo, señor?

—Lo que guste, don Belisario.

—Ya no me queda más que ron del país. No siempre puede uno tomar lo que desea.

—Es lo que yo tomo, señor, no se apure.

Bebieron, charlaron. Finalmente la urgencia del caso llevó a Balderas a plantearle de forma directa el motivo de su visita.

—Cómo anda de tiempo, señor Domínguez.

—Para usted estoy de tiempo completo.

—No quisiera intervenir en sus actividades, sé que no le ha ido del todo mal jugando en las ligas donde participa.

—No me quejo, me pagan lo justo, y yo les cumplo siempre y cuando no me dé por el trago o me enferme. ¿Qué necesita, señor Balderas?

—Un favor.

—El que usted mande.

—Se lo planteo y usted me dice: hay una persona que nos la debe a mí y a Sánchez Carioca, un amigo periodista.

—¿El señorón aquél, tan amable, que había sido maestro de la universidad?

—Ese.

—Usted me dice y yo hago lo que se necesite para servirlos.

—En principio quiero que no lo entienda como una retribución por lo pasado hace unos años. Pero, le digo, hay una persona que nos ha estado causando daño.

—¿Quieren dejarla fuera de la jugada?

—Más o menos, pero sin necesidad de que las cosas lo impliquen a usted en algo que se pueda considerar delictuoso. Tengo un plan ya establecido a medias. Quiero que sea usted el que lo detenga.

—En cuanto me diga quién es, señor, lo haré tan bien como pueda.

—Puede ser en cualquier momento. Así que el favor no es sólo que logre apaciguar un rato al tipo, sino que casi a partir de ahorita mismo deje de beber para que pueda concentrarse. Yo sé que igual lo haría con unos buenos tragos, pero me atrevo a pedirle que realice este trabajo sin alcohol de por medio. Ya después, si todo sale bien, festejamos.

—Y aunque no salga, señor Balderas.

—Hecho. Mire, le traigo estos obsequios para que los disfrute.

Balderas sacó de una bolsa dos botellas de vino proveniente del Valle de Guadalupe, en Ensenada. Belisario las miró con cariño. Dijo, un tanto en broma:

—Señor Balderas, nada más con esto me siento obligado a dejar al tipo ése tal y como usted me diga.

En silencio, Ángel extrajo de la bolsa una manopla de las que se emplean para jugar en las ligas mayores.

Pin siete

Descansa y conserva la calma. Mientras gente del pasado es ahora una piltrafa tú en cambio conservas una plena condición física. Tu cuerpo obedece al pie de la letra las órdenes que le das. Todavía puedes darte el lujo de regresar definitivamente a México y establecerte en algún puesto que tenga relación con el deporte. Tal vez encuentres, buscándolo con tino, al que fuera entrenador de tu equipo y él te conecte en algún sitio. Aún conservas tus habilidades de basquetbolista, afortunadamente. Al menos de eso se vive.

Luego, vale más que ahora sí termines para siempre con ese periodista. Fue buena la idea de citarlo en Chapultepec. Entre la gente, el ruido, el color, va a ser muy difícil que no logres sorprenderlo. Pero si algo sale mal, si es que acaso no consigues matarlo, lo preciso es que abandones el asunto para siempre. No hay que dejar de lado la posibilidad, aunque remota, de que averigüe quién eres. Y eso sería muy malo para ti, o para los dos si te das cuenta a tiempo y en el mejor de los casos.

Básate, pues, en esa regla: si no consigues terminarlo el domingo, déjalo. Olvídalo y busca la manera en que él te olvide a ti. Sabes que sólo hay una: no matar más después de que hayas acabado con Tavares. Hay que controlar adecuadamente esa variable. Tienes que desintoxicarte. En realidad no es tan normal el hecho de que andes por las calles dando muerte a las personas. Tienes el poder de hacerlo, sí, y es por eso que debes de saber emplear el freno a tiempo. Quizá de ahí provenga tu cansancio, de la repetición, de la rutina. Y no ves que haya muchas más variantes a las que ya le diste al crimen en la ciudad. Eres un ser creativo, es verdad, pero todo tiene un límite. En este caso sería mejor decir: todo tiene un final, una meta, el reloj de tu particular tiempo de juego se termina. Y es ideal que todo acabe ahí.

Es bueno que hagas caso de esto: si no matas a Balderas, aléjate de él. Y no mates a nadie más. Deja que alguien invente por ahí alguna teoría sobre tus asesinatos. No los contradigas, pese a que la verdad esté muy lejos de lo que se especule. Si cumples al cobrar la gran presa que tienes en la mira, no vale la pena notificarle a nadie que además de ella acabaste en su búsqueda con otras piezas menores. Eso sería presunción. Y no va contigo.

Luego, si todo sale bien, cuando tengas en tus manos al que te causó tanto daño, habrás de permitirte algunas libertades. Nadie te las reprochará. Ni tú mismo. Acaso las escribas, como esta especie de memoria de papel, acaso. Entonces sí que dejarás en derecho de acción todo lo que viniste acumulando en estos cinco años. Y serás cuidadoso. Cuando Tavares esté en tu poder lo irás matando poco a poco. Él es quien sigue en la lista. Él es quien debe tener miedo. Él es quien no podrá esconderse.

Y entonces sí, claro que sí podrás ser como él o como quien desees. De su cuerpo, de sus gritos, de su piel, de sus órganos, vas a extraer, jugosamente, todo aquello que te debe. Le cobrarás, aparte, los réditos de las horas perdidas, de los sentimientos encontrados, de la vida que te negó con su proceder. En eso pasarás tanto tiempo como requieras. Ése sí que será un banquete.

Sólo que es prudente que te mantengas tranquilo. No te inquietes. No pienses demasiado en los momentos de placer que te esperan mientras acabas muy poco a poco con Tavares. De ello obtendrás dos ventajas: la cordura y la firmeza de pulso para obrar con exactitud, y la multiplicación de la alegría cuando el cuerpo con vida de ese sujeto esté dispuesto para ti.

Será un día único y feliz.

Así que descansa. Vive tranquilo. Todo lo que esperas te será dado. La muerte que necesitas conferir, será conferida por ti en cuanto así se precise.

Y luego la vida.

Otra vez la vida, al fin.

Las rejas de Chapultepec

1. Domingo muy temprano, por la mañana. Ángel Balderas entra presuroso a la clínica de Germán Guardia. Lleva en la mano un enorme cartelón enrollado y lo acompaña Simbad, el payaso. Ambos se dirigen a la habitación donde se recupera Sánchez Carioca.

—Lo que faltaba —comenta Camilo, alegre por la visita—, un par de cabrones que vinieran a hacer su choucito en mi descansado retiro.

Simbad saluda afectuoso a Carioca, que se incorpora un poco para responder al gesto.

—No vengo en plan de payaso, maestro, pero igual me da mucho gusto volver a verlo.

—La culpa es de Balderas, que nos volvió a meter a todos en un buen lío. Yo salí perdiendo, por lo pronto.

Las risas son de los tres, al unísono. Ángel extiende sobre la pared frontera a la cama de Camilo el papel, que resulta ser un plano de la ciudad. Lo deja ahí, sostenido con chinchetas.

—Y ahora qué, no me diga que va a salir con otro de sus planes maestros —se burla.

—No, lo que pasa es que ya la edad no le permite dilucidar la realidad de la ficción. El pinche esquema que andábamos buscando no está dentro de la cabeza del Abrelatas.

—Te juro que en la mía tampoco, Balderas —apunta, precavido, Simbad.

—Por mí los dos pueden soplar hasta que se cansen —remata Carioca intentando abrir la sesión de albures.

—Todo esta aquí, señores —explica Balderas mientras va colocando una serie de banderitas en sitios clave—. Aquí está el misterio: el Abrelatas estuvo tejiendo un mapa. Muy sencillo, en realidad. Miren, si seguimos la ruta que van dejando los puntos en que fueron apareciendo los cadáveres, nos encontramos con que se forma una especie de número nueve. Los más recientes cuatro cuerpos, incluyendo el último, que todavía debe de estar fresquecito, en realidad son las esquinas de un cuadrado. Estas que aquí ven.

—Ahí no hay nada de importancia —recuerda Carioca—. Lo único que había era un centro comercial de medianas dimensiones.

—Precisamente, maestro, precisamente —completa Ángel—. Ese centro comercial fue demolido. No quedó piedra sobre piedra. Y nadie dijo nada. No hubo explicación a por qué la construcción se había hundido como en agua.

—Es de suponerse, lumbrera —le atajó Camilo—, que si es un centro comercial amplio lo más probable es que haya tenido un estacionamiento subterráneo.

—Lo tenía, cierto, pero no sólo eso. Abajo del estacionamiento, en un subsótano muy grande, es donde estaba el pequeño estadio que vimos en el video.

—Y qué —preguntó Carioca, un poco avinagrado por no haber hecho el descubrimiento antes—, no me dirá que eso lo averiguó en la casa de Tavares.

—Casi. En realidad es de pensarse que él lo sabía. Fue viendo poco a poco cómo un tipo iba marcando, así como yo hago con estas banderitas, el camino y el círculo que encerraba el lugar de marras.

—No sé qué tiene que ver esto con lo de perseguir al Abrelatas —intervino Simbad.

—Lo que pasa es que no quieren ver lo que es claro: Casas Olmedo lo invitó a enfrentarse con él. La única forma que se le ocurrió, y eso sí vayan ustedes a saber por qué, fue dejando cadáveres que marcaran este camino.

—Bueno —insistió Carioca—, y ahora que sabemos eso, qué.

—Eso no es todo. Algo de lo que no le comenté por teléfono cuando hablamos de mi visita a la casa de Tavares fue que al final de una pared, donde tenía los recortes de periódico sobre el caso, escribió *Pinocho no.*

—Sigo sin entender —Camilo.

—Yo igual —Simbad.

—No me extraña. Todos hemos estado viendo los fragmentos de poemas con alusión a la muerte, a los fantasmas y a seres inanimados que deja el Abrelatas en cada uno de sus trabajos. Y éstos vienen siempre en una servilleta cuyo logotipo es un pingüino seccionado a la mitad por una línea. Y junto a él un número. La clave era fácil pero no la descubrimos. En realidad sólo quería decir, como aquel juego infantil: pin-uno, pin-dos, pin-tres, y así hasta pin-ocho. Pinocho, como el personaje de Collodi. Por eso es que Tavares, quizá queriendo conjurar la suerte que tenía echada, escribió aquello de *Pinocho no.* Él no quiere ser un Pinocho.

—Con todo respeto, detective —preguntó Simbad—, pero qué viene siendo eso de Pinocho.

—Según la versión de Belisario de Jesús Domínguez, el pelotero aquel que dejó frío de una recta a un contrincante del equipo rival hace años, un Pinocho, dentro del negocio de las apuestas ilegales, es un traidor, un mentiroso. Es la máxima categoría, hacia abajo, que puede tener alguien que se dedica a ese tipo de asuntos. Y sólo hay una forma de cobrar: matando al deudor o traidor o mentiroso. Por eso es que, por una parte, Tavares no quería ser identificado. Por eso quiso matarlo a usted. Si alguien sabía de su existencia, y más todavía, de su paradero, no faltaría un miembro de la cofradía aquélla del basquetbol extraño que se apareciera para cobrarle alguna deuda.

—Lo que pasa, Balderas —dijo Carioca, ya en serio—, es que si recuerda los rostros de la gente que asistía a esos encuentros, estamos hablando de personas que ahora tienen un valor distinto dentro del juego político. ¿Ya a quién podría afectarle la presencia o no presencia del tipo?

—A Casas Olmedo. Él es la otra parte de la deuda. Y es probable que no tenga que ver directamente con los juegos de basquetbol, pero al mismo tiempo sólo mediante el sistema de llamarlo Pinocho, sutilmente, es como lo convocó para enfrentarse.

—Ya —concluyó Carioca—. Ya entiendo. Puede que tenga razón. Sólo que sin deberla ni temerla el pendejete ése de Casas Olmedo contrajo con nosotros una serie de deudas, a lo mejor iguales a las que le quiere cobrar a Tavares.

—Si todo sale bien, maestro, y como le dije, al rato se las vamos a ir a cobrar.

—Se las vas a cobrar tú, Balderas —habló Simbad—, porque yo no llevo encima ni un triste sacacorchos.

—Digamos que así va a suceder.

Estuvieron todavía un rato largo platicando con Camilo, luego con Alejandría, que había vuelto al cobijo de las sábanas de la clínica. Finalmente, ya casi para despedirse, Balderas le preguntó a Sánchez Carioca:

—Como ya sé que usted sí lo sabe, dígame, por si acaso no salgo bien de ésta, de quién es el poema aquel que usó el Abrelatas para su más reciente entrega.

—Claro: es un pequeño poema japonés del siglo VIII, de Kasa No Iratsume. Viene compilado en un libro de traducciones de José Emilio Pacheco. Y ya completo es: "Llega la noche y el dolor me invade. Porque de noche viene tu fantasma. Dice las viejas palabras del viejo modo". Es un poema de tristura, de soledad. Se ve que con ese madrazo que casi le pone estuvo usted a punto de arruinar sus planes. Y además, puede ser que haya una mujer de por medio. Este texto tiene mucha relación con aquel de "A mis caros fantasmas la misma sed me une".

Luego de la corta cátedra los tres se dieron la mano.

—Con tal de que no venga usted a ocupar una de esas camas, Balderas… —quiso bromear Carioca.

—Con tal de que yo tampoco —Simbad.

—Con tal, señores, de que no nos mande al carajo esta ciudad antes de que nosotros le demos en la madre.

2. Faltaba casi una hora para el momento de la cita. Simbad no consiguió por su cuenta un atado de globos, de forma que tuvieron que comprarle completo, a precio de oro, el suyo a un vendedor ambulante, en las afueras del zoológico.

—Yo nada más por el gasto hacía que me pagara hasta la risa ese Abrelatas… —sentenció Simbad, francamente ofendido por el alto costo que tuvieron que saldar entre los dos por los globos.

Si tienes suerte a lo mejor los acabas en lo que nos encontramos con el tipo.

Simbad miró a Balderas con cara de pocos amigos.

Pero tenía que sonreír. Muchos de los niños que paseaban por la zona trataban de tocarlo, de pisarle los zapatones que se gastaba, de arrebatarle un globo.

Antes de separarse varios metros, según lo convenido, el payaso quiso saber:

—Siquiera dime a cómo los doy.

—Al costo —respondió, irónico, Balderas.

Luego echaron a caminar, uno seguido por el otro a prudente distancia. La idea era que en cuanto Simbad viera a un hombre tan parecido como fuera posible al de la grabación que le habían mostrado, avisara a Balderas reventando uno de los globos.

La empresa era difícil: localizar entre las oleadas de gente a un tipo del cual sólo tenían la imagen de un video que databa de hacía más de cinco años. De cualquier forma, ambos trataron de cumplir lo mejor que estaba a su alcance con el papel. El Abrelatas, Alonso Casas Olmedo, no había señalado específicamente el lugar de la pelea. Balderas, como precaución para los paseantes, particularmente los menores de edad, sugirió a Simbad que caminasen por los sitios menos concurridos. Lo cual también era inútil. En el bosque de Chapultepec es usual que los hombres encargados de vender globos sean tipos, quién sabe por qué, con el ceño fruncido. Así que el éxito de Simbad, con todo y que su traje había visto mejores épocas, fue contrario al proyecto original: casi en el lugar que se parase, allá iban niños con aviesas intenciones. A éstos los seguían sus padres. Y a Simbad no le quedaba más remedio que soltar algún chistorete de su repertorio para que lo dejaran en paz. Con lo cual no lograba sino allegarse más gente para ver qué pues con ese payaso y sus globos.

Así anduvieron hasta las doce del día. Balderas fue a recargarse muy cerca de donde alquilan caballos. Simbad empezó un nuevo numerito casi frente a él, sin descuidar las peticiones infantiles y adultas de seguir con los chistes, y siempre lo más atento posible al encontronazo con Casas Olmedo.

El primer disparo pegó en un árbol muy cercano a donde se encontraba Balderas. Y sólo dos o tres personas, las más cercanas al lugar del impacto, consiguieron percibirlo. Balderas buscó, discreto, el refugio de un puesto de comida que en ese momento se encontraba cerrado. El segundo disparo hizo que estallara uno de los globos de Simbad, que en reacción instintiva dejó ir hacia el cielo todo el atado. Tenía dos motivos sólidos para hacerlo: primero salvar el pellejo quitándose de la línea de fuego, y luego no permitir que el resto de los globos estallaran entre la gente, como lo hicieron en reacción en cadena allá por los aires.

Las personas que escucharon los primeros dos disparos, los achacaron al estallido del atado de globos. Pero un tercer balazo, esta vez en el puesto tras el que se ocultaba Balderas, hizo que la gente se desperdigara corriendo.

Ángel no sacó el arma hasta que no estuvo bien seguro de la ubicación del tirador. Lo vio a la distancia, unos diez metros, parapetado tras un árbol. Pero era difícil abrir fuego con tantas personas que iban de acá para allá sin saber adónde dirigirse. Balderas optó por salir de su madriguera y enfilar a paso veloz, siempre con el ángulo de tiro de su contrincante obstruido, hacia adentro del bosque. Llevaba ya su Beretta en la mano.

Al ver el movimiento de Ángel, Casas Olmedo dejó el árbol y echó a correr en dirección suya. Eso era lo que quería Balderas, alejarlo, mantenerlo en un sitio donde por lo menos el encuentro a balazos fuera parejo.

Sin embargo, no contó con que, en su prisa por alcanzarlo y tenerlo a tiro seguro, el Abrelatas, seguro que éste sí era, tomó sin más uno de los caballos de alquiler que el cuidador, ante lo difícil de las circunstancias, dejó abandonados a su suerte. Balderas corría por una de las calzadas internas del bosque, alertando con su arma a la gente para que se refugiara. Tras de él, a unos pasos, mejor, a unas zancadas, en su equino, venía ya Casas Olmedo, disparando.

Estaba muy cerca de alcanzarlo cuando Ángel volteó veloz para medir la distancia y hacer por lo menos un tiro. Con que hiriera al animal bastaría para que el jinete saliera volando. Pero no tuvo tiempo, una piedra del camino le hizo lo que en la canción de José Alfredo: tropezó y se fue rodando, con el impulso, por lo menos tres metros.

Ya era tarde para hacer un disparo contra Casas Olmedo cuando quiso recuperar la vertical. También para el Abrelatas las cosas estaban complicadas, porque ante sus órdenes la cabalgadura no se detuvo, sino que siguió de frente. Era un caballo con la vista nulificada en virtud del tapaojos que le habían puesto para desempeñar sus tareas, así que pasó sobre Balderas, pisoteándolo con desigual fortuna, y siguió de frente.

Pese a los golpes, Ángel se incorporó y quiso disparar, pero otro jinete, del todo inesperado y vestido de payaso, pasaba a su lado. Imposible, y ridículo, ir en ancas de un pony. Por eso fue que Simbad, espoleando a su yegua, le gritó al paso:

—La pistola, hermano, la pistola.

Esto no era una cinta del oeste, de forma que no era factible que se la aventara y el diestro jinete Simbad la tomara al vuelo y con ella diera fin a su mutuo rival. Y como no estaban, pues, dentro del celuloide, y una de las piernas de Balderas le impedía perseguir a pie a Casas Olmedo, en un esfuerzo último, casi corriendo a la velocidad que la montura de Simbad, le dio el arma al payaso con la simple advertencia:

—Cuidado, en cuanto le jales se dispara.

Y lo vio partir, tras del Abrelatas, disparando sin piedad, y también sin la menor idea de lo que es la puntería.

No es que Casas Olmedo resultara, como ya lo había corroborado en el Metro, un gran tirador, pero bastó con que detuviera, ahora sí y mediante oscuras artes, a su caballo, y lo hiciera girar para quedar de frente a donde venía Simbad. El Abrelatas disparó una sola vez, y la bala fue a incrustarse lastimosamente en uno de los antebrazos de Simbad, al que no le quedo más remedio que soltar las riendas y dejarse caer de su potro. Sin embargo, quizá por el dolor mismo que el impacto le había causado, el payaso también hizo un disparo final, cuando Casas Olmedo se alejaba ya del sitio, al galope.

Y le pegó. Claro que sí. Desde su complicada postura Simbad pudo ver cómo un agujero de buen tamaño se le abría al Abrelatas en la parte posterior de la pierna izquierda. Y debió de haberle dolido, porque ya no se detuvo, sino que siguió, hasta perderse de vista, montado en su caballo, dejando tras de sí un ligero punteo de sangre sobre el camino.

3. Balderas hizo pasar su credencial del periódico por una perteneciente a cierta institución de la cual prefirió luego no acordarse. Y con ella en la mano, la Beretta resguardada en su funda oculta bajo el saco, consiguió llevar a Simbad hasta las afueras del bosque. En realidad los dos estaban lastimados, pero Simbad se llevaba las palmas porque además del impacto de la bala le tocó una buena arrastrada antes de que uno de sus pies se soltara del estribo del animal.

Era difícil manejar así, pero lo hizo.

—No perdimos, detective, no perdimos. Le di al hijo de su puta madre, le di bien. Se iba desangrando de la pierna izquierda.

Habla menos, Simbad, y no dejes de apretar el torniquete. Ya vamos a llegar.

—Es que le di, Balderas, ¿no te das cuenta?

En menos de quince minutos ya estaban en la clínica de Guardia.

El médico, por mera precaución, tenía ya lista una sala con todo lo necesario para atender de urgencia al que llegara primero. Fue Simbad el que entró al quirófano. Balderas pasó con otro doctor a una especie de sala de primeros auxilios para que revisaran su pierna.

—No hay problema —le dijo el médico que lo atendía, luego de auscultarlo—, es sólo el golpe, que sí es fuerte. Probablemente le cause dolor intenso en las próximas horas. De forma que deberá de permanecer el mayor tiempo posible en reposo y tomando los analgésicos que voy a prescribirle.

Después del trámite, Balderas se trasladó a la habitación de Sánchez Carioca.

—Dígame que está bien —le apremió Camilo.

—Sí, maestro, pero se nos escapó.

—¿Así nada más? ¿No lograron hacerle nada? ¿Hirió a alguien?

—No, sólo a nosotros. Más bien a Simbad. Pero lo hubiera visto. Jamás pensó que un payaso como él pudiera cabalgar y disparar al mismo tiempo.

—Entonces él sí le disparó.

—Sí, y le metió un tiro en la pierna izquierda. Parece que el tipo iba perdiendo mucha sangre.

—¿Ya habló con alguien de la fuente para ver si lo detuvieron?

—Ya. Hasta el momento no hay reporte policiaco.

—Como siempre.

—Pero lo tengo, maestro. Ya lo tengo.

—¿Cómo? —preguntó Carioca, más escéptico que esperanzado.

—Ya verá, don Camilo. Ese pez es mío. Me voy al departamento a reposar un poco. La clínica está llena, no hay forma de descansar por aquí.

—Cuándo piensa detenerlo.

—Mañana, a más tardar. Es cosa de tiempo. Le aseguro que lo tengo. Siempre lo he tenido, pero ésta es ya la última vez. No ha sido fácil atraparlo.

—No creo que quiera precisamente *atraparlo.*

—No, ambos lo sabemos. Usted se queda a cargo aquí, en la clínica. Ahora verá con frecuencia a Simbad y a Alejandría. Yo regresaré sólo cuando haya terminado con el Abrelatas.

Ya salía del cuarto Balderas cuando entró Guardia:

—Ya me contó Simbad parte de lo ocurrido.

—¿Cómo? —cuestionó Ángel—, pensé que lo habías anestesiado.

Nada más de manera local. La bala tuvo punto de salida. Sanará pronto. Fue más el susto. También tendrás que dejármelo por unos días.

—Simbad alcanzó a dispararle al Abrelatas.

—Bendito cabrón, mientras siga vivo, tú y tu equipo serán mis mejores clientes.

—Es en serio, Germán.

—Y en serio te respondo. Ya sólo falta que el maldito Abrelatas me dispare a mí.

—No llegará ese día. Ya lo tengo.

—¿Cómo vas a hacerlo? —preguntó, curioso, el médico.

—Te digo que poseo mis métodos. Por lo pronto me voy a casa.

—¿Te inyectaron el analgésico?

—En dos ocasiones.

—¿Llevas la receta, por si te vuelve el dolor durante la noche?

—La llevo, Germán. Pero necesito una de tus batas y un estetoscopio.

—Te presto este —dijo el médico, echando mano del que llevaba encima—, con tal de que me lo devuelvas. Y de las batas, toma una de las del estante aquel.

—Todo te devolveré, ya verás.

—Para cualquier cosa, me hablas. Me voy a quedar toda la noche al pendiente de Simbad. Alejandría va bien. Y aquí el maestro no se queja.

—No —intervino el silencioso Carioca—, qué voy a quejarme, si debería de venir a pasarme aquí unas vacaciones.

—No es mala idea, don Camilo —le respondió Guardia—, lamentablemente está usted más sano que yo y me vería en la necesidad de inventarle padecimientos.

—Bueno, los dejo en el romance —dijo Balderas, ahora sí de salida.

—Oiga, Ángel —lo detuvo Sánchez Carioca.

—Qué pasa, maestro, ¿se le ofrece algo de la calle?

—No, pero necesito solicitarle algo.

—Lo que me pida.

—La verdad es que son dos cosas: una, trate de mantenerse vivo cuando vuelva a ver ese canallita del Abrelatas. Y dos: asegúreme por lo más sagrado que tenga que si de paso se topa con Mórtimer Tavares, con todo y que haya secuestrado a Alejandría y con todo y que nos haya disparado, asegúreme, le pido, que no lo mate. A él no. A ese cabrón yo le voy a cobrar lo que nos debe en cuanto me sienta bien.

Balderas pensó un momento la respuesta antes de salir de la habitación. Tanto Carioca como Guardia estaban a la espera. Por fin les dijo:

—No te daré el gusto, Germán, de que me intervengas con el bisturí para sacarme las balas del Abrelatas. Y a usted, Camilo, le aseguro que haré todo lo que esté de mi parte para conservarle en buen estado a Tavares hasta que usted tenga a bien retratarlo con su 38 especial.

Y salió de la clínica, pensando que en realidad no sabía cómo cumplir con las dos promesas.

Te vas porque yo quiero que te vayas

1. Estuvo buena parte de la noche llamando al teléfono de localización nacional para personas heridas. Quería estar seguro de que tarde o temprano iba a encontrar una respuesta positiva. Incluso se hizo de la confianza de una telefonista, la número veinticuatro —así se hacía llamar ella misma—, para decirle:

—Compañera, la molesto de nuevo, ¿todavía no sabe adónde llevaron al herido que levantó la ambulancia allá por Chapultepec?

La frase de regreso había sido la misma: nadie sabía nada de algún herido al que hubieran reportado en los alrededores de Chapultepec. Ante la insistencia y la fingida preocupación de Balderas, la mujer le dijo, al fin:

—Si gusta, déjeme su número, en cuanto aparezcan en la pantalla los datos de una persona como la que me ha dicho, yo misma me encargaré de llamarlo.

Dio un número falso y así estuvo, pues, casi hasta el amanecer. El analgésico había hecho las veces de sedante y sin más se quedó dormido.

La luz del nuevo día que entraba por la ventana lo despertó, serían las siete de la mañana, y lo tornó consciente del dolor de la pierna que ahora sí, pasado el efecto de los medicamentos, se dejaba venir en serio.

Lo primero que hizo fue marcar otra vez el número de localización de personas heridas. Pidió hablar con la operadora veinticuatro. Lo comunicaron luego de un lapso de espera.

—Operadora veinticuatro…

—Señorita, buenos días, llamo para preguntar por el sitio adonde llevaron al señor Alonso Casas Olmedo, que se encontraba herido la tarde de ayer…

Lo interrumpió la telefonista:

—¿Qué no hablé con usted hace un momento?

—No, yo acabo de llamar —una luz de alerta se encendió en el cerebro de Balderas—, por qué, ¿pasó algo?

—No se alarme, pero la persona que busca está en el Hospital Santa Lucía, en San Ángel. Tenía razón, lo recogió una ambulancia, pero no era de la Cruz Roja, era de una institución particular. Hasta el momento su estado se reporta como estable…

La mujer se había quedado hablando sola. En cuanto escuchó lo que escuchó, Balderas se puso en camino. Era posible, si tenía suerte, matar dos pájaros de un tiro. O no, matar dos pájaros no, sólo a uno, en eso había quedado con Carioca.

Para su suerte, que al fin le sonreía, la casa de Belisario de Jesús le quedaba justo al paso, poco antes de internarse en San Ángel. No necesitaba la dirección del Hospital Santa Lucía, ahí habían arribado al mundo las dos hijas de un cercano amigo.

Cuando se puso al volante ya iba vestido completamente de blanco, con la bata que le prestara Guardia y al cuello su estetoscopio. Era una fortuna que su coche circulara en lunes, y hasta ahora se daba cuenta.

2. En una silla recargada a la puerta de su vivienda estaba De Jesús Domínguez, con cara de no haber dormido en semanas. En cuanto vio acercarse el auto de Balderas echó mano de una bolsa que tenía en el suelo, metió la silla a la casa y cerró la puerta.

En menos de un minuto ya iban los dos, a toda la velocidad que el tránsito permitía.

—¿Cuál es el plan? —le preguntó, un tanto inquieto, el beisbolista—, ¿qué debo hacer?

—Yo voy a entrar al hospital, seguro que lo conoce, está aquí casi a la vuelta. Ya ve que la calle es chica. Así que usted, si ve que entra o sale el tipo que ya sabemos, lo detiene, como pueda. ¿Qué trae en esa bolsa?

—Una botella de las que me regaló, la manopla y las pelotas. Llevo no sé cuánto tiempo sin beber y sin dormir, esperándolo.

—Le agradezco, Belisario.

Llegaron. Balderas estacionó el coche en la esquina de la calle donde se encontraba el hospital, hacerlo más cerca era imposible con el tránsito, y fue corriendo hasta la puerta de entrada.

Belisario de Jesús Domínguez se paró en contraesquina del automóvil, con la manopla calzada en la mano izquierda, y en la derecha, con el pulso inexplicablemente controlado pese a las desveladas y la falta de trago, una de las bolas reglamentarias.

Ángel desapareció sin más trámite dentro del edificio.

3. Fue directamente al primer piso, donde él sabía que estaban las habitaciones para enfermos en progreso. Sin preguntar a nadie fue buscando, con toda la esperanza latiendo en el costado izquierdo, al lado de su Beretta, el lugar de la cita. Una cita que nadie había hecho más que él. Sería, por qué no, una sorpresa.

Y al fin lo encontró.

Ahí estaba, leyendo una revista. Muy cerca de él, una enfermera ponía en un carrito metálico el informe del paciente y salía con él. Saludó a Balderas al pasar.

—Yo me hago cargo —le dijo Ángel, con el tono que le había escuchado tantas veces a Germán Guardia.

La enfermera le cedió el paso amablemente.

Balderas cerró tras de sí la puerta.

4. En la calle, allá lejos, Belisario de Jesús Domínguez, beisbolista retirado, especialista en lanzamientos de recta de humo, vio acercarse a un hombre de lentes oscuros. Corría el tipo con verdaderos deseos de llegar a la entrada del hospital.

El pelotero avanzó un poco sobre la acera. Y en su cerebro comenzaron a brotar las imágenes de aquel día del pasado, cuando ante el estadio lleno hizo el tiro exacto durante un juego casi perfecto. Escuchaba el silencio intranquilo del público. Veía como en cámara lenta que poco a poco se iba acercando, con grandes pasos, el hombre de los lentes oscuros. Todavía le faltaban por lo menos diez metros para llegar a la puerta del hospital.

Belisario se detuvo y puso el cuerpo de costado, como si estuviera al centro del diamante, listo para acabar de una vez por todas con el juego perfecto. Su juego.

5. Balderas, transformado en médico, entró de espaldas a la habitación donde se reponía del balazo Alonso Casas Olmedo, el Abrelatas. Consultó una tabla que estaba pegada a la pared. Y entonces escuchó la voz, la misma que oyera por teléfono, la misma que registrara cuando el encuentro en el Metro.

—Doctor —le dijo la voz—, quisiera estar seguro de que pronto me trasladen al centro de especialidades de traumatología...

Al volverse, Balderas tenía ya desenfundada su Beretta adicionada con un curioso, minúsculo silenciador.

—No vas a ir a ninguna parte, pendejo —le dijo, todavía con el tranquilizante tono de un médico.

Fue clarísimo, el tipo en la cama palideció.

Balderas le apuntaba con el arma, apoyando la mano derecha con la pistola y el dedo en el gatillo sobre la palma de la izquierda. La mejor forma de no errar, según la academia de Chavarría.

—No puedes matarme —le dijo Casas Olmedo.

—Sí puedo. Claro que puedo.

—No debes. Mórtimer Tavares mató a la mujer de mi vida, a mi mejor amigo y a su esposa.

—¿Por qué no te mató a ti? —inquirió Balderas, sin dejar de apuntar al sujeto con su arma.

—Porque no me encontró. Yo debo acabar con él.

—Es tarde.

—¿Cómo? —dijo el otro, con algo que quería ser sorpresa pero en realidad no era sino una pregunta más para ganar tiempo, para asirse a la vida—, ¿está muerto? ¿Lo has matado tú?

—No, no lo está. Más bien creo que viene en camino, para liquidarte.

—Hoy se cumplen cinco años de que él acabó con la que era mi familia. Lo estoy esperando.

—No tendrás el gusto.

—Él me debe a mí la vida de las tres personas que más he amado.

—Y tú me debes todas las chingaderas que le has hecho a mi gente y las que quisiste hacerme a mí mismo.

—Tú no eres un vengador. Si hubo personas muertas fue porque era necesario.

—No me refiero a los pobres tipos a los que les cortaste la tripa. Hablo de mi gente.

—Si las cosas son entre tú y yo, dame la oportunidad de acabar antes con Tavares. Lo tengo que matar.

—No, no lo harás. Y ésa es la parte más cara del precio que me estás pagando por lo que me hiciste. No podrás matarlo. Seguirá vivo. Tu esfuerzo se ve frustrado ahora mismo, ya te estás muriendo sin haber cumplido lo que a ti mismo te prometiste. Eso es lo que te duele.

6. No importó que el hombre viniera corriendo, como tampoco importó que el otro beisbolista, el

bateador, estuviera tranquilamente esperando el picheo de Belisario de Jesús Domínguez.

Le faltaban escasos tres o cuatro metros para llegar a la entrada del hospital. Llevaba una pistola en la mano. Corría rápido, es cierto. Pero para la veloz pelota de Belisario las cosas se estaban desarrollando con una lentitud pasmosa.

Lo vio venir. Lo vio acercarse. Lo centró adecuadamente en la mirada, en la mira del rifle manual en que se había convertido su potente tirada.

Y entonces, cuando sólo le restaban al hombre dos pasos para dar vuelta y meterse al hospital, Belisario levantó la pierna izquierda para tomar impulso, se llevó las dos manos a la altura de la cabeza, y sacó desde lo más profundo y lejano de su ser como *pitcher,* una recta invisible, imparable, como aquélla con la que cerró el juego que para él fue perfecto.

La bola, que no obedecía las reglas ópticas de su lanzador, y no iba entonces en cámara lenta sino con una total velocidad como en las mejores épocas, fue a estrellarse completamente en seco en la cabeza, justo arriba de las gafas oscuras de Mórtimer Tavares, y lo derribó.

Lo hizo caer sin sentido, inconsciente, perdido por mucho tiempo de la realidad, fuera del mundo.

7. Casas Olmedo tenía una bolsa de suero que le suministraba el líquido a la vena del brazo izquierdo. Y seguía argumentando.

—Te lo pido, te lo estoy pidiendo, Balderas. Déjame matarlo.

Ángel quiso considerar la cosa, era demasiado no permitirle a este hombre que acabara de cumplir con su cometido. Pero también eran demasiadas las trapacerías que hizo con él mismo y con algunas de las personas por él queridas.

Fue sólo un momento de distracción. Sólo uno.

Balderas no vio de dónde pudo haber sacado Alonso Casas Olmedo, el Abrelatas, la navaja que ya le lanzaba, certera, con rumbo al pecho. Tampoco supo cómo fue que, más por instinto que por técnica, se dejó resbalar sobre la pared, a menos de un segundo antes de que el puñal fuera a enterrarse en el muro, justo donde se había encontrado el instante anterior, seguro de que todo estaba bajo su control.

También por mero impulso hizo un disparo, apagado, sin estruendo, pero que floreó la bolsa de suero y bañó, cegando momentáneamente, a su oponente.

Se levantó de inmediato. Apuntó de nuevo su arma.

—Te vas porque yo quiero, y Tavares se queda, también porque yo quiero.

Después disparó una, dos, tres, cuatro, cinco veces.

Y luego lo hizo en otras diez ocasiones.

Todas las quince balas fueron a alojarse al cuerpo de Casas Olmedo.

Entonces, hasta entonces, Balderas aspiró muy adentro.

8. Al salir del edificio alcanzó a asomarse al círculo de personas que rodeaban a un tipo que sangraba de la cabeza. Ya varios médicos del hospital le mantenían el cuerpo sujeto a una camilla. Preguntó, más bien escuchándose preguntar que preguntando con su voz:

—¿Cómo está?

Alguien, uno de los enfermeros que estaban ahí a punto de llevarse al tipo, le dijo:

—Conmocionado. Puede haber fractura craneal. Pero sus signos son estables.

Balderas se retiró del grupo luego de corroborar que, efectivamente, tiradas en el suelo, manchadas de sangre, estaban las gafas oscuras que tanto había ansiado ver.

Un mes más tarde

Era viernes. Había pasado un mes, exactamente un mes desde que finalmente tuviera cara a cara a los dos personajes que ocuparan tanto de su tiempo.

Ahora se sentía a medias tranquilo. Sin preverlo del todo fue capaz de cumplir con lo que le ofreciera a Camilo Sánchez Carioca: el trallazo que salió de la mano derecha del pelotero Belisario no alcanzó a matar a Tavares, pero sí lo dejó amnésico. Debería someterse a un largo periodo de rehabilitación, un año al menos, para volver a saber quién había sido hasta el momento en que el beisbolista lo dejara quieto en segunda. Ya esperaría Carioca para cobrarse lo que personalmente le adeudaba el tipo.

Alejandría continuaba, luego de la semana en la clínica de Guardia y de las charlas con el sicólogo, dándole con alegría a su trabajo.

Para fortuna de Simbad el payaso, el empresario ofreció reponerle la obra y ya Balderas lo había entrevistado nuevamente con tal motivo.

Del Tívoli, ese maestro, no hubo la menor queja. Tampoco de Fellini, pese a que lo dejó con las ganas de ligarse a la recepcionista nocturna del periódico aquél.

La cuenta con Guardia vino a quedar con saldo en ceros: el médico y amigo no quiso cobrar sino el pago de las personas que estuvieron al cuidado de los heridos de la corte de los milagros. En total, nada.

De común acuerdo, él y Sánchez Carioca guardaron el disco compacto. No era probable que les sirviera, pero les resultaba una forma de sentirse asegurados por si alguien, alguno de los que allí aparecieron, daba señales de ataque. Otro tanto pasó con las notas de Casas Olmedo, el Abrelatas, que él mismo fue numerando como Pin Uno, Pin Dos, hasta el siete. Quedaron en poder de Balderas, que las archivó junto con la carta de motivos que le mandara.

Sin embargo, el caso es que corrió la sangre. Y eso le despertaba cierta inquietud. Hizo una llamada. Le era necesario hablar con un amigo.

Lo comunicaron:

—¿Alejandro Miguel?

—El mismo.

—¿Cómo sigue de sus males, maestro? ¿Ya mejor?

—Ahí voy, no me quejo. A la vida hay que pelearle para que no te abandone. Oye, te agradezco la entrevista aquélla, estuvo buena la plática.

—Maestro... —empezó a decirle Balderas.

—Qué necesitas, Ángel. Cómo andas.

En apretada síntesis, Balderas le narró al insigne maestro normalista parte de sus cuitas. Que si los muertos, que si los balazos, que si las culpas. Regresaba a la acción, y el hecho traía consigo no nada más buenas nuevas, sino los pesares de siempre.

Entonces, del otro lado de la línea, el maestro le dijo:

—Mira, Ángel, acuérdate de aquello que hace ya mucho se sabe: que los muertos entierren a los muertos. Nosotros, tú y yo y nuestros seres queridos, tenemos que vivir para nosotros mismos, los que estamos aquí, vivos. Yo sé que en ocasiones los muertos como que te detienen o te agarran y quisieran que los acompañaras allá donde los dejaste. Y entonces hay que decirles, Ángel, escúchame, hay que decirles a los muertos: No, señores, ustedes se me quedan aquí, quietecitos, que yo me voy a tomar un trago y a seguir con la vida.

Se despidieron. Balderas colgó el teléfono luego de agradecer las palabras del profesor y del amigo.

Así que, como lo tenía acordado, reservó la parte posterior del Cañaveral, tres mesas bien iluminadas. Y fue ahí para esperar que dieran las nueve de la noche, hora de la cita con los siete compañeros que habían participado en esta aventura.

En su reloj eran las ocho y media. De forma que mientras ponía fin al último Paraíso Blues de la temporada de lluvias, le pidió a Meche:

—Qué tal si vas trayendo dos botellas de vodka, hielo, agua quina y ocho vasos.

—¿Tenemos fiesta?

—Sí. Entonces te traes nueve vasos, para que hagas favor de acompañarnos. Eres parte del equipo. Ahí le pides permiso al tirano de tu patrón para que no te moleste en las próximas horas.

—Por eso te quiero, Ángel.

—Y por eso te quiero yo también, Meche.

Claro que había fiesta en algún lugar dentro de él. Y las fiestas son para celebrarse.

En un rato estuvo dispuesto el pedido. Ángel Balderas miró los vasos en las mesas.

Faltaban algunos minutos para las nueve de la noche. No tardaría en empezar su llegada el grupo de amigos. Decidió adelantarse para brindar consigo mismo. Abrió una de las botellas, puso en su nuevo vaso dos cubos de hielo, vodka, agua quina y una cascarita de limón.

Esperó un poco hasta que el preparado estuviera suficientemente frío.

Y luego dio un trago amplio, poderoso, revitalizante.

No estaba solo. Ni pensaba estarlo nunca más.

Tomó el segundo trago.

Índice

Este libro terminó de imprimirse en enero de 2011 en Editorial Penagos, S.A. de C.V., Lago Wetter num. 152, Col. Pensil, C.P.11490, México, D.F.